解码　游戏

孙康青

著

DECODE GAME

北京出版集团公司

北京十月文艺出版社

目录
Contents

引　子

美国内华达州，落基山脉科罗拉多高原，福尔弗德"精灵堡"游乐场。

清晨六点四十分，全副武装的警察悄悄地包围了山上森林边缘处的游乐场中心建筑。

几乎每一棵大树下和每一块岩石后，都有黑洞洞的枪口瞄准着依旧灯火通明的中心建筑。天上，武装直升机贴着山顶盘旋，强劲的螺旋桨卷起的狂风刮得残雪飞扬，低矮的灌木和草丛一片片低伏在地。临近的空间已经被宣布为禁飞区。

上山的公路上，在FBI联邦警察的统一调度下，遮住面目荷枪实弹的黑衣SWAT（特警）们和当地警察的车队排出去好几英里。救火车、医疗车、器材车都无声地闪着紧急灯待命。

七点三十分，包围圈完成，游乐场被围得水泄不通，连一只鸟也飞不出去。

七点五十分，狙击手全部就位，他们手中的狙击枪可以直接打塌一面墙。

八点十分，三名穿着厚厚的防爆专用服的特警小心翼翼地靠近了大门，他们伸出一根长长的前置式定向爆破金属杆，抵在大门中央。

八点十一分十秒，一声令下，中心建筑的电源全部切断。爆破声和玻璃破碎声四起，脸蒙黑色面罩、头戴配有夜视镜的PASGT凯夫拉护盔、身着防弹服、手持德制MP5冲锋枪的特警们分成四支突击队冒着烟雾冲进了建筑中——

这一切，要从四天前准备从加州洛杉矶出发的一辆载满中国人的旅游大巴车开始讲起。那天是1月13日，星期五——

编号为MT3258的旅游车已经加满油，正停在灯光灰暗的停车场里。

这是辆PREVOST豪华旅游巴士，五十六座，乳白色的外形非常漂亮，窗户视线良好，座位宽敞，车身尾部还设有厕所。

第二天早上七点三十分，这辆旅游大巴从洛杉矶华人聚集区蒙特利公园市的华人超市停车场出发，途经阿凯迪亚市和罗兰岗市上客，然后正式开始它的下一段行程。

旅游路线为洛杉矶—拉斯维加斯—胡佛水坝—大峡谷—洛杉矶。整个行程约一千五百英里。这次出发的是五日豪华旅游团，配一名司机，一名导游。预售情况一般，目前旅客三十八人，包括中国大陆的一个小学高年级冬令营十六人、一个河南商务考察团十一人，其他的都是美国当地的华人散客。

这是条常规旅游路线，旺季时几乎每天发车。

第一章

（一）

拉斯维加斯　20时

这是一张"守护神"的铜面具，鹰面蛇发，表情威严，闪着幽幽的光。

他在中东得到了它，据说出自古代法老的陵墓。

布莱德在自己的房间内，灯光明亮。远处邻居家正在聚会，嬉笑和喧闹声隐隐约约地穿过了纯净的夜色。

那种异样的感觉又一次出现了，像浸入窗栏的声音一样，细微而又坚决。

一定有什么地方不对劲，他对自己说。

他感到自己重新回到自由坠落中，风声撕裂，空气厚实沉重。这一刻，他沉浸在淹没般的快感中，自由自在，空间无垠。仰面是蓝天白云，背后的大地却是一片赤焰烈火。

布莱德再一次环顾这小小的房间。这是他的天地，是他所有欲念的隐蔽地，如同呼吸般熟悉，漫不经心，不用在意。

一定有什么地方不对劲。

作为一个成年男子来说，房间收拾得过于干净了。

所有的一切都井井有条，色调沉默，没有突兀。连电脑下垂荡的电源线都被精心缠起，安置在小纸盒中。

这是一种态度。布莱德时常告诉自己，整洁不仅是对自己的尊重，更是对天地的致敬。

而在污浊的生活中，人们如虫子般蠕动着、挤压着，无羞无耻。上帝揪错了的指纹，却留给了这个不堪重负的世界。

环视着墙上那些服役十年获得的各种奖状，布莱德觉得有些恶心。千里海外突击、枪声震耳欲聋、求救的疯狂嘶叫、临死的丑陋惊恐，还有黏湿的血——

这些昔日的辉煌，已经变成嘲笑自己的屈辱。什么是完美？追求完美，如饥似渴，最终却成为致命的危险。

一尘不染的玻璃条桌上，精心制作的各种小动物标本栩栩如生。这是布莱德唯一的爱好，一有假日，他就会不厌其烦地去大学进修，而且获取了动物学学位。在死亡的瞳孔中窥见真理，对世人隐晦的告诫来自归宿之门。这些标本虽然没有了生命，却依然保持着鲜活的外形，用形似的生机与这个依旧存在的混浊世界遥相呼应。美丽而残酷，这就是生活的真实。

墙角里隐蔽的音箱中正播放着《出埃及记》，乐曲激扬有力，充满使命感。伟大的先知们引导着无知的人们走向辉煌。是使命，也是归宿。不同的命运总是在峭壁上不期而遇，等待众神裁决。这世界需要有人来冲洗，哪怕沾染得一身污垢，哪怕牺牲者哀号遍地。

铝条镜框中的布莱德目光纯洁，正直坚毅，手捧金色的大奖杯，穿着一身整洁熨帖的蓝色特种伞兵制服。没错，他有着一张纯正的中国人的脸。布莱德的中文名字叫刘海龙，虽然他从来没有到过中国，但作为第三代移民，在三世同堂的家中，老人们还是用中文交流。听说中文，布莱德是没有太大的障碍的。

他往后移动了一下。突然，恍悟如电。

同时在镜子前移动的那戴着铜面具的人形，宛如自我撕扯的分裂，而正在对话的人如玻璃般坍塌。他听到了坍塌时那从自己头脑最深处响起的清亮干脆的短促断裂声，他清晰地看到了在镜子中反射出来的人影，看到了在幽暗的水底站着的恍惚的自己。

"又开始了。"布莱德轻轻呻吟，如释重负。

三十五岁的布莱德摸黑打开储藏室，熟悉地从一个藏在深处的铁柜里摸出件物品。这个放置的秘密只有他自己知道。

坚硬、冰冷、厚重，这感觉很好。

这是一把德国制的西格绍尔（Sig Sauer）226手枪，是特种兵的最爱。沉甸甸乌亮的手枪散发着好闻的枪油香味。弹匣里，十五发亮铮铮的9mm口径子弹压得满满的。

一个没有计划的计划，智慧与激情的相遇，剑与盾的绝美结合，感恩与赎罪的天衣无缝。布莱德给这计划起名为：

"守护神"。

（二）

洛杉矶阿卡迪亚市皇都大酒店312号房　20时45分

旅游团的游客们回到了酒店，熙熙攘攘拥进了大厅。

这些从国内来的游客在号称"天使之城"的洛杉矶已经玩了两天。海滨、迪斯尼乐园、环球影城、好莱坞、比华利山庄——加州冬季依然炙热的阳光和清新的海风，让这些从国内苦不堪言的雾霾中钻出的游客欢悦不已。

导游小姐文文提高嗓门，最后通知了一遍："明天七点，早餐。八点，大巴准时在酒店门口发车，大家不要迟到啊。"

简妮静静地坐在大厅一侧的沙发上，她在大家变得越来越兴奋时悄悄加入了团队。

对导游而言，这是很正常的，她手中的游客名单里，又一位旅客按时报到了。

简妮冲完澡，舒适地躺在床上，看着自己的手机，屏幕平和温柔地闪亮着，映着她幽深似潭、清澈如水晶的眼睛。手机上没有任何信息。这次旅行，简妮预订的是单人包间。为此，她要比其他客人每天多付近五十美金的住宿费。

很好，一切都在自己的设定中，进行得很顺利。她又想起柏拉图的洞穴理论：一个人从小被锁在洞穴中，他所看到的一切是投影，听到的一切是回声。他认为世界和现实就是他的所见所闻。直到有一天，他摆脱了镣铐，而真实就被完全颠覆了。

对这个孩子而言，是幸运还是灾难？

刚刚在大厅里，她已经和他见过面了。他和表情矜持的叫佩佩的女人就坐在对面的沙发上，拿着一张报纸漫不经心地读着。简妮故意大声向导游文文发问："我们不去看看鬼城？"

"路过的，但不是我们的旅游项目，对不起。"文文笑盈盈回答。

不出所料，他把视线从报纸移开，抬起头来看了自己一眼。

电光石火，这是他们十八年来第一次目光重新相视。十八年前，简妮还是个七岁的小女孩，无忧无虑，欢快得像一阵风。

少时零碎的记忆中，他在外地工作，很少出现，而每一次回来，都伴随着令人恐惧的争吵。后来，妈妈把七岁的自己送到美国的小姨家。她便再也没有见过他。

灯光下，简妮拿出剪报夹，又一次一页一页地翻览着，这是她多年来精心收集的。这里面记载着的有他的辉煌，也有辉煌背后的阴暗。会议上高亢铿锵的指示，巡视时胸有成竹的微笑，剪彩时踌躇满怀的自信——当然也有失去田园的农民的抗争，拆家毁业的居民的哭喊，田野河川污染的丑陋——

与报纸上的照片相比，他显得苍老。额鬓光秃，眼角和嘴角下垂，显得更加严厉和固执。这种严厉和固执是简妮少时的安全，如今的噩梦。

他确实不认识我。

"是你爸爸害的！"小姨撕心扯肺地哭叫着。

五年前，半夜里那个撕裂心肺的电话铃声骤然响起后，简妮便开始监视他的一举一动。

这倒并不难，作为一个大省的最高层的官员之一，他的行踪和言论常常出现在当地的报刊新闻首端。当然这些资料远远不够，简妮为此回国了好几次。一个风头正盛的人物常常会疏忽身边的琐事。几番精心安排，简妮最后成功地把他家的保姆变成了自己的心腹。

"眼看他起朱楼，眼看他宴宾客，眼看他楼塌了。"很多人都误以为这是《红楼梦》中的词，其实真正的出处是清代孔尚任的《桃花扇》，一曲《离亭宴带歇指煞》，老艺人苏昆生放声悲歌，尽情抒发。

中国的反腐风暴越刮越烈，原先那栋看似坚不可摧的大厦在下一道闪电即将来临之际已经开始摇摇欲坠。

简妮接到保姆的电话，知道他们悄悄来了美国，又从带他们看房子的中介人那里了解到他们参加了旅游团。简妮当即就打电话给旅行社报了名，清晨一起床，从纽约直飞洛杉矶。

没有人知道，简妮已经在美国生活了近二十年了。

大学心理学的博士学位（PHD）在去年年末已经拿到，有三家心理诊所和两所大学的心理系都接受了自己的工作申请。但是，在最后的面试时，她都鬼使神差般地放弃了。在那一段曾经以为是不可超越的爱恋最后也消失后，男友愤怒而不解地摔门离去。简妮终于明白了，她如果不了结掉这段噩梦，自己的一生将一事无成，无法自拔。

一个人的精神有多重？如果有重量，这个世界要怎么来承受。加上那些逝去的灵魂，天地将会不堪重负。简妮知道，母亲冤屈的灵魂附在自己身上从来都没有离去过。

旅程开始了，心归何处？是主动探寻，还是被迫逃跑？是感恩过去的日子，还是要仇恨曾经的相处？

"妈妈。"简妮喃喃道，她摸着母亲留给她的泛黄的珍珠项链，泪流满面。

（三）

皇都大酒店501号房　21时20分

关门的那一瞬间，洪银河有些迟疑。

他又想起刚刚在大厅里看到的那个姑娘，姑娘深潭般的眼睛让自己有些不安，似曾相识，却又深不见底。仔细想了想，洪银河放弃了。一次临时决定的旅游，一批萍水相逢的游伴，应该是自己太多心了。

这是个五十多岁的男人，面容和身材都保养得很好。气质稳重，举手投足间有一种不怒自威的气度。这种气度要学是学不像的，只有长期在掌握权力的位置上，在众人的前呼后拥、俯首听命中渐渐养成。

这些日子，房屋中介人何先生一直带着他们看房子。佩佩给何先生的指示很简单：远离华人圈，社区高档，面积三千平方英尺以上，价格不论，全部用现金支付。

来自台湾的何先生并不吃惊。现在从大陆来的有钱人太多了。前不久，何先生刚给来自温州的一个家族一口气买了七栋房子，他清楚地记得那个看上去依旧有些土气的女人在自己面前指指点点，"这是我们家的，这是给他大叔的，这是他二姨的——"

每栋房子价格都上百万美金，一千万美金堆起来是怎么个模样？何先生想也没敢去想。三十年河东三十年河西，他只是有点感叹。他微微有些吃惊的是，在签合同时，这个叫佩佩的女人的社会安全号，正是自己女儿的好友简妮托他在内部房产交易网上查询的号码。大陆人的那些乱七八糟的事谁能搞得清楚，心情不错的何先生就给简妮打了个电话。

"和家里联系上了吗？"

"手机没有开，家里也没有人接电话，我有点担心。"佩佩声音有些微弱。

洪银河没有作声，他明白，该发生的可能已经发生了。他已经不能操控他原来熟知的一切，但是可以庆幸的是，他还能把握他自己的未来。

对佩佩热衷买房子，洪银河有点不以为然。佩佩还是没有见过大世面，什么是气派高贵，什么是俯瞰天下，你到北京就知道了。买房是用佩佩在美国变身份时改的英文名，丈夫一栏中填写的是自己的化名。那是外省一位公安局局长给办的。那位局长对护照上填谁的名字不感兴趣，但对是谁让他办事却心领神会。而签发护照的那位年轻的警察，根本没有认出护照上更换了发型的五十多岁男子，正是邻省那位赫赫有名的领导。

在中国，能耐无关紧要，位置是决定一切的。不同的位置体现了呼风唤雨的不同能耐，洪银河明白，这才是真谛。

"带这么多现金？"看见佩佩打开房间内的小保险箱，把厚厚好几叠美金放进今天刚买的LV皮包中，洪银河有点吃惊。

"刚从银行取的，没有钱，我心不定，你知道的。"女人撒娇地笑着，她跷起手指，硕大的绿翡翠戒指在灯下灼灼闪亮，"今天刚买的，漂亮吧。"

女人，物质的动物，他想。自从他不会生育的老发妻患病后，身边女人如流水，有的漂亮，有的精干，但洪银河对她们甜言蜜语下的精密计算都洞若观火。许多年前，一个真情实意的女子也让洪银河确实动了心，他记得她走路轻盈如风，笑起来有点忧郁，会做好吃的清蒸鱼。一段日子里，两人如炙似火，他们还有过一个在外地偷偷出生的私生女。而当这一切威胁到自己的前程时，洪银河便断然做出了处置。

如今，病魔缠身的老发妻骑鹤仙去，那个真情实意的女人也早化成了烟云，她们都超脱了。

而自己超脱了吗？通过权力和财富验证自己的真实，是捷径，还是迈进深渊？

这一切，源自于从小的不安全感。他记得很清楚，小时候他在村口的河里摸到一条鱼，这是他很久以来第一次见到荤腥，为了不让别人染指，他当场将鱼生生地吞吃了。他还记得，当在口中大力咀嚼着坚硬的鱼骨时，鱼刺扎破了口腔，鱼汁和自己的血混在一起，有点咸，有点甜。但是，他为自己的独享和占有幸福地流出了泪。

五年前的那天晚上，与薛岗吃完饭后，洪银河心里就深埋下了一个疑惑，一个恐惧得自己都不敢去证实的秘密。

认识薛岗是在一次盛大的开幕式上，上市公司的老总在介绍时说得很简单："薛岗是个可以信任的人。"事实确实如此，几次测验后，洪银河看出薛岗行事果断，低调不张扬。他识时务，每一次看到厚利的时候并不争抢，但到最后，最肥的一块肉总是落在他的碗里，而那些不知天高地厚的争夺者也就随风而逝，再也不会出现在面前。

懂事。他最终给了薛岗这个评价。薛岗渐渐成为自己不可替代的手臂。

那天晚上，自己醉酒了，鬼使神差，洪银河不知为什么会向薛岗袒露心扉。他断断续续地说了自己的痛苦，说了那个曾经真情实意的女人如今是自己的巨大危险。薛岗像什么事都没有听到一样望着远方，一杯酒一饮而尽。

第二天酒醒，捧着头痛欲裂的脑袋，洪银河隐隐感到一丝不安。

不久后的一天，那个女子坠楼了。看到的人说，她从十八楼坠下的时候，像蝴蝶般轻盈。有人听到她在喊着什么，但没有人能听清楚。警察来了，结论是自杀。洪银河没有多问什么，别人也就没有多说什么。

还有人告诉他，追悼会的前夜，有位姑娘趴在女子的遗体上整整哭了一个晚上，随后不告而别。他想起了他们曾经有过的私生女。女儿七岁的时候，绝望的女子把孩子送到了在美国的妹妹处，从此自己再也没有见到过。

洪银河把这件事藏到了心底的最深处，连自己去悄悄偷窥一眼的勇气也没有。有时，洪银河会努力回想女儿隐隐约约的面容，他清楚，黑暗并非自己本意制造，但里面蕴生着电闪雷鸣，这事不会这样结束。

现在，自己那只有力的手臂被折断了。薛岗在一个月前突然失踪，有风声传来，他被纪检部门悄悄带走了。更可怕的是，这只有力的手臂可能已经成为别人的武器，他经已听到了那手臂用加倍的速度朝自己挥来时的呼呼风声，以及飞溅扑面的血腥之气。

商险在财，政险在身。经商之险在于以情义之失、荡产之危为代价而谋利。而从政之险是以心志之累、败身毁誉、身家性命为代价的。

洪银河明白，坐以待毙是最愚蠢的。

南去北来休便休，白苹吹尽楚江秋。想这么多干吗？日子要过下去，而且必须要过得好。

他拿起一本《南渡北归》让佩佩放进旅行箱，这本书一定要带。他对书中大师执着的理念并不感兴趣，但对他们在大难来临之际的心态倍加关注。

关灯时，洪银河下了最后的决心，他打断了佩佩对房子的唠叨，简短地说了声：

"从明天起，切断和国内的一切联系。"

（四）

拉斯维加斯赌场德州扑克赌桌　22时15分

瘸腿的邱永邦用左手握着自己的两张暗牌，右手仿佛不经意地放到了赌桌上，先紧一下拳头，松开后，中指自然地叠在食指上。

发牌员李晓宇的眼神掠过，他转了转有点酸痛的脖子，用力敲了敲台面，手指一蜷一翻，第五张公共牌闪电般亮到了铺着墨绿色毡毯的赌台中央。

"黑桃A！"

轰的一声，围坐在灯光聚集的椭圆形赌桌四周的八九个赌客一阵骚动，喧闹四起。有的一把扔掉了手里的牌，有的低声咒骂，有的仰天摇头。谁都没有注意到刚才发牌的时候，李晓宇被宽大的衣袖遮掩的握牌的左手那个小小的动作。

邱永邦高兴地笑着，伸手围住了李晓宇推过来的一大堆筹码，熟练地分摞叠起，同时将手中玩弄的五元筹码当作小费扔到李晓宇面前。

"哈哈，Lucky Money！"

这一堆沉甸甸的，赢得不少，怎么也有六七百美金。

他们没有注意到，头上不远处的黑色的小摄像机已经悄无声息地转向这里，摄像头上闪着暗淡的红光。

休息的时候，发牌员李晓宇又与正在当导游的女友文文通了次电话。她今晚在洛杉矶最后成团，明天就会带团来拉斯维加斯。

文文的声音带着疏远，他有些郁闷。来美国三年了，他第一次有再次成家的念头。他曾经以为在国外谈真情不仅是奢侈，更是一种笑话。

去年春节，李晓宇特意带着文文到郊外克莱蒙山上一家著名的百年牛排店吃饭。牛排果然烧得名不虚传。巨树环抱的老屋餐厅里，烛光摇曳，音乐缭绕，气氛很好。文文放下刀叉，专注地看着李晓宇："有些话一定要女孩子先说吗？"

李晓宇装作没有听懂，岔开了话题。文文暗暗叹了口气，从此再也没有提起过。

作为一个明智的人，李晓宇从来不感情用事。

在国内，李晓宇当兵退伍回到家乡，凭着在部队中学到的手艺，当了一家大企业中一名普通的电工。他住在江南一个安静的小城中，家门口有棵枝叶茂盛的老银杏树。一到秋天，浓荫的树上便结满了成串的坚硬小果，他的日子也如同小巷中的大树一般平静而安稳。八年前，太太实现了长久的心愿，到美国留学了，他成了留守男士。银杏树又结过了五年的果实，太太在美国找到了工作，在转变身份的时候一起帮他申请了绿卡。

太太带着朋友到洛杉矶国际机场来接他，远远地伸出指尖握了握，如陌生人般客气而拘谨。接下来的故事就像《北京人在纽约》的再版，太太为他付了三个月的房租，留下句："我把你弄出来了，不欠你什么了。在美国，一切靠自己。"说完飘然而去。

李晓宇躺在小屋里破旧的单人床上，整整三天没有出门。床，翻个身就吱吱作响。门外，房客们吵吵闹闹。墙上，光线明了又暗，暗了又明。

三天后，他像件挂在衣架上垂荡的衣服一般走进一家中国餐馆。"做过后厨吗？"老板问。"做过。"他不诚实地回答。"切葱看看。"老板皱着眉看他笨手笨脚地切葱，毫不客气地一摆手："你没有做过。切葱要葱白葱青分开，葱白切丝，葱青切花。你走吧。"一出门，李晓宇转身又走进隔壁的另一家餐馆，用刚刚学会的手法再切了一遍，葱白切丝，葱青切花，这家老板满意了。

三个月后，他和太太在一家律师楼狭小的办公室里办理了离婚手续，房间里有一股弥散不去的陈霉味。事毕，两人还一起吃了顿中饭，彼此为对方点了爱吃的菜，依旧客气而拘谨。结账时，李晓宇掏钱付了账，已经成为过去式的太太也没有拒绝。出餐馆后，各自驾车离去，从此便失去音信。说真的，他一点也没有怨恨她。

转眼三年，一天早上，李晓宇突然发现，他已经回想不起来前年的今天、去年的今天和现在的今天有什么不一样，更不敢预测明年的今天。日子可以有许多种过法，把情感和希望锁进抽屉的深处，一张一张从日历上撕下纸片，让它们四散而去；或者任意敲打生活的键盘，让随机出现的画面成为主宰人生的色彩，并把其归于命运的选择；还是——

他发现自己出现了一种奇怪的现象，他可以在人声鼎沸的场合里昏沉嗜睡，但在夜深人静时却辗转难眠，一个声音对他说，就这样吧，生活就是过日子，对付一天就赚一天。而时常又有一张脸从缝隙中挤出，焦急干涸：岁月如梭，生命在流淌消失，李晓宇你要当心啊！李晓宇觉得自己的身体里装着两个互不兼容的生物，你出我进，扭打纠缠，都想抢席夺位，搅得内心生生作痛。他不知道哪个才是真实的，索性都不理睬。他如同走进了一团巨大黏湿的厚雾里，分不清前后左右，呼吸如吞咽般费力。

回去，他如何面对所有人怜悯的目光？留下，明天的太阳会不一样地升起吗？

在迷雾中辨不明方向的李晓宇怎么能有勇气来正视女友文文殷切

的目光呢？

按照今天发牌员的工作顺序，李晓宇下一轮发牌进入的是玩德州扑克的牌桌。

发牌员表面看似风光，每天衣衫整洁，小费拿得比工资还高。赌场的管理是很规范完善的，每招募一位员工进来，当地警察局都要审核，连男生打耳环、文身都不能被通过。

但是，光鲜之下，发牌员的工作有许多难言之苦。在赌场，发牌员是底层的工作之一，没有人会在乎。最让人不能忍受的是发牌员没有尊严。厮混在赌场中的不少人品行低下，更谈不上修养。只要输钱，发牌员就成为他们的发泄对象。多少次，李晓宇看见他认识的女发牌员在赌桌上被人骂得失声痛哭。又有多少次，存有血气的男发牌员扔掉手中的牌，与谩骂者指鼻对骂。第二天，赌场便会毫不客气地辞退他们。

赌场只要一台发牌机器，不需要人格与尊严。现在中国人当发牌员的愈来愈多，中国人性格柔弱，逆来顺受，又守纪律，不闹事，赌场喜欢用这样的员工。

李晓宇决定要用自己的方式来解决自己的问题。

顺着弯曲的员工通道，他端着发牌员的工作盘走进了赌场大厅。一入大厅，喧闹声便撞了过来，赌场大厅金碧辉煌，灯火通明。

李晓宇用力吸了口气，赌场有自己特殊的气味，有点罪恶的危险，又有点放纵的酥软，在感官上能够体味，但在理性上无法描述，这很奇怪。

他看到几个穿黑色T恤的壮汉不起眼地分布在赌场的角落里，不动声色地沉默着。他们才是你真正要感到恐惧的对象。那些身穿制服的保安，看上去威风凛凛，但那只是处理常规事件的摆设。而这些黑衣壮汉才是维护赌场的核心，他们心狠手辣，专干外人不知的黑活。作为一个已经在赌场工作了多年的老员工，李晓宇对这些人如何工作，领取什么样的报酬，也是不甚了解，只是感到本能中渗出的一丝寒气。

　　这会儿，邱永邦在牌九桌前玩，他手舞足蹈，显得格外兴奋。
　　牌九是典型的亚洲玩法。亚洲扑克赌法和美国扑克赌法的最大区别是：亚洲赌局是先押钱再发牌，完全靠赌运气，所谓一翻两瞪眼。而美国赌局是先拿牌再下注，根据手中牌的好坏，逐步推高筹码，也随时可以抽身。
　　邱永邦也看到了李晓宇，他观察了下李晓宇坐下的牌桌，一瘸一拐地找了张桌子坐下。那是张玩德州扑克的桌子，赌注是五十至一百美金，一副牌输赢在数百美金。按赌场规矩，每个发牌员发牌半个小时就要轮换到另一张桌子，这是保护牌局的公正性，也是调整赌客的心理。一个小时后，李晓宇将会轮换到邱永邦现在坐的桌上发牌。这条线路，他们早已烂熟于心。
　　今天，挣到一千美金就收手吧。李晓宇有点厌倦地想。

　　离赌场大厅不远的一间封闭的屋子里，几十台监视器的屏幕闪着明亮不同的光泽。这里是赌场的监控中心，随时切换着由布置在赌场各个角落的数百个摄像头传来的画面。
　　几个人沉默地围在一张屏幕前。
　　"再拉近点，能确定吗？"屏幕里，李晓宇发牌的手占据了整个画面。

"不太确定，这小子的手太快了。"镜头定格在第五张公共牌的翻出上，"就是这里，衣袖挡住了，看不清楚。"

沉默了一会儿，领头的下了决定："好吧，通知下去，明天处理掉这事，给他点教训。"

（五）

拉斯维加斯老街　23时05分

离拉斯维加斯老城不远的瓦莱塔街拐弯处，阿里斯托和达莱妮又一次紧紧地拥抱在一起。

阿里斯托感觉到达莱妮柔软的舌头热切地在自己的嘴里搅动着，身上散发着一股出汗后的酸酸带甜的气息，这让他莫名地冲动。

达莱妮是个身材骄人的南美女孩，她剪短的头发呈尖状凸出，像乌鸦翅膀一样斜过脸庞，摩擦着黑皮短衣耸立的衣领。她今年才十九岁，目光清澈无邪，面容甜美，谁都不会想到她不到十三岁就从墨西哥偷渡到美国。父亲、哥哥相继死在偷渡途中沙漠的碎石残岩上，从此她开始混迹街头。毒品、抢劫、安排偷渡，与她娇小的身躯相牵涉的案卷，在当地警察局的档案室里已经堆了高高的一摞。

在阿里斯托粗壮的身躯上吊了一会儿，达莱妮松弛了下来。她掫去嘴角边散乱的头发，用手指捅了下阿里斯托："去吧。"

明天就要和邱永邦一起干一票大活了，今天就算了吧。狭窄额头上有着一条条深沟的阿里斯托有点犹豫。

达莱妮看了阿里斯托一眼，没有说什么，径直走了出去。

转过街口，就是那韩国老头儿的小杂货店。现在，门口的铁栅门已经关上，和预估的一样，五分钟前挂上了"Close"的牌子。布满灰尘的橱窗后，卖彩票和啤酒的小霓虹灯还在昏暗地闪着。

这个地点他们已经看过好多遍，旁边就是小小的破旧停车场，后面有条不为人知的小巷通到另一个几乎废弃的办公楼地下停车场，他们的野马车现在就停在离出口不远的一堵墙后。

明天是发放食品券的日子，达莱妮知道，每到这一天，长期居住在店中的韩国老头儿会提前到银行取出不少现金，准备第二天和大批迫不及待前来的酒徒、瘾君子用现金换食品券。

这是一个几乎公开的秘密。一般一百元的食品券可以兑换六十到七十元现金，急的话，对半也行。而收到食品券的店家不仅可以找政府相关部门换回足额支票，而且用食品券也可以买回几乎一切的生活用品。这里面的差价和利润是相当可观的。

韩国老头儿正在柜台后整理，他看了站在门外按铃的姑娘一眼，默不作声地指了下"Close"的牌子。

达莱妮回给老头儿一个灿烂的笑容，从兜里摸出几张食品券，扬了扬。

韩国老头儿有点迟疑：不是明天发券吗？不过，政府里的事情有时也难说。

他看了一下监视器，只有这个长相甜美的姑娘一个人在门口。老头儿嘟嘟囔囔地按了下开门的遥控器。

黑影一闪，阿里斯托硕大的身躯像风一样扑了进来，他刚才躲在墙角的凹陷里，已经把巴拉克拉瓦帽戴好了。这顶能把鼻子和嘴巴都遮住的帽子来自克里米亚半岛，特种部队和恐怖分子都喜欢戴它。

阿里斯托的手法有些老套，一直喜欢用"冷钢"（Cold Steel）的手指刀。这把长宽几乎一致的刀的刀柄是一条横过的钢杠，正好拽紧在掌心中，又宽又薄的刀刃从食指和中指中伸出，寒光凛凛，一下抵住了老头儿的脖子。他没有说一句话，倒在箱子上的老头儿惊恐地发出咯咯的声音。

达莱妮也闪了进来，把门快速掩上，来到柜里，一把打开了收银机。这时，她的眼角余光看到了老头儿的手正伸进暗格里，抓出一把左轮手枪。

达莱妮大叫一声，顺手抄起一瓶酒，狠狠砸向老头儿。

老头儿一声闷哼，血像蚯蚓一般立即爬满了皱巴巴的脸。左轮手枪掉在一边，老头儿挣扎着努力再抓起它。

看到手枪，阿里斯托的血一下冲上了头。他本能地手指一用劲，锋利的刀刃无声无息地扎进了老头儿僵硬的脖子，他用力拧了一下刀把，黏湿的温暖立刻从手中传来，这熟悉的感觉令他觉得十分的安全。

老头儿的身子突然像弓一样反挺了起来，一阵奇怪的咳嗽和呻吟声从他竭力张大的嘴中发出。随后，身子如崩塌的泥土般，一下子瘫软在地。

五分钟后，阿里斯托和达莱妮从停车场的小巷返回到车中。

达莱妮有些着迷地看着阿里斯托，不知什么时候，他脸上渗出一片青青的胡茬。对达莱妮来说，男人让她心旷神怡的只有两样：简单和果敢。

"Cool！"达莱妮咯咯地笑。

她很高兴，刚才她从老头儿的箱子里翻出的现金有三四千美金。

此刻，这些钱和那把左轮手枪正垫在她腰后的包中，硬硬的，很舒服。达莱妮知道，对于明天的行动来说，这绝对是一个好兆头。

想着，达莱妮兴奋了起来。当他们的黑色野马双座车一头钻进灯火通明的大街时，她把阿里斯托的大手放到自己胸前，喘息地搓揉着：

"今晚，我要把你带进天堂。"

（六）

小佳年的日记：

"1月13日，星期五。气温：14～18摄氏度，晴天。洛杉矶。"

酒店的书桌前，小佳年打开她粉红色带锁的小日记本，歪头思索了一下，认真写着。同房间的小朋友看完了电视，已经睡得呼呼作响。

小佳年是参加冬令营的孩子之一，今年十三岁。她是个聪明伶俐的女孩子，见人未开口就先甜甜地笑，所有人都很喜欢她。临行前，身为摄影家的爸爸特意买了本精致的小日记本给她，对她说，就是再累，也要记下当天的点点滴滴，这会成为她一生的记忆。

"——街上干净，空气好闻，大多数人看上去都很开心。我又想起在旧金山十七里弯那张旧旧的木头长椅，椅背上刻着一百多年前留下的字：为疲惫和充满希望的人。写得真好！""明天，我们要去拉斯维加斯了。团里新来了一个叫简妮的大姐姐，她可真漂亮——"

写了一阵，小佳年拿起小照相机。这台让小佳年爱不释手的佳能照相机是爸爸妈妈今年送给她的生日礼物。她记得爸爸的话：看到什么就举着乱拍的人是拍不出好东西的，要用心去拍，不求多，但一定要精彩。

挑选了几张满意的，小佳年记下编号，她准备回去后做一本图文并茂的相册，用照片和文字记载自己的第一次出国经历，和全班同学一起分享。

小佳年选中的照片中，有一张是在酒店大堂里，旅游团的人欢聚一堂，开怀大笑，简妮就坐在沙发上。

（七）

23时13分

太平洋东部地震带，大致从阿拉斯加东岸，向南经加利福尼亚、墨西哥、秘鲁，沿智利至南美洲的最南端。

在北纬36度23分，西经137度15分，地下约十七公里处的中新生代褶皱带中，一块延伸二百多英里的岩块在经历了几个世纪的巨大地壳应力后，终于产生了裂隙。

炙热的岩浆从裂隙处缓慢地挤出，越发撑动了岩块的移位，使地层褶皱处产生断层。这将会发展成一次巨大的浅源地震，震级在6～8级。

同时，在洛杉矶以北一万多英里的北极圈内，大气环流出现异常。

受到北极震荡和高速气流的影响，又一股强大的冷空气正在形成。这股原本应该锁在北极圈上空的"极地旋涡"脱离常态，开始呼啸着沿逆时针急速向南发展。

几天后，北冰洋、白令海、阿拉斯加、加拿大、美国中北部地区将降温20～30华氏度，部分地区将出现百年罕见的暴风雪。

第二章

（一）

拉斯维加斯　12时15分

MT3258旅游大巴车费劲地沿着高耸的棕榈树和流水幕墙相夹的车道拐进了普朗克大赌场，顺着周末拥挤的车流慢慢停在了由二十根巨大的花岗岩柱围起的气派的正门前。它乳白色的高车顶和宽大的遮光玻璃窗在强烈的阳光下闪着柔和的光泽。

"大家先不要乱走，跟我去登记，把房间安排好。"

导游文文率先跳下车，她见从车里鱼贯而出的人群正惊愕地张望着面前这座巨大豪华的建筑群，赶紧招呼了起来。

"周师傅，麻烦你开一下行李柜。一会儿你把车停好，就到前台来找我，我会帮你把房间卡领好。"见司机老周还坐在驾驶室里没有动，文文给他送了个甜甜的笑。她知道，带团中很重要的一点，就是不能把司机得罪了。

看着文文带着散乱的游客走进普朗克大赌场的酒店，老周放松地靠在了驾驶座上。他刚才有意把车停在了酒店正门一个边缘处，就是想缓口劲，舒服地抽支烟。他已经一口气开了四个多小时的车，整辆车上就他一个人在工作，连导游文文都抽空打了个小盹儿。

其实老周的心情并不很好，昨晚回家，又看到东北女友叫来了她的朋友们在家里打麻将，嘻嘻哈哈很热闹。晚饭也没有烧，冰箱里只有剩下的一点酱拌面和一个冰凉的煮蛋。老周也没有和他们打招呼，闷头吃完饭，就直接进卧室了。他注意到了坐在桌前的那个大鼻孔的男人看他时，眼光有一丝不屑。

处不到一起就早点分手，另起炉灶呗，这有什么值得赌气的。老周想。像这样的分分合合他也习惯了。到国外，孤男寡女在一起搭个伙合个铺，排解漂流异土的孤独，享受彼此照料的生活，这与家庭、爱情无关，只是习惯和需要。老周暗暗打算，这次回去后就搬离这栋房子，另找个知疼知热的女子一起过日子。

老周没有注意到，在离他不远的地方，有一个人正不动声色地观察着他。

五十六层楼高的普朗克大赌场是拉斯维加斯众多赌场中的一个。

它弯塔式的建筑分成几个群体，包括酒店、购物区、娱乐休闲区、会议中心和赌场。酒店有近五千间客房。它具有典型的古西西里巴洛克的风格，讲究曲线与华丽，钟楼、圆柱、露台、外部楼梯、怪诞的人面装饰、色泽鲜艳的彩色大理石，铺张浮华而又声势夺人。

这只不过是拉斯维加斯这座梦之城的一道小小的点缀。

有关拉斯维加斯最民俗的一个流传是：几个投资人前往洛杉矶，中途下来小便。落日西坠，将苍凉的沙漠染得金碧辉煌，望着这一片梦幻般无垠的壮丽景象，一位投资人突然萌发奇想，就在这里建立一座城市，并让它成为所有人心中永恒的天堂。于是，一泡尿浇出了一个人类的梦幻。

野史在侧面印证了人们向往财富、追求捷径的渴望。

其实，拉斯维加斯（Las Vegas）源自西班牙语，意思为"肥沃的青草地"。1829年，一支苦苦求生的西班牙商队在这片干涸炙热的沙漠地带中，发现了这唯一有泉水之处。1905年，拉斯维加斯正式立市。1931年，内华达州议会通过赌博合法化议案。这道政令彻底改变了这座城市的命运，从此，天堂与地狱、梦想与荒诞、奇迹与卑微、希冀与绝望，时时刻刻在这座城市中上演。

每天，成千上万的人从世界各地拥入这个梦幻之都。世界上排名前十的最大型的度假旅馆中有九家营建在这里。这里有二十四小时营业的二百五十家大赌场、十万台自动老虎机、十万间客房，各式各样令人心醉神迷的游戏，将人类的贪婪之心化成了堂而皇之的欢快。

人群拥挤着走向大门时，布莱德正坐在白岩石台阶上。

他穿着一件棕色的带帽旧皮夹克，双腿随意地伸张着，手里端着杯饮料，眯着眼出神地打量着不远处那白色的旅游大巴。

洪银河路过他身边时，布莱德正好举着有点温热的可乐杯子。

见一个中国人长相的男人向自己乞讨，洪银河怜悯地点点头，从口袋里摸出一美金硬币，放进杯中。

"谢谢！"布莱德有些诧异，但还是很有礼貌地点头致谢。

分房间时，简妮特意拿了洪银河对面房间的门卡。

记忆中的他实在是太模糊了，只是一个黑色的轮廓，一种压抑的气息。简妮想看看，是什么样的阴影遮住了他的心智，让他丧失了最基本的人性。对一个你要报复的人，细细剖析的死缠烂打是一种艺术，也是一种痛苦的享受，这需要智慧和时机。意志的崩溃比肉体的摧毁更具有期待。简妮有些兴奋，也有点担心。

刚刚在旅游车上，简妮已经开始了她的触探。

夏令营的孩子们在后面欢声笑语，小佳年尖叫着，清脆的笑声格外响亮。考察团的成员们围着一个中年胖子打起了扑克牌，他们叫他马主任，看来是这个考察团的头。而坐在简妮前面的洪银河一对有些沉默，看上去心事重重。

"我们来做个头脑测试吧，好不好？"她歪着头，笑盈盈地看着坐在一边的小孕妇。

这位不到三十岁的小孕妇来美国已经两个多月了，一个人住在华人偷偷开办的"月子中心"里，她在国内做销售主管的丈夫三天前刚来，此刻正昏睡在后面的空椅子上倒时差。孕妇百无聊赖，正愁怎么打发时间。

"好啊好啊，我现在就是怕不动脑子，对肚子里的孩子没有智力开发。"说到孩子，小孕妇一脸骄傲。简妮对她投去赞赏的目光。

其实，简妮很清楚那些"月子中心"是怎么回事。由于美国实行出生地国籍制，不管你是哪国人，只要你的孩子出生在美国，孩子就会自动获得美国公民的权利。于是，越来越多的中国人都争取把孩子生在美国。华人"月子中心"也应运而生。仔细算一下，租一间便宜的大房子分割一下，至少可以接待六至八位孕妇。每位孕妇每月收费少则数千，多至上万。烧饭、接送活都是自家人干。产前检查、接生有专门的家庭医生主动联系，搞得好还能上保险。孩子生下来了，拿着出生纸到政府办社会安全号、办护照。最后，父母们抱着宝宝飞回中国，"月子中心"把大笔钱存入自己的户头，大家皆大欢喜。

当然，这有许多后遗症。如邻居报警、生孩子的风险、孩子回中国如何报户口、孩子将来在哪里成长等等，但在一个沉甸甸的蓝皮美国护照前，这一切就显得无足轻重了。

"说啊。"小孕妇挺着急。简妮注意到洪银河也微微侧过头，注意听她们讲话。

这似乎是个无解的心理测试，有点类似妈妈老婆掉水里先救哪一个的老问题。简妮想预先伏笔，在以后自己说出最后的答案前，看看洪银河会怎么思索。

"扳道口，有一列火车开来，一条分道上躺着五个人，一条只躺着一个人，你必须扳道岔来救人，你会把道岔扳向哪一面？"

"一定要扳？"

"一定要扳。"

小孕妇认真地想了想："我应该会把道岔扳向那一个人的，大多数人都会选择牺牲一人而救多数人，对吗？"

简妮笑了笑，没有回答："好，问题继续：同样一列火车开来，但现在你面前只有一条道，没有道岔可以扳。而你前面站着一个胖子，列车压上他就会脱轨，你会为了救这后面的五个人而把胖子推到铁轨上吗？"

"啊！要我亲手把人推到铁轨上啊！这是杀人啊，我不干！"小孕妇听明白了，大声拒绝。

简妮看到洪银河扭回头，看着自己，似乎没有想到会有这样的问题。

简妮说："是的，大多数人不会推人，但与前面扳道岔相比，性质有差别吗？"

"换作你，你怎么做？"小孕妇有点受刺激，语气中带着生气。

简妮点点头："我当然有答案，以后再告诉你。"

她这话是讲给洪银河听的，现在还不是揭晓答案的时候。

（二）

从早上起，布莱德就上街了。

一个完美的计划需要一个完美的开始。而这个游戏最迷人的地方就是没有计划，一切跟随机遇，顺势而动，一切又在创造机遇的智慧挑战中展开。

他穿着件略显陈旧的棕色防寒连帽皮夹克，灰色宽松工作裤，舒适而不引人注意。左手的手腕上，套着用黑色伞兵绳编制的手链，可别小看这不到筷子粗的特制伞兵绳，它可以承受五百公斤以上的拉力。布莱德用起它来得心应手。

布莱德脚步很轻，总喜欢沿着墙边街角走路，像一只灵巧警惕的猫。他身材匀称，看不出有多强壮，但全身没有一块赘肉，在军队时就以瞬间爆发力出众而闻名。他到老街上转了一圈，买了一份早点。在等待早餐送来的时候，他习惯性地拿出一张纸随意涂抹着。

喜欢画画也是布莱德不为人知的一个爱好，但他从来没有完整地画完过一幅。他着迷于画笔滑动，每滑一笔，纸上都会出现意外的画面，这让他兴奋，让他着迷，每一笔下去就是一个新世界。问题是：新世界太多了，让他目不暇接，无法应酬，深感疲惫。到最后，布莱德总是发现画面越来越古怪，完全不受自己的控制，这时，布莱德就会毫不迟疑地撕碎画纸。

滚烫的咖啡就着鸡蛋煎火腿和奶酪的三明治使他的心情明亮了不少。他给了服务生比平时多一倍的小费，抓起一张别人扔下的报纸，又心情愉悦地回到大街上。

中午时分，布莱德来到了普朗克大赌场，他到自动售货机前买了一杯低糖的可乐，在大厅前的白色石栏上坐了下来。

熙熙攘攘的人群不断从他面前经过，一个个欢声笑语，兴奋躁动。

布莱德很平静，他伸张着双腿，慢慢喝着饮料。他不着急，他知道，该来的总是会来，他在等待那种穿透心底的激动。

这期间，布莱德起身帮一群来自欧洲的游客拍照，又一直陪着一个哭泣的小女孩等来了她焦急的妈妈。

远远地，布莱德看到一辆乳白色的大巴车慢慢从阳光明媚的车道上驶来，停到了酒店门前，从车上下来一群吵吵闹闹的中国人。

当那个相貌威严的中国人很爽快地扔了美金硬币到他的杯子中时，那熟悉的感觉瞬间如电击般从头顶直透脚底，布莱德不禁有些颤抖。

豪华旅游大巴、一群萍水相逢的游客、遥远但熟悉的中国人、漫长的旅程——完美啊。

"谢谢！"布莱德衷心地道谢。

电源开启，游戏界面已经设定，可以按开始键了。

他起身，径直朝大客车走去。

十分钟后，布莱德回来了，一切顺利，似乎上帝的手在温柔而坚决地牵引着自己。

他大方地给了司机三百美金，以一个标本爱好者的名义，明天将搭乘这辆旅游大巴，到大峡谷去收集标本。

那个叫老周的司机心安理得地把钱放进了自己的口袋，并没有多问什么。顺路搭乘几个人，是司机常有的福利。这笔钱不会交到公司，最多给导游一点好处。司机老周也没有仔细去想：冬天哪有什么标本可以收集？当然，这些跟他毫无关系。

布莱德回到了赌场，从现在起，他要仔细观察这些将与他一起上路的同伴们。

（三）

拉斯维加斯　13时45分

离普朗克大赌场不到五英里远的一栋公寓楼里的屋内，达莱妮醒来了。

过瘾地吸食海洛因后，她和阿里斯托在梦幻般的亢奋中，一夜欢快狂放。望着四肢伸张、依旧沉睡的阿里斯托那雕塑般肌肉健壮的躯体，达莱妮心满意足。

她赤身裸体，面含微笑，轻盈地翻身从凌乱的床上跳下，走进浴室。哗哗的水珠从她滑腻的肌肤上晶莹地滚落，达莱妮轻声歌唱。

她唱的是一部电影的插曲，略带忧伤的旋律诉说着女人的原始欲望：

"如果你想要我，满足我——"

达莱妮很享受现在的日子，每一天都是开心尽兴的一天。她走在大街上，蹦蹦跳跳，连同大地都跟着一起跳动。哪怕是个小小的刺激都能激发起她内心最炙热的火焰。这也是所有她经历过的众多男人都痴迷于她的主要魅力所在。

达莱妮现在只在意阿里斯托一个人。周围的同伴都觉得有点奇怪：这个疯狂伶俐的小精灵怎么会爱上一个凶狠木讷的蠢材？达莱妮自己知道，围绕着身边的男人们都只是贪恋自己的身体，虽然这点自己也感到很得意，但这远远不够。只有阿里斯托愿为她做任何事，不问理由，不讲交易，甚至交出他的生命。

她有时也会想起父亲和哥哥，他们从小就包容甚至欣赏自己的随心所欲。达莱妮依旧记得父亲和哥哥在炙热干枯的大沙漠里相继死去前，把活下去的最后机会留给了自己。阿里斯托和他们有点像。

突然，达莱妮眼角一跳，她弯下腰，将浴室湿淋淋的塑料窗帘掀开一个小角，往楼下望去。

他们住在公寓楼的三楼。两个中年男子正沿着楼下的人行道东张西望着朝大门走来。他们一个穿西装，一个穿夹克。

看都不用看，达莱妮就是闭上眼睛，也能闻出这两个男人是警察，他们身上的警察味是不加掩饰的。这是一种直觉，不会错的。

韩国老头儿的事发了，这么快。

达莱妮知道，警察现在还只是普通地排查，并没有确定是自己和阿里斯托干的。如果真是确定了，楼下现在早就布满了荷枪实弹遮住面目的黑衣特警，而对面的楼上，狙击手也会手持M12狙击步枪，早早占据了制高点。

幸好，昨晚把"野马"停到了另一个街区，否则这两个便衣警察就清楚地知道他们要查询的对象就在房子里。跟车找人，这帮警察只会这一招。

达莱妮回到床边，摇醒了阿里斯托。她一只手挡住了阿里斯托的半梦半醒的搂抱，一只手竖起食指放到嘴唇边。

阿里斯托一骨碌起来了，他们的行装很简单。

当两个便衣警察在三楼门前"砰砰"敲门时，达莱妮和阿里斯托已经提着帆布包，顺着厨房的小窗翻到了隔壁公寓的防火楼梯上，再从楼梯边过一个平顶，穿过一条街，把野马车轰隆一声发动了。

类似这样的一般排查，警察如果当时没有找到人，一两天后会再来敲一次门。

一两天后，达莱妮和阿里斯托早已远离了拉斯维加斯。

就是不算韩国老头儿的事，接下来与邱永邦联手的这一笔，可以稳稳拿到二十万到三十万美金现钞，达莱妮和阿里斯托怎么会再回来呢？

（四）

拉斯维加斯　14时30分

每家赌场都有一个共同点，就是最中心、最宽大的是赌场大厅。

一进大厅，首先听到的是一片叮叮当当的脆响声，成百上千的老虎机不停地吐着筹码，给人一种错觉：财富就在眼前，下一位幸运儿凭什么不是我？

现代赌场已经不是过去人们印象中那种黑帮黑幕的勾当，而是一个极其发达、极其现代化的产业。它拥有最高端的科技，管理学、人体行为学、心理学、环境学、艺术美学、高端数理学、统计概率学、电子数码、声光音响——无所不用其极。

最终的目的十分简单，就是吸引客人来，赢取他们手中的钱。

很多人不明白一个简单的道理：客人是想用手中的一百元赢赌场的一百万元。而赌场则只需用一百万元赢你手中的一元。

再直接地说，只要你玩下去，总有一把，你会输掉手里所有的本钱，懊恼地离开。赌场永远开着，从理论上说，它的本钱是无限的。

这就应了那句老话：不怕你赢，就怕你不来。

潜台词就是：只要你想赢钱，你就一定输钱。

简妮一个人在赌场大厅里闲逛着。洪银河在房间里还没有出来，她需要等待一个机会。

她在一个玩推钱的机器柜前停下脚，饶有兴致地观察着。

这是一台让人心痒难忍的游戏机。玻璃柜中有一片平平的金属板，后面有一排不停地向前推动的轮子。每一个扔进去的钱币都落在金属板上，堆积得满满当当。在轮子的推动下，厚厚几层的钱币缓缓向前移动，而在金属板的最外沿，许多钱币已经探出了一大半的身子，颤颤巍巍地半悬着，好像再扔一块钱币，那一堆钱币就会轰然坍塌下来，落入下面的金属槽内。落下去的钱币就是你的。

仔细研究了一番，简妮相信这压塌骆驼的最后一棵稻草应该由自己放上。她很高兴这样比喻。

一块，又一块，再一块，简妮已经往柜子里扔了十多块钱币了，但那堆在金属板边缘上的钱币依旧颤颤巍巍，没有落下一个来。

身边有人咳嗽了一声，一位穿旧皮夹克的男人的脚步好像突然滑了一下，他的一只手就势扶上了游戏柜，暗暗使劲推了一推，同时，他穿着高帮野外鞋的右脚也仿佛不经意地踢到了柜子上。

柜里的钱币受到这突然的震动，终于失去了平衡，哗啦一声滚落下来不少，落在金属槽中，响起一片悦耳的"叮当"声，引得不少客人往这里投来羡慕的眼光。

惊愕中，简妮分明看到这个男人朝自己投来一瞥调皮的眼神。她还没有醒过劲来。男人又暗中使劲摇了一下柜子，更多的钱币滑下。

不远处的保安早看到了这对男女，他对这种占小便宜的小把戏习以为常。赌场有时为了让客人开心，对这种无伤大雅的事睁一只眼闭一只眼，无非通知一下工程人员，下次把柜子焊接得更牢固一些就是。但也不能做得太过分。保安往这边走近了几步，目光注视着他们。

简妮有些尴尬。正巧，她看到导游文文和一个男子从人群中过来，赶紧迎了上去。

布莱德朝保安眨下眼，做了个心领神会的鬼脸，自然地跟上了简妮。

中午，李晓宇请文文在中国城一家云南菜馆吃饭。他知道文文很喜欢吃那家的皮肚炖鸡，特意早早打电话过去订好了座位。

"怎么不吃了？"见到一向胃口很好的文文放下了筷子，一大盘油光喷香的皮肚炖鸡只在中间陷了个浅浅的坑，李晓宇关心地问。

"你真的不考虑？"文文没有回答他的问题，而是突兀地跳出一句。

"咱们不是说过不再谈这件事了吗？"李晓宇知道文文指什么，但他不想继续这个话题，"再吃点吧，今天的菜味道烧得不错。"

"饱了。"文文淡淡地说。她收起飘向街外的目光，又专心看起自己的手机。

李晓宇暗暗叹口气，也沉默不语了。

自从去年春节后，李晓宇就感到文文渐渐开始疏远自己。前段日子，当李晓宇拒绝了她同学的合作邀请后，李晓宇看出文文对自己大失所望。他知道文文要求的并不多，作为一个男人，生活、事业，总得有所作为，有所图才对啊。但李晓宇现在最害怕的就是提到这些。李晓宇知道这段关系可能到了尾声，他心很疼，但他不知道该怎么来挽回。

第一次见到文文是在一个朋友的聚会上。大家都很开心，而她却在一个角落里暗自垂泪。朋友告诉李晓宇，文文是与一个年过四十的越南华侨结婚而移民美国的。但那男人是个酒徒，一喝醉了就动手打老婆。浑身伤痕的文文实在受不了，便逃到了政府设立的妇女儿童保护中心，离开了那个疯狂的酒鬼。

李晓宇没有多说话，他坐到了文文身边，陪了她一个晚上。文文的哀怨如溪水息息不休，而李晓宇则是蕴藏流水的深潭，沉静而深厚。她说着，他听着，他们就在一起了。

刚开始的那段日子是幸福与欢快的，他们会在深夜开车去海边看鲱鱼洄游，月光洁净如洗，海面鱼群翻腾似跃，天地间荧光闪闪；也会在阳光假日来到遥远的葡萄庄园，坐在树荫下品尝新酿的美酒，杯中酒液醇厚似浆，在风中粘连着俩人晶莹的目光。和所有热恋中的情侣一样，他们痴迷在对方的气息中不可自拔。

一次，文文带团去了旧金山，手机坏了，忙中也忘了和李晓宇及时联系。正巧，她所住的旅馆那条街发生了煤气管道泄漏爆炸事故。看到电视台报道以后，心急如焚的李晓宇跳上车，连夜奔驰四百多英里赶到文文的旅馆。清晨，当睡眼蒙眬的文文打开房门时，李晓宇一把抱住她，浑身颤抖，随后瘫倒在沙发上，只说了一句话："给我杯水，我身上忘带钱了。"

那是李晓宇记忆中在美国最幸福的时光。然而，激情过后的日子是平淡无奇的。受过创伤的文文绕过礁石，欢快地朝远方奔流而去；而李晓宇却没有迈过心里的那道坎，滞留在死水潭原地打转。于是，俩人困惑了。

三个月前，文文兴致勃勃地带来了她的一位来美国旅游的老同学。那男人看上去在国内混得不错，踌躇满志的，开口闭口就是百万千万美金。他向李晓宇一口气提出两个诱人的项目，一是他正在组建一家网络销售公司，请李晓宇帮他主持开发美国市场；二是想在美国做点实业，把北京一家著名的饭店移植到美国来，请李晓宇当饭店的总经理。文文听得双目发光，而李晓宇却少言寡语。

醉翁之意不在酒，李晓宇从那男人贪婪地望着文文的眼光中已经读懂他的用意。

先不说现在国内人的承诺有几个靠谱的，就是真有这么回事，李晓宇也本能地感到这是种羞辱，至少，他可以预见到这样的"合作"不会有好结果。

而文文却大失所望，俩人的关系从那时就起了变化。

文文是个聪明的女孩，可是她怎么就读不懂男人呢？

吃完饭，李晓宇和文文回赌场。经过一个登记结婚的教堂，神圣的音乐袅袅而出，李晓宇停下了脚步。

一位健壮的西裔男子搂着一位娇小的女孩从里面走了出来，幸福使他们的脸熠熠生辉。穿着洁白长袍的神父一直送他们到门口，一脸的慈祥。

李晓宇想悄悄拉住文文的手，文文却兀自走开了。

文文给自己的不愉快找了个理由，今晚旅游团中要看大型表演Show的人数比预想的要少。客人买Show票找她，她向做票务生意的熟人拿票。根据季节，中间的差价有十到二十美金，如果一趟车有大半客人看Show，文文至少有二三百美金的赚头。

门口碰到老周。老周塞给文文五十美金。告诉她，明天有位穿皮夹克的中国长相的小伙子要搭车，文文这才高兴了些。

看到简妮身边的布莱德时，文文笑了笑："明天是你要和我们一起走？"

"是的，不好意思，要麻烦你了。"布莱德很有礼貌。

"不客气，欢迎欢迎。今晚和我们一起就餐吗？"

布莱德看了一眼简妮。简妮没有想到，刚刚这个有点鲁莽的男子，明天就要成为同行人。她觉得一下子亲近了不少。她给了布莱德一个邀请的目光，布莱德点了点头。

"我该上班了。"一边的李晓宇看了看手表。出于礼节，文文简单地给大家做了一下介绍。

"哈，你是文文的男朋友。"简妮笑了，"你发什么Game？"

"德州扑克，会玩吗？"

"会啊。"

"我今天走赌注不大的桌子，有兴趣的话，一会儿过来玩。"

"好啊，可别让我输钱啊。"

第三章

（一）

普朗克大赌场　15时35分

刚走到员工区，李晓宇就被站在门口的值班经理叫住了。

"李晓宇，楼上管理部通知你去一下。"

"现在？什么事？"

"上去你就知道了。"

这时候，李晓宇看到了一个黑衣壮汉站在值班经理身后，目光冷峻，没有表情。

李晓宇立刻明白危险已经逼近。现在李晓宇真后悔认识邱永邦这只"妖"。

来美国三年，李晓宇只结识了一男一女两个朋友。女的是文文，男的就是邱永邦。

认识邱永邦是在一个下午，李晓宇到超市里购买食品，转过一个高大的货架，他听到一阵急促的呛咳声。一个穿着皱巴巴西装的中国人，站在点心柜前，正往嘴里大把地塞着蛋糕。地上还有一些撕开的巧克力纸。看到李晓宇惊讶的表情，这个中国人咧开嘴笑了，做了一个你知我知的表情，又伸手抓起一瓶乳酸饮料，就像打开自家的冰箱门一样自如，拧开瓶盖，咕嘟咕嘟一口气喝了半瓶。这个中国人的笑容让李晓宇感到很亲切。如同一起参与了男孩子们的恶作剧把戏，李晓宇觉得这事挺好玩的。

在收银台结账时，收银姑娘满腹狐疑地看着站在李晓宇身后那个中国人手中的半瓶饮料，李晓宇大方地点点头，示意一并给结算了。出超市门，这个中国人大大咧咧拍了一下李晓宇的肩："兄弟，你挺够朋友！"他一晃手腕，手上戴了块崭新的手表，应该被收银员剪走的商标牌还在表链上晃晃悠悠。他把表往李晓宇怀里一扔："送你了。"李晓宇一时怔了，但心里却感到一阵温暖。

到现在，李晓宇还没有搞明白这个邱永邦到底来自中国的哪个省市。只知道他是跳机留在了美国，是个没有身份的"黑"人。

一天，俩人喝酒喝多了，李晓宇断断续续讲了自己的遭遇。邱永邦一拍桌子，一身酒气地跳起："这臭娘们儿现在在哪里？哥哥我帮你去废了她！"

从那时起，李晓宇就把邱永邦当成了朋友，他觉得邱永邦有时挺像自己部队的老班长。

说实在的，李晓宇还是很怀念在部队的那段日子的。

李晓宇当的是海军，在一艘舰艇上当机电兵。风里来浪里去，生活艰苦而又单调，但也教会了一个男人忍耐和勇敢。

老班长是河北唐山一带的人。文化程度不高，但忠厚义气，把自己班里的战士都当成孩子一般呵护，有什么事都自己出面担当。平日里关心照料的琐碎事无须多说，有一件事让李晓宇记忆深刻，终生难忘。

那是一个夏天，部队搞武装泅渡训练，上岸后，一名战士不见了。部队在原地打捞了三天，最后这名战士自己从海底浮出了水面。

兄弟们抱头痛哭。稍事整理后，卡车开来了，要将他的尸体运往一百里远的基地医院保存，以待家人赶来处理后事。老班长红着眼跳上了车厢，他一挥手："车板太硬，别磕碰疼了他，来，咱们抬兄弟上路！"

李晓宇和十几名战士跳上了车，他们手扶着车栏，用担架把战友僵硬的身躯扛在肩上。百里山路颠簸不已，一路上，老班长和弟兄们稳稳地护着死去的兄弟，一分钟也没有放下过。

从那一刻起，李晓宇懂得了什么是情义和责任。

李晓宇退伍后，老班长留在部队当上了志愿兵。一次，老班长探亲时特意拐到他的城市来探望他。李晓宇和还没有结婚的女友请老班长在城里最豪华的西餐厅吃饭。面对着一桌的刀刀叉叉和精心打扮的女友，老班长有些手足无措。最后，老班长的眼里分明露出了许多生疏。事后想想，李晓宇很后悔，他知道，老班长要的不是炫耀，而是信任。

拿邱永邦与老班长相比显然是个错误。在美国，虽然俩人抵足而眠，邱永邦对自己也算照料得不少，李晓宇对他也有友情，但就是建立不起信任。

邱永邦的路子很怪很野，从来没有看他认真打过什么工，好像悠悠闲闲的也活得挺自在。馋了，到超市吃点儿，看见哪件衣服不错，顺手就套在身上，大摇大摆回家了。李晓宇也劝过他找个正经活干干，邱永邦一摆手："那混到什么时候才能出头？"

一段日子，邱永邦认识了几个骗保险的台湾"律师助理"，天天缠着李晓宇，要用他的那辆旧车做假车祸。

吃不住他的纠缠，加上李晓宇对意外之财也有点动心，一个周末的晚上，他和邱永邦把车开到一条幽暗的小街口，双双抱着大枕头，这是从家里带来用来减轻撞击力的，等着另一辆安排好的小车关着车灯从侧面撞来，那辆小车上也满满当当地坐着抱着大枕头的人。

接下去的事情都是按部就班的，警察做事故报告，串通一气的医生开始所谓的"治疗"，熟悉的修车厂修理好损坏的车身，"律师助理"向保险公司索赔——半年后，保险公司向他们每人支付了近两万美金的赔偿。按照约定，"律师助理"拿三分之一，医生拿三分之一，事故人拿三分之一。

李晓宇坚决拒绝了邱永邦再干一次的建议。当两车相撞的那一瞬间，把头紧紧埋在枕头中的李晓宇突然觉得这一切简直太荒唐了。

没过多久，邱永邦出了大事。他和一位上海来的哥们儿做车祸上了瘾，竟然在高速公路上玩起"车祸"把戏，上海人被后面飞驰而来的卡车生生撞烂了半个脑袋，邱永邦也住了两个月的医院，一条腿从此废了。同时，保险公司也终于对华人圈内频频高发的"车祸"起了疑心，几位相识的"律师助理"被警察局调查了。

又过了一段日子，李晓宇发现邱永邦头上缠着黑布条，一瘸一拐地早出晚归，仔细一问，说是搞"政治避难"的身份了，有事无事就去中国领事馆门前呼口号拉标语静坐示威什么的。

李晓宇一口饭喷到地上："你他妈知道政治两个字怎么写？"

虽然渐渐清楚邱永邦是个不择手段、六亲不认的主，但李晓宇还是愿意和他交往，在沉闷的生活中也时常被他吸引。有人说，危险和邪恶原本就具有一种天生的魅力。

当李晓宇成为发牌员，被赌客们气得在家摔盘子砸碗的时候，邱永邦在一边吼了一声："你他妈不会整赌场？"

李晓宇认真想了两天，回了邱永邦一个字：

"整！"

上电梯的时候，李晓宇快速地把整个情况判断了一遍，现在容不得走错半步。

李晓宇清楚，他和邱永邦的把戏已经被赌场的人发现了，但他们到底掌握了多少，李晓宇还需要证实。自己下的功夫不会白费，不到最后一刻，李晓宇绝不认输。

他感到黑衣人粗重的呼吸吐在自己的脖子上，温热带有重重的口臭。这时，李晓宇反而冷静了下来，他相信自己能够面对即将发生的一切。

来到走廊深处的管理部门前，身后的黑衣壮汉毫不客气地抓住了李晓宇的手臂。这时，李晓宇听到从屋里传出一记沉闷的击打声，接着是椅子倒地，随后有人痛苦地呻吟。

这是邱永邦的声音，李晓宇的心一下子坠落了。

德州扑克的玩法稍微有点复杂。

这是一种在美国非常流行的赌牌玩法，与不看牌就先把钱押上去的通常赌法不同，德州扑克是客人与客人间的赌局，赌场只是提供发牌和控制牌局的进程，当然，赌场是要抽水钱的。德州扑克每玩一局牌可以有四次下注的机会，每个赌客在桌上放上参与赌局的基本筹码后，就会得到两张暗牌，根据得到的牌决定是不是要继续赌下去，你可以选择：看牌；下注；跟牌；加倍；弃牌。

这一轮结束后，发牌员把下注的筹码集中，收走赌场的水钱，然后发三张明牌在赌桌中央，这是公共牌。每个赌客可以用手中的两张暗牌与公牌配，看看有没有可能配出如同花顺、炸弹、绳子、三张、两对等各种牌型，当然越大越好。有希望的开始下第二轮注。下完注后，发牌员再发一张公共牌，再一次下注。然后就是最后的第五张公共牌，最后一次下注。这样，赌台上有五张大家都可以使用的公共牌，每个赌客手里有两张其他人不清楚的暗牌，一共七张牌。赌客各自从中配出五张牌来互相比大小。牌最大者获胜，赢取前面四轮积累的赌金。

玩德州扑克不仅需要运气，也需要经验和技巧。赌客依据手中的牌，可以及早抽身，避免更大的损失；也可以运用技巧，如看牌加倍、反加倍、诈牌等，赢取更多的钱。

没有经验的，或者心存侥幸的赌客，往往会一直跟到第五张公共牌出来才死心，自然，他们输得最快，自己的赌资不用多久就会变成别人面前高高堆积的筹码。

这里面，最刺激、最具有变数的就是第五张公共牌。

发牌员把第五张公共牌翻出后，一切皆成定局。原先手中的一把好牌很可能就此泡汤，而别人则美梦成真。每到这时，惋惜声、惊叹声、咒骂声、叹息声便轰然而起。赌客们给这第五张公共牌起了个外号：

"Killer"——杀手。

在盲者的世界里，独眼者就是国王。

经过一段时候的研究后，李晓宇和邱永邦决定利用当发牌员的优势，在第五张公共牌上下功夫。

他们也曾打算去玩"二十一点"，运用加倍再加倍的概率方法，十把牌中总会有一把赢。

但他们很快就放弃了。第一，他们没有这么大的赌金，以五美金起下注，到第十把时赌金已达两千多美金，加上前面的下注，他们无法承担。

第二，"二十一点"是客人与赌场对赌，赌场对赢取自己钱的赌客特别警惕，时时在监控中。

第三，赌场真的很邪，有时就是会连赢你十多把。而且，赌场为了防止这种靠概率翻本的机会出现，往往会设定上限，不会让你无限制地翻倍上去。

最为无奈的是：就算翻倍成功，拿回来的也只不过是你自己原来输出去的钱。从哪里赢钱呢？

而德州扑克是客人与客人玩，赌场对赌客之间的输赢并不在意。

关键是第五张公共牌可以做手脚。普朗克大赌场发牌员的服装是奇特的，颜色鲜艳，开胸束腰，大灯笼袖，据说这是体现意大利古老的哥尔巴格风格。对李晓宇来说，这是一个隐现的弱点，为反复训练的特殊手法提供了很好的掩护。

一段日子里，李晓宇和邱永邦在家中不分日夜地练习着手法和互相之间的约定，吃剩的方便面和叫外卖的饭盒在墙角里堆积如山，散发出阵阵异味。

记住，最要紧的是第五张。如果约定的牌型一旦出现，李晓宇就会用别人无法察觉的手法，闪电般抽出洗牌时已放置好的牌，正正放到桌面上，邱永邦就赢定了。

发牌员工作一天要发数百张手牌，总有几手约定的牌型会出现在赌局中。

只要有几手就够了。

（二）

两个小时前，阿里斯托和达莱妮把野马车停到了隔着一条街不远处另一家赌场的大停车楼里。

他们穿过热闹的大街，朝普朗克大赌场走来。

事情有了变化，他们急于找邱永邦商量。但无论怎样，与邱永邦约定好的买卖不会变。

在走过一条小街的路口时，达莱妮站住了，她听到一扇装饰成教堂门的小门后传来的悠扬音乐声。那是人人熟知的《婚礼进行曲》。

风掠起她的一缕棕发。阳光下，达莱妮眯着她漂亮的眼睛。

她想起她的妈妈，想起妈妈身上总带着股豆子的腥味。妈妈说："女人一辈子真正活着的日子只有一天，就是结婚的那天。"

为什么不是今天？我要这一天从今天就开始。达莱妮突然下了决心。

"走，结婚去。"达莱妮指了指小教堂的大门。

她突然想家了，虽然山村里的家在她的记忆中已经很遥远了，但达莱妮很想再回去一次。

阿里斯托目瞪口呆，他再怎么转动脑袋，也跟不上他身边这位小精灵脑袋里时时闪现的来无影去无踪的念头。

拉斯维加斯可以说是世界上结婚最简便的城市。

各种迷人温馨的小教堂遍布城市的街道，风格迥异，集典雅、浪漫、时尚，从简单的仪式到华丽的大事件，法律专家、婚礼顾问、宗教仪式、鲜花布置、灯光师、摄影师样样齐备，可为婚礼提供最美丽的见证。

情侣们可以选择适合自己的婚礼套餐服务，快的话十五分钟就能完成使命，拿到结婚证书。要是只身来拉斯维加斯结婚的男女身边没有亲友和熟人证婚，他们可以在街头随便拉个陌生人当证人，在烛光和神圣的音乐中，新人们一样心存感恩，甜蜜幸福。

半个多小时后，当健壮的阿里斯托搂着娇小的达莱妮从小教堂里出来时，幸福使他们的脸熠熠生辉。穿着洁白长袍的神父一直送他们到门口，一脸的慈祥。

一群中国游客停在门前，纷纷用手机和照相机拍照，把祝福和羡慕的目光毫不掩饰地送给了这一对看上去天造地设的甜蜜男女。

当保安从桌前叫起邱永邦时，他正拿到一副臭牌，红桃4、草花J。

什么狗屁牌！这种牌要赢上帝都会睁开眼。除非公牌中有二到三张的"4"，或者"J"，但只有疯子才会去满怀希望地等待。

邱永邦刚刚要了一杯啤酒，那位穿低襟大露胸、超短裙的女服务生已经在他身边转悠过好几回了，她知道这位客人给小费非常大方。

邱永邦今天来，是有一个重大的计划，需要李晓宇的协助。当然，这位始终自以为有"正义感"的李晓宇并不知情。

正义感？邱永邦暗自发笑。在如今人玩人玩死人的社会中，这种"正义感"还不如街上野狗屙的一泡屎。更可笑的是，李晓宇还自个儿把这泡屎捡起来，认认真真地往脸上涂，你装他妈什么大尾巴狼！说起来，邱永邦还是很看重自己和李晓宇的关系的，但他有时会上火，火就火在看不惯李晓宇时常会用审视和不屑的眼神扫一下自己，让自己总觉得歪歪斜斜地提不上神，鼓不起气。在邱永邦的生活经验中，端着架子活的人，往往死得最惨，最后就是死在自己搭建的倒塌架子下。

做人不能死心眼，要活在当下。有机会就要死死抓住不放，哪怕把身边的人都蹬下沟，也绝不能让机会从自己指缝里滑走。他准备再好好和这个做人不会转弯的哥们儿聊聊，说说心里话。对李晓宇，邱永邦还是有情感的，毕竟俩人一起度过了一段艰难的日子。当然，现在的当务之急是安排好明天的事宜。完事后，他会到另一个地方另起炉灶。那个地方可能是美国东部的繁华都市，可能是南美洲的金沙海滩，说不定是卧在非洲丛林部落里听大象吼叫，呵呵，管他呢。

文文也坐在桌上，刚刚赢了一把，回头对着坐在赌桌另一端的那个叫简妮的中国姑娘直做鬼脸。邱永邦并没有太关注那个一直微笑看简妮打牌的穿旧皮夹克的男人。

文文就是那把开启山洞宝藏门的钥匙，而自己则是暗藏心机的敲门人。

跟着保安离开桌子时，邱永邦还对文文笑了笑："文文，一会儿有件事要你帮下忙。"

那一记猛拳让邱永邦在地上趴了好一阵，他感到腥热的血呛进喉咙中。

妈的，今天这个坎难过了。邱永邦很清楚赌场这帮人的手段。拉斯维加斯周边的沙漠荒丘下，有多少冤魂在呼号，这恐怕是天藏地掩的秘密了。

又一记老拳击在他的腹部，邱永邦像离开了水的鱼一般拼命张大嘴，几乎无法呼吸。这时，门开了，他看到李晓宇被另一个黑衣人推了进来。完了！邱永邦绝望地闭上眼睛。

黑衣人把李晓宇推带到办公桌前，用力一按，李晓宇坐下了。

面前的办公桌前，高高地跷着一双脚，一个肥胖的男子正专心致志地用刀切着奶酪吃，他硕大的屁股把椅子塞得满满当当。

李晓宇没有看邱永邦，也没有先开口。几道从高高的窗户透进来的阳光划开了屋里飘浮的尘土，一时只听到邱永邦急促而不规律的呼吸声。

又切了一块厚奶酪到嘴里，男人开口了，他用刀一指邱永邦问李晓宇："认识他吗？"

"认识啊，是我们赌场的老客人了。"

"有什么要向我们解释的吗？"男人仿佛是顺口问着，语调很平静。

"我不明白你要我解释什么？"

邱永邦哼哼唧唧地站了起来，他往地上吐了口带血的唾沫，瞪着男人："为什么？"

胖男人呵呵地笑了，转过宽大的桌子，伸手拍了拍邱永邦的面颊："我的好孩子，我也想知道为什么呀。"

身后的黑衣人对着邱永邦腰部再击一拳，这下他爬不起来了。但这是值得的，李晓宇明白邱永邦给出的暗示，这帮黑衣人还没有从他这里问出破绽。

李晓宇知道，黑衣人对付像邱永邦这样的在社会上闲荡的"黑"人是心狠手辣的，所谓"黑吃黑"，他们毫无顾忌。但自己是赌场的正式员工，是在警察局正式审核通过的，虽然他们也并不在意警察局，但多少会谨慎一些。

"啧啧啧，都什么年代了，他们还这样粗鲁。"胖男人玩着粗劣的心理游戏，让邱永邦吃苦头，就是做给李晓宇看，"李，你应该要聪明啊，真没有什么要告诉我？"

李晓宇明显感到按在自己肩上的手加重了力道，这是一个明确的威胁。在他们没有拿出无可抵赖的证据前，李晓宇绝不会松口。他知道，松口的结果会更加可怕。

　　胖男人研究了一会儿李晓宇的表情："要是我们先说出来，你的结局会很不好。"

　　"我还是不明白你的意思。"

　　"再想想。"

　　"没什么好想的，我要控告你们。"

　　不断的盘问，反而让李晓宇心里渐渐有了底。他们还只是怀疑，要是真有证据，这帮人绝对不会这般浪费口舌。

　　胖男人举手止住了李晓宇身后汉子挥起的巴掌，他准备给点狠的。他慢慢切下两块奶酪，用刀插着放进嘴里，然后细细端详雪亮的刀刃。

　　"看过电影《杀死比尔》吗？漂亮的乌玛用刀挑断了医生的脚筋，真令人心旷神怡啊。她用的就是这把小猎刀。Buck 110，伴随男人一生的好伙伴啊。"

　　胖男人突然一把抓过李晓宇的手，把锋利的刀架在他手指上，死死盯住李晓宇的眼睛。身后的黑衣人也一把拽住了李晓宇的头发，强迫他的脸高高仰起。

　　李晓宇知道，不能再被动下去了。他必须要占据主动。他慢慢松开攥紧的拳，手指分开伸在桌子上："我明白你的意思，挑脚筋切指头你看着办吧。但是我告诉你，这里是美国，你敢乱来，我就敢到楼下大厅去，让全世界看看你们是怎么对待自己的员工的！"

　　两人对视着，空气如同凝固。

　　"小子，在我这里耍狠，你还不够资格。"胖男人咬着牙，发出咝咝的声响，但他心里还是清楚，做过头了，把这个中国人逼急了，事情真的会闹大。如果没有确凿的证据，他自己也不好收拾，很难向上面交代。适可而止吧，警告一下，估计这俩小子今后也不敢再折腾什么花招了。至于已经挨了一顿揍的那个烂赌鬼，就当他喝醉了自己在厕所里摔的，谁都不会把他当回事的。

"今天我老婆过生日，算你运气好。这是一个警告，你自己要想清楚，滚吧！"

再次回到赌场，李晓宇感到仿佛从另一个世界归来。

这一切太荒唐了，荒唐得令人感到不真实。李晓宇抹着额头，如梦初醒。身后，邱永邦用中国话低声咒骂着跟随他们下来的两个黑衣人。听到他的声音，李晓宇有种恶心欲吐的冲动。

这的确是一个救命的警告。难道自己真的就准备这样浑浑噩噩过下去吗？一个女人的离去难道就让自己放弃了一切？李晓宇，你太糊涂了！太窝囊了！太混蛋了！

李晓宇突然发现自己已经在这个昏乱的梦中磕磕绊绊地走了三年，没有理智，没有色彩，甚至没有时间的流淌。一时间，他倒希望刚才那把锋利的刀切掉自己的手指，切断混沌的纠缠，让痛苦彻底把自己从迷茫中剥离，彻彻底底地醒来。

看到李晓宇快步离去，邱永邦没有吭气，他知道李晓宇的脾气。

后背又被狠狠地推了一把，邱永邦趔趄着差点没摔倒，他回头气愤地瞪着那两个走回电梯的黑衣人。这时，他看见阿里斯托高大的身躯晃晃悠悠地从赌场大厅色泽鲜艳、图案花哨的地毯上走来。达莱妮像一只小麻雀般前前后后地扑腾在他身边。

远远看到邱永邦鼻青脸肿的模样，阿里斯托快步走了过来。黑衣人见来者不善，停下步子，伸出一只手指，威胁地点着阿里斯托。达莱妮把手插进腰里，悄悄绕到了黑衣人身后。

"OK，OK，"邱永邦高举起双手，挡在他们之间，他不想在这里争强斗狠，约墨西哥人来，是要做更大的买卖，他不想再出岔子，"没事，一切都没事。"

交换了一个眼神，两个墨西哥人走开了。他们径直走进赌场大厅边的酒吧，坐到一处灯光暗淡的角落。

黑衣人离去后，邱永邦在一张老虎机的椅子上喘了一会儿气，整理好散乱的衣服，也来到了酒吧，坐到墨西哥人的小桌前。

布莱德在保安叫走邱永邦时，就起身离开了正在牌桌上玩得兴起的简妮。

他站在走廊花岗石的大柱后，一点也没有错过刚才发生的一幕。当达莱妮手插在腰里悄悄绕到黑衣人身后时，布莱德看到了她短短的外套下露出的一小截黑色的枪管。

这三人很危险，布莱德很快下了判断。

环视了一下赌场，布莱德发现牌桌前的简妮已经不见了。想了想，他也走进了酒吧。

他独自坐在离墨西哥人和邱永邦不远的橡木长柜台旁，叫了一杯加冰块的红绿色混合饮料，慢慢地啜着。

（三）

普朗克大赌场酒店　18时15分

酒店21层2135号房间里，洪银河把密码一串一串输进他随身携带的十四英寸苹果电脑中，电脑发出柔和的嗒嗒声，通过网络，洪银河几乎连接了半个地球。

洪银河心情很好。刚刚过去的几个小时，他在网上顺利地与香港、澳门的三家银行连线，将几笔钱转进了自己美国的匿名户头里。洪银河知道，把钱放在那些地方是不安全的，它们离大陆太近了，太容易被国内的调查势力所控制。

他甚至谨慎地做了一个小小的试探，连接国内的一家银行，把原先设定的一家影子公司账户里的外汇也做了财务处理，虽然金额只有几万美金，但从账户活动一切正常来看，可以判断出，自己的出走到现在还没有引起全面的审查。

洪银河能够想象，现在，相关部门的人一定很紧张，恐怕还没有从震惊中反应过来。会议通宵达旦，请示的电话一个接一个，责任开始推诿，决定无人承担——

这种官场体系的工作方式和烦琐流程，洪银河太清楚了。

关掉电脑。看着电脑屏幕柔和地变暗，洪银河梳整了下有点散乱的头发。他感到有点累，脑子也有些发涩。

银行转账时，支付与收取方都没有留下与自己相关联的痕迹，国内的有关部门就是花上一年的时间和功夫也不见得能够查得清楚。

接下去，只要在国内并不熟悉的美国银行体系中再兜几次圈子，玩些类似于资本组合、公司开闭、证券投资之类的手法，这些钱便会销声匿迹，游走得无影无踪，谁都追寻不到了。

大仁不仁，大善不惠。洪银河想，老祖宗的话真是有智慧啊，可惜现在的人太匆忙，太急功近利、急于求成了，没有时间停下脚步来好好琢磨一番。

两人离开房间，顺着安静的长走廊来到电梯前。全钢玻璃的电梯门悄无声息地关闭后，佩佩伸出手，按了下直接去餐厅的按钮。

从电梯里出来，他听到佩佩的手机发出悦耳的短信提示音。佩佩停下脚步看了下，笑吟吟地轻声道："银行的，钱到账了。"

洪银河点点头："保存好了，别删掉。"

"吃饭。"现在，他就想好好地吃上一顿。

当他们离开五分钟后，对面的房门轻轻开了，简妮纤细的身形悄无声息地站到了2135号门前。她观察了一下四周，然后笑盈盈地朝远处的清洁工招手，示意自己把门卡忘在屋里了。

胖胖的墨西哥大妈慢吞吞走了过来，她对这种事习以为常。这些面孔长得几乎一模一样的中国人，总是喜欢吵吵闹闹地在房间里互相串来串去，忘门卡是经常的事。

塞给墨西哥大妈五块美金小费后，简妮进入了2135号房间。

十五分钟后，她出来了。在她手心中紧紧攥着的USB大容量储存器里，已经下载了洪银河电脑里的全部秘密。现在，简妮胜券在握，只等着恰当的时刻给他致命一击。

出门的时候，简妮看到小佳年顺着走廊蹦蹦跳跳地走来。孩子们逛完游乐园后回酒店吃晚饭，小佳年觉得有点冷，回房间来拿衣服，正好看到简妮走出洪银河房间的门。

对着小佳年摆摆手，简妮赶紧溜进自己的房间。

赌城有四大特色：赌、玩、吃、色。

吃，是来到拉斯维加斯的游客一定要做的一件事情，而自助餐是记忆中的欢乐放纵。

各赌场为了招揽客人，重金聘用大厨，张罗全球著名菜肴。美式、法式、意大利式、中式、日式、墨西哥式——应有尽有，而且每一道都很精致。

装潢华美的大餐厅可以容纳近千人同时就餐，餐厅分成好几个区域，每个区域中有不同的烹饪台，分别展示了全球不同的烹饪风情。品种多样、数量充足的美味佳肴超过百种。

龙虾、生蚝、长脚雪蟹、南极鲜虾、牛排、烤牛羊肉、烤鸭、炸鸡、蒸鱼、生鱼片、各式炖炒菜。还有丰富多样的甜点、冰激凌、酒、水果、饮料可供尽情享用——

赌场的自助餐费用比外面的餐厅要便宜，每天还有不同的特色菜推出。游客可以选择在不同的赌场吃不同特色的自助餐，也可以选中一家最满意的，买上一张便宜的联票，一天二十四小时里，随意来吃多少次都行。

今天，普朗克大赌场推出的特色菜是培根卷菲力牛排。

穿着制服，戴着白色高帽的厨师们挥舞着刀叉，在烹饪台前不停地切割着热腾腾、香喷喷汁液流淌的牛排分给排队的客人，忙得满脸油津津的。

"来啊来啊，这边一起来坐。"导游文文见到洪银河一对出现在餐厅时，老远就招呼起来。

布莱德独自坐着，埋头吃着盘子里的菜。他坐的位置很好，可以听见几张桌子的对话。

在他周围，冬令营的孩子们和老师占了好几张桌子，小佳年和其他小朋友们像欢乐的小鸟，在餐桌和取菜台间一趟一趟来回跑着。考察团的人并不齐，那位马主任看上去有点无精打采，估计是输了不少钱。邱永邦和那一对墨西哥男女坐在一张与布莱德背对的小桌后面，他们之间并没有过多交谈，只是目光时常扫视一下这边。

餐厅里最热闹的就是那张靠近落地玻璃窗的大圆桌了，旅游团剩下的人几乎都凑到了这里。

一个下午，布莱德没有费什么劲，就发现了几个秘密：

一是，导游文文的发牌员男朋友李晓宇与那个叫邱永邦的赌客关系不一般；

二是，邱永邦和那两个墨西哥男女正在密谋什么事，在墨西哥人身上，布莱德闻到了熟悉的犯罪的味道；

三是，明天，李晓宇、邱永邦和墨西哥人都要搭乘这辆旅游车。

布莱德注意力的重点现在放到了墨西哥人身上。他们要干什么勾当呢？布莱德必须尽快搞清楚。人们天性中充满罪恶，这不是我的事情，我只管履行清洗的职责。现在"守护神"需要一件"外套"。真是上苍有眼，眼前这件他们主动呈献上来的"外套"色泽鲜艳，尺寸合适，富有极大的观赏性，堪称完美。

"不到我们那一桌去？大家一起吃多开心。"

简妮端着盘子走到布莱德面前，热情地邀请着布莱德，她感觉这个一下午都站在自己牌桌后看牌的男人有些孤单。

"不了，我习惯一个人吃饭。"布莱德礼貌地回应。

"你吃什么？这么简单？"简妮打量了一下布莱德的餐盘，里面只有一点煎香肠、土豆泥和西兰花菜，杯子里半冷不热地泡着袋装的红茶，在品种丰富的大餐厅里，这如同快餐一般的食品显得寒酸和不协调。简妮的举动多少有点唐突，不太礼貌，俩人还没有熟络到随便交谈的程度，但刚才推钱游戏机前的一幕简妮没有忘记，她对这个明天要跟随旅游团一起出发的男人还是有点好奇。

"这些很好啊。"布莱德漫不经心地说。虽然他的味觉和胃口都没有问题，但他只是把食品看成身体需要的一种燃料，却并不能从美食中获得什么快感。

"你不喜欢热闹？顺便问一下：你是做什么的？"

"我？什么也不做，就是一个喜欢在边上看别人热闹的人。"

"哈，你真逗。刚才你是故意的吧？"

"没有啊，天意吧。"布莱德装作不明白。

简妮咯咯笑了，她觉得这个话不多的男人挺有趣的。"哈哈，敢作不敢为啊，好吧，我认账，欠你一个人情。好了，你慢慢吃吧，我也要去享用一番了。"

布莱德微笑着看着简妮离去，他端起盘子走向最近的一个食品柜，随便扒拉了些菜，又坐回到原位。他心想，是的，我说的是实话。你们遇到我就是上天的旨意。不久以后，你就会知道什么是敢作敢为了。

一张大铝盘端上保温的长长的柜中，铝盘中是刚蒸好的鲈鱼。每条都有一尺长，乳白色的鱼眼微微凸出，鱼肉鲜嫩饱满，热腾腾的香味扑鼻。

洪银河最爱吃清蒸鱼，他仔细挑选了一条放进自己的盘中。隔着食品柜玻璃罩的反光，他看见简妮轻盈地出现在自己身后。

"你也喜欢吃清蒸鱼？"洪银河随口问了声，把拣菜夹递给了简妮。

"是啊。"

简妮盯了他一眼。在她幼时残缺不全的记忆中，蒸鱼的时候，妈妈会点上些镇江醋。只要妈妈哪天去菜市场买回来新鲜的鱼蒸上，小简妮就知道，爸爸要回家了。

"这鱼有妈妈的味道，"简妮举了下盘子，"妈妈蒸鱼有个别人很少知道的诀窍，她还会点上些镇江醋。"

洪银河明显有点发怔。

这是简妮的第一次试探式出击。那个半夜里的电话告知了妈妈突然的死讯，小姨哭着叫着："是你爸爸害的！"从那时起，简妮就决心一定要与他当面揭穿这个罪恶。

"猜猜我们的大肚婆已经吃了几盆？"小孕妇的男人咧着嘴笑。

"你管我！不行吗？"小孕妇横了他一眼，顾不上理他。

"人家是一张嘴要吃两个人的饭，少了可不成。"文文很体贴地帮孕妇说话。

有人统计过：一般亚洲人在自助餐上能吃三大盘主菜，两盘甜点，一盘水果，再加两到三杯饮料，这些食品堆积起来差不多和一个足球一般大。而体格强壮的欧洲人、南美人、非洲人要比亚洲人吃得更多些，腹里可以藏下一个篮球。

现在，桌前的这群人酒足菜饱，小孕妇看着盘子里的剩菜幸福地叹着气。

简妮看着周围的人，扑哧一声笑了："这真有趣。"

"什么事情有趣？"

"都堵到嗓子眼了，还在想着怎么往下塞，这不自己给自己找罪受吗。"

司机老周剔着牙，拖长了声音："人就是贪啊。"

"看来人还是没有脱离动物性啊。"文文也感慨。

"不对，动物只是按生存需要掠食，狮子吃饱后就不会再去捕捉羚羊。看看我们现在，是饥饿的自然需要吗？"简妮不同意。

"欲望。"洪银河要了一杯柠檬热茶，突然插了一句。

"欲望，"简妮咀嚼着这两个字，"你们说说，人的欲望是本能还是精神？"

"当然是本能。"

"可现在谁有本能的需要？这说不通。"

"这么说吧，"洪银河似乎有了说话的冲动，不知为什么，在这个姑娘面前，他总不自觉地想表白些什么，"文明是掩饰本能的。最初是本能的驱使，后来成了精神的索求。到了这个阶段，就不能谈自然属性了，现代社会中，人嘛，精神的满足远超于本能的满足。"

"然而精神是贪得无厌的，要么升华，要么崩溃。所以人们要用道德的理性来约束，不让社会失控。但对待个人的贪婪，却往往无效。"简妮若有所指。

"你的意思是说，这是社会的丑陋？"

"如今人人都在骂社会，谁都不会否认，卑劣、贪婪、冷漠已经成为如今社会的通病。忧郁、烦躁、没有幸福感的人比比皆是。"

"哦，这个说法几乎都成为饭桌上的流行时尚了。"洪银河呵呵笑了。

"听到这些话，我气就不打一处来！"马主任端着一大盘菜路过，接着话茬就开了口，"我最讨厌那种端起碗吃肉，放下碗骂娘的东西。我们有幸生活在一个伟大的时代，一个伟大的国家。看看这些年来社会进步了多少，人们的生活水平提高了多少。真是给脸不要脸，要好好整治整治这种不良风气！"

桌上一时安静了。这又是哪茬接哪茬啊？

马主任心里却暗暗得意，打第一眼看到洪银河时，他就觉得很面熟，却没有想起来是谁。他直觉到，旅游团里这位安静的老人一定位高权重，背景很深，马主任总想套套近乎。但眼下马主任马上就发现自己刚才的话似乎不受欢迎，洪银河垂下眼帘，面沉如霜，一副不怒自威的模样。八面圆通的马主任一见气氛不对，连忙打着哈哈走了。

"哈，抱歉，我可不是马主任这样忠诚的卫道者。或者说，我相信真理，但对布道者充满怀疑。"见马主任走远，简妮巧妙地重新捡起了话题，"我只是想，正是人内心的罪恶让这个社会龌龊。今天，自我约束和自我救赎似乎成了嘲弄的对象，卑劣却可以大肆炫耀。我不知道，一个人的欲望到底有多深，多黑暗，在这个黑暗里又可以滋养出多少魔鬼？"

"呵呵，大家再吃点，吃饱了我们一起去打魔鬼。"洪银河想转移话题。

"人的灵魂想控制肉体，结果发现灵魂比肉体更加贪得无厌。上帝赐予你精神的时候，也赐予了你一根绳索。当精神失去了人性，绳索就成了勒死理智的恶魔。谁是恶魔？是盘踞在你心头的贪婪与邪恶，恶魔就是你自己。"简妮的话开始有逼迫性了。

"这样说太绝对了吧？姑娘。"洪银河若有所思地凝视着她。

"不，这是我的亲身经历，"简妮一字一句地说，"正是我的一个心头被恶魔盘踞的亲人，夺走了我另一位亲人的生命。"

大家哑声了，不知该怎么接口。洪银河心中暗暗吃惊，她这话一定有所指，这姑娘岂止是来路不明，是大有来头，不简单啊。

文文想活跃一下气氛："啊呀，简妮，你不要吓着大家。说点好玩的。"

"还要我说啊，好吧。"话说到这里，简妮也适可而止了，她莞尔一笑，"让大家换换脑子，做个有意思的选择题：有一天，有几个好朋友上山游玩。突然，你从悬崖边滑落下去，你紧紧抓住一个朋友的手，求你的这些最好的朋友们快来救你。但他们十分恐惧，生怕自己也被你带下去，一个个退缩了，被你抓住的手最后也松开了，你掉下了悬崖——"

"这也吓人，不好听。"小孕妇不满地嘟起嘴。

"好玩的在后面，"简妮伸起手指，"你被悬崖上的树枝挡住了，没有死，又回到了朋友们身边。注意，问题来了：事后再看到他们，你会希望回到从前，事情没有发生，生活依旧温暖开心？还是感谢这现实，知道对他们不能依赖，让自己面对真实的残酷？"

转了一圈，简妮的话又绕回到原点。这次，真没有人回答她了。

饭桌前，布莱德像一位骄傲的国王一样俯视着他无知的子民。

众生竭尽全力，蠢蠢欲动。而守护者不动声色，心如止水，早已破解命运之结。

事情越来越有趣了。布莱德取过一张餐巾纸，擦了擦嘴，然后摊开，仔细地望着上面残留的油迹，如同在读一本有趣的书。

他的"守护神"又开始有了生命，它从幽暗的水底慢慢向上呈现，面容渐渐清晰，魅力四射。

他开始感到有点幸福的晕眩，风声呼啸，他自由地翱翔在无垠的天空中——

十年的军队生涯，布莱德一直身处对抗与冲突的血雨腥风中。当他在黑夜从急速滑翔的飞机中跃入沉沉暮色；当他在子弹飞溅的沙土中突入尸横遍野的土屋；当他在暴雨如注的丛林里勒断看守者的脖子；当他熟悉的同伴的脑袋在身边爆碎四溅的那一刻，布莱德开始觉得邪恶如此强大，而自己就是正义的代表，对付黑暗的最有效方式就是彻底地融入黑暗，甚至必须比它更加黑暗和更加肮脏。

由于布莱德的果断和坚韧，他当上了军队中的审讯官。在这个可以完全主宰被审讯人命运的位置上，布莱德感到前所未有的满足。他冷冷地俯视着在他面前颤若筛糠或桀骜不驯的犯人们，他对犯人无情的审讯和凶残的手段使他在战俘营中名声大噪。

一次审讯中，布莱德把疑犯反屈着铐在铁架上，脚尖刚刚着地，整整三天三夜；另外一次，他将疑犯捆绑着塞进了小小的旅行箱，泡在浴缸里，也是三天三夜。在这期间，他安静地听着音乐，看着书，办公桌上的小电磁炉上，他自己腌制的加满香料的鸡块正烤得吱吱流油。在他审讯的记录中，犯人的死亡率居高不下。

不久，军法处调离了布莱德，他们给他的评语是：人格缺陷，心理障碍。

又过不久，军队通知布莱德离开。他们给了他一张支票，打发他回到了这浑浑噩噩的世界。

呵呵，一张支票，一张薄薄的纸，这就是自己十年的生命，十年的付出与报酬，布莱德不禁掩面大笑。

军队教会了布莱德一切，也毁了他的一切。当布莱德坐在颠簸的军用货机里回国时，黑暗里，他的手一直搁在简单的行囊中，他安静地抚摩着，体会着，那里面躺着一张鹰面蛇发的铜面具。

这种长喙面具最早起源于中世纪的欧洲，接触黑死病瘟疫的医生为了让鼻子和病人之间保持一定距离而特制的，后来成了深刻恐惧的黑暗符号。古埃及人把它再加上了蛇的外延。蛇会蜕皮，故而也成为再生、转化和不朽的象征。同时蛇也预兆着复仇。

恐惧、复仇、再生与不朽，这就是他的神，他全部生活的原因和意义。神对布莱德说，你是我的意志，是我的决心，是我力量无穷的手臂，去吧，去守护大地，洗涤众生吧。

唯有通过死亡之眼才能窥见真理。"守护神计划"不是第一次了。三年前在佐治亚，一年前在威斯康星，布莱德已经安排过两批人去朝拜"守护神"绘制的归宿，都是天衣无缝的结局，都是完美智慧的呈现。

他估计，因为他前两次成功的"守护神计划"，使那些州县的警察们失去了不少升官发财的机会，那张鹰面蛇发的铜面具也成为他们职业生涯中的一个噩梦，一个永远无解的黑洞。

相似的事件总会在不同的时间和地点上不期而遇，同样的发生，同样的结局——

这世上，总有人必须做些什么事。他把餐巾纸撕碎了。

（四）

赌场停车楼　22时10分

"嘘。"

达莱妮突然停下脚，把阿里斯托拉到了停车楼夹层中厚厚的水泥板的阴影中，悄悄蹲了下来。他们探出头，盯着不远处的两个人。

野马车停在赌场停车楼的三层H区域，电梯可以直达。虽然是晚上，但停车楼里出出进进的车辆还是络绎不绝。

两个男人正围着野马车转悠。一个穿西装，一个穿夹克。达莱妮一眼认出，他们正是中午来敲门的两个警察。

穿西装的警察叫西格。晚上快下班时，他接到线报，说他查询的野马车正停在一家赌场的停车楼里。西格拉上拍档勒芒一块去看看。但勒芒有些嘀咕，他已经和女朋友约好一起去一家Club狂欢。

隔着一个停车区域，布莱德警觉地站住了，他也立即分辨出那两人都是警察。

当发现墨西哥人和赌场的中国人以及旅游车的暗中关系后，布莱德立即明白表面上漫不经心的牵连背后一定隐藏着一个阴谋。他像一条只露出眼睛的鳄鱼，虽然水面不起波纹，但浑身每一个细胞都触感到了水底下一刻的暗流汹涌。布莱德决心搞清楚这两个墨西哥人的来历。他手捧一杯卡布奇诺，拿着份赌场的下注杂志，一直坐在电梯外大厅的沙发上。杯中的饮料快见底时，电梯门开了，阿里斯托和达莱妮换了身衣服，说说笑笑出了酒店，布莱德便站起身，不动声色地跟了上去。

虽然外人看来，这个穿旧皮夹克的男人气定神闲，和来往穿梭的游客们没有什么区别。其实布莱德走得很小心，他尽量避开那些高处摄像头隐蔽的眼睛，或者用人群遮挡住自己的脸，步伐不急不缓，始终保持着合适的距离。

在野马车边上转了几圈，西格和勒芒没有发现什么特殊的问题。

他们商量了一下，目前只是排查嫌疑，没必要蹲守。明天再来赌场一次，从监控器里看看这辆车的主人究竟在哪里。不过他们知道，赌场保安部的这帮家伙可不是那么好说话的。

两人边走边聊，布莱德就跻身在他们身边的一群游客中。

当穿夹克的勒芒急匆匆去赴女友的约会后，西格点起一支烟，慢慢地往家走。今晚月色不错，空气清新，西格一身轻松。

布莱德在西格身后不远不近地跟随着。

他几乎没有犹豫就选定了目标。了解了"外套"的材质后，布莱德要下手剪裁了。

在马路口等红绿灯的时候，布莱德把注意力从西格身上移开。他看到小佳年和一群孩子嘻嘻哈哈地过来，布莱德低下头，避开了他们的视线。

邱永邦递给文文厚厚一沓美金，请求明天让他和两个墨西哥人一起参加旅游团。文文几乎没有一点犹豫就答应了，她还把自己的房间让给了这一对墨西哥新人住。她清楚地记得下午他们相拥着走出结婚教堂的情景。

邱永邦、墨西哥新人、做标本的布莱德，还有刚才李晓宇也突如其来地表示明天要陪文文一起去大峡谷。

这个旅游团一下子多出五个人。

西格家　23时45分

洗完澡，西格用大毛巾擦拭着头，走进了与厨房连接的小客厅。

电视里正在播放着直播新闻，又一架飞机失事了，采访的直升机在火光熊熊的现场上空盘旋，将悲惨的镜头传递到电视画面上。

这世界太乱了，西格感慨道。他突然迟疑地停下脚，觉得有什么地方不太对劲。

厨房的柜台上，散乱地摊放着韩国老头儿的案卷，有几张纸还掉在地上。西格记得很清楚，自己回家后并没有打开过这份案卷。

一根细细但坚韧无比的伞兵绳从背后猛地套上了西格的脖子。

这位四十三岁的爱尔兰裔警察绝望地想用手扯开绳子，但绳索已深深勒进了他的喉结中。西格拼命蹬踢着，他的赤足把一张厚重的橡木柜踢开了几道裂纹。

随着喉骨在绳索无情的压力下折断的那一刻，最后映入西格充血眼帘的，是橡木柜上破碎的镜子中反映出来的撕扯般纠缠的黑白人形，一张鹰面蛇发的面具特别的怪异而美丽。

当警察西格被人发现死在自己的家中时，已经是第二天的中午时分。

由于西格是负责调查韩国老头儿被谋杀一案的，他的死使他昨天的调查对象——阿里斯托和达莱妮成了重点嫌疑人。

警察局立即行动了起来。

不容置疑，布莱德特制的"守护神外套"现在已经穿上，他把"游戏"条件设定完毕，按动了"开始"键，接下去就要在"游戏"里尽情纵横了。

警察们谁都没有想到，阿里斯托和达莱妮现在会在一辆坐满中国人的旅游车上。

这辆乳白色的PREVOST旅游大巴，现在已经游玩好了离拉斯维加斯五十多公里外的胡佛大坝，正朝着东南方向驶去。

二百多英里外，静卧着天地造化的鬼斧神工，世界最著名的景观之一：大峡谷。

旅游大巴的发动机柔和地运转着。远处，绚丽明亮的阳光从高高叠起的白云间隙中道道吐出，如随意挥舞的剑光，把大地划割得风景如画。

（五）

小佳年的日记：

"1月14日，星期六。气温：16～20摄氏度，晴天。拉斯维加斯。

"我不是太喜欢这个城市，很吵很闹，到美国来第一次看到这么多人。在这里小朋友的活动很受限制，玩的地方也不是很多，有些游戏机都很旧很老式了。不过，他们的自助餐真的很丰富，很好吃，真希望和爸爸妈妈一起吃。

"老师不是说赌博是最不好的吗？为什么这里的一切都是为了赌博，美国政府难道就不管吗？我回去后，一定要问问老师这个问题。

"今天下午回来时，看到简妮姐姐从那个老伯伯的房间里出来，他们没有说是一家人啊。好奇怪。还有一件好玩的事，那个老伯伯早上给了那个穿皮夹克的叔叔一块钱，把人家当要饭的了，结果，那位叔叔是参加我们团旅游的，晚上在街上也碰到他了，笑死我了。

"明天，我们去大峡谷，真期待啊。"

小佳年今天理出的照片中有两张是她今后的人生中会反复翻看的：一张是洪银河在酒店前施舍钱给举着可乐杯的布莱德；另一张是自助餐大厅里，人们分别坐在桌前谈笑。小佳年没有想到，这张照片是这个旅游团唯一的一张全体照。

（六）

23时59分

"极地旋涡"的前锋已经进入美国境内。

厚厚的云层堆积在天际线上，一层层地滚动着往大陆推进。

寒冷的气流如一块巨大的有形体，重重地压在大地上。狂风裹挟着冰雪抽打着山峦广原。所到之处，天地皆白，万物冻结，寂寥无声。气温急速下降，积雪达三英尺。这是美国历史上百年未遇的特大暴风雪。

内华达州的上空也感受了遥远奔来的气压变化，大片的云层被撕成了絮絮缕缕，像受惊的小鹿般从高空飞掠而过，空气中开始弥漫出颤抖的铁腥味，冰凉而又生硬。

大地深处，地火正在燃烧。

在地壳强大应力作用下，延伸千里的岩石板块与板块之间的挤压越发强烈，地层深处如同传递着颤抖的叹息，当最后的呻吟发出时，板块将会断裂，大地将会狂暴地撼动，将千百年承受的痛苦传递到四面八方。

大地震已不可避免。

第四章

（一）

内华达州　10时30分

胡佛水坝坐落于科罗拉多河一个名叫黑峡谷的河段之上，位于美国亚利桑那州与内华达州交界处，为美国最大的水坝，被赞誉为"沙漠之钻"。

这座气势雄伟的大坝于1931年由美国第三十一任总统赫伯特·胡佛为化解美国大萧条以来的困境及加速西南部地区的繁荣而动工兴建的，为当时世界上最大的混凝土结构和发电设施。该坝高二百二十米，底宽二百米，顶宽十四米，堤长三百七十七米。大坝建成后形成人工湖——米德湖，该湖为西半球最大人工湖，湖区景致优美，已成为美国人游艇、滑水、钓鱼、露营的度假胜地。

大坝位于内华达和亚利桑那两州的州界上，好玩的是，虽然只是一坝之隔，但有一小时的时差，水坝两端各设有一明显的时钟，以方便过客对时。

"嘿嘿，不上算啊，我的生命中平白无故就少了一个小时。"车上有人开着玩笑。

"这有啥好看的，还是昨晚上的Show看得过瘾。"考察团的团员互相嘀咕着。

文文发现，现在国内来的旅客对胡佛水坝并不是太感兴趣。也许是中国这些年来发展的速度太快了，人们对各地蜂拥而起的大型世界级的建设已经有了审美疲劳，提不起什么激动的情绪，反而是美国随意的生活方式和良好的自然环境对他们有更大的吸引力。

"现在我们就要赶往大峡谷了。"文文笑吟吟地开始说明行程，她的声音柔和，带着暖意，"大峡谷分好几个景区，有东峡、西峡、南峡、北峡等，我们这次去南峡。"

"是有玻璃桥的那个？"孕妇期待地问。

"不是，那是在西峡。玻璃桥近期在维修，不开放。"

文文对她抱歉地一笑，解释得更详细了些。文文知道，做导游很重要一点就是要有耐心，而且要让游客们觉得你是处处为他们着想，团带得好不好，说白了就是和游客的关系相处得好不好。文文是个温和随意的女孩，天生讨人喜欢。

"西峡离拉斯维加斯最近，人工痕迹最多，参观完了晚上还要拉大家回拉斯维加斯住，一般游客都安排到那里。但我们团要看就看最精彩的，南峡的自然风光最美，最壮观。而且没有人喜欢走回头路，我们从南峡穿过大沙漠回洛杉矶，中间还可以到科罗拉多河的小镇上住一晚，去摸摸冰冷的河水，非常有味道。"

"好。"车上的人拍起了手。

文文说的是实话。大峡谷对外开放的几个景区中，南峡的风光是最迷人的。但她也有些实情没有告知大家：由于离拉斯维加斯近，西峡的每个游客都要收取不菲的门票。较远的南峡则是按每辆车收费，这对包门票的旅行社来说，可以节省很多费用。

"这里离南峡有二百五十多英里，预计我们的车要开四五个小时。中途我们会在一些有印第安风格特色的地方停下来休息。中饭我们就吃美国快餐，麦当劳或肯德基。"

冬令营的学生们一下高兴了,小佳年和孩子们齐声鼓掌欢呼。

文文笑着,乘势介绍了一下旅游团新来的游客。大家对中国人的旅游团里出现了两位墨西哥人都有点新鲜和好奇,纷纷去端详他们。坐在前面的阿里斯托和达莱妮只是相偎着,闭着眼没有搭腔。

邱永邦坐在大巴车的最后一排,昏昏沉沉地打着盹儿。

刚才在胡佛水坝,他借口自己脚不方便,没有随大家一起游玩。

现在这计划的进展出了不少偏差,他要把整件事再细细梳理一遍。

二十万到三十万现金,你就是抢一次银行也抢不到这么多钱啊。

一个月前,邱永邦突然开窍,发现发财的机会就在自己的手边,而自己却一直没有注意到。他跳起身,用力拧了一下自己的大腿。

一辆旅游大巴坐五十多个人,现在来自中国的游客似乎都很有钱,身上的现金没有一万也有八千。一到购物中心,买起东西来像免费派送的一般,搞得一些名牌店忙不迭地去找会说中文的售货员。那些老外经理们也学会了几句,进门就用半生不熟的中文道一声:"你好!"

邱永邦给可能的收获做了最保守的计算:一辆车,四十个中国游客,每人身上五千美金;四十乘以五千等于二十万。

二十万美金现钞啊!望着计算器跳出的数字,邱永邦又狠狠照自己脑袋捶了一拳。

这计划更可行的是抢中国人。

美国人尚武,几乎家家户户都有枪,据统计,美国民间的枪支有两亿多支,大部分州允许个人随身隐蔽携枪(CCW)。如果是抢美国人的旅游车,说不定你还没有下手,四周已经有一堆黑洞洞的枪口对准了自己的脑袋。

而中国人不一样，语言不通，胆小怕事，逆来顺受。别说枪了，就是出门拿一把水果刀，还要认认真真地问清楚让不让携带。至于中国政府，邱永邦从来没有觉得他们会为一桩抢劫案而兴师动众。

钱有了，对象有了，实施的载体也有了，现在就是要考虑时间、地点和合作者了。

邱永邦在充满烟气的屋里癔癔地转了两天。

同邱永邦一样，早晨上车出发的时候，李晓宇也没有想到会碰到邱永邦，他竟然还带着两个不相干的墨西哥人。李晓宇稍稍感到一丝不安。当看到邱永邦满脸堆笑想过来打招呼时，李晓宇转身上了车，独自坐下了。

昨天从赌场管理部出来后，李晓宇当即脱掉了制服，向当班经理辞职了。那个秃头的当班经理仔细盘点了李晓宇发牌员工作盘里的筹码后，说了声："Good lucky。"眼神里分明流露出了"看你以后怎么过"的神情。

怎么过？再怎么过也不能像现在这样过了。

李晓宇从来就不相信什么运气，那是被现实击败的人为自己寻找的借口。所谓运气就是机会，而机会只有自己去努力争取才会得到。馅饼自己慢慢烘烤，吃到嘴里才最真实、最香甜。

可以没有钱，没有时兴的技能，但不可以没有寻找的勇气和信念。李晓宇头也不回地离开了赌场，他像一块漂流已久的木头终于坐定了坚实的河床，反而定了心，对未来产生了要有一番作为的冲动。经过了浑浑噩噩的三年，李晓宇第一次感到充实与坦然。他想，如果现在他和文文还去吃牛排，自己一定会扒开肺腑，对文文好好祖露一番。

"虽然我们有时身处在无尽的迷雾中，不知道能不能走出去，但希望和信仰活着，所以我们也活着。"李晓宇想起有一次去教堂，一位长须飘飘的神父曾领着大家读过这段话。

昨天晚上，李晓宇回到家后，拿起电话打给文文，想到她那里去，和她说说自己辞职的事。过去，只要文文带团来拉斯维加斯，他们都会在一起愉快地过上几天。

但这次文文在电话里拒绝了："我的房间让给墨西哥人了，我和简妮住一间。"

"要不，我过去接你到我这里。"李晓宇还有点不甘心。

"我累了，不想动。再说团里的人都在，万一有什么事找我，我走了不好。"

李晓宇沉默了很久，说了声："文文，对不起。"

"干吗对不起？有什么事吗？"文文诧异了。

李晓宇挂上了电话。随后，文文打过来好几次，他也没有接，把手机关机了。他坐到桌前，拿起笔，开始给爸爸妈妈写信，这时，他又记起了家门前的那棵老银杏树，也想起了部队的老班长，应该找个时间去看看他，面对大千世界，俩人掏心窝子地好好聊上几天几夜。

人真奇怪，身子离得越远，心就贴得越近。他想。

简妮已经注意到了李晓宇的沉闷。她看出李晓宇和文文之间的关系正在起着变化。

昨天晚上，对着文文满怀期待的眼睛，简妮心软了，同意了她和自己住一间房的请求。和所有女孩子一样，当灯关灭后，俩人絮絮叨叨，简妮几乎一直在听文文说李晓宇的事。

"你那老同学对你有意思吧？"简妮直截了当地问。

"可能吧——"文文犹豫着，"但我没有答应他什么啊。"

简妮明白了，男人对危险的直觉和女人对情感的直觉一样敏锐。他们在领地上游荡着，对任何的变化和威胁都保持着本能的敌意和警惕。李晓宇自然会拒绝不怀好意的邀请。

"那么，你到底还喜欢李晓宇吗？"简妮问，这才是最根本的问题。

"我不知道。"文文幽幽地说，"他不在的时候，我会想他，心神不定。见面了，我心定了，又开始烦他。"

"和我说说，烦他什么？"

"说不清楚，我真的说不清楚。"文文也在努力思考着。

"是钱？"

"有关系，也不能完全说是钱。他当发牌员虽然挣得不多，但过日子也可以凑合。对了。凑合。我不是烦他的人，我是烦他对生活的这种凑合的态度，一切都无所谓，没有激情，没有梦想。我害怕这样看上去安宁但死气沉沉地凑合着过日子，我们还年轻啊。"

"我明白了，"简妮慢慢点着头，"听说过风雨定律吗？感情经得起风雨，却经不起平淡；友情经得起平淡，却经不起风雨。你还是喜欢他的。打个比方吧，他是一间为你遮风挡雨的房子，你住在里面感到很安全。但是现在的问题是，这房子的窗却全紧紧关着，这让你透不过气来，而且，你还痛苦看不到外面的美丽风景。"

文文欠起身眼睛亮闪闪地望着简妮，她虽然没有完全听懂，但她知道简妮揭开了一层自己没有想到的幕布。

"这窗难道是我关上的？"

"不。你应该是开窗的人。但你首先要知道哪里是锁住窗的那根生锈的铁栓。"

文文不吭声了，翻过身去暗自琢磨简妮的话。看着文文和李晓宇的纠结，简妮有点同情他们。她准备帮帮李晓宇，至少应该让这个内敛的男人知道：你必须让你喜爱的人了解你的内心，这世界的关系就是人与人的相处。简妮明白，越是聪明的人越会自我走失。李晓宇一定是遇到过什么打击，对自己失去了把控。问题是：你在黑暗中溺水了，憎恨所有人的冷漠，但你不呼救，别人怎么会知道你在水里？有些话是必须要说的，而且要说得清晰明了。

同样，对自己恨的人，道理也一样，报复的火焰在他面前熊熊燃起时必须清晰明确。

当文文熟睡后，简妮坐在被窝中打开了电脑。

当她看到储存器里的秘密时，简直不敢相信自己的眼睛，用现在一句流行的话来说，洪银河现在穷得只剩下钱了。

简妮考虑了一个晚上，决定了她将以什么身份出现在洪银河面前。

不出所料，今天路上，洪银河好像一直在回避着自己，而佩佩却反常地和自己亲近了起来，刚才在大坝上，佩佩一直挽着简妮的手东问西问的，最后她终于完成了"任务"。简妮漫不经心地告诉她，自己是一家大型金融投资公司的资产评估人和高级投资顾问。

简妮抛出了诱饵。望着坐在前面的佩佩不时地和洪银河交头接耳，简妮相信自己的这个"头衔"对窘迫中的洪银河有致命的吸引力。

那两个墨西哥人对邱永邦也有不小的诱惑力。

认识阿里斯托和达莱妮还是在那个做车祸理赔的台湾"律师助理"的办公室里。

那天，邱永邦一进门，就被一支枪指住了。他狐疑地看着激光瞄准器发出的小红点在自己胸前画来画去。台湾人咧着嘴笑着，阿里斯托和达莱妮就坐在一边的椅子上。

台湾人仔细端量着手中带激光瞄准器的手枪。这把枪有点超乎寻常的大，它的名字叫"沙漠之鹰"，是以色列人制造的。以色列人时刻生活在敌人的重重包围下，所以特别讲究武器的实用性和杀伤力。据说这把发射45mm大口径子弹的手枪，一枪就可以把非洲荒野中奔跑的野牛打倒在地。台湾人很满意，"这把枪没有注册吧？"

达莱妮轻鄙地皱起鼻翼："这把枪很干净，没有枪号，也没有做过弹道记录。"

他们又讨价还价了一会儿，最后达莱妮不耐烦地抓起了台湾人的现金，朝他竖了下中指，台湾人哈哈大笑，示意邱永邦送两个墨西哥人出去。

与墨西哥人相识并成为朋友之后，邱永邦觉得打开了一个新奇的世界。这世界丰富多彩，充满刺激，充满野性，也充满罪恶。人们之间的关系赤裸裸地简单，反而使罪恶有了存在的充足理由。当在简陋的墨西哥小酒吧里用大拇指蘸着盐巴尽情痛饮卡罗拉啤酒，几乎赤裸的拉丁女孩紧贴着身子且歌且舞时，邱永邦认为人生享乐就该如此。

邱永邦很欣赏拉丁裔人的热情和随意。中国人活得可怜啊，最大的乐趣就是关起门来躲在床底数钱，小鞋盒里钱塞得满满当当，却连一杯饮料都不舍得买来喝。而拉丁裔人则完全不同，白天干了一天的苦力活，只要口袋里挣到几块钱，他们就会背回一箱啤酒，在后院里架起烧烤炉，怀抱吉他，边吃喝边唱歌跳舞，一宿欢乐到天明。

不过现在邱永邦也吃到了这种随意的苦头。

当邱永邦把抢劫中国人旅游车的设想告诉阿里斯托和达莱妮时，两个墨西哥人高兴得又蹦又跳，达莱妮还抱住邱永邦好好亲了一阵。

按照原计划，邱永邦跟随中国人的旅游大巴一同出发，而阿里斯托和达莱妮则驾驶他们的野马车预先到大峡谷和洛杉矶的途中等待。这一段路人烟稀少，沿途也没有什么城镇，在那里下手，中国人哭天喊地都没有用。

更为关键的是，洛杉矶是加利福尼亚州，拉斯维加斯是内华达州，而他们下手的地方是亚利桑那州。根据美国法律，各州的警察都有自己明确的管辖范围，如果不是犯联邦法，惊动了联邦调查局，州警是没有权力跨州调查和追捕疑犯的。

这里面有很多美妙的空间，你想想，三个内华达州的居民在亚利桑那州风沙滚滚的公路上恶狠狠地举起了枪，抢劫了一辆来自加利福尼亚州的豪华旅游车，车上坐着全是远隔太平洋的胆小的中国人，啊呀呀，这计划听着就完美无缺。

但是，随意的墨西哥人在这完美的计划实施之前，却做了件随意的事。当阿里斯托告诉邱永邦，他们的野马车已经被监视时，邱永邦不相信自己的耳朵，他再三询问，达莱妮才吞吞吐吐地讲了韩国老头儿的事。

"那老头儿最后怎么样了？"邱永邦逼问道。

达莱妮做了个抹脖子的手势，笑了："咔嚓！"

邱永邦一屁股坐在赌场酒吧的椅子上，半晌没有说出话来。

布莱德靠着旅游车的大窗户，沉浸在舒适中。

昨天晚上，在警察西格家，布莱德放下他的尸体后，还进了他的浴室里，仔仔细细洗了个热水澡。喷泻的水流包裹着他，像情人热烈的手团团揉搓着他的全身，布莱德觉得有一股热流从丹田中升起，开始急速在身体里奔走，越来越快，不可抑制。布莱德有些亢奋了，他知道，这仅仅是开始。

布莱德想起一部小说，主人公的头脑被一个装置带到了一场游戏中，关卡重重，艰难而痛苦。他必须一层一层地过关，因为这是游戏的条件，如果在游戏的关卡中失败了，那么头脑就会死亡，现实中的生命也会逝去。

游戏刚刚开始，所有人在场景中茫然无知，而自己就是带领他们闯关的英雄。这个游戏最迷人之处就是：英雄也不知道哪里是关卡，哪里是通途。没有计划，一切随机，智慧与激情的相遇，剑与盾的绝美结合，感恩与赎罪的天衣无缝。

布莱德很清楚：游戏结束时，大地上尸横遍野，胜利的号角响彻云霄，被祭奠的牺牲品丰厚无比，浸透鲜血的华美外套将被脱下，接受世人的诅咒，而伟大的英雄则微笑着全身而退。

（二）

亚利桑那州　13时20分

过了国王城（Kingman），MT3258旅游车开始转向正东方，沿着40号州际公路行驶，随后再朝北转向直达大峡谷的64号公路。

苍鹰在深不可测的蓝天白云中无声地翱翔。这里原来是印第安人的聚集地，至今依旧保留着浓厚的印第安人的文化与传统。

这一片横跨美国西部的高原地区，旷野上的红色戈壁风景异常壮丽。连绵无际的群山，山形如碑，平台状的山顶有时延伸十几公里。一段时间，四野一片荒寂，土地干枯，寸草不生，岩石突兀怪异，仿佛地狱般狰狞；可翻过一道山梁，却又是郁郁苍苍，流水潺潺，百鸟争鸣，一派生机。有时，阳光灿烂之际，飘来一片乌云，顷刻间暴雨如注，稍歇钻出雨幕，回头望去，雨区与阳光泾渭分明，如同大自然正随心玩着一个小小的造化把戏。

旅游车平稳地行驶着，司机老周端坐在驾驶台前。从后视镜上，他注意到天际边有大片乌云，正翻滚着追随而来。仔细看了一眼，老周发现在公路上也有一团小小的乌云正急速地追来。

不一会儿，那团黑影便来到了旅游车的后面。

十几辆哈雷重型摩托车在强有力的V形双缸驱动下风驰电掣般呼啸着，拆去了消声器的排气声在空气中爆响，一阵阵尖厉叫声和呼哨声此起彼伏。

美国摩托文化盛行，在公路上经常看到身穿印着特殊图案黑皮夹克的摩托手，双手握在几乎高出人头的车把上，背后载着衣着暴露的年轻女郎飞驶而过。皮衣和胡须是他们的典型标志。有关种族歧视、暴力、肇事、毒品等违法的传闻不断，一般人见到他们都避之唯恐不及。

重型摩托车像一群巨大的黑蜂，围绕着乳白色的PREVOST豪华旅游巴士前后左右地纠缠。时而并排拦在旅游车前段，时而两面夹行，时而如箭般斜插而出，在前面绕着S形。摩托车上的人兴奋异常，手舞足蹈，不时拍打着旅游车的车厢。

"大家不要紧张，不要去招惹他们，不要去盯着他们。"文文赶紧扶着车椅扶手站起，招呼车上的游客，"嘿，小佳年，快把照相机收起来！"

老周沉着脸，尽量把车开得平稳匀速。

领头的摩托车手叫贾米森，是个身材粗壮的白人，今年三十八岁。他平常在仓库做管理员，倒也安静平和，可只要一发动起他那辆800马力的哈雷机车，野蛮和侵略性就会从他的每一块肌肉里挤压出来。今天贾米森特别兴奋，坐在身后高高皮座上身材丰满的女友每一次呼叫都使他亢奋不已。

追逐喧闹了一阵子，贾米森歪了歪裹着黑花条纹头巾的脑袋，一加油门，带领着摩托车群超过了旅游车，绝尘而去，不一会儿就不见了踪迹。

下午时分，旅游车从公路上下来，沿着一条弯曲的车道行进了几百米，发出一声喘息，停在了一家印第安人礼品店前的车道上。车道的另一侧，是一条被树木隐隐约约掩盖的小路。

店门前竖着印第安人的传统雕像，雕像面容坚毅，古老的头饰上插着飘逸的鹰羽，手中举着长长的石矛。车上的游客纷纷跳下，舒坦着手脚，挤成一团和雕像合影。

小店很有特色，货架上放满了具有印第安风情的纪念品，有印第安妇女爱穿的色泽鲜艳的绣花罩衫和竖条纹的宽大长裙，一种叫"雷博索"的多用披巾；也有男人的羽毛头饰、皮水壶、木制的投矛长弓和石头磨出的小匕首，各个角落里摆放着动物的标本，木制的雕塑和奇特的饰品，样式质朴原始。

小店的另一头是休息区，大家要了咖啡和饮料，坐在厚原木制成的小桌前交换查看着刚刚买到手的纪念品。

简妮坐在壁炉边样式古朴的木头摇椅上，前后微微摇摆着，一道阳光透过树荫投射进来，斑驳地照亮她眯着的细长眼睛，浓密的睫毛在她的眼帘下挡出隐隐的阴影，她正在仔细听小店的点播式留声机播放的一首印第安人古老的民谣。歌者是一个沧桑的男声，声音平缓悠长，没有乐器，背景的和音如戈壁掠过的风沙，每一次节奏的敲击都伴随着粗粝的摩擦声和厚重感。他唱的是童年的记忆，也是内心一生的烙印。

听到歌词，简妮从摇椅上坐直了身。她没有想到这首旋律平缓的民谣像一道流淌的细索，蜿蜒但坚硬地钻入身体，束紧了，把自己的心扎得生疼生疼。

"妈妈，帐篷里有狼。

它们朝我走来，身上有味，脸色苍白。

妈妈，它们不友好——"

如雷般轰鸣的哈雷机车声又一次响起，贾米森带领着他的车手们从树木遮掩的小路上一辆接一辆如同黑乌鸦般冒了出来。他们大刺刺跳下车，带着一身的风沙气息走进了礼品店，沉重的皮靴踩得旧木地板"嘎嘎"作响。

看到旅游团的中国人都在店里，车手们发出一阵大笑。他们并没有挑衅的意思，只是对中国人害怕的神情感到自鸣得意。围着店堂转了几圈，贾米森冒出个新鲜的点子：今天是他的生日，生日就是从一个世界来到另一个世界，现在他要连接这两个不同的世界。贾米森抓起一件白袍，拉着女友来到休息区，并排躺到了宽宽的木长椅上，把长袍盖在身上，两手叠在胸前，闭上了眼睛。

伙伴们哄笑着围到他俩周围，双手合十，齐声唱起圣歌。刚从民谣中缓过神来的简妮看着这滑稽的场面，禁不住咻咻地笑出声来。听到女子的笑声，贾米森一骨碌爬起："谁哭了？"

他盯着简妮："你？"

简妮摇摇头："你错了，我没有哭，我是笑。"

贾米森看了她一会儿，弯腰做了个骑士的致礼："你为我哭，我很感动。"

文文赶紧过来把简妮拉走，她可不想出现什么意想不到的是非。贾米森横跨一步，伸手拦在她俩面前。

等柜台前拥挤的人散去后，李晓宇来到前面，他仔细打量着玻璃柜里的商品，很快就看到这条项链。项链摆放在一只棕色的软牛皮小袋上，细长的皮束有些杂乱地穿梭在檀绿色的项链中，初看并不起眼，但仔细端详，却又光泽内敛，造型朴实但不笨拙，细部精致讲究。李晓宇看了一下说明，原来这是印第安人纳瓦霍（Navajo）部落最著名的壁球花银项链（Naja）。纳瓦霍首饰艺术家使用大件绿松石、珊瑚和其他石头，用独特滚动条环绕成串珠和花瓣等形状用银制作而成的。

李晓宇指了下项链，店主带着赞许的目光把它包装好放到李晓宇手中。刚才，文文也拿着它在手中看了好久，虽然价格不菲，但李晓宇毫不心疼。

这时，他看到文文和简妮正被贾米森纠缠着。

"我请求你们，为我再哭一回。"

"请让开。"

"要不，为我歌唱吧，让我的灵魂和身躯得到安宁。"

"让开，我要报警了。"简妮沉下了脸，警告着贾米森。

贾米森哈哈大笑，被他惹逗的人越着急生气，他越感到有兴致："叫警察？好啊，告我什么？是告我乞求漂亮的姑娘来宽慰我受伤的灵魂，还是告诉警察，你们发现了一个迷路的心灵？"

"哦，谁受伤了？谁迷路了？"贾米森感到身后有人轻轻拍了他一下肩，回头一看，是一个面目沉静的中国小伙，手上还端着一杯咖啡。

李晓宇用身子挡住紧张地拉扯自己衣角的文文，他很清楚贾米森这号人，无事生非，随性而为，在赌场见得太多了。最好的办法就是既不漠视激怒他们，也不表现出恐惧而让他们更加兴奋地随心所欲，关键要让他们自己感到无趣。

"是你吗？先生？"

"你是什么人？"

"先生，有什么需要我帮助的？请坐。"李晓宇坐了下来，很认真地看着贾米森。

贾米森望着这个中国人的脸，平静而没有表情。目光中既没有挑衅也没有好奇，甚至连一丝惊恐都探测不到，好像一块石头。没有人会对石头大吵大闹，因为石头的静默令挑衅生事者无从入手，迟早会失去兴致而另寻他方。贾米森找不到理由让自己去和一块石头较劲。中国人果然没劲，贾米森对自己说。

在一边看热闹的摩托车手们有些不耐烦了，纷纷招呼着要离开。今晚，他们要赶去参加一个野地摩托车赛，并不想在这里和一群乏味的中国人纠缠。

贾米森觉得没有尽兴，他接过李晓宇手中的咖啡，起身离开了，并对伙伴们挥挥手："你们先走，我喝杯咖啡就来。"

摩托车手进屋的时候，布莱德就一个人到了店外，他绕着店四周转了两圈，在店铺旁的木柱的阴影下站住了，凝神思索。不久，摩托车手们哄哄闹闹地出来，骑上机车。由于旅游车占据了车道，他们轰鸣着油门，从小道上轰轰而去。透过流苏装饰的窗格，布莱德看到那领头的戴头巾摩托手还没有走，正端着咖啡打量着周围。

　　布莱德正在深思熟虑：现在游戏开始了，但脉络和框架还不清晰，各种人物都在自己的领地中游走，必须要他们彼此重叠，互不分离，才能牵引出更大的场面，更多的机会。关键是还要给他们足够的压力，如同游戏中你让怪兽补满了血，带它到了设定的关口前，打斗是要有指定对象的，也要有时间和回合限定，不能无趣地一直延续下去。

　　在拉斯维加斯，布莱德离开警察西格的房子时，带走了韩国老头儿谋杀案的案卷，故意留下其中一张撕碎的纸。愤怒的警察们自然会把西格的死因与他们正在调查韩国老头儿被杀的对象紧密联系起来。

　　那辆已经在赌场停车楼停了两天的黑色野马车马上会引起警察们的注意，他们会对车子仔仔细细搜查，即使墨西哥人手脚做得很干净，没有留下什么痕迹，但只要有了明确的车型，对街头设置的摄影机一过滤，也可以很快发现野马车在韩国老头儿被杀的当晚出现在杂货店的附近，这足以使警察把墨西哥人列为两宗谋杀案的重大嫌疑人。

　　西格警察之死足以使墨西哥人成为怪兽，而自己就可以隐匿在怪兽的外套后随心所欲，必要时宰杀嗜血怪兽，让自己成为英雄。现在，如何让警察发现这辆中国人的大巴车呢？布莱德决定要给警察们设定路标，指出墨西哥人出逃的方式和方向。

　　不远处传来小佳年和孩子们的笑闹声。布莱德沿着稀疏的林子来到小路上，细细察看着。

　　小路的尽头面对着公路，有一个用两根圆木柱竖起的高高的广告架。在圆木柱一人高左右的地方，用铁丝捆着呈三角形支撑的支架，一段细细的铁丝松了，长长地垂荡下来，蛇一般蜷卷在草丛中。

一个念头猝然曳过布莱德的脑海。

屋内，无聊的贾米森东张西望，他觉得有些沉闷，总还想找点什么新鲜的事玩玩。他发现一个有趣的情景，在这一群黑头发黄皮肤的中国人中，竟然还夹杂着两个墨西哥人。

贾米森端着咖啡，来到阿里斯托和达莱妮面前，上下打量着。

"怎么？"阿里斯托朝他翻了一眼。

"知道我怎么想吗？"

"想什么？"

"孩子，"贾米森哧哧地笑了，"我想你太喜欢吃中国菜了，要把你漂亮的妹妹嫁给中国人。"

阿里斯托一把推开了椅子。达莱妮在一边搭了腔："嘿，白小子，知道我怎么想吗？我想看看你的脸怎么变成中国的红烧猪头的！"

贾米森被戗得顺不过气："呵呵，你们想玩硬的？"

这种互相看不顺眼的争强斗狠如同酷暑里野地的无名火，一旦点燃便轰然而起，无法遏止。屋里的气氛骤然紧张。贾米森一指阿里斯托："你，出来！"

阿里斯托腾地跳起。布莱德适时出现在他身边，加了一把火。"别去，你斗不过他的。"他知道，现在说这话，无疑是火上浇油。

阿里斯托推开布莱德，冲到门外。等候在门口的贾米森二话没说，一拳就挥了过来。阿里斯托的鼻口冒血，他低吼一声，扑上去抱住贾米森，缠打在地。女人们尖叫起来。

贾米森奋力甩开墨西哥人，猛地两脚踹在墨西哥人的身上。这时，他看到那个女墨西哥人从怀里掏出一把手枪，地上的阿里斯托也拔出了亮晃晃的手指刀。

　　看到达莱妮掏枪的还有邱永邦，他赶紧挡住其他人的视线，把达莱妮的手枪掩了回去，顺手抓起一根木棍，一声不响地朝贾米森抢去。

　　贾米森知道自己一个人对付不了局面了，他准备去把伙伴们招呼回来。贾米森快速地发动起哈雷机车，指着阿里斯托吼了声："你等着！"

　　还没有等女友坐稳，摩托车一个原地回旋，扬起一片尘土，朝小道急驰而去。

　　所有人都看见阿里斯托挥舞着手指刀追进了林子，但并不知道他没有追远，而是坐到了一棵树下大口喘息。

　　贾米森愤怒地咒骂着，猛加油门。他一点也不喜欢这个地方，嘴中残留的咖啡经过刚才剧烈的打斗变成了焦苦的火焰味，他觉得刚才遭遇的不快就是来源于小店风格古怪的气场，他要带他的兄弟们回来，用摩托车马达强大的轰鸣声彻底震塌这里的一切。哈雷机车箭一般在树木掩盖的小路飞驰。很快，贾米森看到了小道尽头公路的入口，但是他却没有看到半空中那根横拉过小道的细细的铁丝。他又狠加了一把油门。

　　他的生命在三秒钟后画上了句点。

　　突然间，万物寂静，贾米森奇怪地发现自己看见自己的身体从下方飞快滑过，天空和大地旋转着朝自己扑来，接着——

　　贾米森被铁丝切断的头颅重重地摔到了泥土中，他的女友也被削去了半边脸，滚落到草丛里。

如应验一般，贾米森在他三十八岁的生日这天，完成了两个世界的对接。

当旅游车重新上路，几个眼尖的游客看到在被树木掩盖的小路上似乎躺着两个人。他们指指点点，小声议论。但是，还没有等他们看清楚，司机老周已经驾驶着大巴车上了公路。

李晓宇和简妮就是眼尖的人之一，联想到阿里斯托举刀追进林子的情景，他们互相对视了一眼，有一种不祥的感觉。

上公路的时候，小佳年把刚才拍的照片整理了一下。有一张在树丛里小道上拍得很好，光线柔和地从侧面透过，左上角的广告架的线条与小道构成了漂亮的折角关系。

晚上，小店关门时分，贾米森和他女友可怖的尸体才被店主发现。他向赶来的警察说，中午不久，他看见死者和一个粗壮的墨西哥男人打过架，他记得那个墨西哥人是坐着一辆满载中国人的旅游大巴车来的。

（三）

没有到过大峡谷的人都以为大峡谷是一座大山，人们爬上山，从山顶上往下看峡谷。

其实，一路开往大峡谷时都是平地，直到跟前才知道，峡谷就是脚下的一道深深的裂隙，平坦辽阔的大地好像突然张开了巨大的口，朝着宇宙龇牙咧嘴。

科罗拉多高原位于美国西部的凯巴布高原上，科罗拉多河在高原上共切割出十九条主要峡谷，总面积两千七百多平方公里，其中最深、最宽、最长的就是科罗拉多大峡谷。它全长四百四十六公里，是世界上最长的峡谷之一。峡谷顶宽六至二十八公里，最深处一千八百米。山石多为红色，远远望去，科罗拉多河如一条绿色的项链，细细缠绕在遥远的红色谷底，在四季充沛的阳光下闪着晶莹的光泽。

大峡谷景色的壮观和多姿多彩举世闻名。每天，世界各地的游客们慕名来到这里，为自己的记忆留下了无法磨灭的痕迹。

当MT3258的旅游车停到南峡游客中心停车场的时候，已经是下午快四点了。

游客中心是盖在峡顶的一排木平房建筑，由游客咨询处、餐馆、旅馆、礼品店组成。四周的森林中散布着给游客居住的小木屋。

穿过停车场，顺着一道小坡往前走，气势磅礴、鬼斧神工的大峡谷便在眼前毫无预兆地赫然出现。

南峡　15时40分

下午遇上摩托车手后，文文对李晓宇的态度改变了不少。在车上她悄悄塞了块巧克力到李晓宇手中，她知道李晓宇喜欢吃那种里面带果仁的巧克力。

下车时，细心的文文告知大家一些注意事项，如不要攀爬到栏杆外面的岩崖上，观看完日落之后尽快到停车场集合，她特别叮嘱了一下带队的老师要看管好孩子们的安全。人们就三三两两地散开了。像这种散客的旅游团，大家还是喜欢自己自由地活动。

文文站在车旁没有离开，李晓宇看到简妮跑过去拉她一起走，文文笑着拒绝了，眼光往自己这边瞟了一下，李晓宇明白文文是在等他。他走了过去，俩人没有多说什么，自然而然地顺着峡旁的山道漫步而行。

接近黄昏，太阳渐渐挂向峡谷西面如碑似墙般耸立的积雪山峦，空气中像撒了一把一把的红粉，把对面蜿蜒百里的巍峨岩壁染得一片丹红。而背阴处的山峰则向峡底投放着巨大的身影，一层一层蔓延过崎岖的石岩，这儿的岩石经过风吹日晒已有十亿年了，雾气在它们明暗变幻之间漫不经意地升起，如无形的影子穿行在林木与涧崖中。

这段日子以来，这是他们第一次单独在一起。两人在石砌的小径上漫无方向地走着，让自己的目光随意地飘向远方，好像时间也在远方流逝。

李晓宇有意无意地走在靠着峡谷的一边，把文文挡在安全的内侧。文文知道这是他的习惯。文文早就发现李晓宇是一个细腻的男人，每次过马路，李晓宇总是走在靠近车流驶来的一侧，到中线时，他又会换到另一侧去挡着。为此，文文笑过他好几回。李晓宇像没有听见，也不解释分辩，到下一个路口依旧如此，似乎这样做天经地义。很长时间，文文心中一直暗暗欣慰自己身边能有这样一个体贴入微的男人。

走了一阵，他们坐到路边粗粝的长木椅上歇息，一只小狗吐着舌头喘息着兴奋地从脚边跑过，游客们惊喜的声音也仿佛离得很远。就在这时，李晓宇把自己辞职的事告诉了文文。

文文交叉着双手，把头靠在横伸过来的粗大的松树枝干上，光线透过稀疏的松针，映得她的脸斑驳一片，细柔的茸毛清晰可见，李晓宇突然有想抱抱她的念头，他们已经很久没有亲热过了。

"那你准备搬回洛杉矶来？"文文问得很巧妙，其实也就是打探他今后的打算。

"我还没有想好。"

李晓宇回答得也很老实。即使不和邱永邦做手脚，在赌场工作也能合法地赚到钱，而且收入不算低。离开赌场是给自己一个交代，这并不是一次工作的选择，而是对过去三年生活的告别。

"那你怎么打算啊？"文文还是忍不住问了。

"我准备先回国一次。"

"回去，不来了？"

"不会的。不是有句老话说，在哪里跌倒就在哪里爬起来吗。何况你也在这里。"

"先别说我，还是说说你自己。"文文又逼了一下，她很想知道李晓宇对将来的想法。

李晓宇明白文文的意思，他并不是一个矫情的人，要去向文文许诺什么惊天动地的伟大事业。他只是觉得这是一条分界线，原先浑浑噩噩有一天过一天，没有一天也无所谓，就好像一直在一张破床上辗转反复地昏睡，四肢无力，不断陷入支离破碎的噩梦中，一个梦比一个梦累但却不能自拔。其实只要一挺身爬起，洗把脸，对着新鲜的空气深深呼吸一下，就能让自己焕然一新。现在，李晓宇就是想离开那张床。和过去不同的是，当他需要再次歇息的时候，他不会不问洁净地席地而眠，而是要寻找到自己用心铺垫的温暖天地。他可以睡得很安稳，不用担心噩梦连连，因为他知道明天的充实。

于是，李晓宇对文文打开了话匣子。他说他打算去大学进修一下老本行，考下电工执照，做一个独立的电工师；或者去考房屋鉴定师，也可能去做房屋销售代理，这几年美国地产又开始回升了，一般说会持续好几年，他想好了，要趁这个势头努力做一把，最好是买块地自己盖房子然后销售，利润一定可观，为未来打下坚实的基础——

李晓宇讲得很细也很杂琐，他扳着指头，一项一项分析着利弊。文文倚着树静静地听着，这一次，李晓宇如冲开阻隔的溪水，一泄而不可挡。文文看着他，看到自信和决心在这个男人脸上慢慢地洋溢，这让她感到欣慰。

"你没有想到开一个江南风味的餐馆？"文文也受到了感染，"做江南菜，小笼包，大馄饨，煎锅贴，一定受欢迎的。"

"好啊！"李晓宇也乐了，笑意从他的眼角化开，"我在后面厨房油腻腻地炒菜，你在前面店堂汗答答地端盘子，只要你不怕吃苦，我当然没意见。"

"哼，想得美，活你干，我只管坐着数钱。"文文娇嗔地斜了他一眼，夫妻小饭店，她想象如果这样的情景发生，也一定很好玩，扑哧笑了，"对了，资金问题想过了没有？"

"想过，我们干了这些年，有些积蓄，十万之内的生意是可以启动的。而且，美国现在的小商业贷款利息很低，只要看准了，没有太大的风险。"

男人很奇怪啊，垂头丧气时像只墙角的病猫，意气风发时又像草原的野马，其实他们心里都藏着一头野兽，就看你怎么释放和驾驭它了。文文想到昨晚和简妮的谈话，她还不知道到底是什么原因让李晓宇发生了改变，但是很明显，简妮说的那根生锈的窗栓已经自己滑落了下来，透过开启的缝隙钻进来的风清新而舒适。文文并不想多问，她知道以后李晓宇都会慢慢告诉自己的。她朝李晓宇咯咯地笑了。

望着文文甜甜的脸，李晓宇不禁一阵冲动，他强忍住自己要吻她的强烈欲望，从口袋里拿出了那根檀绿色壁球花银项链，塞到文文的手中。

文文惊讶地看着手里精致漂亮的项链，这是刚才在印第安人礼品店她唯一动心的物品，只是因为价格太贵而没有忍心买下。李晓宇怎么会知道呢？文文很开心，但出于女孩子本能的矜持，也对李晓宇所描绘的未来有点迟疑和不敢确定，文文现在还不想接受，想了想，她把项链递还给了李晓宇。

"你先收着，以后再说吧！"

李晓宇略有落寞，他知道文文前些日子对自己的失望。"好吧。你能帮我一个忙吗？"

"你说。"

"在你们旅行社帮我订两张回国的机票。"

"这简单，可为什么要两张？"

"还有你啊。我想带你一起回去。"

"谁说要和你一起回去了！"文文噘起了嘴。

"我说的。我们去看看我的爸爸妈妈，看看我们家门前的那棵大银杏树，过些日子，又到了树枝发芽的时候，还没有走进巷子，你就能闻到它的清香——"

在晚霞染透的松林间，李晓宇拉起文文的手，这一次，她没有拒绝。

（四）

同时看着日头慢慢向远处墙一般耸立的山巅下落的还有简妮和布莱德。

他们坐在一道狭长的山崖前，山崖凸出在岩壁外，视野非常开阔，但直上直下的十分险峻。峡谷里的风很大，刮得两人的衣衫啪啪地响，他们彼此不禁靠紧了点。

刚才，简妮到小卖部买了两块蛋筒冰激凌。她很喜欢吃这种甜食，每到冰激凌在口中慢慢化开的时候，简妮都会微微地眯上她细长的眼睛，仔细品味着唇齿间的一层层的香甜。走到门前的时候，她看到洪银河和佩佩也正朝这里走来，看到自己，他们犹豫了一下，停住了。

　　"嘿。"简妮主动打了个招呼。

　　"嘿，你也在这里。"佩佩高兴地招手。洪银河笑笑，拉着佩佩掉头往另一个方向走去。

　　正常交往中的躲避行为是内心警觉的不自主反应，这是心理学中的简单定律。简妮知道这种身体行为的本能表现是意识的外露。洪银河并没有和简妮多交谈过什么，简妮的两次暗示也是就着话题展开的，边上听到的人最多觉得这个姑娘用词深奥凌厉而已，不会有他想。但是人是有直觉的。虽然到目前为止，现代科学还无法证实直觉的存在，但不证实不等于不存在。简妮学习心理学时，直觉是经常作为佐证来加以提示的。比如两个人在屋里，其中一人哼起歌，另一人时常会惊奇地发现自己的心里也正回旋着同样的旋律。这种现象在有血缘关系的人群中表现得特别明显。所以简妮相信，洪银河一定直觉到了自己心中强烈情感的火焰，他不明就里，但知道这绝非偶然。他现在正处在矛盾之间，既想避开，又想探个究竟。如同被猎人枪声惊跑的土狼，一定会驻足回头观望，说不定还会蹑手蹑脚地摸回去看个分明。

　　简妮并不着急，她已经掐住洪银河的要害，只等着合适的一击。

　　但是，不知什么时候起，简妮也暗暗感到自己内心深处起了一些变化：设想中的快意复仇在见到洪银河本人后似乎失去了原来不可遏制的激动。好几次在车上，简妮突然发现自己会怔怔地盯着前排的洪银河，看着他有些驼背地端坐着，看着他花白的鬓角，看着他松弛的脸腮与脖子间皮肤深深的皱褶。有时她会有种克制不住的冲动想去帮他拔掉一根在阳光下闪亮的过长的汗毛。这难道就是人们说的血缘的自然亲近？简妮不愿意承认这一点，她呼唤着母亲，一定要讨一个公平，让他付出代价。但她清晰地感到和洪银河的角力已经愈来愈带有理性的色彩。冷静了，也失去了以往的激情。

但看着洪银河的背影在小径上消失，简妮若有所思。

山崖上，布莱德吃完了简妮给他的冰激凌，他舔了舔嘴唇，没有像一些游客一样把包装纸顺手扔到崖下，而是仔仔细细地叠好，放进口袋中。

简妮欣赏地看着他，扑哧一声笑了："我说过，我欠你个人情，我认账，好了，咱们两清了。"

"早知道你这么说，我还不吃了。"

"怎么？你喜欢人家欠你？"

不是人家欠我，是这个世界欠我。布莱德暗自想。他没有吭声，朝身边的姑娘看了一眼。落日的光线是柔和的，映在简妮清秀的脸上层次分明，睫毛下眼睛深幽幽的。她的鬓发被风吹得有些散乱，她抬手整理，布莱德注意到她的手指很纤细。这个女人不错，要让她在这场游戏中伴随自己到最后。

夕阳下山是大峡谷一天中最美的时刻，峡谷上的游客们现在都安静了下来，纷纷找到平坦的地方坐下，母亲把孩子抱在怀里，情侣们相偎在岩隙间，连飞鸟也停歇在树丛中，所有的目光都注视着远方那一轮赤红的落日，仿佛能听到它穿行时光时的簌簌之声。

当沉甸甸的落日坠碰到远处高耸的山峦线时，人们好像听到了天地相拥时发出的一声响亮的叹息，二者汇合之处融起翻腾的红云，像无数只舞动的手指相迎簇拥——

"太美了！"

简妮深深地吐了口气，由衷地感叹。她觉得这一刻自己被净化了，作为大自然的生命体之一，她有一种与天地共融的神圣感觉。但是她很快发现布莱德并没有同自己一起被这景色感动，反而在东张西望。

"你在看什么？"简妮好奇地问。

"我在找有没有动物，它们这时候应该都藏进那些阴影里了。"

简妮奇怪地看了布莱德一眼。这个人蛮特别的，所有人怀着敬畏之心感受大自然的辉煌，而他却在注意阴影里的黑暗。

"听说你是来收集标本的？"

"是的。"

"说句不恭敬的话，我对标本一直有恐惧感。我一直不明白，为什么要把死去的生命再装扮成活生生的形态，这很别扭啊。"简妮说。

一层笑意爬上了布莱德的脸，"这不美吗？"

"我觉得一点都不美，有种生命被亵渎的邪恶感。对不起，这只是我个人的感受。"

"哦，没关系。很多人都会这样看。"

布莱德并不想和面前这个姑娘争辩。许多事是不需要解释的，他们当然不懂，生命是丑陋肮脏的，而用形似的生机与混浊世界遥相呼应，是自己对天地致敬的一种方式。

坐在一边的简妮也有了一个新的发现，这个平时看上去温和礼貌的男人话并不多，但许多时候你在和他讲话，他的目光却散乱地越过了你。他的眼睛有时很空洞，他看着远处，远处却不在他的眼中。时不时，看似没有聚神的眼里突然会闪现出一道凌厉的光，像藏在洞穴深处的刀刃在光线划过时突如其来隐现出的冷森。她暗暗有些吃惊。这时，她觉得有些冷，抬眼一看，夜色已悄悄笼上了崖间。

简妮这才发现自己和布莱德是在一个危险的崖边，岩崖凸出，两边如刃，白天还不觉得，天一黑，四周的美丽就变成了狰狞。

"啊呀，我们怎么爬到这么危险的地方，那里有铁链拦着，我们不应该上来的，快回去吧。"简妮有些紧张了，她回转身，蜷着腰，慢慢往回走。

"铁链就是个摆设，你还较真啊。不就是迈进迈出一脚的事？哪天你看不见铁链，只看到路了，那就对了。"

"别胡说了，快走吧。"

简妮没有兴趣在这个时候和这个古怪的男人打哑谜。这时，她听见后面布莱德咯咯地笑了：

"等等，我有件事想问问你。"

"什么事？"

"你昨天在餐桌上讲悬崖和朋友的故事，我都听见了。如果你现在从悬崖滑落下去，你觉得我会伸手拉你吗？"

简妮停住了脚，回头望着布莱德。她没有想到在此时他会说这样的话。简妮感到腰腿有些发僵。布莱德依旧松散着四肢，坐在崖顶端，一副悠然自得的模样，但眼中精光闪闪，他口里说出来的话更让简妮浑身发冷。

"其实，人们在悬崖边，有时不是害怕会意外掉下去，而是怕自己会主动跳下去。这你能理解吗？不能吧？那我还想告诉你，你有没有想到一个更加残酷但是简单的事实：也许，我会把你推下去？"

简妮没有再理他，匆匆爬过了山崖，回到路上的时候，简妮发现自己手心里全是冷汗。

（五）

南峡　17时30分

冬季，大峡谷的太阳落山得很早。

每天，大峡谷管理处都会在卖纪念品的小木屋门前的公告栏中张贴出当天落日的准确时间。今天太阳下山的时间是十六点四十一分。

游客们大多在远处山脊的那抹染红褪去后离去，再过一会儿，峡谷便会被无尽的黑暗吞噬，白天喧闹的山道边现在已寂寥无声，只有阵阵寒风在空旷深远的山谷中鼓荡。

大峡谷国家森林公园的巡警利诺森驾驶着双座电瓶车，沿着峡谷边的步行道巡视。

这段在景区的繁华处巡视的路线并不长，半个小时就可以打个来回。步行道两边，一边是荒蛮的无尽黑暗，一边是人间的欢乐温暖。百米外，游客中心餐厅和旅馆的灯光触手可及。

这是他今天最后一项工作，防止有人还逗留在崖边或遗失物品，当然也要看看有没有什么不寻常的情况出现。

转过弯，就是南峡最险峻的地带之一。一道狭长的山崖延伸进峡谷，宽度不到十米，两边陡峭的石壁几乎直上直下，寸草不生。由于太过危险，在山崖的延伸口，有一道铁链拦住。不过在白天，还是有不少大胆的游客兀自跨过这根等腰高的铁链，到山崖最远端处去过过瘾。

月亮已经挂在了天西角上，灰蒙蒙的。利诺森似乎看到山崖远端处有一团黑影。他停下车，走到铁链边，打开对讲机，向值班室报告了自己的位置。随后又打开强力电筒，往山崖远端照去。在摇晃不定的光柱下，利诺森隐约看到有一个人坐在悬崖边。

"还有人？"利诺森皱了皱眉。他有责任提醒游客，夜间的大峡谷是危险的。不过利诺森也遇到过这样的情况，游客玩忘了时间，在黑暗中不敢从悬崖上走回来。还有，自杀者。

"嘿，你！发生什么事了吗？"利诺森大声喊道。

那个人动了动，没有起身，也没有回答。利诺森看不清这人是男是女，他正准备再叫一个巡警过来。这时他看到那个人对自己招手，似乎请求帮助。

看来是不敢往回走了。胆子这么小还上崖干什么？利诺森摇摇头，跨过铁链，朝崖前走去。

今晚崖上的风不小，在耳边呼呼作响，气温下降得也很快。利诺森一手按住帽子，一手打着手电筒，侧身来到崖前。他看清楚了，是一个人坐在一块岩石上，面朝着大峡谷浓墨般的黑暗。这个人穿着一件旧皮夹克，连衣帽把头裹得严严实实，看来是冻得够呛。

"来，别害怕！到我这里来，我带你回去。"利诺森大声说，"快。"

那人慢慢地转过头，手电筒光划过处，一张鹰面蛇发的脸熠熠发光。

"Fuck！"

利诺森大吃一惊，手电筒滚落在地。他伸手去掏挂在腰间的格拉克（Glock）手枪，还没有解开手枪套上的扣钮，鹰面蛇发人一个翻身滚地来到利诺森身旁，单腿一蜷，朝利诺森胯部狠狠蹬去。

凄厉的惨叫声从高耸的崖顶往一千多英尺深的谷底一路滚落，仿佛黑暗张开了口，利诺森一晃就失去了踪影，他惊恐的叫声顷刻间被旋转的山风席卷得无影无踪。

风声呼啸，坠落如淹没般自由，大气厚实沉重，空间无垠——鹰面蛇发人挺直了身，朝月亮高高举起双手。这是一次没有预谋的行动，起源于刚才与姑娘的谈话，使他心中燃起了一股让人怦然坠落的强烈冲动，这欲望如此强烈，让他不能自制。现在，欲望得到了忘我的满足。他张大嘴无声地呼唤着，他的灵魂伴随着那个一路翻滚的身躯进入飞翔的空间。

当布莱德回到停车场时，旅游团的人陆陆续续从小卖部和餐厅回来，刚刚到齐，等在车上的人有些无聊，在互相拍照留念。

分散在林中的小木屋亮起了柔和的灯光，不少游客早早回到屋内享受电视和温暖的床。

原木盖建的餐馆里灯火通明，萨克斯管和小提琴正演奏着带有浓郁西部风情的曲子，音乐声袅袅绕耳。喷香的酒和滚烫的牛排解去了人们一天的疲乏，餐厅的小舞池中，有人欢乐地跳起了舞。

"你怎么才回来啊？我们都着急了。"文文让开座，半关心半埋怨道。

"谢谢，不好意思。"

布莱德轻声回应，他顺势坐下，把巡警利诺森遗留的电筒悄悄掩进包中。他看到简妮就坐在自己后面，朝她温和地笑了笑，但简妮却转开了眼睛。

"大家再坚持一下，我们今晚下山住宿。"文文清点完人数，大声地告知。

旅游大巴亮起前灯。沿着弯曲的山道朝峡谷外开去。一路上星星点点有不少的旅游车同行，它们都是下山去住宿的，山上的费用相当昂贵。

今晚不久后，同事们就会开始寻找早该返回站里的利诺森巡警。可以想象，这个晚上是焦虑、繁忙和不祥的。

当第二天太阳升起以后，顺利的话，也许有人会发现在深深的谷底有一个小小的不成人形的躯体。从峡谷顶绕着下到谷底最起码要两个小时，随后，法医会来检查利诺森死亡的原因。从其他地区赶来的警察也会聚集在这里，分析事故的原因。

是失足滑落？还是另有蹊跷？在没有充分证据的情况下，这个案子的结论也许会在很久以后才能得出。

还有一个重要因素，暴风雪即将来临，利诺森的尸体可能会在谷底嶙峋的岩石上躺上好久。去年，一位自杀者的尸体到春天解冻后才被人们发现。

第五章

（一）

捷普地小镇　19时30分

唐根宝夫妻在捷普地小镇开旅馆已经有十多年了。

这个名叫"快乐时光酒店"的小旅馆离大峡谷有一个小时左右车程。紧靠着州际公路不远。

旅馆呈"F"形状，有二十多间客房。

今天一早，唐根宝就发现店里的热水器坏了，热水管像放屁一样噗噗冒着污浊的黄水。他打电话给管道修理工，可那家伙正在三十里外的一家餐馆里忙得焦头烂额。好说歹说，才答应下午晚些时候赶来，并嘱咐他先把热水器旁的管子都卸下。到美国这么多年了，唐根宝一般的小修小补还是会的，紧赶慢赶，总算在天黑前完了工，人也累得没了精神。他让老婆打了个电话给旅游团导游文文，让她带客人在外面吃完饭再过来，今天实在没有空烧饭了。

"看来是要花些钱好好修整一下店里的房子了。"看着陈旧的设施，唐根宝对老婆说。

唐根宝买下这家建了四十多年的小旅馆还是在三年前，他和老婆来美国十多年了，原来一直在洛杉矶的一家汽车旅馆打工。五年前，他们在上海的一间不到二十平方米的小平房赶上了市政动迁，新开的地铁12号线正巧要通过那里。动迁费加上购房补贴一下子拿到一百多万元人民币，近三十万美金。两口子在被窝里嘀咕了好久，决定还是在美国购一个实业，细水长流地过日子。通过朋友介绍，几番比较，他们买下了这家远离大城市的小旅馆。

开始生意并不好，里里外外都是自己打点，且算是给自己打工吧。他们相信，守着世界遗产之一的大峡谷这个金盆，不愁客源无路。苦苦熬了几年，来住店的中国人日益见多，小店和华人旅行社的关系也越搭越亲近，生意开始往上走了。

"是啊，把热水间后面堆杂物的几个房间也装修出来做客房吧。"唐太太也是上海人，多年操劳，她的外表比实际年龄显老，"还是雇个工吧，我们现在一天二十四小时，一年三百六十五天，天天蹲在这旅馆里，做人不能这样没有意思的。"

"好的呀，再看看吧。"

俩人正有一句没一句地商量着，灯光一闪，大客车顺着"F"形的底端车道，摇摇摆摆开了进来，停到登记处前。车门开处，游客们纷纷走了下来。

"到了到了，快去招呼吧。"

唐根宝两口子赶紧来到登记处，给大家登记、分房间。看到中国人的旅游团里还夹杂着两个墨西哥人，唐太太不禁多看了两眼。

"啊呀，这里怎么连手机信号也没有啊？"考察团里有人叫道。

"是啊，我在大峡谷里就发现了，我的手机也什么信号都没有。"

唐根宝赶紧解释："你们都是国内的手机吧，中国电信只有在大城市里才能够联网。我们这里是小地方，大家克服克服啦。真要有什么事，可以到登记处这里来打。"

小佳年拉拉唐根宝的衣角："叔叔，房间能上网吗？"

"小朋友，对不起。房间里没有网线。"唐根宝笑笑。

"那能无线上网吗？"小佳年有点不甘心，她本来约好与爸爸妈妈今天晚上通视频的。

"不好意思。下次你再来，一定会有了。"唐根宝看到客人们露出不以为然的神情，赶紧转移了话题，"大家累了，早点休息吧，有什么事就来找我。明天早上，我给大家熬一锅粥，煮茶叶蛋，我这里还有上海的豆腐乳，台湾的肉松。"

这下大家高兴了，这段日子天天西餐，很多人已经受不了了。

"这个爽！我现在看到比萨汉堡就冒酸水。"小孕妇拍着手。

"岂止是冒酸水啊，我拉屎都带奶酪味！"有人小声嘟囔了一句，引起一片笑声。

趁大家贫嘴的时候，简妮把文文拉到一边，晃了晃手里的房间钥匙："良辰美景，天地精华，今晚想不想打开窗，好好观赏一下大千世界啊？"

文文一时还没有明白简妮的意思，不过她马上反应过来，有些扭捏了："你说什么呀？你呢？"

"小佳年那里空着，我过去睡。我可不愿傻傻的像根木头，耽误别人花前月下的大好时光。"

"谁要花前月下了？今天好累——"

"你到底要不要？我的好心是有时限的，过期可要作废。"简妮假装要把钥匙收起来。

文文一把从简妮手里夺过来钥匙，咦咦笑着跑开了。

洗完澡，洪银河不耐烦看电视的英文节目，留下佩佩一个人在屋里，独自来到院内散步。

天色很黑，看不到月亮，漫天的星星像银帐一般遮盖着大地，深邃而神秘。厚厚的云层一阵阵掠过，起风了，先是一阵凉意拂过面颊，随后地上的小草碎土无声地腾起，旋转着扑到房角树根下，然后静静卧下。

空气很清新，洪银河贪婪地深深呼吸着。

刚才下车时，马主任又出现在洪银河面前。这次，马主任的脸上堆满了热切和欣喜。

"啊呀呀，罪过罪过，请原谅我，"马主任终于想起了大领导的真容，"我真是荣幸啊，没想到是您老——"

"你认错人了。"洪银河眼里射出两道凌厉的光。不好，被认出了，回洛杉矶后要马上离开。他稳了下神，对付这种官员，洪银河十拿九稳。他没有搭理马主任殷勤的目光，脸转向了他处，威严地轻点下颌，"借过一下。"

笑容冻结在马主任的脸上，他方才知道自己惹了个可大可小的祸。官场上，有些事是可闻不可言的，有些事看见了也要当没看见，领导的心思可以揣测但千万不可以去证实。大领导身边的漂亮女人，只身微服出游——唉，我怎么就成傻帽了。马主任恨不得扇自己一个嘴巴。

望着马主任迅速消失的背影，洪银河摇摇头，一辈子怎么净和这种人打交道了。

"老伯伯，"身后传来清脆的童声，小佳年叫住了洪银河，她手里高高举着一个杯子，"你的杯子忘在车里了。"

看着笑靥如花的小女孩，洪银河的心又温暖起来，刚才的堵心不适消除了不少。他不禁伸手摸了摸小佳年可爱的小脸。"谢谢，你真乖！"

小佳年一蹦一跳地走了，望着她娇小的身影，洪银河突然感到有些怅然和酸楚。

老伯伯，是啊，在孩子眼里，自己已经老了。岁月弹指，白驹过隙，如今聊以卒岁。唐代诗人杜甫的诗句，"落日心犹壮，秋风病欲苏。古来存老马，不必取长途。"读上去豁达壮怀，但细细品来，背后却是一片苍凉悲苦之情。

来美国有段日子了，洪银河第一次有了大把属于自己的时间。在国内，似乎没有空去想这一切，官场倾轧，人脉纠葛，利益与权力，这些原本是为达到目的的手段，后来不知怎么就变成了目的本身。虚苦劳神，殚精竭虑，官越做越大，内心却越来越空洞，甚至到最后连想一想自己都失去什么也成了一种奢侈。

这些天，每次洪银河打开电脑，看着那些数字在屏幕上无声地一排排闪过，就发现，自己除了拥有那些冷冰冰的数字，其他的什么都没有。家庭，孩子，平静的生活，这些别人正常的人生，自己却可望而不可即。而自己的最大价值，就是知晓打开数字的那几个密码。

难道这就是我苦苦一生，全力拼斗的归宿？洪银河苦笑着。

一阵风吹乱了他的头发，风里带着淡淡的土腥味。洪银河想起他从家乡中出来时那天也是刮着大风。漫天风沙，遍地黄尘，年久失修的老屋子吱吱咯咯地响，家里把储备了多年准备翻换梁顶的大木柱子卖了，换成了他上省城的路费。简陋的行囊里，几个早上出锅的杂粮馍馍还有着些温暾气，老人对他说："走吧，别回来了。"

路过村子中央十字道口时，井边围着一堆人。村西老三家的媳妇和公婆吵架后半夜里跳了井，还喝了一肚子的卤水。村民们正骂骂咧咧地捞着人，要死就死呗，干吗还臭了一口井，祸害一村人不能喝水。没有人注意到洪银河夹着行囊头也不回地走出了村，消失在风沙中。

四年苦读，废寝忘食，说不上出类拔萃，但也不逊他人。毕业时，全班农村来的孩子只有他留在了省城。当他捏着报到书第一次走进那排高大威严的大楼时，穿着布鞋的洪银河用力挺直了腰杆。

但接下来的日子贫乏无味，他渐渐发现周围的世界和书本里学到的完全是两回事。他勤奋工作，早起晚归，越干越觉得被人们冷落。到最后，杂活累活全到了他的身上，别人在悠闲地喝茶看报，自己却加班加点。干活是应该的，但不要去想能得到什么好话和回报。几次想展现本领的锋芒毕露之后，碰了一鼻子灰的洪银河开始琢磨问题究竟出在哪里。

一次随着领导去沿海发达地区开招商会，山珍海味，灯红酒绿，洪银河开了眼界。

围在领导身边的全是平日见不到的达官贵人，但在领导面前却一个个笑脸逢迎，温顺如猫。领导大剌剌坐在中央，烟还没有拿起，几只镀金的打火机已铮铮作响地打着了火。

领导说："你们什么也别多想，听我的就是了。明天一定要给我签下十个亿的投资指标。"

众人齐声说："领导放心，我们只听您的。明天签五十亿。"

领导满意了："这就对了。"

第二天，省城大报小报、电台电视台都播报了领导带队引资获得丰硕成果的大幅消息。但起草文稿的洪银河清楚，那些漂亮数字是向上汇报和对社会公布时用的，白纸黑字签下的所谓投资意向书全是一堆废纸，没有一件是落实的，但谁会来探究真相呢？真正落在实处的还是那些背后呈给领导的报告，那才是肥得流油、不能曝光的项目。

当然，有了领导亲笔批示，项目无往不利，一路绿灯。

洪银河终于明白了，在官场，本领与地位是毫不相干的两件事。本领这东西可以谋生，也可以过日子，但唯独凭它周旋官场，才是最不靠谱的东西。有地位才有利益，这是铁律。而地位的获取也不是随波逐流、无缘无故的，它需要价值交换。洪银河放下他想，开始精心研究为官之道，这背后的学问大了去了。人人皆知的潜规则之下，制度的缺失、官场的厚黑与人性的弱点演绎得淋漓尽致。洪银河惊喜地发现了一片崭新的天地，来自底层草根的他既没有退路更不讲究手段，施展手脚只为目的达成，他在这片天地中如鱼得水。

当灵魂标上价格时，就意味着可以出卖。果然，洪银河开始一步步往高处攀，越到高处越觉得妙不可言。权力是如此精彩，它只可以意会而不必言传。精妙的境界是，利益已无须索取，自然有人双手送上。代价是自己有肉，别人也要有汤。到后来，这锅鲜美的好汤肉只能在自己人的圈子里尽情分享，并循环往复，成为下一次起灶生火的缘由。

每升一级，每到一处，干部会议上，洪银河坐在主席台中央，环视着底下黑压压的人头，他们都是铺垫自己的基石，都是自己的柴火。他的水平比原来的领导要高明得多，洪银河只说一句：

"从现在起，我的工作就是琢磨人了。"

下面鸦雀无声，谁都在品味着这句话的分量和背后的含义，洪银河成了别人争相攀爬的高山和尽忠供奉的火种。

但是，如今走上逃亡之路的洪银河却对这个叫简妮的女孩怎么也琢磨不透。

他突然发现自己走到了简妮的窗前，房内传出女孩子们咯咯的笑声。他伸手想敲门，但又垂落到身边。一种奇怪的感觉缠绕着，不知为什么，他有些害怕面对她，又总想对她亲近些。想表白的冲动演绎成为欲望，但理智上却被这种念头惊吓。

他隐隐约约有种预感，这个步履轻盈、眼若深潭的女孩一定与自己在冥冥之中有不可分割的牵连。这可能会是一场自己不敢面对的不期而遇。但那些离奇的情节都是电影小说里胡编乱造的，现实生活中怎么可能发生？洪银河既恐惧又暗暗期待。

"宦途堪笑不胜悲，昨日荣华今日衰。转似秋蓬无定处，长于春梦几多时。"

夜幕凉风下，洪银河吟着白居易的名句，不胜感慨。

（二）

旅馆房间　21时30分

布莱德和邱永邦今晚住一个房间。

屋里开着暖气，邱永邦早早就躺到床上，他哼着歌，光着上身，只穿着一条小小的条纹花裤衩，杂乱的物件乱糟糟扔了一地。

"抽烟吗？"邱永邦欠起身，打开一盒烟，要扔一支给正在桌前聚精会神看东西的布莱德。

"我不吸烟，你也别在房间里吸。"布莱德头都没抬。

"外面太冷了，我到厕所里抽吧，有排风扇。"也不管布莱德同不同意，邱永邦单腿跳着进了小卫生间，陈旧的排风扇咔嗒咔嗒地响了起来。

这杂碎！布莱德厌恶地闭了一下眼睛，他戴着塑胶手套，继续摆弄着手中的物品。

这是布莱德今天在印第安人小店精心挑选的商品，一只巴掌大小的跳囊鼠标本。跳囊鼠是一种小型啮齿动物，它是大峡谷的特有物种，可以像澳洲袋鼠一样用后脚跳跃。标本的做工比较粗糙，后腿干疏的毛发已经有些脱落了。但精致的爪子，小巧的嘴脸，特别是它的眼睛，虽没有一丝生气，却晶莹发亮，不动声色地映射着外部的一切，这让布莱德着迷。跳囊鼠最后一眼看到的是什么？是猎杀者贴近的面容，还是土地远去的失色？这都无所谓了，它获得了救赎，用全新的生命形式和这个世界遥相呼应。

他要把已经开始实施的计划再梳理一下。到目前为止，一切都还算满意。他像一位技巧高超的操作员，把过山车慢慢提到高空，游客们还在嬉笑玩耍，突然间，面前已是一片空白，过山车无可挽回地冲向深渊——

外套须染上点血了，该轮到墨西哥人上场亮相了。要让他们自己到第一排就座，在以为可以掌控方向的时候，用力推上一把，让这辆车突然毫无预兆地滑落。现在，布莱德手上还有两个道具，只需要一点运气和见机行事的机敏。

什么是没有计划的计划？所有人做事都喜欢有计划，但当过审讯官的布莱德熟练地掌握着一种迅速突破人心理防线的技巧，就是要等人们精心计划后，以为掌控全局时，突然打破这个计划。他们就会惊慌失措、手忙脚乱，出现茫然和失误。于是，崭新的局面跃然而出，"守护神"便接管了航舵，驶向他们的宿命。这是智慧和激情的结晶，也是这个游戏的魅力所在。

"我操，这是什么？"邱永邦从厕所一出来，被龇牙咧嘴的跳囊鼠标本吓了一跳。

"你不觉得它很美吗？"布莱德把标本凑近灯光。

"拿开拿开，恶心人。"邱永邦跳回床边，一屁股觉得坐到什么东西上，摸出一看，是一张高比例的美国州际地图，这是布莱德刚刚放到他床上的，"是你的？"

"哦，对不起。这一带公路很不清楚，不熟悉的人经常会迷路。这是我今天特意买的。"

"哎，等等。"邱永邦想起明天就要行动了，没有野马车接应，行动后怎么走，还真需要一张这样的地图，靠，我怎么没有想到呢。

"借给我看看吧。"

"行啊。"

邱永邦对同屋的这个人有点兴趣了："兄弟，你干什么的？"

"平时开开货车，有空收集一点标本。"

"呵呵，这爱好少见啊。你英文说得很好，不是中国人吧？"

"你看呢？"布莱德没有正面回答。

"有点意思。"邱永邦正准备再聊聊，门外有人敲门，布莱德打开一看，阿里斯托和达莱妮相拥着站在门口。

"我们来找他，"达莱妮笑吟吟指了一下邱永邦，"能进来吗？"

"当然可以。"布莱德侧身让进了墨西哥人，正好，他可以安排他的第二个道具了。

"别忘了一会儿去接待室喝咖啡，老板娘还准备了点心。我看这老板今天赚得不少，导游给了他一大把现金，请大家吃点也是应该的。"布莱德仿佛顺口说着，随手关上了门。

唐根宝打着手电往后院走去。刚才有客人打电话到服务台，说热水不够烫。担心今天热水器还是没有修好，唐根宝再去查看一下。

热水房在后院的最里端，要拐过角走到底。前面还有几间杂物房，都没有点灯，四周黑乎乎的，下午修理水管时，放了不少水，地上湿答答的有点滑。

路过墨西哥人的房间时，唐根宝没有注意到房门开了一条小缝。门后，有一双眼睛冷冷地看着自己。

"明天我们就在这里动手。"邱永邦抽着烟，指点着地图。

"然后怎么走？往回撤？"阿里斯托拧着眉，狭窄额头上深沟似的皱纹显得越发地深长。达莱妮在一边兴致勃勃地看那只跳囊鼠标本。她对他们的讨论不感兴趣，这些事情本来就应该是男人来操心。

"不行，这条路很空旷，没有把握能搞到车。看来我们还要带这些中国人走一段，一直到Kingman（国王城），大概需要两个小时。到了Kingman，我不管你们用什么方式，下去搞辆车来。"

"然后呢？"阿里斯托继续问。

"然后，然后就随我们了，去凤凰城或到洛杉矶，手里有钱，哪里不能去？"

一想到过了明天，手里有了捧都捧不下的现金，海阔天空，逍遥自在，三人都有些兴奋。

"家伙都备好了？"邱永邦问。

"都在我背包里，两把手枪，一把霰弹枪，到时候吓唬吓唬就行了，霰弹枪轰上一枪，那动静还不把这些中国人全吓趴下了。"

"好，一会儿给我一把手枪。我今天也观察了，旅游团里没有什么硬手。"邱永邦点点头，"不过，还是要留神。"

其实，邱永邦早就想好了，明天钱到手后，只要一离开这是非之地，他马上会离这两个总是惹是生非的墨西哥人。韩国老头儿的事邱永邦没有忘掉，他可不想和杀人犯待在一起。

"你们完了没有？"达莱妮不耐烦了，她的脑袋里早转悠着另外一件事，"还有一笔现成的钱你们不想要？"

两个男人转向了她："还有？哪里？"

"就在我们鼻子底下，"达莱妮哧哧笑着，手一指门外，"老板啊。"

"不行！"邱永邦不假思索，"别乱来！"

"当然行！"达莱妮跳到他面前，用手玩弄着他的耳朵，"反正一样干了，到嘴的肉怎么能不吃？刚刚那人不是也说了，这老板肥得很。我们这么辛苦，他能不贡献点？你说对不对？"

邱永邦仔细想了想："可也对啊，中国有句老话，搂草打兔子，顺带啊。你准备怎么弄？"

"简单，一会儿完事了，把他们捆起来往哪个空房间里一塞，这种旅馆白天一般不会有散客，要到晚上才会有旅游团的车来，等被人发现了，我们早到海边吹风了，我的大兔子。"

"别闹，我不是兔子，老板是兔子。今晚只有我们这批客人，明天早上老板就是不出来，大家为了赶路也不会多耽误的。看来问题不大，"邱永邦下了决心，一拍床沿，"干！"

（三）

旅馆接待处　22时45分

唐太太一般是等到晚上十一点才拉上车道的铁闸，锁上店门，离开柜台，回到自己屋里。

她和唐根宝就住在连接柜台后面的小房间里。虽然店门锁上了，但是外面的霓虹灯却会一直闪烁到天亮。有时半夜也会有想要住宿的客人揿响大门边的门铃，唐太太就会蒙眬着睡眼披上衣服起来招呼客人。

旅馆的周边很冷清，到最近的小镇也还有三英里的路。客人们在房间里安顿好后，三三两两在院子里走了一圈，有的到接待处喝杯咖啡，与唐太太没咸没淡地扯上一阵，就纷纷回房早早歇息了。

接待处前厅的壁炉里燃着火，两张铺着小碎花台布的咖啡桌旁，几个谈得火热的年轻人刚刚离开。放在沙发上的两天前的《世界日报》也被那个看上去是老干部的人借回房了。唐太太看了阵电视，觉得实在没有什么好看的。她听说国内现在有卖一种小的电子设备，装上后，就可以收看国内电视台的各种节目。现在大陆的连续剧和选秀节目搞得十分火热，唐太太准备托人给自己带一个回来，好打发这无聊的日子。时间差不多了，唐太太走出接待处，来到车道上，张望了一下已空无一人的公路，用力拉上了沉重的铁栅栏。

回到房里，唐太太转了一圈，觉得哪里有点不对劲，想了想，发现电视的频道不知为什么被换了，刚刚看到一半的脱口秀节目现在成了新闻报道。再仔细看看，怎么变成了拉斯维加斯的电视频道？画面上，一个化妆过头的老男人正在播报迅猛来临的暴风雪消息。灾情看来真是蛮严重的，明天这股暴风雪就会来到本地。唐太太有点担心，她打算去后院找一下正在检查热水器的唐根宝，商量商量店里要不要预先做点准备，至少热水器可千万别再出状况了。

门上的小撞铃叮当一响，唐太太看到那个瘸腿的中国人和两个墨西哥人走进屋来。

唐太太暗自皱了下眉，都这么晚了，还有什么事啊。

中国人开口了："老板娘，还有咖啡吗？"

那个墨西哥男人一屁股坐到柜台前，搓着手，出神地看着电视。

"壶里还有热的，你们还要的话，就再煮一点。不过明天要早起，晚上咖啡喝多了不好。"唐太太好心地说道，她拉了一下邱永邦的袖子，悄悄问，"这个团里怎么会有老墨？"

"你别问我，问他们自己啊。"邱永邦呵呵笑着，走到了门前，"人家老墨喜欢中国人，中国人有钱呗。"

"中国人有钱和他们有什么关系？"唐太太嘀咕了一句。

墨西哥姑娘蹦跳着脚步在屋里走了两圈，拿起咖啡壶旁小碟子里的点心尝了两块："中国的饼干很好吃啊。"

唐太太笑了："什么中国饼干，这些都是在镇上超市里买的。"

达莱妮停住嘴，认真地看着唐太太："我说是中国的就是中国的，我今天就要吃中国货。"

唐太太没有注意到，邱永邦已经把接待处的门从里面锁上了。

布莱德刚才一直没有闲着。

地图是个诱饵，它会启发墨西哥人和邱永邦重新考虑逃跑的途径。当然，要让他们临时更改原订的计划，就必须让他们做出不得不更改的判断。这些判断的依据布莱德已经一步一步设好了，现在就等待效果。

警察们应该判断出墨西哥人已经出逃。印第安人礼品店摩托车手的死，直接与中国人的旅游车搭上了线。警察们稍加分析便可以相信，墨西哥人是别出心裁地坐着中国人的旅游车逃出了拉斯维加斯。布莱德仿佛可以听见警察们恼怒的喘息声和逼近的沉重脚步声。

但是，根据布莱德对警察的了解，即使警察们的判断步步都正确，他们的追捕行动也与这辆不停行驶的旅游大巴存在有一个时间上的延误，何况还要跨州进行协调。也就是说，警察们总是落后一步。而这一步中留出的空间，足以让布莱德大展手脚。

现在，他还要把墨西哥人脖子上的绳索再勒紧一点。

布莱德偷偷溜进墨西哥人的房间，在他们的床底下放了一支手电筒，这支警用手电筒就是大峡谷巡警利诺森的。推巡警下悬崖虽然没有预谋，只是被不可遏制的欲望所驱使，但不妨把它作为另一块指示警察的路标。明天，警察们也许会追查到捷普地小镇这家"快乐时光酒店"，当手电筒从墨西哥人的床下被搜查出来时，它上面的标号足以使警察认定墨西哥人又犯下一宗血案。

布莱德是个细致谨慎的人，他不喜欢"也许"，他要"一定"。今天晚上，"快乐时光酒店"一定还需要有点事。

就算墨西哥人和邱永邦不接受自己说老板有钱的暗示，也必须让事件发生。

趁唐太太出来拉车道铁门的时候，布莱德把接待处的电视频道换到了拉斯维加斯的新闻台。他估计，杀警察这样的案子很快会在媒体上曝光。当然，他也不会允许唐根宝夫妇今晚就把警察招来，布莱德截断了对外的电话线。他只是需要让墨西哥人和邱永邦有手上沾血的动机和理由。

就是他们不想沾血，布莱德也会让血在"快乐时光酒店"里四处流淌。这样，墨西哥人和邱永邦百口难辩，原有的计划就会被彻底打乱，混乱中，"守护神"冉冉升起。

夜色已经深了，"快乐时光酒店"大多数客房的灯都熄灭了，只有几个窗口还隐隐约约有电视屏幕的闪光。

黑暗中，布莱德跟着唐根宝到了后院的热水间。

热水间是一间堆放着杂物的工作间，屋中总弥漫着一股霉湿的气味，里面乱七八糟地放置着旅馆换下来的旧家具和杂货。沿着墙是一排高大的铁制四层货架，上面大小不一的纸盒散乱着几乎一直堆到房顶。

热水器就在房间门的左侧，有八十多年的历史，美国著名A.O.史密斯牌商用重型燃气热水器沉甸甸地搁在用水泥砌成的平台上，水泥台已经朽坏，斑驳剥离。

一盏昏黄的顶灯被门外的冷风刮得摇摇晃晃，唐根宝进来时没有关上门。他用手电筒照了一遍热水器周围，果然，下午接出水管的时候没有封固好，漏出的水顺着水泥台流到地上，形成了一个小小的水潭。下午的水管工干的活真不地道，唐根宝恨恨骂了一句，蹲下身，用防水胶布费劲地一层一层往滚烫的出水口缠。这只是临时的简单处理，等天气好点，看来还是要重新大返工。

布莱德进入后院的时候就小心翼翼地放慢了步子，他可不想愚蠢地在潮湿的地面上留下脚印。风声掩盖了他原本就很轻的脚步声。就着灯光，他看见蹲在地上的唐根宝，也看见紧挨着唐根宝的大货架上破碎的纸箱里露出来的黑黝黝的沉重铁器。那是唐根宝刚来到这个小镇时买的两对铁哑铃，大的有十几公斤重。岁数上去后，唐根宝对锻炼身体失去了兴致，这两对哑铃搁在后院的货架也年深日久了。

唐根宝专心地对付着漏水的管子，他突然感到地上的积水上有道影子闪过，接着，从两米多高的货架上滚落的铁哑铃重重砸到了头上。唐根宝好像听到脑袋里传出一声沉甸甸的闷响，两眼一黑，便一头栽倒在肮脏的水泥地上，血从他的眼鼻耳口中冒了出来。

热水器已经很陈旧，固定热水器的几个大螺栓在水泥中也早已松动，在被布莱德使劲晃动了几下后，高大的热水器终于失去了平衡，轰然一声倒地，滚烫的热水从炉内的裂口里喷薄而出，几乎淹没了不省人事的唐根宝全身。

唐太太瘫坐在地上，吓得两眼发直。

当墨西哥人和邱永邦掏出枪来时，唐太太腿一软，坐倒在地。她眼睛直愣愣地看着邱永邦，嘴里反复念叨一句话："你是中国人啊，你是中国人啊——"

"闭上你的臭嘴！"邱永邦断喝道，"中国人他妈也一样要用钱！"

阿里斯托和达莱妮翻完了收银机，又到后面唐根宝夫妻居住的小房间里噼噼啪啪翻了一阵，气呼呼地出来了，手里抓着一叠钱。

"什么肥兔子，还不到两千元！"

"钱呢？"邱永邦瞪起眼睛，用手枪猛戳了唐太太的脸一下。

"我们只有这些现金啊，来住店的客人都是刷卡，旅行社也是一个月和我们结算一次，走银行或者是支票。"唐太太忙不迭地解释。

"你他妈想骗我，今天你不是收的现金吗？"邱永邦根本不信。

"啊呀，今天的团不是常规团，临时通知的，折扣要得很低，所以我们才说好收现金的，就是你们手上这些。"唐太太叫冤道。

这时，唐太太有点冷静了。开店这些年来，他们也遇到过几次上门打劫的。通常是些镇上街头的小混混，挥舞几下刀，夫妻俩给个几十上百的也就应付过去了。碰到最多的是带女人来开完房后不付钱的。开门迎客做生意，求的是平安和气。唐根宝夫妇想想也就是多洗一次被单的事，自认倒霉算了。半夜里堵着门被枪口指着脑袋，唐太太还是第一次遇到。

唐太太知道，前不久，镇上警察局到店里来安装了警报器。按钮就设在柜台板的背面，只要按一下，几英里外的警察局里的红灯就会快速闪亮，巡逻车上的警察不多久便会上门查看。但唐太太现在还不想冒这个险。她甚至感到这个瘸腿的中国人有点傻，身上特征这么明显，又不是在大城市，你和墨西哥人一起犯案，往哪里跑啊？

"你老公呢？"邱永邦问道。

"热水器不好使，他去修了。"

"在哪里？"

"后院。"

突然，电视里传出的声音让大家一起转过了眼睛，拉斯维加斯新闻台正在播报整点新闻，墨西哥人的照片填满了整个画面：

"——据拉斯维加斯警局发言人卡塞塔警官说，谋杀警察西格的调查有了重大进展，嫌疑人是两个墨西哥裔人，男的是二十七岁的阿里斯托，女的是十九岁的达莱妮。今天，警方在他们的野马车后厢里发现了一支左轮手枪，据查，该枪的枪号登记属于前天晚上被谋杀的韩国杂货店老板。警方现在已将两宗谋杀案合并，宣布上述两名墨西哥裔人士为重大嫌疑人，正在全力追捕——"

"Fuck! Fuck! "达莱妮跺着脚大声咒骂。

邱永邦一屁股坐到椅子上，"你们他妈闹那么大的事！"

"警察的事和我们没有关系。"阿里斯托糊涂了。

"你去对警察说！"邱永邦根本不相信，这两个没有脑子的东西什么事干不出来？

唐太太这时真正感到恐惧了，后背一阵阵发凉。她没有想到他们是警方正在通缉的杀人犯。现在保住性命是最重要的。

"在佛像下面格子里还有几根金条和首饰，你们都拿去吧，我什么也没有看到，什么也没有听到，什么都不知道！求求你们，快走，快走吧！"唐太太声嘶力竭。

"她老公呢？"达莱妮低声问道。

"在后院，我去找他回来，他不会对我起疑心的。"事到如今，邱永邦知道自己难以脱身了。他身形一转，打开门，隐入黑暗中。没过多久，邱永邦又回来了，他摇着脑袋，脸上表情阴阳不定，一副难以置信的模样：

"真他妈见鬼了！"

"怎么？"

"那小子太不走运了，自己被热水器砸倒了，都被开水烫成熟肉了！"

唐太太张大嘴，不敢相信自己的耳朵。她愣了一会儿，突然发疯般地从地上跳了起来，"是你杀的！是你！"

钱被抢了，老公死了，骤然间，多少年来的积郁和忍受在唐太太心头爆发，整个世界在一瞬间崩溃，支撑她意志的心弦在长久的紧绷下断裂得清脆作响。她觉得脑子里像烧起了一团大火，烧得双目通红。唐太太泪流满面，脸像涂了层浆似的惨白，她嘶吼着，十指箕张，披散着头发疯子般朝邱永邦扑去，"杀人啦！杀人啦！"

阿里斯托一脚踢翻了她，唐太太爬起身，不知哪里来的力气，抓起沉重的收银机朝阿里斯托砸去，一个翻身，唐太太扑向柜台。

"警报器！"邱永邦眼尖，厉声叫道。

枪声短促地响了两下，在紧闭的房间里震耳欲聋，而屋外呼啸的风却将它席卷得无声无息。

唐太太僵直的手指在警报器前停顿了下来。生活的幕帘拉上了，只剩下寂静、孤单和黑暗，闪过她脑海最后的一个念头是：都完了。

当他们把尸体移走，收拾干净现场，离开接待处的小房时，彼此间都没有说话。

离天亮还有几个小时，疲劳了一天的游客们在温暖的床上睡得正香，旅馆一片安宁寂静。

关上接待处门的时候，邱永邦把外面的霓虹灯也关上了。

第二天，当倒在满地污水中的唐根宝被警察在后院的杂物间发现时，他还有一丝呼吸。

被送进医院里治疗了半年后，变得满头白发的唐根宝独自返回了中国。临行前，有关旅馆的一切法律手续都委托他人代理。唐根宝一辈子也不会再回到这块伤心之地了。

"快乐时光酒店"从此在捷普地小镇消失了。关于这个小旅馆在暴风雪来临的前夜所发生的血腥惨剧，当地的人们一直议论了很久，后来还被好莱坞拍成了惊悚电影，这当然是许多年以后的事了。

（四）

小佳年的日记：

"1月15日，星期天。晴转阴，预报寒流袭来，有大降温和暴风雪，拉斯维加斯—大峡谷—捷普地小镇。

"我终于到了做梦都想去的大峡谷！太伟大！太壮观了！我现在知道，自己的语文水平有多差，就是写断笔，我也没有办法形容我所看到的一切，也表达不出我的心情。哇！哇！哇！

"车上的墨西哥人和骑摩托车的一群人中的一个打架了，打得好凶，还拿出了刀，很吓人。这大概就是美国流氓吧，过去我们只在电影中看到，今天算是看到真人了。

"天气冷得很快，我怕带的衣服不够，实在不行就买一件吧，我想买件带条纹的套头夹克。哈哈，爸爸妈妈不会说我乱花钱了吧。"

小佳年今天拍的照片中，有印第安人的小礼品店和在大峡谷等候时车上游客们的互拍镜头。

（五）

极地寒流已经肆虐到大半个美国。

寒流造成的灾情远超过人们的想象，在这场寒流中丧生的人数已达一百四十九人。车祸、房屋倒塌等灾情事故造成的损失超过百亿美金。

各地的中小学都已停课，公路阻断，飞机航班停飞，旅游景点关闭。好几个州被联邦政府宣布为重灾区，州政府启动了紧急状态法。

亚利桑那州和加利福尼亚州的地震局已经监测到几百次小型地震。

地震带上的状况越来越不稳定，今天，大熊湖山区和洛杉矶离华人聚居区一坡之隔的拉庞迪地区都发生了三级以上的地震。超市货架上的商品滚落一地，居民家中的物件摔碎了许多，幸好没有人员伤亡的报告。

研究人员们忧心忡忡，种种迹象分析，一次超过七级的大地震随时会发生在断裂层上。

地震局的分析报告被火速送到了州政府。州政府开始对所辖区域的各级政府发出了预警通知，防灾的各项准备工作已悄然展开。

第六章

暴风雪终于来了。

一夜之间，大地彻底变换了模样。

狂风夹杂着冻硬的雪粒呼吼着、撕裂着千里广袤的山区，它恶狠狠地撞上山尖峰顶，沉甸甸地扑下峰峦耸峙的谷底，像千百条狂舞的鞭子抽打着赤裸的岩块和颤抖的林木，泛起一阵阵寒气逼人的白色冰雾。冰雾笼罩之处，空气仿佛凝结成块，发出了阵阵冻裂的脆响。

原本被冬季白雪覆盖的山峰猝然下垂，冻雪挤压着下面松软的积雪，一层一层向山脚蔓去。没多久，大地皆白。

（一）

早上七点三十分，旅游大巴离开了捷普地小镇"快乐时光酒店"，一车的旅客们愤愤不平。

"这老板和老板娘太不像话了，躲到什么地方去了？"

"昨天晚上我想用热水都没有，打电话到服务台也没有人接。没见过这么抠的老板，就知道要钱，一点服务质量都没有。中国人的劣根性啊！"车里的人越说越气。

"还说早上管饭呢，我昨晚做梦都梦到喝粥。"小孕妇可怜兮兮，说得眼角都泛红。

"旅行社要给个说法吧，我们早饭怎么办？该不该退点钱？对，退钱！"马主任嚷嚷得最响。

文文一边四处安抚着旅客们的情绪，一边给旅客们分发着在接待处里临时找到的两箱饼干。她也很纳闷，一贯谦和顺从的唐老板和老板娘早上怎么会不露面呢？这样的情况自己也是第一次碰到，这家中国人开的旅馆看来以后是不能再合作了。文文准备明天回到洛杉矶后，首先就是向公司的头儿汇报这件过分的事。

旅游大巴车在已经积满雪的路口转弯前，邱永邦看到一辆白色的警车碾着咯吱作响的冰雪停到了"快乐时光酒店"门口，车上下来两个警察，搓着手，哈着气朝旅馆走去。

邱永邦不知道，每天这个时候，按时巡逻的警车路过旅馆，车上的警察们都会停下，进店喝一杯热咖啡。唐太太的咖啡煮得好，在当地还是小有名声的。

"坏了！"邱永邦暗暗叫苦。

昨天晚上，当达莱妮手中的枪声响起时，邱永邦呆住了。平时，心里想想杀人，嘴里说说杀人，电影里新闻里看看杀人，这都隔着层纸，不算什么。可是当热血黏黏地溅到脸上，刚刚还是一条鲜活的生命瞬间在眼前消失，邱永邦还是震惊了。他没有想到杀人与不杀人的分界是如此的简单轻易，他一步就迈到了不可挽回的绝地。起初，当邱永邦想出这个计划时，他只顾得想钱到手后的快乐，却没有预见它可能的血腥和不受控制。做出一个决定可能只要几秒钟，而它的结果却要用一生来承受。现在，他清楚地知道自己眼下已经没有回头路可走了。

邱永邦咬牙扇了自己一个嘴巴，现在只有见机行事，干到底！

他强迫自己冷静地估算了一下，警察如果发现唐根宝夫妇的尸体，再到怀疑到这辆中国人的旅游车，这中间至少要三四个小时，也就是说，他们必须利用三四个小时的时间，来改变原来的计划，制订出新的方案。

（二）

旅游车沿着64号公路向南行驶。

迎面扑来的雪珠打在挡风玻璃上咯咯作响，立刻蒙上了一层冻霜，几十米外就混沌一片。雨刷吃力地清扫着，发出不堪重负的吱吱声。每到山坳风口处，骤然而起的狂风像抖动着的巨大布幔，翻卷着震撼整个车厢。

司机老周一动不动坐在驾驶台前，面色凝重，旅游车开得很慢。

"老周，行不行啊？还能走吗？"文文凑到驾驶台旁，担心地问道。

"再看看。"老周吐出三个字。他心里也没有底。这种天气，在山区开车风险是非常大的，谁都不知道下一分钟会发生什么意外。但话说回来，冰天雪地中，车要是陷在山里动弹不得，那危险就更大了。老周希望能慢慢熬过这近百英里的山路，到了40号公路，进入平坦的沙漠地区，那就好办多了。

李晓宇刚刚一直在想邱永邦今天奇怪的举动。

上车时，邱永邦一瘸一拐地挡在他面前。李晓宇往边上迈了一步，邱永邦也同样横着迈了一步，"咱们聊聊？"

"你挡我的路了。"李晓宇的语气很平淡。

邱永邦望着他："哥们儿，成仇人了？为啥？"

李晓宇想了一下："不想聊。"

在进入车厢的时候，他看见邱永邦朝自己打出他们赌牌作弊时的手势，从背后送过一句："你很快就会找我聊的！"

我到位了，该你了，这是手势的核心含义。凭对邱永邦的了解，李晓宇知道他话中有话，而且肯定有事要找自己。但李晓宇决心要和以前做一个了断，邱永邦是以前的直接象征。

昨天离开拉斯维加斯的时候，李晓宇缓缓地把一封信投进了街边灰色的信箱里。

这是他写给国内的爸爸妈妈的。这么多年来，爸爸妈妈不会用电脑，和家人的联系都是打IP电话，这是他第一次用手把字端端正正写在纸页上。长长的信中，李晓宇也是第一次痛痛快快与一直牵挂儿子的父母说了离婚的事，说了赌场的事，也说了自己的感悟和以后的打算。他想，看到这封信，爸爸妈妈会懂得儿子的认真和慎重的。

来美国后，李晓宇对家里既不报喜也不报忧，他觉得报喜逆心，报忧不孝，于是变成平平淡淡地问候，表一份思念之情。他很少说自己的生活，离婚的事也从未提及。他不说，老人们也没有问，李晓宇明白这是爸爸妈妈的良苦用心，原来的老婆一次也没有在电话里说过话，老人们怎么可能猜不出来呢？他们不问就是不想自己有任何负担，老人们只想告知儿子：无论发生什么，爸爸妈妈都站在你的身后，银杏树下的老屋永远是你安心歇息的港湾。

李晓宇的眼角有些湿润了。他觉得自己其实是很自私的，他让亲人们被迫承担自己的沉重，却没有一句感谢和分担。他相信，年迈的父母看完了他这封信后，一定会明白儿子通篇只有一句话：爸爸妈妈请宽心，你们的儿子已经坚强地走出来了。

文文分发着饼干从车厢里走过。她纤细的脖子上已经戴上了那串檀绿色壁球花银项链。昨晚一夜缠绵，文文眼里还带着没有消退的甜蜜。她温柔地看了李晓宇一眼，递上盒子，轻声道："随便吃点吧。"

李晓宇伸手从纸箱中拿起一块"幸运饼干"。这是在美国的中国餐馆中常见的一种饼干，吃完饭后，常放在小盆里和账单一起送给客人。

李晓宇慢慢捏碎饼干，里面掉出一张细细长长的小纸条——

"你熄或不熄，灯就在那里。"

读着，李晓宇不禁痴了。

从简妮的"幸运饼干"里滚落出来的小纸条上面写着："背向太阳，你就能看清楚它所照亮的一切。"

这句不错啊，简妮赞赏地又读了一遍。

仔细想想，你老是瞪大眼睛迎着太阳走，一心想看到光明和辉煌，但你的眼睛被炙热的阳光刺痛了，流泪了，景色模糊不清。其实你只要转一个身，背向太阳，你就会看到被美丽阳光普照的绚丽大地，美好和希望就在自己的脚下。这是一个简单的道理，可太多人一辈子也没有想明白。

但是，有件事也应该明白，当你回头看到美景的时候，你也会看到自己的阴影。

为什么要给追求安上一个真实的痛苦？简妮暗暗问自己。这几天，她一直等待最后一击的机会。为此，她已经放弃了太多东西，包括应该享有的宁静生活。简妮有时感到自己是个怪胎，外表和别人没有什么不一样，但内心却觉得周围的一切都很陌生。是我病了，还是这世界真被贪婪的病毒蔓延着？复仇是把锋利的双刃剑，当你痛快淋漓地挥舞时,你很可能也会割伤自己。简妮暗自告诫,我并不是一个复仇女神,我只是在完成我的使命,这只是一种必须表明的生活态度,否则,我不仅会一事无成,而且说不定会变成下一个发病者。

简妮放下的诱饵似乎效果不大。她期望急于寻找出路的洪银河会一口吞下,从此再也无法挣脱,而自己则可以破开他内心的黑暗冰层,给予最后一次响亮的撞击。

"你是资产评估人和高级投资顾问?"洪银河问她。

"是啊。"简妮故意漫不经心地回答。

洪银河的眼神里生出一丝笑意,然后慢慢化开在他的法令纹深长的嘴角边。

"不错,不错,"洪银河起身离开了,"这种职业不容易啊,难就难在权衡人的价值。"

简妮有些发愣,她突然发现,在这个久经宦海沉浮、阅人无数的男人面前,自己幼稚得如同草梢上一滴透明的水珠。

憎恨一个人是一种很费神的事情;如果你不喜欢这个人,何必为他费神呢?如果你喜欢这个人,那又干吗要去憎恨他呢?那么,其中唯一有牵连的就是这个男人是自己的父亲。对抗卑劣不能失去信仰、失去生活的希望,简妮暗暗对自己说。

简妮把小纸条放进了手包里。她想起看过的一个故事:

中国古代有个皇帝,有一天,他问自己幼小的儿子:"长安远还是太阳远?"

五岁的小王子回答:"太阳远,只见人从长安来,不见人从太阳来。"

皇帝听了十分高兴,他想让大臣们都知道小王子聪慧过人。第二天,皇帝在大殿上当着文武百官的面又问了小王子同样的问题:"长安远还是太阳远？"

这回小王子的回答不一样了："长安远。"

"嗯？为什么？"皇帝大惑不解。

"抬头可以见太阳，但不见长安。"

读第一遍的时候，简妮并没有在意。那天上学的途中，她越想越觉得有意思。

晚上回家，她直奔书架，把书翻开，又细细地看了好几遍。合上书页的时候，简妮感到自己大有所获。

是啊，简妮想，时间和空间都是内心对外部真实的投影，关键是看你自己想摘取哪一段。换句话说，选择是智慧和理性决定的，并反过来影响你眼中的世界，决定你的归宿。如果需要自己回头观看，也应该是站立在阳光和阴影都清晰的大地上，而不是陷身于恶欲横流、天地共焚的人间炼狱中。

"我来讲个故事吧。"颠簸的车中，简妮清了下嗓子，对四周昏昏沉沉的人说：

"中国古代有个皇帝，有一天，他问自己幼小的儿子……"

（三）

64号公路南向至40号公路西向　11时40分

旅游车在漫天风雪中磕磕巴巴行进得很慢，平时只要两个小时左右的山路，现在开了近四个小时，还没有开到40号公路。

40号公路也是一条国家公路。号称世界第一的美国公路系统主要分国道（U.S.Highways）、州际高速公路（Interstate Highways）、州内高速公路（State Highways）和郡内高速公路（County Highways），分别挂着不同颜色的标记。南北向是单数，东西向为复数。如同连接洛杉矶圣塔莫尼卡海滨到纽约自由女神像著名的10号公路一样，东西向的40号公路几乎横穿了整个美国。它的起点是美国西部加利福尼亚州东北角的小镇巴斯通，终点却一直延伸到美国东岸北卡罗来纳的大城市威明顿。

如果人们要驾车横穿美国，一般都会选择10号或66号公路。10号公路简洁快速，设施齐全。66号公路时光悠远，沿途有传统的风光和历史人文。但是40号公路却不如这两条公路那般出名，特别是它进入西部地区之后，大多延伸在山区和沙漠地带，除了当地人及专用商业、军事用途使用外，公路上车辆稀少，一般人很少会驾车开上这条挂着黑色标记的维护良好的国家公路。

沙漠仿佛是一条分界线，一出山区，风雪便小了许多，平坦的旷野上依旧保持着褐红和土黄的原色，但路边和沟堑的背阴处已经积压上了高高的雪堆，看上去斑斑驳驳的如同一幅延及天边的抽象派画作。透过厚厚的阴沉云层间隙，偶尔可以看到太阳颤颤巍巍挂在天际，如同一只冻僵的蛋黄，遥远而脆弱，天气依旧很冷。

看到公路上出现了40号公路的指示牌，司机老周松了一口气，他端起大玻璃瓶改用的茶杯，吞了一大口已变得冰凉的茶水，一直紧紧抓住方向盘的手也松弛了许多。

"都不准动，把钱包、首饰和手机都举到头上！"

当抢劫开始时，大多数人还以为是开玩笑。有人还笑着模仿电影《天下无贼》中范伟的台词，结巴着："ID——，IC——，IQ卡，通通告诉我密码！"

司机老周有点迷惑地看着两个墨西哥人，刚才他们还安静地坐在自己右手前排的座椅上说笑，怎么一眨眼就跳到面前，手里还举着黑黝黝的长枪和短枪，凶神恶煞般朝着车厢里大吼。真的假的？老周把脚踩到了刹车上，车速一下子慢了。

阿里斯托一肘撞在老周的头上："继续开！"老周一蒙，脚上下意识地使劲，吭哧一声急刹，旅游车倾斜着左右摆晃，车厢里一片惊叫。

阿里斯托转过身，一手掐住老周的脖子，一手举起手枪，对着车顶开了一枪："都给我坐好！"

"谁也不准乱动，让我看到你们的手！"达莱妮也厉声喝叫着，黑洞洞的霰弹枪口划过每一个人的脸。

"啪！"封闭的车厢里，9mm口径手枪的枪声出人意料地震耳欲聋，挤压的声波如同尖锐的金属针狠狠扎进人耳，坚硬而生疼，随后是一派寂静。

虽然不愿相信，但车里的所有人都意识到了，这回是真倒霉了，真是遇上抢劫了。

排气管不情愿地冒出一阵青烟，旅游车又吃力地启动了，沿着40号公路往洛杉矶方向开去。

达莱妮夹着短柄霰弹枪，走到第一排，对着马主任点点头："钱包，手机。"

马主任迟疑着，嘟囔了一句："你们不要瞎来，车上有领导。"

达莱妮不耐烦地用霰弹枪捅了一下他的下身。马主任浑身一哆嗦，赶紧从口袋和小挎包里拿出钱包和手机，放进了达莱妮悬在枪管上挂着张开的帆布双肩包里。达莱妮手指往上一勾，示意他起身，伸手拍摸了一下身上有无隐藏物，转向下一个："你！"

有了顺从的第一人，下面的游客沉默了，一个个照葫芦画瓢地取出了身上的财物，放入达莱妮的双肩包里。

邱永邦坐在最后一排，紧紧盯着所有的乘客。隔着两排，他看到窗口边那个叫佩佩的女人正悄悄把手里的小包试图塞进紧贴着车厢的座椅套中。邱永邦两步走到她面前，拍拍她的肩，咧嘴一笑："姐啊，你这么整可不地道。"

佩佩吃惊地看着邱永邦，她怎么也没有想到这个看上去大咧咧的中国人也是劫匪一伙的。她颤抖地交出了小包，软瘫在洪银河身上。洪银河一声不吭，闭上了眼睛。

邱永邦用枪敲了敲座位扶手，提高了嗓门："我和大家说一声啊，中国有句老话，求财不求命。请诸位同胞原谅了。走到这一步，也是无可奈何的事。话说回来，既然走了这一步，大家也别逼我们走上绝路，各位配合点，钱财是身外之物，人在海外一切随缘，你们求个平安，我们图个欢喜，好不好？"

他打开佩佩的小包，往里瞅了一眼，嘿嘿笑了："现在，我就很欢喜！"

（四）

李晓宇听到后面传来的声音，扭头正看到邱永邦眉开眼笑地朝达莱妮示意，他们找到了一条大鱼，这回算是捞着了。

现在，李晓宇终于明白邱永邦早上上车时给自己打手势的用意了。这个混蛋，越走越邪乎了！李晓宇不敢想象，是什么让邱永邦干出了这种事，竟然还招来了两个墨西哥流氓来抢自己的同胞。这小子自己走上了断头路，已经彻底没救了。想着两天前自己在赌场还和邱永邦一起联手作弊，李晓宇真想狠狠抽自己两个嘴巴。

说起来，在美国遇到抢劫的应对知识还是邱永邦教给自己的。

认识邱永邦不久的一天，李晓宇终于在自己开户的美国银行申请到了信用卡。虽然信用的额度只有五百美金，而且是用自己的银行储蓄账户担保的，李晓宇还是很开心。

在美国，个人的信用记录非常重要，在许多方面其实就是社会对一个人的诚信和能力评估，大到公众对自己的认识，小到找工作租房子，以后买车买房。与你有金钱来往的人，只要花上十几美金，就立即可以在公开的体系中查出个人的信用，并根据你的信用评估分数决定是否继续与你打交道。一个没有信用的人在美国社会中生存的难度是很大的，有时连间小小的分租房都没有人愿意租给你。许多刚来美国的中国人，为了蝇头小利而赖账逃债，毁掉了自己的信用，时间一长，他们就会明白自己为此要付出多么大的代价。

李晓宇摇晃着那张蓝色的信用卡，大声宣布："从此以后，我一切的开销都刷卡，尽快建立好自己的信用。"

邱永邦睡在床上啃着瓜子，嘴里噼啪作响，瓜子壳四处飞溅："我的两张卡早刷爆了，呵呵，白捞了三千大洋！"

"你不要得意，以后有你吃苦头的地方。"

"以后？以后老子用旅行袋装钱去银行，他们还不得一叠一叠地送老子信用卡？"邱永邦满不在乎地说，"不过，说真的。无论你有多少卡，皮夹里一定要带一张二十美金的钞票。"

"为什么？"

"这是买命钱，遇上打劫的，就把这二十美金现钞给他。要不他抢了你，你身上一文没有，劫匪一急眼，真会一枪或一刀伤了你。"

邱永邦扒开上衣，露出肩上的一道伤疤，"看看，这就是我皮夹里没有现钞的结果。"

这个故事李晓宇曾听邱永邦吹过多次，只要一点酒精下肚，邱永邦常常会撩起衣服向人展示他身上这块模糊不清的伤疤。据他的说法是，有次开车给人盯上了，到家门口刚把车停下，后面就上来两个黑汉子掏枪逼住了他，因为没有钱，黑汉子离开时回身就是一枪。李晓宇对他的经历半信半疑。虽然李晓宇自己没有遇到过这倒霉的事，但是听有过亲身遭遇的人说起来，这一招有点用，浑身肌肉块的愣头青把钱包里的现金抢走后，好像也确是相安无事。

现在二十美金已经打发不了歹徒了。前不久，在旧金山发生的中国人被抢命案，听说就是歹徒嫌被抢人皮夹里只有四十美金，一怒之下而下了毒手。

不管身上应该带多少钱，但这次不一样，不是邱永邦告诫李晓宇该如何防范，而是他自己直接成了劫匪。

冷静了一下，李晓宇快速地估算了一下局面。从邱永邦找文文安排墨西哥人上中国人的旅游车，到今天早上给自己的暗示，看得出邱永邦这回是策划已久，孤注一掷了。他们还有帮手吗？他们抢劫后如何脱身？李晓宇紧张地判断着，他现在最担心是整个车上的人、包括文文和他自己的人身安全。一般说来，劫财害命的可能性应该比较低，但是，李晓宇突然感到自己对邱永邦了解得并不是那么多。

"你！快！"达莱妮在李晓宇面前晃了一下枪口，她的双肩包里装了不少东西，已经把包斜挎到肩上。李晓宇默默地把身上的钱包拿了出来，"手表！"

"别碰我！"李晓宇低低吼了一声，这表是去年生日时文文送给他的。李晓宇一直不太喜欢戴手表，总觉得手腕上郎郎当当地别扭。但文文送的表，他一直没有离开过身。李晓宇看到文文在前面的座椅上惨白着脸望着自己，一副马上要哭出来的模样。

"哎哎，都住手！"邱永邦急急地瘸拐着上来，推开了瞪起眼举枪的达莱妮，"别动他，他是我哥们儿。"

"你哥哥？"达莱妮斜视着邱永邦，"怎么从没有听你说起？"

"和你们这些老墨说不清楚。"邱永邦嘀咕着，"是朋友，好朋友，行行，就算是哥吧。晓宇，把东西收回去。"

达莱妮不情愿地收回了霰弹枪。李晓宇依然举着钱包没有动，他感到全车的人对自己投来的狐疑的目光，李晓宇现在真是有口辩不清，就是女友文文也知道，邱永邦是他的最好的朋友。难道李晓宇你一点都不知道？还是在一起演什么戏？

"姓邱的，你他妈敢干这种缺德事。拿去，老子不需要你的恩赐！"李晓宇压低嗓子说。他见邱永邦没有动弹，一伸手，把钱包扔进达莱妮的背包里，迟疑了一下，又解下手表，一起扔了进去。随后直直坐下，再也不看邱永邦一眼。

"老弟，我知道你现在是在火头上，行，咱们以后再说。哥哥我只说一句话，你可要活在当下。明白不，活在当下！"

邱永邦有点无趣地往回走，这车厢后半部的人的财物他准备自己亲自来搜，他可不放心所有抢来的财物都放在墨西哥人的背包中。

还没有等邱永邦来到面前，布莱德已经把自己的包打开了。除了身上皮夹里的一些零票，布莱德随身的包里只有一个扁扁的木盒。

"嘿，同屋的，那盒子里有什么？"

布莱德笑笑："你见过的呀。"

他打开木盒，跳囊鼠标本躺在盒内的黑绒布上，依旧生动。

"去去，收起来，别恶心我！"邱永邦一见心里就犯堵。真是吃饱饭撑的，无事捧着个死老鼠玩，这都什么毛病。邱永邦并不知道，在跳囊鼠标本的黑绒布下，正藏着布莱德的那只德制的西格绍尔226手枪。这时，他看到简妮站起身来。

"妹子，你有啥事？"邱永邦停下脚。

简妮手扶着晃动的把手站定了，她也刚刚从最初的震惊和慌乱中平息。在美国生活了近二十年，简妮也遇到过两次抢劫。一回是高中放学回家的路上，两个脸上长着粉刺的瘦高黑小子从后面冲上来，一把抢走了小姨刚刚送给她的新手机；还有一回是前不久，在面试的一家心理诊所的停车场，一个长发汉子趁简妮弯腰开车门时一棍把她打倒在车旁，夺走了挎包。两次抢劫虽然没有损失多少财物，但心理阴影不浅。很长时间，简妮半夜会在同样的噩梦中醒来，鬼魅般的黑影，无底坠落的奔逃——黑暗里，简妮咬着被头，冷汗淋漓。

枪声响起时，小佳年一头扎到简妮怀里。冬令营的孩子们互相搂成一团，惊恐的叫声全哽咽在嗓子眼里。看着孩子们瑟瑟发抖的模样，简妮不知哪里涌出来一股勇气。

"不要惊吓了孩子。你也是中国人，不会不懂这个理。"简妮声音哆嗦，但语气坚决。

"妹子是个知书达理的人啊，不容易。"邱永邦琢磨了一下，把枪垂下了，"是啊，都是中国孩子，我妈从小对我说，虎毒不食子。说吧，怎么办？"

"让他们把身上的财物都交给老师，由老师交给你。你别碰他们。"

"好啊，"邱永邦又坐到了后排，"你保证他们身上都干净？"

"我保证，有意外你找我！"

"看看，看看，中国娘子军名不虚传，还真是比你们这批带把老爷子有种。行，冲你的这份胆识，我信你。"

简妮不理他，转身对孩子们大声说："同学们，别害怕，把身上的东西都给老师。"带队的女老师这时也站起来大声对孩子们招呼起来。

邱永邦坐在后排，表面轻松笃定，其实心里如开了锅的水，上上下下翻腾着没有停息。

抢来的钱财没有设想的那般多。除去一堆手机、iPad等电子用品，以及不知真假的金银珠宝首饰，邱永邦到手的现金还不到十万美金。远远看见阿里斯托和达莱妮也在摇头，估计他俩收获也远比预想的要低。现在中国人出门也一改腰里揣满现金的土豪模样。中国的多家大银行开办了个人境外信用卡结算业务，手续费也不高，越来越多的中国人出境游结算时潇洒地舞舞手中的小塑料卡片，不仅方便，也安全。

邱永邦嘴里喃喃地骂着，开始拆卸搜来的手机上的电池板。他平时警匪片没有少看，在私人几乎没有隐私的高科技年代，就是关机，手机也是一台可以精确定位的跟踪器，邱永邦可不想留下任何隐患。

把一堆电池板扔到座位下后，邱永邦又慢慢地端详着从口袋里掏出的另一只手机。这是一只套着粉红色手机套的iPhone5最新版手机，套扣上坠着一只可爱的卡通笑娃，笑娃的嘴一直咧到耳边，模样憨厚可爱。这只手机是佩佩的。

佩佩的LV小手袋里，鼓鼓囊囊塞着好几摞百元美钞，邱永邦粗粗一数，应该不下三四万。邱永邦对这对看上去不多语的夫妇有了兴趣。他划了一下佩佩手机的屏幕，屏幕柔和闪亮了，浏览了一下界面，邱永邦打开了信息。

什么？真的？邱永邦倒吸一口气，不敢相信自己的眼睛。

又仔细看了一遍银行钱款到账的短信通知，一串数不清长短的数字震得邱永邦的嘴唇和手急促颤动。老天爷睁眼了！这是哪儿飞来的洪福！苦苦一辈子，我邱永邦终于等到了翻身，岂止是翻身，这是一个跟斗上了九霄云端，径直跳进了玉皇大帝的龙床上！

强按住心头的激荡，他点起根烟，闭目思索。他清楚地知道，靠自己是吃不下这块大肥肉的，还必须和墨西哥人联手，最好把李晓宇也扯进来。邱永邦觉得只有李晓宇可以信赖，也只有李晓宇能够冷静地把这件事做到完美。想着想着，一个崭新的计划浮现到了心头。

起身往车厢前面走去，路过洪银河夫妇的座位时，看着洪银河故作镇静的脸，邱永邦真心实意地赞叹了一声：

"我的宝贝啊！"

司机老周麻木地驾驶着车辆，他一动不动，刚才被掐的脖子现在火辣辣地痛，这墨西哥人手劲真大，老周唯一的想法是，这帮劫匪什么时候能离开自己驾驶的这辆旅游大巴。

"在40号公路上往东开了多久了？"邱永邦贴近老周问。

"已经有五十迈（英里）了吧。"

邱永邦眯着眼看着驾驶窗外的前方，现在的能见度比山区好了很多，公路上可以看到大风一阵阵鼓起的雪雾尘柱，此起彼伏，像一个个旋转着的半透明怪兽在旷野中恣意变幻着身形。

远远，一片黑沉沉的树林出现在公路的右侧，小路拐弯处，隐约露出几栋破旧的房子，边上高高的标牌上，还悬挂着油价表：每加仑二点一九美金，这几乎是六七年前的油价，看来，这是一家废弃已久的加油站。

"拐进去！"

"啊？"

"别废话，快拐！"

亮着大灯的MT3258号旅游大巴一个趔趄，歪歪斜斜地驰出公路，很快消失在树丛后方。

又一阵狂风鼓荡着横扫过40号公路，路边，有棵半枯的树终于支撑不住了，它抽搐着顺着风向很快地倾倒，伸张的枝杈在地上滚动了几圈，横在路基上一动不动了。

（五）

达沃斯卡加油站　12时20分

达沃斯卡加油站原来由老戴维斯一家经营。

老戴维斯在当地也曾算是一个著名的家族，托祖上单枪匹马独闯西部之荫庇，家族在山麓和荒滩之间拥有一大片土地，主要从事农牧业，富甲一方，家族里出过郡县的议员。到了老戴维斯这一辈，家境渐见衰微。孩子进城读大学之后，都不再愿意回到这块荒凉广袤的土地。老戴维斯十年前去世后，土地变卖的变卖，租赁的租赁，荒废的荒废。这个三十多年前盖建的加油站，几次欲出手，但来看的买主们见生意清淡，设施老旧，纷纷摇头而去，落下了现在门窗塌斜，枯树老鸦之凄凉景色。

旅游大巴绕过杂木丛生的树林，停在被风沙侵蚀得褪了色的加油站前。

进了加油站，邱永邦吆喝着把车上的中国人推下了车。阿里斯托和达莱妮有些疑惑：在这兔不拉屎鸟不生蛋的地方，停车干什么？莫非这瘸子想把这些中国人扔在这里？

加油站里面并不大，一半是收银柜台和小商店，另一半是修车的车间。这么多人进去，扬起了多年的积尘，倒也挤得满满当当。

邱永邦招招手："委屈先休息一下，都安稳些，省得大家都不自在。"说完，他拉着墨西哥人走到了隔壁的修车间。在这里，他们并不担心这些中国人会跑。

"干吗在这里停了，不是说好直接到Kingman？"一进修车间，达莱妮就问道，她不停端详着自己手指上从佩佩那里抢来的绿翡翠戒指，这是她今天最喜欢的战利品之一。

"轻点声！你是不是要让所有人知道我们的计划啊。"邱永邦不满地皱起眉头。

"就这些中国人啊？他们敢放什么屁！"

"妈的，说话客气点，我也是中国人！"邱永邦有些生气了。

"嘿，你不一样，你是上帝恩赐的。"达莱妮笑盈盈地拍拍邱永邦的脸。

邱永邦懒得和她费口舌，他询问了他们的收益。果然不出所料，达莱妮的双肩包里抢来的现金也就是六七万，比预想的要差许多。阿里斯托和达莱妮神情悻悻的，冒这么大风险，似乎有点不值。

算了吧，平日里为几千块就动刀子动枪的，这六七万你们这辈子恐怕都没有见过。邱永邦暗自想，他决定给他们个惊喜，这件事离开这两个墨西哥小崽子还他妈真不行。

"看看，这是什么？"邱永邦拿出从佩佩小包里抢来的几万元，朝他们晃了晃。

"嚯，还有！"达莱妮跳了起来，"你还藏了多少？"

"出息点，别这么眼窝子浅。"邱永邦不屑地撇了一下嘴，"告诉你们，给老子撑住了，别吓趴下了。"

邱永邦压低声音，把从洪银河身上发现的秘密仔细说了一遍。

"多少，再说一遍！"达莱妮双手按住心口，声音战战兢兢。阿里斯托通红着脸，站起身，喘息如牛。

"五千万，美金，只多不少。"邱永邦重复了一遍，每说到这个数字，他浑身都颤抖不已。

"上帝啊，我的上帝啊——"达莱妮满脸是泪，高举双手，跪倒在肮脏的地上。

门关上后，大家都面面相觑，各自找一块干净点的地方席地而坐，沉默着暗自盘算。接下来这帮劫匪会有什么举动，大家心里都没有底。

"美国治安果然坏，端着枪抢劫，这胆子也太大了。"

"那可是真家伙啊，真吓死人！我原来还准备去直销店血拼一下，现在可好，连吃饭的钱都没了。"小孕妇哭丧着脸。

"别谈什么钱了，关键是他们会把我们怎么样？"

"还能怎么样？钱抢走了，找个地方把我们一扔，他们就远走高飞了呗。"

"算了算了，钱是身外之物，破财免灾吧。"马主任说，他想好了，回去后一定要现身说法做个报告，好好谈谈美国社会的混乱。他愈想愈生气，忍不住爆了粗口，"他妈的美国警察是干什么吃的？关键时候，他们连根毛都不见。"

大家窃窃私语时，布莱德在屋里到处探看。货架上空荡无物，角落里堆着废弃的杂物。他扒拉了一下，发现一小罐用过的润滑油，晃了晃，底部还哗啦哗啦有点响声，又捡起一个小牙膏似的东西，仔细看看，是修车用的粘金属的专用胶水，布莱德把这些放进了自己的包中。

另一边，文文和简妮拉着小佳年悄悄挤到了李晓宇的身边。小佳年拉了一下简妮的手："阿姨，他们不会伤害我们吧？"

"别害怕，阿姨就在你身边。"简妮抚摩了下小佳年冰凉的脸颊。

"这事你事先知道吗？"文文有些迟疑地问着李晓宇。邱永邦是李晓宇介绍给自己认识的，原来只觉得这人有点流气，但也是挺讲义气、挺风趣的。每次大家聚会，他自损自夸的怪话连篇，惹得大家捂着肚子笑。没想到他竟然胆大包天，干下这犯杀头罪的事，李晓宇可千万别掺和进去啊。

李晓宇一甩手："你把我看成什么人了！"

"对不起，我知道你不会和他一路。"文文宽了点心，她红了眼睛，恨恨地说，"那姓邱的真不是东西，他竟然敢干这种事，还和墨西哥人一起！"

"没什么敢不敢的了，他不是已经干了吗？"

说实在的，当看到邱永邦举着枪从后座上站起的那一刻，李晓宇不敢相信自己的眼睛。他压根也没有想到这个和自己称兄道弟的朋友为了钱竟然走到了这一步。

出国以后，李晓宇生平第一次发现钱是如此重要，而现实冷酷无情。

原来在国内，也是人人谈钱，但都会蒙上一层人情和面子。家人、亲戚、朋友、同事各种脉络纠缠在一起，似乎总有办法找到疏通之道。穷的含义可能也只是攀比的失落和生活的窘迫。但孤身一人在国外就完全不同了，就两个简单的问题：你能在这里生存下去吗？还能生存多久？一个是生活的质量，一个是生存的可能，这里面包含的意思是完全不同的，给人带来的压力也是无法相提并论的。

几乎每一个出国的人都有这种体会，晚上一个人在床上，默默地数着钱包里的几张纸，马上可以精确地算出，下个星期还能不能吃上饭，还能不能在一张床上睡觉。于是，留给自己的只剩下了简单的选择。怎么活下去？现实也不会给你什么美好的选择，要么你就到社会的最底层去打拼，刷盘子端碗扛大包，一天干十几个小时，挣回的钱可以维持最低的生活标准。要么你就作为一个失败者，明确承认自己没有能力生存下去，满怀屈辱地打道回府。

都说从国外回来的人小气吝啬，但在堆满盆碟的餐桌上打着饱嗝做评判的人不会知道，这是经历了最直接的生存考验后产生的本能恐惧，这种恐惧钻心刺肺，融入每一滴血液中，没有人愿意再品尝第二次。

这是早期出国者的普遍遭遇。直接后果是，当苦苦熬上几年后，大多数人的锐气和心力也被折磨得消耗殆尽。不敢说安逸，只要能安稳地活着，就是生活的全部目标。李晓宇之所以和邱永邦成了朋友，就是因为一种同病相怜的苦中作乐。他在赌场干到现在，也就是不敢奢求未来，只愿别再回到当初。

"I work all night, I work all day，（我整夜工作，我整天工作，）

To pay the bills I have to pay——（为了我必须付的账

单——）

　　Money, money, money, （钱，钱，钱，）

　　Must be funny in the richman's world, （富人世界一定很有趣，）

　　Money, money, money, （钱，钱，钱，）

　　Always sunny in the richman's world——（富人世界总是很阳光——）"

　　这是瑞典天才组合歌手ABBA流行于上世纪七八十年代的一首老歌，歌名就叫《Money，Money，Money》。当李晓宇第一次听到这首歌时，其他歌词都没有听懂，却牢牢地记住了那排山倒海般呼喊金钱的声音。

　　钱是好东西，能够让你自信从容，能够让你过上安逸顺心的日子，甚至能够让你移山填海、呼风唤雨、梦想成真。李晓宇深深感受到这一点。但也有钱买不到的东西，比如人与人之间的信任和真挚，对生命的醒悟和感恩。恰恰相反，当摄取超出了需要，就变成贪婪和邪恶，原有的美好便不辞而别，你也成为欲念的本身，被焦虑和罪恶纠缠得无法自拔。李晓宇对自己说：你应该是你生活的主宰，别到头来却错误地被生活所左右。同样的问题是，如果放弃了现在，也就失去了明天。

　　李晓宇明白这就是自己和邱永邦差别的源头。看着邱永邦举起枪，李晓宇先是愤怒，后是心疼，最后是一点点的侥幸，幸好，自己没有糊涂到这一步。

　　"东西也抢了，该放大家走了吧？"简妮问。

　　李晓宇想了一下："差不多吧。"他心中也没有底，意料之外的事，谁能做意料之内的猜想。邱永邦这家伙疯起来六亲不认，行事无常。李晓宇暗自担心："告诉大家，不要和他们起冲突，尽快让他们走。"

"好的。"文文多少放了些心，她轻轻握了下李晓宇的手。

她和简妮慢慢在人群中走动，轻声安抚。

简妮走到洪银河坐的货架下，正看到佩佩低头啜泣。

"老洪，那女的把我的绿翡翠戒指抢走了。他们一定盯上我们了。我看到那个中国人劫匪在看我的手机，还有他说的话。"

"手机里有什么？"洪银河问。

"你忘了，银行的短信通知，你叫我保留的。"

洪银河一激灵："不好！多少？"

"转了一部分，不过也有五千多——"

洪银河急忙捂住佩佩的嘴，他看见简妮深潭似的眼睛亮晶晶地望着自己。

"自作孽不可活！"简妮突然说，情况特殊，有些事必须要说清楚了。但是在她的语气中，怨恨多于憎恶。

"她什么意思？老洪，她到底是什么人？"佩佩惊恐地问。

洪银河长叹一声，闭上了眼睛，他应该早就猜到了——

（六）

40号公路上，巡警本杰明和他的拍档、黑人女警察贝蒂正开着他们编号为103的福特牌Crown Victoria警车自东往西巡视而来。

这是他们今天的第二轮执勤。自从暴风雪降临之后，警局加强了对公路的巡视，以便及时疏导和营救需要帮助的车辆。

美国警察系统共有两万多个执法单位，其中包括特种项专业的一百多个联邦警察单位，如人们所熟悉的联邦调查局（FBI），联邦缉毒局（DEA），酒精、烟草与武器管制局（ATF），以及专门担负白宫警卫和打击假钞的白宫特勤队，专门担负国会警卫的国会警察局等。

　　联邦警察之外的执法单位属于地方警察，他们担负着绝大多数的警察勤务，大多数时间都是在"街上"巡逻执勤，也被称为巡警。

　　在美国，巡警被称为警察的脊梁。其中，州警察主要负责高速公路交通管制，有的州也称为高速巡警。地方警察以县、市两级为骨干，是承担日常警务最多的执法部门。这两级警察部门的绝大多数警务是由每日二十四小时，每周七天，全年三百六十五天不间断的巡警负责承担的。电影《孤胆英雄》虽然有夸张的成分，但也不失为警察生活的真实写照。

　　警车里暖气开得很足，贝蒂又把收音机调到了她喜欢的饶舌嘻哈音乐台。天气不好，接收效果很差，电台里那个唱得起劲的饶舌歌手听上去嘴里噼噼啪啪的像卡了根鱼刺。

　　"能不能把这舌头短了一截的家伙从车里踢走，贝蒂？"本杰明说。

　　"闭嘴，把你的白爪子抓好方向盘。"贝蒂毫不客气地回答。

　　对脾气比自己要大的贝蒂，本杰明只好皱着眉头忍受。他看了一眼通信显示器，上面也是闪闪烁烁地相当不稳定。不过，没有什么特殊情况发生。

　　当第一阵狂喜和窒息退潮后，邱永邦开始向墨西哥人仔细解释自己的计划。

五千万美金足以摧毁大多数人的意志，甚至可以改变一个城市。但现在这笔钱还不是真金实银地揣在手中，它只是银行财务表上的一行数字。邱永邦盘算了，在犯下这么多事后，美国是待不下去了，在美国转账显然是更不可能的。最现实的方法就是逃离美国，到墨西哥去。只有在墨西哥这个南半球著名的贪腐和混乱的银行体系中，才能安全地把这笔令人眩晕的巨额钱款真正拿到手中。

"回墨西哥？"

"对，带着老头儿去墨西哥，你们有问题吗？"

达莱妮又一次举起双手："今天是什么幸运的日子啊！妈妈说得对啊，女人一辈子真正活着的日子只有一天，就是结婚的那天。阿里斯托，这是上帝赐予我们的结婚礼物啊！墨西哥，墨西哥，我在梦里天天都想回去！"

"那好，我来说说从这里去墨西哥的路线。"

邱永邦把从布莱德那里拿来的大地图摊到了工具台上，一路上，邱永邦仔细研究了一番。他对自己的新计划充满信心。

从他们现在所在的位置到洛杉矶一线的40号公路上，一共有四条主要的公路向南通往墨西哥边境。由东往西分别是93号、95号、15号和靠近太平洋的5号公路。邱永邦首先排除了向西回洛杉矶，走5号或15号公路经圣地亚哥到迪瓦纳出境，路途最远，风险也最大，不用考虑。第三条公路是继续向前开二百英里，过了Kingman，走95号公路向南，从Yama出境，这是目前离墨西哥边境最近的路，总行程不到五百英里，不停歇地开一天，可以在半夜后赶到边境，明天一早出境。

"太好了，我和墨西哥那边的人联系，让他们在边境上接我们。"达莱妮兴奋地说。

但邱永邦知道这条路是走不得的。警察不笨，如果他们发现劫匪就在旅游车上，又发现旅游车没有按计划返回洛杉矶，那么就一定会判断出旅游车被劫往墨西哥了。这条路一定关卡重重，说不定在Kingman就会被拦下。

"还有什么路？"

邱永邦看着放大比例的地图，心想真该谢谢同屋那个玩老鼠的，让自己对路线的判断如此清楚。如果还是继续往西行，在不到Kingman的地方，还有一条东南拐向的93号公路，往南通往凤凰城，过凤凰城后再向南，经过土桑可以到达墨西哥的边境Nogales。走这条路稍微远一点，约六百英里，一天内是赶不到边境的。但是，邱永邦还是担心不安全，如果自己是警察，也一定会在这条路上严加布防。

"这条路也不安全，还有什么路？"

"那条路就有意思了，我们现在回头往反方向的东面开。"邱永邦稍稍提高了嗓门，这是出其不意的招数，他刚才在车上想了很久，越想越觉得妙。

"我们反过来往东开，重新经过大峡谷下来的64号公路，继续向东，不到一百英里，就是Flagstaff，那里有条19号公路，也经凤凰城通往墨西哥边境。这条路都是在山里走，眼下大雪封山，警察无法正常巡逻，直升机也没有办法起飞，他们很难找到我们，当然又要多走二百英里以上。"

阿里斯托捶了下拳头："我看这条路线好，反正一天也赶不到边境，山里随便找个地方睡一夜，不是问题，就走这条路！"

"好是好，也有两个问题。"

"哦，也有问题？"

"一是19号是州际公路，人多车多，出现一辆在那里很少见到的中国人旅游车会相当引人注目。同时，也是要穿过凤凰城，那里是一个要冲，警察很可能在凤凰城设最后一道检查线。"

"这也不行，那也不行，我们没路了？"阿里斯托真急了，额上的深沟乱成一团。

现在邱永邦要说出他最得意的路线了。

他算过，从洛杉矶的5号公路到凤凰城的19号公路，中间拉开的距离有近一千英里。警察要在这么大的范围内搜捕，需要动用多少警力？现在又是暴风雪灾情，为一个抢劫案，他们顾得上来吗？肯花这么大的本钱吗？邱永邦认为，这对警察是不可能完成的任务。就算警察把邱永邦他们当成天下头号要犯，不惜血本追捕，邱永邦也不是那么容易就范的，他还要巧布一个迷魂阵。

邱永邦像一个将军一样指点着地图：

"我们到了Flagstaff，不向南走19号公路，还沿40号公路继续往东开。这时就算有人看到这辆车，警察也会认为我们逃到美国东部去了。过了Flagstaff后，在Winslow这个小地方突然又掉头向南，走87号公路，直接又进山了。这条路一直在大山深处，人烟稀少，很难被发现。我们可能会在山里多住一天，但这对我们有好处，如果凤凰城有关卡，他们等了两天，也一定认为我们不会再从这里经过去墨西哥了。更妙的是，它是沿着凤凰城的东面外侧经过，我们等于走了个反三角，在警察认为最不可能的地方，一路奔向墨西哥！"

"我的天，太妙了！"

"别急，中国人有句老话，狡兔三窟，就是说一只狡猾的兔子不会死在一条路上。你们想想，如果发现不对劲，我们马上可以跑到新墨西哥州去，跨州追捕的难度可太大了，那些州的警察对不是发生在自己管辖区的案件是不会较真的，中国还有一句老话叫曲线救国，我们是曲线救自己。"

"我不管什么中国老话，我就想知道你是什么脑子！能想出这么聪明的点子，我太爱你了，我的大兔子！"达莱妮情不自禁一把抱住了邱永邦。

"别叫我兔子，这是骂人的话。"邱永邦受不了墨西哥女孩子的热情，急忙推开了她，"我告诉你，我的脑子和李晓宇比起来差远了。"

"你说的是那个和我玩狠的男人，你的哥哥？"

"不是哥哥，是朋友。要是能把他拉进来，我们什么大事都能干。你们对他可要好一些。"

"他会和我们一条心吗？"阿里斯托有点不以为然。

邱永邦从鼻子里哼了声。他不相信，五千多万美金难道还买不了李晓宇那点可怜的正义感？他心想：哥们儿，我对你算是仁至义尽了吧。

警车以每小时六十五英里的正常巡逻速度在40号公路上行驶，渐渐接近了达沃斯卡加油站。

坐在副驾驶座的黑人女警察贝蒂发现外面的气温越来越低，警车的后窗已经结上了一层厚厚的霜，她伸手把车后窗的电热去霜器的开关打开了。

"前面有棵树倒了。"本杰明发现了状况。

"还好，没有挡着路。"贝蒂看了一眼，觉得问题不大。

"还是下去挪挪吧，一会儿风大了，说不准会吹到路中间的。"本杰明有点不放心，他降低速度，把警车停到了路边。为预防意外，他打开了双跳灯。

"那就劳驾挪挪你的白屁股吧，亲爱的。"贝蒂咯咯地笑，她不想走出温暖的车里。

本杰明摇着头，独自下去搬那棵倒掉的树。

贝蒂哼着歌，对着后视镜整理了头发。她突然从后视镜里发现了什么，仔细看了看，把头伸出窗外：

"本杰明，加油站里怎么会有车？"

计划确定了，邱永邦和墨西哥人讨论了一下细节。

现在手边没有其他的车辆，再现成搞一辆车恐怕又要惹事。眼下是越没有声响越好，寄希望于警察还没有调查出案子的来龙去脉。看来还需要带着这些中国人走上一阵子，等进了山，再找个合适的地点把中国人扔下，带着财神老头儿远走高飞。

邱永邦还有几件事要做，他收起地图，把导游文文叫了进来，李晓宇也毫不客气地跟着来到修车间。邱永邦并不介意，他一直想找机会和李晓宇谈谈。

"你这件衣服很漂亮啊。"达莱妮笑嘻嘻拉起了文文的袖子。

"你别碰她。"李晓宇把文文挡到了自己身后。

达莱妮好玩地望着这个中国男人，大笑起来。阿里斯托呼的一下站起。文文害怕地靠在李晓宇的后背，她能感到李晓宇身上传来的热气，这让她安心了些。

"行了行了，"邱永邦拦住了阿里斯托，扭头问文文，"你们下一站停在哪里？"

"Needles，原定在那里住一夜。"

"你现在给预订的旅馆打电话，告诉他们，我们在大峡谷遇到暴风雪了，今天要晚点到，也可能赶不到了。"

邱永邦盘算得很精细，如果警察真的发现蹊跷，想调查这辆旅游车，他们就会从旅行社查出旅游车下一站的停靠地，在那里守候。等到他们发现旅游车没有到，便会认为是在路上被恶劣的气候耽搁了。如果案情确实紧急，警察就会沿着旅游车的来路一路查寻上来，这段时间太充裕了，自己早已进山，说不定已经闻到墨西哥那边飘来的烤肉香味了。邱永邦要把可能漏风的方方面面都关紧堵严，还得扣上一把锁。

"你什么意思？东西已经抢了，你们还想干吗？今晚让我们这么多人住哪里？"看着文文通电话，李晓宇压低嗓门问邱永邦。

邱永邦狡黠地一笑："不着急，不着急。对不起啊，没想到你也上了这辆车，老哥哥牵累兄弟了。"他讨好地从包里拣出李晓宇的手表和文文的檀绿色壁球花银项链，塞还到他手中。

"别拣好听的说，我不上这辆车，文文也在车上。你早就打算好了，别以为我不明白。"李晓宇并不领情。

邱永邦不作声了，他知道这件事他做得是不太光彩，但现在不是解释的时候。文文通完电话，定下神来，她是这个团的带队导游，她有责任出面来问清一些事情。

"邱永邦，你是我们的朋友，你为什么要做这种事？"文文愤愤地说。

"问这个有意思吗？"邱永邦耸耸肩，"说实在的，这事是有些对不住两位。但人为财死鸟为食亡，还望你们不要记恨，多多体谅，就当成全老哥哥一次。"

"你还有脸和我称兄道弟？"李晓宇冷冷地说。

"呵呵，原来真是没有脸了，想好一朝得罪了也就一辈子不见了。不过现在哥哥有点舍不得你们，放心，哥哥要送你们一场大欢喜！"邱永邦没有多说。人都是有价钱的，就看你出价到没到他的心理价位。如果把这笔大富贵告诉李晓宇，他就不信李晓宇不动心。

接着，邱永邦又把洪银河叫了进来。片刻未见，洪银河骤然变了，他挺直的腰板蜷曲了，浮肿的眼袋使原本威严的脸变得苍老。

达莱妮围着他转了几圈，咯咯笑道："大神啊，从现在起我一分钟也不会离开你了。"

洪银河沉思一下，抬起头："我明白你们的意思，我只有一个条件，否则，你们休想要我配合。我是一个老人，我无所谓。"

"什么条件？"邱永邦把玩着佩佩的手机，感兴趣地问。

"你们让她走。"

"她？哪个她，是你身旁的那个漂亮女人？你舍得吗？"

"不是，是那个叫简妮的姑娘。你们让她走，我跟你们走。"

这个回答让所有人都吃了一惊，简妮和老头儿又扯上了什么关系？邱永邦感到这里面大有文章，但现在不是深究的合适时候。他很高兴，因为自己又多了一把对付老头儿的好牌。

"哈哈，再说吧。现在谁都不能走，我们的旅行这才刚刚开始，好风光在后面啊。"

李晓宇解读出他话背后的意思，心一下子沉了下去。虽然他还不明就里，但直觉告诉他，噩梦离醒还早着呢。

"有警察！"阿里斯托突然低喝了一声。

透过窗户，他们看到一辆编号为103的警车正缓缓驶进废弃的达沃斯卡加油站。

（七）

达沃斯卡加油站　13时30分

停下警车后，警察本杰明和贝蒂仰头看着这辆旅游大巴，它漂亮的乳白色车身和上面的中文文字与破旧不堪的加油站格格不入。

大白天怎么会有一辆中国人的旅游大巴停在这废弃已久的加油站？车子抛锚了？车上有人生病？还是临时下来上厕所？

本杰明和贝蒂迷惑不解。本杰明揿了下对讲机，想向值班台通告这个情况，对讲机噼噼作响，通信还是没有恢复。这条路一直很太平，上次紧急出动不过是运油车泄漏事故。本杰明和贝蒂没有多想，隐约看到商店里有人，便一前一后朝门走去。

没到门口，他们看见两个中国男人从修车间的小门里走了出来，前面是个瘸腿的矮个子，他满脸堆笑，手里举着烟，操着一口烂英语。

"警官先生，你们好。"

中国人见面都喜欢互相递烟，这真是一个令人反感的奇怪毛病。贝蒂有些厌恶地侧开了身，一抬下巴："那是你们的车？为什么停在这里？"

"我们刚刚从大峡谷下来，路上不好走，在这里歇口气。他是我们的司机。"邱永邦指了指身后的李晓宇。

李晓宇并没有注意他们谈什么，他知道，邱永邦把他拉出屋子，既有逼迫自己为他打掩护的意思，也有拖自己下水的用心。他紧张地判断眼下的局面，现在当面揭穿邱永邦是不明智的，他没有把握警察能控制住局面。他知道离自己一墙之隔的屋里，达莱妮手里的枪正顶着文文。警察没有防备，一旦动手还不知会发生什么局面。劫匪们原本只是为了钱，可别把他们逼急了，墨西哥人要是发起疯来拒捕，一动枪，里面的人就危险了。损失钱财总比危及性命要好，不到万不得已，李晓宇不希望局面恶化到不可挽回的地步。

"这里关闭了，属于私人产业，你们马上离开。再往前开二十迈

（英里）就有休息点。"贝蒂吩咐道，在这种天气里巡逻就是遭罪，再碰上经常不守规矩的中国游客，她心里有些厌倦，只希望快点回到警车里，再转一个来回，就可以回家舒舒服服地窝在客厅那张宽大的沙发上，吃着薯片，与自己的小狗达西一起看布什特的脱口秀了。

"好好，我们马上走。谢谢。"邱永邦说。

本杰明和贝蒂见没有什么异常，转身走回警车。走了两步，本杰明觉得有点不对劲，一般旅游车下来休息，不会一车人都下来，而且也没有见到有游客在外面走动。他站住了脚："其他人呢？"

"在屋里休息啊。"邱永邦指了下门，表情有些僵硬了。他还没有想好如何阻拦，本杰明已经大步往屋里走去。

"不好，要出事！"李晓宇心中暗暗叫苦，但他已经晚了一步。

蹲在柜台前面的布莱德听到警车刹车的声音时，就明白又一个机会来了。

到目前为止，墨西哥人和邱永邦已一步一步走进了布莱德编织的圈套。昨晚枪杀老板娘的枪声响起后，他们便坠入了地狱。身后，警察的追捕时刻可至，几宗血案的证据都无可分辨地指向他们，他们已百口莫辩，无法自救了。但是，旅游团的人并没有看见血案发生，他们以为只是遇到了普通的抢劫，现在该升级了，要让大家知道，他们遇见的不是拦路的小妖，而是嗜血的魔头。要让所有人亲自见证魔鬼的血腥和残酷，从而胆战心惊，这样自己才能扮演英雄，才能寻找机会，操控游戏的进程。

"有救了，有救了。"他喃喃道。

他这话是说给坐在他前面一直焦急地拧着手指的马主任听的。马主任急急回过头，探究地望着他。布莱德指指屋外，用口型说："警察来了。"

不出所料，马主任的呼吸急促了起来，他并不在乎钱，就想尽早离开这个险恶的环境。布莱德看到马主任脖子边的肌肉也开始绷紧，以以往审问犯人的经验，布莱德知道这个男人一定会有所举动，届时，他只要在边上再助把力即可。

当然，也不能真让警察制伏了"魔鬼"，布莱德不会让这个游戏草草收场，那就太无趣了。他也准备好了后手。

推开门，冷风裹着雪沙应声而入。店里光线有点暗，两个警察眯起了眼。

本杰明没有想到屋里会有这么多中国人，他突然间想起自己曾经看到过的一幅中国古代兵马俑的照片，一时，他觉得是不是自己到了那个场景。布满尘土的破旧屋子里，三四十个中国人挤得满满当当，他们全都垂手站着，脸色发白，目光盯着自己。

"嘿，你们在这里干什么？"

没有人回答他，本杰明本能地感到情况有异。他顺着大家的目光往柜台后看去，吃惊地看见那里站着一个墨西哥大汉，手里的霰弹枪正对着自己。

"贝蒂，有枪！"本杰明浑身一震，汗毛直竖，大叫一声。

与此同时，倚门站立的布莱德也行动了。他暗中用力，把前面的马主任往跟着本杰明进来、眼睛还没有适应屋内黯淡光线的女警察贝蒂身上推去。一个趔趄，马主任撞到贝蒂身上，他哆嗦着抓住女警察的胳膊，叫道："警察救命！他们是抢匪！"

阿里斯托手中的霰弹枪响了，一团钢珠狂暴地扫向急急拔枪的本杰明，把他向后轰飞，撞翻在墙上。距离太近了，本杰明身上的防弹衣未能挡住钢珠，他的胸口被轰出个大洞，破裂的伤口涌出的血泡在寒冷的空气中冒着热气。

巨大枪声和血腥气弥漫了整个屋子，所有人尖叫着，抱头趴在地上。

贝蒂的反应并不慢，听到本杰明的叫声，受过良好训练的她立即先蹲下身，把腰里的G19手枪抄在手中。贝蒂虽然体格肥硕，但灵敏度和耐力都不错。在前不久例行的体能和作战技巧测试中，她快速冲过五十米空地，翻过六英尺的障碍墙，摔倒一个假人，然后奔上三层楼梯，把一个二百磅的模拟对象拖到门外，再连续对不同方位出现的拟人靶射击，打光弹匣中的十五发子弹，一口气就完成了。

这回，她还没有看清屋里的情况，一个人就失魂丧魄地撞向自己，两人沉重地滚倒在地。枪声响起的同时，贝蒂用力甩开身上的中年胖子，一起身，抬手就向枪响处射去。她眼睛的余光看到本杰明已经中弹倒地，而另一侧的人群中，也闪出一个墨西哥女子，手中的手枪正冒着火花。贝蒂知道情况危急，她怕伤了他人，不敢随意开火，只能一边简短地点射压制，一边向门外撤去。而身边的马主任早已哀叫着吓瘫在地。

"本杰明！本杰明！"贝蒂大叫着，她习惯地使用着警察呼喊的用语，"交火交火，警官倒地！"

对讲机噼噼啪啪地响着，混乱中，贝蒂已经撤到了门口，再有一步，她就能跳到屋外，躲到警车后面。贝蒂有把握，只要到了空旷地上，局面也许就不会这样恶劣。

门外，李晓宇和邱永邦目瞪口呆地看着警察进入了加油站，接着枪声骤起，一片尖叫。李晓宇的脑子一下炸开了，最糟的情况终于发生了，一切变得不可挽救。他身边的邱永邦猛一跺脚，口中咒骂着也掏出了枪，李晓宇一脚把他踹翻在地。

"混蛋！"

李晓宇转身向屋里冲去，想去营救里面的人，他暗暗祈祷警察能控制住局面，制伏那两个疯狂的墨西哥人。但是李晓宇的心马上沉到了冰窟中，他看见黑人女警察跌跌撞撞地后退着从屋里退了出来，不知为什么突然摔倒在地。邱永邦翻过身来，对着贝蒂举起了枪。李晓宇又急又怒，他没有想到，邱永邦竟然疯狂到了对警察开枪的地步。他一个回身，再次用力扑倒了邱永邦。

"放开我！"

"你疯了！你敢！"

在美国，枪击警察是十分严重的罪行，警察们对这样的犯罪会不择手段地追究，这里面带有无情报复的成分和明确的恫吓意味。下意识中，李晓宇不愿眼看邱永邦走到这一步。

摔倒在地的贝蒂也感到十分奇怪，自己已经退到了门外，只要几步就能撤到警车边，车子的前座间就插着威力强大的霰弹枪，她相信，拿到霰弹枪，加上正面的空地，她就能保持距离，明确射击的目标，并找机会用车载电台呼救。她突然感到脚底一滑，仰面朝天地狠狠摔倒，她用手一撑，手也滑开了，她看到自己的手上沾满了黏稠的黄色机油。紧随其后，从门里跳出墨西哥女人，对着地上的警察连射两枪。在中枪的一瞬间，贝蒂还在纳闷：废弃已久的门口怎么会有新鲜的机油？

这是布莱德在阿富汗城市游击战中学来的绝招，当要突入房子抓捕犯人时，首先突入的突击队员会在平滑的石头地上浇点机油或润滑剂，以防被俘对象冲出逃走，这一招屡试不爽。

硝烟血腥中，中国人炸窝了。人们连滚带爬冲出屋子，往四处跑去。堵在门口的达莱妮猝不及防，被人群推倒在地。

出口只有一个，一下子被堵死了，里面的人慌不择路乱成一团，有人砸开了后面的窗，急急爬了出去。但小孕妇和一些孩子就翻不上去了，蜷缩在墙边，焦急地哭出声来。

简妮坐在地上，被枪声震聋了耳朵。事发突然，她还没有来得及起身，身边的大货架就被人群拥挤着倾倒下来，砸塌了一排橱柜，连扯的电线又拽下一块腐坏的天花板，斜靠在墙角。简妮发现扯开橱柜，里面可以藏进人去。一般说，歹徒的注意力是四处逃散的人们，而对原来的场地会疏忽，这虽然被动，但总比坐着束手就擒要好。简妮伸手拉住小孕妇，把她和几个孩子塞了进去。她发现小佳年不在身边，急忙四处张望，正好看见洪银河和佩佩跟在人群的后面走出房门。简妮知道他们逃离的机会微乎其微，一咬牙，起身追去。

"你不进来？"身后传来小孕妇颤抖的声音。

简妮回身拖动塌落的天花板掩住了口子。她暗自叹了口气，如果为了安稳地过日子，她就不会来参加这个旅游团。无论前面是什么，她都要抓住洪银河不放手。何况，看见洪银河在佩佩的搀扶下跌跌撞撞的样子，简妮心里奇怪地有一丝不舍和不放心。

不出所料，洪银河和佩佩刚出店门，就被邱永邦堵住了。邱永邦用力推开李晓宇，第一件事就是寻找洪银河，现在发生什么已经不重要了，重要的是绝不能让洪银河离开自己的视线。邱永邦大喘着气，用肩头把洪银河顶在门框上。

"相好的，你甭想离开我！"他看到简妮也从尘土飞扬的屋里走出，知道这个女孩对牵制洪银河很有作用，对达莱妮一摆头，"把她看住！"

简妮上前推开邱永邦，让洪银河坐到地上。她感到洪银河对自己意味深长地瞥了一眼，摇摇头，垂下眼睛，没有说什么。她也看到不远处躺在地上的李晓宇，刚开始李晓宇一动不动，简妮以为他也中枪了。片刻，李晓宇起身了，他来到女警察贝蒂的尸体边，突然发现她好像还有些微微的气息。李晓宇心头一震，要想办法让她活下去，不被他们发现。他飞快地朝简妮扫了一眼。简妮立即明白了，她有意无意地挪动身子，挡住了邱永邦和达莱妮的视线。

但这时，邱永邦和达莱妮却被另外一件突如其来的事情转移了注意力。他们听到了大巴车发动的轰轰声，一抬头，大巴车已经启动，正往弯道转去。

（八）

"还不快跑！"

当第一声枪响的时候，布莱德就猛拉了一把司机老周。这是他的计划之一，老周是必须要除掉的目标，自己才能取而代之，成为不可或缺的人物。

"跑？往哪里跑？"

"跟着我。"

老周哆嗦着嘴唇，此时完全蒙了，他没有想到，一次抢劫竟然演变成了血腥的杀戮。他真后悔刚才听从劫匪的话，停在了这个废弃的加油站，早知道，哪怕是驾车撞到路沟里，有意制造一次车祸也比现在的结局好。现在，老周的脑子已经乱成了一锅粥，他下意识地被布莱德拉扯着往旅游车跑去。

布莱德身手敏捷，一跳入车中，就用力把老周拽上了驾驶座，自己却躲到了后面的挡板下。

"快发动啊你！"

老周的手哆哆嗦嗦，怎么也插不进钥匙。布莱德从背后一伸手，拧动钥匙，车子轰的一下启动了。

"快开！快开！"布莱德对着老周的耳朵大叫，他知道，混乱中，突如其来和持续不断的声波是搅乱人正常思维的有效手段。

老周转动着方向盘，笨重的车身直接从停车场边的草丛中掉头，轮胎挂卷着枯死的草根四处飞扬，朝进来的弯道开去。此时，老周已不去想这样逃脱的可能性有多大，车辆必须从劫匪面前经过，而且速度也不可能提起来。他只是死命握着方向盘，就像落水的人抓住稻草，本能地想离这个噩梦越远越好。

但布莱德却非常清楚接下来会发生什么，如果劫匪没有开枪打死老周，他也会在进入弯道后在人们视线被遮掩的时候，上前拧断老周的脖子，把车撞在树上。车必须留下，而司机不能留，这就是布莱德计划的要点。

听到外面旅游车发动机的轰鸣声，邱永邦急了眼，这是他们脱逃的唯一交通工具，没有车，就等于向警察招手，来吧，我在这里。

"阿里斯托，拦住车子！"

阿里斯托的脑子反应没有这么快，刚才的一团混乱有些使他错不过神来。听到邱永邦的喊声，他顾不得从门走，一团身，径直从窗口撞出。此时，旅游车已经过了店门，正往弯道转去。他看到达莱妮像一只扑腾的鸟，在车后追着，但她的手够不上车门。阿里斯托正好跳在车的斜侧面，他可以看见老周僵直着身躯坐在驾驶座中，双手猛打着方向盘。顾不得思索，阿里斯托吼声连连，对着开着的车门打空了枪里的子弹。司机老周一佝腰，趴在方向盘上不动了。旅游车蹭了几下树，停住了。

突然间，一切又沉静下来，空气中还弥漫着血腥和硝烟味，但四周却静得听得见风卷起尘土掠过地面的沙沙声。

邱永邦在门口堵住了一半中国人，达莱妮和阿里斯托挥舞着枪奔跑着把四散的游客驱赶了回来。这一切发生得太突然了，容不得任何人细想，大家灰白着脸，机械一般被推搡着坐回到了大巴里，一个个瑟瑟发抖。

"你打死他干什么？司机死了，谁来开这辆大车？"邱永邦黑了脸。

"要不我们开警车走？"达莱妮提议。

"放屁，警车这么显眼，还有自动定位，跑不了的！"邱永邦气急败坏。

"我试试。"阿里斯托把老周的尸体拖到车下。

"这要专门的技能，你还不把我们全翻到山沟去喂狼了！"邱永邦团团转身，他突然想起，一指布莱德，"对，你是开大货车的，你来！"

布莱德没吭气，邱永邦大吼："妈的没人和你商量！快！"

"这里不能久留，快走吧。"达莱妮也知道事态严重。

他们急匆匆收拾现场。邱永邦让达莱妮在车上看着人，自己和阿里斯托七手八脚地把警车上的通信设备和天线全拆除了。他估计，指挥中心的警察联系不上这辆警车，在定位器上也看不到它的位置，一般马上会报告上级，而上级会考虑天气影响设备的因素而等候一个巡逻时段的结束，这通常是一到两个小时。如果还没有回复，就会派出另一辆巡逻车沿失踪警车行进的路线进行勘察，就是路过加油站，能否注意到痕迹也很难说。就算警察们开始紧张了，以失踪警车的最后定位信号为中心展开密集的搜查，找到案发现场应该也半天过去了，加上分析判断，警察们最快也要到晚上才能搞明白发生了什么事。而那个时候，旅游车离开这里有好几百英里了，时间对自己是有利的，但也浪费不得，越早离开越好。

邱永邦急急招呼把尸体挪到屋中，把警车推到车库。他瞅见李晓宇在女警察不远处的身边，便摆动着手，大声吆喝，让李晓宇把贝蒂的"尸体"抬进屋里。李晓宇一副不情愿的模样，拉上看上去同样不情愿的简妮，一个抬头，一个抱脚，把昏迷不醒的贝蒂抬到了屋中。

一进屋，他们找了个墙角把人放下，李晓宇把贝蒂的头稍稍抬高，让她能够呼吸畅通。

"能活吗？"简妮见邱永邦没有跟进来，悄声问。

"应该可以吧，但现在别弄醒，会露馅的。"

李晓宇快速检查了下女警察的伤势，两颗子弹一颗打在她的手臂上，一颗击中胸膛，幸好有防弹服的保护，但强烈的冲击力使贝蒂休克了过去。李晓宇担心她流血过多，抽下她的领带，在手臂伤口上方紧紧束住。他在贝蒂的皮带上摸到了一个圆形的罐子，一看是警用的催泪瓦斯喷剂，李晓宇默默把它塞进腰中。简妮从地上拉过来块旧纸板，盖在贝蒂的身上，挡住头部。她偷偷朝屋角望了一眼，还好，她遮挡在藏人处的天花板依旧斜斜地靠在橱边。刚才，邱永邦他们急匆匆地搜索并没有发现这个秘密。简妮好像能听到藏在里面的人压抑的呼吸声，她松了口气，只要有人留下来，事情就会向好的方向转变。现在，他们已经做了所能做的，剩下的就只能看这些人自己的运气了。

"快走！"阿里斯托的脑袋从门外伸了进来，他看了一眼地上直挺挺不动的女警察，朝李晓宇和简妮喊道。

几分钟后，旅游大巴又一次启动了，它的引擎转动着，在布莱德的驾驶下，转出树林，上了40号公路，一上公路，车来了个大转弯，朝东，即刚来的路上回头驶去，不一会儿就没有了踪迹。

车上的人不久会发现，有十几个人逃脱了出去。其中包括小孕妇、她的丈夫和几个孩子。

过了半个小时，逃脱的人们从藏身处战战兢兢地回到达沃斯卡加油站，他们把贝蒂抬到了桌子上，用尽方法想唤醒她。

又过了半个小时，他们跑上了40号公路，拦车求救。

被拦的车主一头雾水，他听不明白这些惊魂未定的中国人在说什么杀人的事，但他觉得事态严重，就连连给警察局打电话，虽然信号不佳，但也大致说明了位置。大批警察随后赶到，时钟又跳了一格。

当呼啸的救护车把贝蒂送走的时候，中国人正断断续续告诉警察，劫匪的旅游车已经向西，往洛杉矶方向驶去。刚才的慌乱中，没有人看到旅游车在公路上已经掉头。这是一个可悲的目击者证词，导致警察判断严重失误，以致在后面的部署和行动中，出现了不可挽回的一连串误判。

当大巴车向东越过通往大峡谷的64号公路不久，从捷普地小镇追来的警察也从64号公路下来，五辆警车一路拉着尖厉警笛，往西拐头冲上了40号公路，正好与他们擦肩错过。

旅馆的血案与这辆大巴车有直接的关系。当地警察发现唐太太的尸体和重伤的唐根宝后，在旅馆的登记册上找到了墨西哥人的名字，又在他们房间的床底搜出了警用手电筒。联网一查，警察们大惊失色。这两个墨西哥人与拉斯维加斯的两宗谋杀血案和大峡谷的一宗巡警坠崖案挂在一起。当地警局立即上报，同时派出追捕车辆。车上，警察们急切地呼叫着40号公路上大巴车下一个住宿点的地方警局，无论动用什么手段，务必要扣留下这辆车。

深夜来临之际，由于案情重大，案件开始由联邦警察接手，统一指挥调度加利福尼亚州、内华达州、亚利桑那州警察的追捕行动。

40号公路西向，从大峡谷到洛杉矶一带，大批全副武装荷枪实弹的警察四处设卡巡查，展开了全面的大搜捕。每一个交通要口，警车、特警的房车、救护车灯光闪闪，手拽式冷光发光管冒着粼粼的火花和青烟，一排排扔在地上，在很远就拉成了长长的曳光斜线。检查点上，临时征用的集装箱大货车挡住了其他车道，只留下一个口子。高度警惕的警察们持枪伸进头来，用强光电筒检查每一辆经过的车子。为了预防劫匪分散逃跑，即使不是大巴车，警察依然会两人一组比对着照片，仔细观察被查车辆中每一个人的面容。检查之严密，规模之大，为几十年来罕见。

此时，编号为MT3258的旅游车已经离开40号公路，拐进远离大峡谷东侧的87号公路，正向南方的大山驶去。不久后，他们离开公路，往大山深处钻了二十几英里，找到了一间空置的夏日度假屋，准备在那里过夜。

空置的度假屋离最近的警察设卡点，足足相隔二百英里，正好处在警察指挥中心用圆圈划定的搜索圈之外。

（九）

布莱德的驾驶技术很好，大巴车稳稳地行驶在结实的沙面路上，轮胎与地面发出均匀的摩擦声。在受训时，他可以熟练地操纵所有的车型，就是一架直升机，布莱德也能摆弄一番。他身边的车门和玻璃上，还留有拇指般大小的弹孔和老周飞溅的血痕，但他一点都不在乎。他现在深深爱上了正在进行的游戏，迷恋得神魂颠倒。

两个警察和老周被杀时，布莱德几乎笑出声来。

墨西哥人和那个看似精明的中国人邱永邦现在已经无法脱身了，众目睽睽下，他们双手沾满血污，深陷罪恶而不可自拔。血腥的"外套"被天地诅咒，坠入人神共愤的无底深渊，必受到椎心碎骨之惩罚。到最后，手持正义之剑的英雄自天而降，诛灭邪逆，接受万众欢呼。

布莱德现在同时操纵着三个游戏界面：

第一个界面是要指引警察，让他们在后面穷追不舍，保持足够的压力。这个界面的要点是，警察和罪犯若即若离，不能抓住，也不能逃脱，这中间的空间便是"守护神"的天下。

第二个界面是诱导罪犯，让墨西哥人和邱永邦疲于奔命，不容他念，却又不能与自己脱离。要点是，自己必须合理地在这个游戏中参与到底，而不能在中途被强行关机退出。

第三个界面是"英雄"，必须给自己设置一个光荣的形象，以便最后荣耀地全身而退。要点是，有所举动，解救部分人质，将来让他们给自己做完美的见证。

所有这一切，建立在一个基础上：布莱德要成为三方都不可或缺的要素。也就是说，不仅警察、人质需要他，劫匪也必须离不开他。

生活教会布莱德一切，他很清楚，在人与人之间，只有赤裸裸的交易关系，不要看这世上又是政治又是金融又是科技的，其实很单纯，都是对等的交换，你给出什么条件，便能换回同等的好处。你不能成为别人的需要，别人也不会在乎你的价值。只要稍微睁下眼，你就会明白任何错综复杂的交易其实都是透明无比的。布莱德现在所做的就是要在这个混乱的结构中体现出不可替代的"价值"。

令他高兴的是，他找到了可以"通三关"的宝贵钥匙，已经成为必不可少的"需要"。

逼迫劫匪杀死司机老周就是一把钥匙，只要墨西哥人和邱永邦继续使用这辆旅游车，就无法摆脱自己的参与。

过去的决定造就了现状，现在的选择改变着未来。这句话是谁说的来着？真是讲得一点不错。布莱德想，他至今为止所有的行动都是为了把控未来。真是需要超高的智慧啊，这是迄今为止他玩过的最刺激、最过瘾的游戏。布莱德亢奋不已。

他驾驶着车子，像一位虔诚赶往朝圣地的马车夫，载着满满一车需要拯救的灵魂，他要把它们洗净晾干，然后高举双手，奉献给他的至高无上的神灵。

（十）

小佳年的日记：

"1月16日，星期一。暴风雪。途中。

"我现在在山区的木屋里，又冷又饿。我靠着简妮姐姐，靠着雪地的反光在写这篇日记。我真不愿意记下今天发生的一切，但老师说，越是困难的时候，越是要坚强，人就是这样成长起来的。

"——我不知道有多少和我一样大的孩子会遇到我遇上的噩梦，这个世界对我从此会大大不一样。爸爸一直说：成人不自在，自在不成人。如果大人的世界是这样丑恶，我还是不要成人吧。

"明天会怎么样？我们能活下去吗？爸爸妈妈，你们知道我现在很想很想想你们吗？"

小佳年今天无法整理照片，他们的包箱都放在车上，没有拿下来。

（十一）

北极寒流的巅峰状态已经过去，从明天起，暴风雪将明显减弱。

但是，气温会进一步降低，尤其是在白雪覆盖的山区。

地震专家的焦虑也在增加，迟迟不来的地震，说明它积蓄的能量会越来越大。专家开始担心，美国西部真的会遇到百年未遇的毁灭性地震吗？

第七章

古人类步履蹒跚，当最后一个冰河时期开始的时候，他们沿着消融的冰雪来到了北美荒寂的大陆。在他们面前，呈现出一片连绵无际的巨大山脉。山高林密，植被丰富，到处栖息着猛犸象和原始美洲野牛。原始人兴奋地呼喊着，在大山里捕鱼、猎鹿、采集浆果、繁衍后代。他们看到的就是落基山脉。

落基山脉（Rocky Mountain），被称为北美洲的"脊骨"。巍峨的山脉绵延起伏，自北向南，从阿拉斯加到墨西哥，南北纵贯四千八百多公里，几乎纵贯美国全境。这条巨大的山脉南北狭长，由众多小山脉组成，有些地方达数百公里宽。北美几乎所有大河都源于落基山脉，这是大陆的重要分水岭。

终年积雪的山峰、茂密的针叶森林、宽广的山谷、清澈的溪流，还有黄石国家公园、麦林峡谷等众多世界著名的旅游胜地——这里虽然至今依旧人烟稀少，每平方公里居民不足四人，但却是北美大陆最受欢迎的旅游度假胜地。

（一）

鹿水山谷私人度假区　07时15分

鹿水山谷是一个夏日开放的私人度假区，坐落在87号公路西侧二十英里左右的一片森林茂密、峰峦起伏的山谷中，风景异常优美。蜿蜒静谧的泄水湖，绸缎般的湖水如蓝宝石晶莹剔透。广阔深幽的森林深处，星星点点散布着十几栋原木建造的房屋，这是它们的主人们在假日和夏天来此享受宁静和清凉的驻足之地，而在大雪封山的冬季，则寂无人声。

当晨光划破森林中的霜雾，屋子里的人们陆陆续续地醒来了。

这是一栋建在度假区森林边缘的独立房，离最近的邻居有一英里多远。房屋沿着沟壑错落成两个区域：突出山岩、面向湖区的是有整面落地玻璃窗的客厅、餐厅、家庭起居室和厨房，靠着崖壁的是三间大大的卧房。屋外高松老树环抱，十分幽静。窗前垂挂着麻织的窗帘，墙边围着橡木壁板，客厅的地板用整块的厚重原木铺成，到处挂着兽皮、鹿角、火药枪和铁斧等装饰品，看得出这家主人生活的富足和品位。

昨天晚上，旅游车顺着一块岔道上木牌的指示找到了这里。

之前的途中，旅游车在一个偏僻的加油站加满了油，达莱妮又买了一些面包和瓶装水。昏昏欲睡的售货员光顾着看漂亮的墨西哥女孩胸前娇嫩的肌肤，压根没有注意外面还有一辆坐满中国人的大巴车。

掐断电话线，把中国人分男女安置到最里面两间的卧室后，阿里斯托和达莱妮占据了靠楼梯的睡房。邱永邦从橱里找了两条毯子，一个人睡在客厅的大沙发上。一路惊吓与疲惫，所有人倒也睡得深沉。

清晨，邱永邦是被厨房传来的饭菜香味刺激醒的，他听到厨房里有人叮叮当当地发出声响，一个激灵，抓起手枪，蹑手蹑脚地走了过去。

身穿围兜的布莱德正在炉灶前忙碌，锅里煮着热腾腾的麦片，大玻璃瓶里有冲好的牛奶，面包也烤脆了，竟然还滚着一壶喷香的咖啡。

看到邱永邦进来，布莱德举起油腻的手，笑吟吟打了个招呼：
"不错啊，这家主人储藏了不少东西，冰箱里还有几袋烤鸡块，我
一会儿给大家做。对了，我到外面把热水器也开了，大家可以洗澡
了。"

他指了指厨房的后门，那里通向外面的车库。

这是被扣押的惊慌人质，还是热情好客的房屋主人，邱永邦一时
有点犯蒙。

吃完意外丰盛的早饭，所有人被集中看管在客厅。望着外面秀丽
的湖光山色，阔别两天的阳光一缕缕从山峦缝隙处钻了进来，在纹路
粗糙的窗棂上撞出金色的雾气，染得屋里明暗参差。一时，大家有种
身处不真实环境中的错觉。

简妮草草吃完饭，上楼洗了个澡。无论什么样的环境，她都无法
忍受自己身上不洁净。她披着湿漉漉的头发下来，拽着小佳年来到沙
发前，打开音响，放入在印第安人小店买的CD片，一揿按钮，启动
的电流嗡嗡作响后，沧桑的民谣歌声回荡在整个屋中。

> "妈妈，帐篷里有狼。
> 它们朝我走来，身上有味，脸色苍白。
> 妈妈，它们不友好——"

主人布置的音响效果很好，用的是布满整个屋子的循环音响系
统，每个角落都隐藏着看不见的喇叭，层次饱满，粗粝中带有隐隐回
荡的金属声。屋里的人一时都被吸引了，连桌边的达莱妮都放下了餐

叉，歪着头，静静地听着。

从昨天开始，简妮一直在问自己一个问题，但始终没有想明白。在废弃的加油站，自己明明只要一侧身，就可以隐匿起来，却为什么会放弃安全，重新陷入危险中？

她记得很清楚，当看到洪银河散乱着花白的头发，踉跄着步子，被人顶在门框上时，自己就情不自禁地冲了出去。简妮害怕地发现，每次看到洪银河棱角下坠的眼睛，自己就会浮出一阵莫名的亲近感，这种带有明显北亚特征的眼睛细长幽深，是这个家族中特有的标志。难道几天的相处，自己对这个曾经痛恨的父亲开始生出了别样的情感，还是血液中共同的基因在自然地互相贴近？

在美国，简妮最怕过的节日就是每年六月第三个星期天的父亲节。这是1910年美国华盛顿州的多德夫人为纪念她的父亲威廉·斯马特先生向牧师提议的，并在1934年得到美国国会的正式认可。多德夫人的母亲早年去世，她父亲独自一人承担起养育六个孩子的重任，终因多年的过度劳累而死。在这一天，父亲在世的人都佩戴一朵红玫瑰，父亲去世的人都佩戴一朵白玫瑰。

同学们兴高采烈地商量着买什么礼物给自己的父亲，简妮悄悄躲到一边。她坐在操场边高高的台阶上，望着白云从远处的山上飘出，她就想象着这是母亲的面容，这是她微笑的嘴角，这是她抚向自己温柔的双手。云散开时，简妮拍落身上的泥土，重新回到教室。每一次对母亲的思念，就会加深一层对父亲的怨恨，而多一层怨恨，也会多一层不由自主的关注在意。

复仇已不是想象中的醋畅淋漓。简妮隐约感到，自己挥舞着复仇的利刃，也割伤了自己。当锋刃染血之际，血会融合在一起，无法分辨究竟是由谁的心灵中流出的。感情是理智的癌症，简妮不能原谅父亲的所作所为，但又自私地觉得割解他的罪恶应该由自己来完成，由自己把他送到该去的路上，容不得他人染指。她甚至有些殉道的悲壮，伤感地想，如果父亲遍体鳞伤，自己也就在一边陪着流血吧。

简妮想起她的教授，一位睿智但不张扬的学者。刚上大学时，她十八岁，母亲节那天，她给离世的妈妈写了一封声情并茂的信，把它发在自己的脸书上。第二天，全班的同学都红着眼眶围住了她。教授却坐在一边低头摆弄着手中的笔，等同学们安抚声平息后，教授说话了，他只说了一句："这封信说明你长大成人了。但是，什么时候你也给你的父亲写上这样一封信，那就说明你知晓人生了。"

好长时间，简妮一直不明白教授的话，甚至有些反感。而现在，简妮隐隐约约体悟到了教授话语中的深意。

洪银河下来得很晚，扶着弯曲的楼梯往下走，他的脚步有些迟缓和不稳。

昨晚没有佩佩的提醒，他忘了服高血压药。整整一夜乱梦纠缠，似睡非睡。恍惚间，简妮纤细的身形反复隐现。

毫无胃口地吃完饭后，他不去搭理佩佩关切的目光，揉着胀痛的太阳穴，默默地注视了会儿在长沙发中半合着眼睛的简妮。简妮脸色有些苍白，洗浴后的发梢湿漉漉地缠卷着，沾湿了她修长脖颈后的衣领。她柔弱地倚在沙发上，身边好像有一圈气场，能让靠近她的人不由自主地安静下来。她抱着一个柔软的布靠枕，小佳年抱着她纤细的胳膊，靠在她肩旁，两个女孩洁净得如同一幅色泽淡雅柔美的油画。

洪银河走到邱永邦面前，提出一个要求，希望和简妮单独相处一会儿。

邱永邦没说话，指指隔壁的家庭起居室。

（二）

楼上，李晓宇简单地洗了把脸，他把牙膏挤在手指上，张开嘴仔细地刷了刷牙。牙膏是甜瓜味的，他从小就不喜欢这种甜腻腻的味道，像粘在口腔中的黏液，这让他感到不舒服。

用力漱完口后，他看着镜子里那个脸色有些苍白的男人，那个男人也望着他，表情淡漠，眼神深沉，一层淡青色的胡碴正不引人注意地渗出面颊。这时，他的思路才慢慢清晰了起来。

昨天枪响时的情景又浮现到他的脑海中，深深刺激着他。当邱永邦从地上跳起来举枪准备朝女警察射击时，李晓宇也是第一次看到他有如此疯狂的眼神，瞳孔紧缩成针尖，亮得刺人，而眼帘却因充血而肿胀，在那一瞬间，李晓宇觉得心里有一块东西破碎了，他知道，这是自己对邱永邦仅存的一丝惋惜和心疼断裂的声音。

很早以前，李晓宇就明白自己和邱永邦并不是一路人。但奇怪的是，在相处的日子里，两人却有种惺惺相惜的感觉，互相被对方的性格和处事的方式所吸引。生活好像沙漠中的一棵孤树，两只不同品种的鸟无奈地落脚在上面歇息，彼此警惕，又彼此好奇，久而久之，相伴成为了习惯。

邱永邦表面上大大咧咧，骨子里却透着精明算计，为达到目的不择手段，没有底线。但李晓宇不得不承认，自己时常会被他的无耻和厚颜所吸引。正应了那句老人常说的话，学坏容易学好难。无论承认不承认，罪恶和沉沦是有强大的诱惑力的，在许多时候，它符合人的原始的欲望，而理性是克制自我的，具有更多社会演绎成分，这也是人类为什么能成为万物之灵的原因。李晓宇看着邱永邦忙进忙出地折腾，时常会有一种快感。自己恪守道德底线时，偷窥他人的罪恶也是一种自私的宣泄。就好像古罗马斗兽场中角斗士的血腥绞杀，现代社会里拳击台聚光灯下的拳手拼死相搏，电脑游戏中夸张的血战杀戮，电影画面极致的恐怖渲染，都能让人们乐此不疲如痴如醉。虽然这是规则下的游戏，但也投射出人类另一面的需求和释放。当然，关键是自我设定的底线和社会容忍的限度。

一个醉酒之后的深夜，邱永邦半拉半扯地把李晓宇拖到了一个小酒吧。

小酒吧在一条僻静街道的拐口上，边上是一排倒闭关门的小店铺，破碎的招租广告在夜风中噼啪作响，只有一家挂着算命标志的印第安人卜卦店还亮着灯。漆片斑驳的橱窗里用霓虹灯管拧成的一只巨大的手掌和星星月亮，往阴暗的街面上投下一团线条古怪漂移不定的光晕，仿佛在预兆着人与天地之间神秘的契约。

酒吧灯光昏暗柔和，凹陷的椭圆形小舞池铺着木地板，墙角碟形的聚光灯照着一张破旧的绿呢台球桌，有几个胖胖瘦瘦的墨西哥人提着杆子百无聊赖地玩着。一股尿骚味不知从哪个角落弥漫出来，混杂在略带忧伤的吉他歌声中，倒也有一种避世的暧昧温暖。

进屋之后，邱永邦隐入黑暗中不知去向。李晓宇靠在厚重的吧台边，里面坐着一个法令纹深长的墨西哥老头儿，也不招呼，兀自托着下巴看电视里的球赛。不一会儿，一个穿暗红色丝绸花长裙的女人身影从阴影里慢慢呈现，她身材高挑，头发浓密，鬓边插着一朵小小的茶花，眼眶很深，下面有一层淡淡的青色。她表情孤傲地向李晓宇点点头，做了个喝饮料的手势，跷起的手指修长漂亮。

吧台里的老头儿推过来两罐啤酒，女人喝了一口，把罐口捏扁，示意再来一罐。

"跳舞？"女人被酒沾湿的嘴唇贴在李晓宇的耳边，她松散的头发梢拂得他的脖子微微发痒。邱永邦出现在女人的身后，挤眉弄眼地笑，邱永邦做了个手势，五美金一首舞曲。

　　乐声在灯光更加黯淡的小舞池中响起的时候，李晓宇恍惚中有一种错觉，音乐蜿蜒地流进心里，情感荡漾丰富，世上的烦恼已经退去，紧贴怀中的温顺女子情意绵绵，回味人生情怀的伤感一阵阵涌上，一时，李晓宇自己被自己感动了。

　　女人的身躯水一般柔软，袒露的后背光洁滑腻。她长发飘飘，随着歌声前倚后仰，仿佛正在融化的奶酪，丰满的胸乳不时擦蹭着他，纤细的手指如抚琴般在李晓宇身上弹拨滑动，嘴唇轻轻对着他的耳朵吹气，沙哑喃喃："哦，宝贝——"

　　欲望如潮水般淹没了李晓宇，他已经不能抑制。李晓宇是个身体健康欲望正常的男人，需要女人，需要她们的安抚和温柔。到美国后，生活如刀刻斧砍般坚硬冷酷，全靠意志支撑。一瞬间，李晓宇紧绷的神经如冰雪般在小小的舞池中消融了——

　　回到家中，李晓宇站在浴池里，把水量开到最大，任凭激溅的水流像子弹般射向自己的身体，生生作痛，他盯着脚下的下水口，倾泻的水流在那里形成了一个急速旋转的旋涡，呼呼作响地被吸入黑暗的管道里，他觉得自己的灵魂也仿佛正一丝一丝地抽出，被张开的黑暗无情吸走，他不禁低低地呻吟了一声。

　　这时，他想起那个女子在完事之后起身时目光中冷漠厌倦的表情，离开自己如同扔弃一块肮脏的抹布；也想起女子一罐一罐地喝着啤酒，拔开封口的铝皮后，每罐只喝一口，她修长的手指熟练有力地悄悄捏扁了罐口，溢出的金黄色酒液漫过台面，滴落到地上，渗进污垢的地板缝中。老板嫌麻烦，直接搁了两排啤酒罐子在桌上，女子每捏一罐，老板就用粗大的黑色记号笔在小板上画一痕记账，每罐都有分成。

李晓宇一遍一遍用洗浴液洗着自己，他觉得自己身上的肮脏再也洗不干净了。性爱必须两情相悦，交融才能呈现美好。失去这个支柱，就会变成胡乱坍塌的垃圾，埋在其中，不仅自弃，还会发臭。一直到皮肤被搓洗得发烫红肿，李晓宇仍然停不下手。倾泻的水流弹跳着，他蹲下身子干呕了起来。

当邱永邦带着隔夜的酒气回来时，李晓宇已经平静地睡在床上看书。

"爽吗？哥哥给你找的可是里面最好的。今晚咱们再去？"

"不。"

"心疼钱？今晚哥哥请客，有一个刚从海地来的辣妞，才十六岁，小小年纪花样不少，保证你舒服得魂都飞上天！"

"没兴趣！"李晓宇扔下书，起身离开了屋子。

邱永邦看着他，像看一个外星人一般。以后只要提起这个话题，李晓宇的脸都会像挂霜般冷酷。邱永邦不明就里，还悄悄去问过那个酒吧的妓女：是不是什么地方得罪了我兄弟？那女的一脸委屈。这里面的秘密只有李晓宇自己心里明白，人活着，就必须有自制和底线，不能让兽性在内心长大成棱角狰狞的肿瘤，最后被吞噬掉人生。

楼下传来的音乐声打断了李晓宇的思路，镜子里的李晓宇摇了摇头，现在怎么会想起这些乱七八糟的事情。眼下回到现实中，当务之急是如何摆脱现在的险境。

路过文文住的房间，透过半开的门隙，李晓宇看到文文还半裹着被子靠在床上，长长的散乱黑发遮掩着她苍白的脸，她呼吸短促，涂了层蜡似的额头上沁出一层密密的汗水。

"怎么了？不舒服？"李晓宇推开门，关切地问道。

"头很痛，有点晕，好像感冒了。"文文虚弱地回答。

李晓宇摸了摸文文的前额，黏黏的有些烫手。连日的动荡惊恐，已经超出文文娇小身躯的承受能力。她斜倚在床上，手脚松垮，像一具没有上紧螺丝的部件。李晓宇看着她，心里针扎般疼痛。不行，不能这样下去了，李晓宇想，得尽快有个了结。

他咚咚地下楼，到厨房的柜子里乱翻了一阵，找出几片阿司匹林，端了杯牛奶，又咚咚地回到楼上。

"文文不舒服？"邱永邦用眼神阻止了达莱妮，他用盘子装了点食物，也跟到楼上。李晓宇一回身，把他挡在外面。

"你他妈给我赶紧了结这件事！"咣当作响的门板几乎撞上了邱永邦的鼻子。

（三）

了结？我怎么不想尽快了结，好带着一辈子也用不完的钱舒舒服服享受人生。邱永邦端着盘子站在门外，他望着面前的门板，像看着一堵生硬的墙。

对李晓宇，邱永邦有种说不清道不明的感觉。他知道这个内敛少语的男人和自己不是一路人。从小，他对那种表面假正经做事娘娘腔的虚伪小子就没给过好脸，恨不得见一回抽一顿，没少欺负过他们。这个世界就这么点值钱的玩意儿，不争不夺，想着别人给你双手捧上，做梦去吧！邱永邦就是看不惯他们的口是心非，什么不争不夺，那帮小子才黑着呢，老远就能听到他们贪婪口水淌下的滴答声，只不过得了好处还要卖乖，脱了裤头做婊子还想扮纯洁高雅，什么东西！邱永邦想到这些，气就不打一处来。

但李晓宇和那些戴着面具的东西不一样。他坦然平静，该得的时候一点不客气，不该得的也不会怨恨妒忌。李晓宇不会唠唠叨叨在自己面前讲那些令人犯腻的大道理，做事时心里始终却有杆秤。虽然邱永邦对这杆秤上标示的刻度很不以为然，却仍抱有敬意。两人的关系不可谓不近，吃喝拉撒都在一起，但邱永邦知道他们中间还是有条地带是留空的，就像国境线上的无人区，双方都保持着默契，互不逾越一步。邱永邦记得老人说过，"君子之交淡如水。"邱永邦知道自己肯定不是君子，但李晓宇是不是他拿捏不准，这也是邱永邦珍惜他们之间关系的原因之一，和李晓宇在一起，邱永邦有时也会有点"高雅"的得意。

更让邱永邦认同的是李晓宇的处事，几次遇事下来，有道道，够聪明，大将风度，也够狠，还有点"阴坏"。这让邱永邦暗中跷起了大拇指。

那时，李晓宇换了家餐厅打工，由于英语尚可，当上了大堂里的侍者（Waiter）。虽然说工作也是很辛苦，但比起后厨的繁重和油污要好得多。侍者拿底薪，主要靠小费。在美国，餐馆小费一般是总消费的百分之十到二十，如果生意好，有酒牌，一天下来小费常常会超过底薪几倍，而且不少是现钞，可以避税。李晓宇打工的餐馆品位不错，在当地小有名气。

一天，李晓宇服务一对白人老夫妻用晚餐，那两人看上去优雅高贵，点的菜挺好，要求也不少，一会儿换碟子换盏，一会儿烘汤热盆，一杯咖啡就试了几种口味，还要求老板在餐桌上点了根小蜡烛，整整坐了一个晚上。结完账，老夫妻手挽着手出了餐厅。李晓宇把账单拿到柜台上，收账的小姐直朝他皱眉做鬼脸，李晓宇仔细一看，才明白他们竟然一分钱小费没付。这餐厅的侍者只有李晓宇是中国人，这不明摆着是欺负人吗？李晓宇转身出门，在老夫妻上车前拦住了他们。

"菜不好？"李晓宇问。

"不错，很好。"老夫妻有些意外。

"我的服务让你们不满意？"李晓宇还是不动声色。

"没有，没有。"老夫妻显然没想到这个中国人会较真，一时有些局促。他们并没有把小费这件事放在心上，在他们心里，这些黄脸的小个子中国人服侍自己是天经地义的，是自己应有享受的一部分。当然，也有些故意欺负的意味，以这种违反规矩的行为，让自己体验出了优越的满足感。

"那请问，为什么不认可和尊重我的劳动？"

周围停下来几个人，老头儿挂不住了，他想发火，但李晓宇后面的话让他收住了嘴。

"我们用收取小费的方式来体现我们的服务价值，你可以不尊重我，但我的后面是一个为你能愉快享受这顿晚餐的团队，有大厨为你精心配置菜肴，有送菜小弟为你及时送上，有清洁工为你收拾残席，他们或多或少都会从你给的微薄小费中分到一点你对他们的认同。如果我们有问题，请你告知，我们一定改正。如果没有问题，那也请你说明为什么？我们不想生活在人与人之间没有信任，充满敌意的社会中。请问老先生，你想吗？"

说也怪，自从这件事后，老夫妻来得更勤了。每当这对老夫妻走进餐厅，他们都会点李晓宇服务的桌子坐下，小费也比别人给的只多不少。尊重不是靠乞求得来的，李晓宇为自己赢得了应有的做人回馈。

邱永邦记得更清楚的是前不久发生的一件事。

去年秋天，两人达成了一项共识，当二房东，把多出的一间卧室出租。说干就干，他们特意空出了阳光好空间大的主卧，自己搬到对面吵闹的洗衣房的小间，又花了一个下午把楼上楼下打扫干净，张贴出了出租广告。

房客来得很快，第二天上午，一个戴着眼镜的瘦弱中国小伙就敲响了门。小伙子很低调，脸上始终带着讨好的笑容，他说要带女朋友来住，又说自己是学生，家里为了他到美国留学已经卖掉了房子，两位大哥是不是能便宜点，他愿意做家务来补偿。小伙子还会玩一手好魔术，稍稍露了两手，就把他们看得眼花缭乱。小伙子的笑容更加谦卑了。

"大哥要是喜欢，我天天变给你们看。"他说。

最后，他用便宜八十美金的价格租到了带家具的主卧房，粗心的"二房东"们甚至没有想到去查查他的信用记录。

不久，一心想通过房租来改善一下生活的"二房东"们觉得情形有些不对。那小伙子魔术虽然变得还是很勤快，但许诺的家务事是一件没做，厨房的垃圾桶堆得合不上盖子，小伙子仍然像没有看到一样，他下来咣当咣当炒了两个海鲜小菜，端着一扭头回到屋里，房内传来的是电子游戏的音乐和女友的娇笑声。

李晓宇和邱永邦的脸色愈来愈阴沉了，一个月后，小伙子不交房租了。等了一星期，小伙子看到他们还是谦卑地笑，却闭口不提租金的事。又过了几天，邱永邦忍不住了，在走廊里一把揪住了他。小伙子啪啪抽了自己俩嘴巴，痛骂自己猪狗不如。可是，实在没钱啊，大哥，宽限些日子吧，要不，再便宜些，我还帮你们换了浴室的淋浴头呢。

俗话说，伸手不打笑脸人。邱永邦半信半疑："这小子瞧着也怪可怜的，说不定真没钱。"

李晓宇在厨房里蹲下身子，研究了一下楼上两人吃的食物残渣，摇摇头："不像。这样，你明天再盯着些，我去查查他的信用。"

调查回来的结果让人大跌眼镜，小伙子带着他女朋友天天去餐馆吃大餐，而信用显示，他已经不止一次被列入黑名单了。

李晓宇抬起眼睛看着邱永邦："咱们命好，碰上骗子了。"

"不会吧？这小子怎么看都像个软蛋，有这胆？"邱永邦还在迟疑。

"这招厉害，服软，顺从，嘴甜，千年不赖，万年不还，这是骗术厚黑学中的高招，我们是碰上传说中烧不熟剁不烂的滚刀肉了。"

"啊！"

"他喜欢变魔术给我们看，你没有注意他眼睛里得意的神情吗？这是他的职业习惯，看到别人受骗是他最满足的时候。魔术是什么？就是坑你没商量。"

"他奶奶的，玩老子，不知道马王爷长几只眼了，老子阉了这不男不女的东西！"邱永邦纵身跳起，脑袋差点撞到柜角。

"你没脑子啊，他正等着你去撒野呢。"李晓宇已经冷静下来，他非常清楚动粗的后果，"你只要碰他一指头，他就能躺你身上一辈子，你还没有想清楚？"

在美国，房东最头疼的就是遇见烂房客。法律是保护房客的，他要赖着不走，房东不能轰他到街上。许多无赖和骗子就利用这一点，不付钱也不离开，房主只好花钱请律师上法庭，法庭判决后，由警察来执行驱赶。费神耗财不说，就是走法律过程也要拖个一年半载。看着他们天天在自己的房子里吃香喝辣，房主恼得捶胸顿足，就是无计可施。有时房主宁愿自己倒贴钱给他们，"瘟神"越早送走越好。更有甚者，碰上心地歹毒的，临走前还会给房主使坏招，水泥塞下水管，墙上掏洞都是常事。有一位东北的哥们儿离开时，给英国伦敦的报时台挂了个长途，他锁门扬长而去，搁在里面的电话忠实地播放着万里之遥的电子录音：

"——十六时四十一分，十六时四十二分，十六时四十三分——"

电话账单的名字是房主的。当房主得知人去屋空后赶来，已经是第三天的下午了。"——三时零七分，三时零八分——"电话还在和伦敦连线，下个月电话账单上的金额是一个天文数字，可到哪里去找那个消失在人海中的东北人呢？

邱永邦垂头丧气："就这么认了？"

"等我两天。"李晓宇倒显得胸有成竹。

白色的圣诞节在歌声和彩灯中安宁度过。节后的一个清晨，李晓宇敲开了魔术骗子的门，把一张写着地址和电话号码的纸亮在他睡意蒙眬的眼前。

"每个人都有自己的老窝的，你是不是要我们去惊动一下你家的老人？让他们为海外的不孝子买单付账？"

李晓宇观察得很仔细，骗子还算是个孝子。当骗子竖起门口邮箱上的小旗，准备让邮递员取走寄给家中老人的贺卡时，李晓宇已经抄下了地址。对照着地址再查查电话账单上的长途号，事情就简单多了。

魔术骗子第二天就搬离了，他忙不迭地结清了所有的欠款，还留下一笔清洁费。临走前，他买了几磅大虾放到冰箱里，一脸卑微的笑，一个劲地问："没有惊动我家老爷子吧？"

邱永邦一脚就把他踢出了门。

妙啊，这太过瘾了，不过也够损的。

李晓宇举重若轻地化解了生活中的事端，邱永邦在一边看得抓耳挠腮，连连叫绝。

现在，原来计划周全的抢劫出现了偏差，邱永邦也没有预料到自己踏进了一个大血坑中，怎么扑腾也挣扎不出去。他需要李晓宇，不仅是友情上的壮胆，也是困惑中的点拨。就是到了墨西哥，天高皇帝远，海阔凭鱼跃，不管这两句话是不是可以凑在一起这么说，但邱永邦心里确实拨打着小算盘，以后不能单枪匹马，身边总得有靠得住的人才是，有李晓宇这样一个稳重精明的哥们儿让他心里踏实安心，也舒坦得劲。

（四）

旷野的山峦中，有三个黑点在冰雪覆盖的地面上挪动，时行时停，洁白的雪地上留下了长长蜿蜒的痕迹。

艾德兄弟和张锋三人喘息着，步履蹒跚，又翻了一个大雪坡。

他们饥寒交迫，体内的热量和精力被空寂寒冷的野外一丝丝地抽走，粗重的呼吸在冻伤的面颊间结成厚厚的冰霜，防水防寒的高筒野地靴如今成了冰坨，手上带瞄准镜的精巧猎枪也变得无比沉重。眼前，依旧是一片白雪皑皑、无边无际的山峦。

这三个可怜的猎人在这片冰雪覆盖的大山中已经迷路整整三天了。

在家庭起居室又大又深的鹅绿色绒布沙发上坐下后，洪银河和简妮都没有先开口。

"有什么要对我说吗？"洪银河打破了沉默，嗓门沙哑。

多年的潜心准备今天终于要撩开面纱揭晓真相了。是痛快淋漓，还是悲愤难忍，简妮心里有股说不出的滋味。她曾经无数次设想面对无情卑劣的父亲时应该是什么样的情景和心态，但每次都描绘不出一幅完美的画面。她甚至有些害怕面对，她记得读过的一部心理学书上指出过这种现象：对于丑陋和邪恶，人本能地选择逃避，因为谁都不愿沾染它的气息。这本书说得过于简单和理想了，父亲的角色是不能选择的，简妮就是想逃，也无处可去，逃得了时空的相遇，也避不开内心的交错。

简妮慢慢从脖子上解下珍珠项链捧在手心，岁月磨损，光泽已经黯淡，但记忆却积淀得越发浓厚："还认识这个吧？"

果然是她。

洪银河仰面靠倒在高高的沙发背上。爱因斯坦说："巧合不过是上帝隐匿踪迹的方法。"不要相信巧合，巧合是一种必然。当真相来撬开现实大门的时候，你可能连敲门声都无法听见。窗户纸捅破，洪银河长叹一声，心里反而轻松了些。

"我猜到了，"洪银河慢慢说，"这次旅行不会是偶然的吧？告诉我，你专业是学什么的？"

"心理学。"

"选择这个专业与我有关系吗？"

简妮没有马上回答，屋外小鸟的啁啾声透过窗缝清晰地传入耳中。

怎么会没有呢？父亲是幽暗水底一个模糊不清的黑影，每次试图接近，都伴随着无法忍受的窒息。简妮曾试图通过学习心理学来梳理内心的纠结，但效果适得其反。叔本华讲过："人虽然能够做他想做的，但不能要他想要的。"他们是带自己来到这个世界的至亲之人，却为什么要如此磨难自己，简妮几乎绝望了。

洪银河也沉浸在往事的回忆中，他想起那个走路轻盈如风，笑起来有些忧郁，总给自己烧好吃的清蒸鱼的女人。"对你母亲，我只有一个选择。我没有故意去伤害她。"

我母亲对你只是一个选择？那么我呢？也是你精于计算的一次选择，或者说，只是一次纵情狂欢后的意外？事后，让你追悔莫及，拼命躲避。简妮伤感地想着。

洪银河苦笑："我没有完成对她曾有的承诺。孩子，你知道承诺是件很可怕的事吗？"

"只是违背承诺这么简单？还是一次事先安排的卑劣计划？"

"相信我，我确实不清楚发生了什么。"洪银河想起五年前醉酒时对那个叫薛岗的人说过的那些话，后来她就像蝴蝶般轻盈地从高空中飘落。这确实不是他的本意，但扪心自问，听到消息时，洪银河伤感之余，好像是有那么一点点的轻松，但洪银河不敢承认，这个念头如此阴邪黑暗，压得他几乎透不过气来，他把它死死撅到了心底最深处，连偷窥一眼的勇气都没有。"不要说得这么刻薄，我们有相同的血。"

"我不相信你！"简妮断然回绝，她忍不住站起身来，颤抖地指着洪银河，"血是热的，不是冰冷的。妈妈的死，你难辞其咎！虽然法律上不能审判你，但你做人的良心已经死了！"

"我不是没有良心。"

"良心？良心不是菜市场，可以论斤称两，讨价还价，你给我十块钱，我给你三两良心，不够？好吧，再给你添点——良心是心里的一条界线，要么越过它，要么远离它，站在哪一边，全凭自己斟酌。"

"女儿，告诉我，我错在哪里？"

简妮泪光盈盈："现在知道叫我女儿了？"

"女儿，女儿，"洪银河生平第一次细细咀嚼这两个字，多么熨帖温暖，但是胸口为何又这般堵塞，"我追求成功，出人头地，证明我的智慧与力量，我有什么错。女儿！"

看着口口声声叫自己女儿的这个男人，简妮突然感到他很可怜。原来的记忆中，父亲是稳重和威严的，而现在他的日渐衰老和不知所措的迷茫却让简妮吃惊。

"看看你的荣耀和成功吧。这里面哪个是真正的你自己？"简妮把多年精心收集的剪报夹扔到他面前。你是很智慧，你确实出人头地了，但这些与你自己做人无关。他是父亲，简妮尽量把话说得清晰。"小学三年级的时候，小姨给我买了一台电脑，好长一段时间我一直纳闷，电脑功能强大，万无一失，可它为什么就是不能超越人呢？后来我明白了，因为它没有情感，没有人对美好的追求。是人创造了美、爱，创造了音乐、诗歌、绘画等一切美好的事物。我们可以用玫瑰表达仰慕，黑色预兆死亡。早上的一滴露珠，黄昏的一片残叶，都会让我们莫名的感动，有时候，甚至错误也会让我们美丽。这些与你认为的智慧与成功有关吗？历史上，人对道德的追求常常能弥补智慧的缺陷，然而，智慧却永远填补不了道德的空白。如果你不懂得珍惜和感恩，不明白人应有的存在价值，就是你具有电脑般的运行速度，摄取到了巨大的财富和地位，你也是一块枯木残岩，毫无生气。"

简妮从口袋中拿出了小小的USB盘："知道这是什么吗？这是我从你的电脑里下载下来的。难道你的一生就是为了储存在这个小塑料盘中的这些数字？为了这些数字，你抛弃了亲情，抛弃了做人的准则。我不想听你辩解，什么世道艰难，什么人生无奈，摸着你的心想一想吧。无论你承认不承认，妈妈的死就是你一手造成的！你是他人的危害，也是自己人生的致命毒瘤，好好审判一下自己吧！"

"好了，该说的我已经说完了，"简妮擦去了眼泪，起身朝外面走去，"最后告诉你，这些数字原本就不该属于你，以后也不会再属于你。如果劫匪没有把这些数字抢走，我也会把它们送到它们该去的地方，现在看看你自己，你还剩下什么？"

翻看着那些记载着荣耀和卑劣的图片，洪银河天旋地转。他意识到自己确实是个极其胆怯的人，他时刻觉得周围的一切都在吞噬自己，要淹没自己，他拼命抵御着，紧紧抓住一切认为能让自己安全的东西不放。他像传说中徘徊在荒凉墓地里的守财奴一样，哪怕是散发着恶臭的污物，也不愿放手。他总想着做别人眼中的洪银河，却从来没有完整地当一回自己名字的主人，甚至把一个女人的爱都视作逼近自己的巨大危险，从而践踏丢弃，心存杀机。

我到底怕什么呢？洪银河不禁问自己。小时候怕吃不到下一顿饭；年轻时怕没机会出人头地；中年时怕不能挤上权力座位的每一趟班车；到了老年，似乎一切全得到了，但为什么还是没有安全的宁静，依旧瞻前顾后，战战兢兢。我活得可怜啊！这全是社会逼的，不是我的本意。洪银河心里呼喊着，但他知道这声音微不足道。为了躲避内心深藏的恐惧，他一生劳碌，扔掉亲情、责任、道德、理想的

"累赘"，在污流中捞取权力、金钱、关系、手段等一切自认为安全的杂料，试图在自己周围建造一堵能密不透风的隔离墙。而到最后，真正的危险是来自于墙的坍塌。如今，他已经奄奄一息地被压倒在废墟下，蓝天遥不可及，四周弥漫着自己散发的恶臭。洪银河浑身颤抖，觉得自己在女儿面前赤身裸体，遍体鳞伤，丑陋不堪。

"等等，等等，"洪银河哆嗦着嘴唇，"女儿，告诉我，你在车上讲的扳道岔的故事，我想了很久，一直猜不出答案，现在可以告诉我吗？"

简妮回过头，久久地看着这个给予了自己生命的男人。多少年来，简妮一直设想着这一刻的畅快淋漓，现在目的达到了，对象被自己犯下的罪恶重重击倒，而我也被仇恨纠缠至今，我不知道这里面谁更惨烈。唯一怀疑的是：我的心为何会这样疼痛？

简妮一字一句地回答了父亲的问题：

"我会自己跳下去挡住列车。如果人在残酷面前必须有所选择，我最终会选择心灵的安宁。没有安宁，生命只是行尸走肉。"

混浊的泪水一颗一颗从衰老的眼帘中滚落，曾经权倾一时的洪银河哭了。

（五）

鹿水度假区　08时10分

三个迷路的猎人之间的距离渐渐拉开。

张峰想招呼一下前面的艾德兄弟等一下自己，一张口，一股冷雾夹杂着雪粒钻进了喉咙，差点没被呛倒在地。他赶紧用手套捂住嘴，没想到，冰坨般的手套粘在脸上几乎揭不下来，一阵冰气激得他几乎晕了过去。

　　这回麻烦了，不知道能不能活着走出去。张峰想。思维也仿佛被冻麻木了，又硬又脆，好像敲一下就会断裂破碎，他惊奇地发现自己在想这个可怕的生死问题时居然也很淡漠。

　　住在凤凰城的张峰和艾德兄弟是好朋友，他们有个共同的爱好，就是野外狩猎。

　　来自湖北的张峰在亚利桑那州立大学毕业后，如愿找到稳定的工作，薪水不低，福利丰厚，还持有远期兑现的公司期权。生活安定后，他一边申请太太赴美，一边看中意的房子。准备和太太团聚后，生两个乖巧可爱的孩子，再养一条活蹦乱跳的狗，这辈子就安稳满足了，也不枉自己十几年的寒窗艰辛，没辜负远方万里父母的目光殷殷。

　　空余时间，张峰独自住在他租赁的公寓里，灯下读书、健身房强体，有时参加点社区活动。独身的好处就是一人吃饱全家不饿，到吃饭的时间，张峰常叫上一份外卖或者自己烧点简单的中国菜。味道满意的话，也会带给同事吃。他放了香肠、虾仁、青豆加豆豉花椒的中国特色蛋炒饭一直是同事们口中的最爱。

　　和大多数人想象的不一样，美国日常的生活是平静而不喧哗的，在中西部的城市甚至有些清教徒般的刻板和寂寥。张峰开始寻找自己的兴趣。在一次偶然的浏览中，他发现了一个枪械爱好者的网站，舞刀弄枪，铁血英雄，他在里面找到了自信和责任的意义，从此一发不可收拾。更让他感到脱胎换骨的是自己观念的改变，枪不再是人们谈之色变的凶器，而是一种保卫自身权利的神圣象征。他毫不犹豫地把百年前一位美国总统的话作为贴标放在自己的登录ID下："枪权即人权，暴力不可垄断。"

他和艾德兄弟是一个公司的同事。哥哥叫特里克，金发碧眼，温文尔雅；弟弟叫弗兰克，鬈发飘飘，英气逼人。他们原先并不熟络。虽然美国民间枪支拥有量世界第一，边远地区的居民几乎家家户户的墙角橱后都会藏有几把枪，但互相不熟悉的人一般还是不会主动谈及这个话题。去年，他们在全美步枪协会组织的一次狩猎讲座中意外相逢，才知道彼此都是爱枪的人。共同的爱好使他们彼此走近，于是就经常玩在一起。他们聚在车库里，在浓厚的枪油味中研究枪弹的知识，讨论枪的改装升级，去周边的枪展看枪买枪，到附近的靶场射击戳洞。春天相约水面打大雁野鸭，秋天共邀上山猎野猪山鹿，彼此之间十分亲近。

这次狩猎是去年圣诞节他们在靶场练习时互相约定的。虽然已经过了狩猎季节，但张峰想到自己新婚的太太春节前就要赶来美国，以后外出狩猎会少很多，就兴致勃勃地同意了，为此他还特意花了近三千美金买了这把勃朗宁（Browning）大口径的猎枪，期望能在山区的雪地上碰到几只饥饿的土狼和野猪。

悲剧是在进山不久后发生的。

艾德兄弟开着他们强壮有力的2011年福特XLT250卡车，定位器、诱捕机、挂架等一应俱全，但唯一没有想到的是遇上了暴风雪。车陷雪坑中抛锚了，定位器也摔坏了。在车里坚守了漫长难熬的一个晚上后，他们决定徒步行走抄近路下山，结果没有转几个山沟，他们就在漫天飞雪中彻底迷失了方向。

准备上路之前，邱永邦和阿里斯托、达莱妮再次商量着下一步方案。

他们站在门前，让阿里斯托到度假区附近转了一圈。不一会儿，阿里斯托晃晃悠悠地回来了，他抹着胡须上结起的冰碴，气喘吁吁地说，整个区域静悄悄的，连条狗都见不到，也没有发现可以使用的车辆。

三个人不约而同地回头看了看停在林子边的大巴车。看来还是得继续使用这辆标志明显的旅游车啊。这样风险会增大，他们有些担心，但眼下也没有更好的选择。车昨天刚加满油，应该没有问题，可是车上这些人呢？

达莱妮踩着小皮靴，嘴里哈着一股股热气，反正这里地处偏僻，无人会来，要不，现在就把这些累赘的中国人扔下，自己轻装上路，带着财神就此离开，这多省心。但邱永邦却不同意。

"达莱妮，你联系在墨西哥边境接应我们的人什么时候可以到？"邱永邦问。

"他们答应最快明天上午，让我们不要从关卡走，从姆西奈的沙漠钻地道过去，到时候再告诉我们具体的方位。"想到联系的事，达莱妮心里就窝火。今天一早，她又和墨西哥安排接应的人通过电话，那老兄过去也算是达莱妮的老友了，俩人还卿卿我我地好过一阵子，后因贩毒被警方通缉逃回墨西哥，逃走的那个晚上，还是达莱妮开车送他出城的。但他现在却在电话里哼哼哈哈，慢悠悠的一点也不着急。妈的，刚变点人模样就忘记原本的嘴脸了，达莱妮心里暗暗骂道。当然，达莱妮也明白，偷渡这事急也急不得，方方面面都得安顿妥当。否则，出了岔子就会终生追悔莫及。达莱妮强忍住火气，声音甜甜地许诺拜托，握着手机好生撕扯了一番。

"所以说，我们还不能在今天就赶到边境去。"邱永邦用手指慢慢敲着自己的脑袋，竭力整理着开始有些混乱的思绪，他要把所有的可能性都排列进去，"边境附近都是开阔的平地，没有地方可以隐蔽过夜。我们还是待在山区安全。"

"在这里再住一晚？"

"不行，这里离边境有些远了。"

邱永邦有一个万无一失的打算，现在是越靠近边境越好，却又不能开到人烟密集的平原上去。因此，今天他们还必须再往南面走一段，到挨着凤凰城的山区找地方住一晚，同时也找一辆车换乘。这虽然有点冒险，但这段距离总是要走的。好在老天爷还算帮忙，寒流仍在肆虐，交通封闭，白天从山区的北面开到山区的南面应该不会引人注意。再到一个类似的度假村或废弃的房屋中躲一晚上，明天一早趁交通高峰时出山，开着换来的新车混在上班的车流中直接过凤凰城。接下来就简单了，不用三个小时就能到边境。所以，现在还不到扔下这些人的时候，整整一个大白天，万一他们被人发现了，而自己还没有走出山区，那不是要被警察生生包了饺子吗？再说，真遇到急事时，这些人也是一张坚硬的挡箭牌啊。

"就这样定。"阿里斯托和达莱妮也觉得这个计划是眼下最好的选择。

他们又计算了一下要带着过境墨西哥的人。洪银河是必须的，没有他，到墨西哥挖地种玉米啊。邱永邦心里还有打算："我看他和那个简妮的关系不一般，把她也带上，说不定以后能派上用场。"

"老头儿爱上小姑娘了，没有钱，她会跟老头儿？"达莱妮有些好奇。

除了钱和男男女女的，你还懂什么？他们之间一定有什么秘密，不是这么简单。邱永邦没有多解释，只是肯定地点下头。接着，他又提出要带上李晓宇。

"我看他没有把你当兄弟啊。"墨西哥人连连摇着头，显得十分不乐意，这后面还涉及分钱，多一个人怎么算？

邱永邦当然明白墨西哥人肚子里打的什么算盘，连忙声明："这钱只是我们三人分，他的事我来安排。他现在脑子还没有转过来，等他想清楚了，绝对是把好手！"

阿里斯托掰着手指算了一下："我们三个，加上老头儿、姑娘，还有你那个兄弟，一共有六个人要过边境，搞一辆车不够啊。"

"所以，我们今天晚上必须得搞辆面包车！"邱永邦拍板定夺了。

他们在门前商量的时候，客厅里的中国人也开始有了动静。

离昨天上午抢劫事发，已经整整过去二十四个小时了，中国人从起初的震惊和恐慌中慢慢恢复了过来，开始考虑下一步会发生什么，自己能不能安全脱身。客厅的空间很大，但大家下意识地凑在一个区域，彼此间靠得很近。这似乎是人这种群居动物的本能，遇到危险或无法接受的事实时，便会身不由己地合在一起。

他们目睹了墨西哥人在加油站枪杀警察和司机老周等人，知道这件事不会轻易善罢甘休。按理说，抢到了钱，劫匪的目的也达到了，为什么还不放大家走呢？尽快脱离犯罪现场是一般常识，连普通百姓都懂。这样拖拖拉拉带着一群老幼妇孺，不是给自己找麻烦吗？大家猜出，他们一定是担心所有人都是见证，这下事情就不简单了。难道他们想杀人灭口？想到这里，大家面面相觑，觉得寒气冰扎扎地一股股往心头直扎。

"他们不会放过我们的，天哪，我不想死！"佩佩手捂着脸，矜持和高雅已全然无踪迹，她抓着自己的头发，抑制不住哭泣出声。

文文被李晓宇扶着下了楼，身上披了条毛毯，裹得严严的，像个缠紧的布娃娃。她靠在李晓宇肩上，把冰凉的手塞在他的手掌中。危急时刻，她体会到身边有一个真情实意的男人是多么重要。

"晓宇，我害怕。"

"我也害怕。"李晓宇说的是实话，但现在不是害怕的时候。

恐惧是一棵缠在心头的野藤，悄然无声地在呼吸和血液的滋润下生长，人们通常感觉不到它的挤压，但会痛苦于它带来的无止窒息。逃避是无法摆脱的，只有彻底斩断它渐行渐深的入侵。李晓宇交叉着手指，整个事件的发展出乎他的意料，不合常理。过去在部队训练养成的习惯强迫他要冷静思考，逐条分析。

从旅游车拐上87号公路往南行驶后，李晓宇已经隐约猜到劫匪是准备逃往墨西哥。他为邱永邦的胆大妄为和愚蠢感到吃惊，他估算了一下，也就抢到十几万美金，三个人一分，到手也剩不下多少。为这么几个钱就准备到墨西哥过日子了？李晓宇相信邱永邦没有笨到这个程度。要不就是被逼无奈了？杀警察可是滔天大罪，确实在美国待不下去。但这事有蹊跷，他们完全可以像通常劫匪行事一般，在中途任何一个路口不引人注意地下车，远走高飞。却为什么要在废弃的加油站突然逗留，以致遭遇警察？再次上路时车就往回开，说明他们在枪战发生前就已经做好了越境去墨西哥的决定。

李晓宇太清楚邱永邦的为人了，这家伙是不见兔子不撒鹰，和墨西哥人一起瞎混，喝酒玩女人，整点不痛不痒的买卖还有可能。但玩耍上这种搭命的勾当，没有天大的好处，邱永邦不会这般无所顾忌。抢劫的背后肯定还隐藏着一个外人不知晓的秘密。

还有，他们盯住洪银河干什么？他们见到洪银河时眼里炙热亢奋的光泽让李晓宇困惑不解。他刚刚看到简妮从家庭起居室出来，眼睛红红的。而洪银河瘫坐在沙发上也在抹着眼泪。李晓宇觉得自己有些鲁莽了，邱永邦对自己还留有情面，三番五次好像有些话要告诉自己，倒应该先听听邱永邦要说些什么，然后再做打算。

李晓宇伸手帮昏昏欲睡的文文掩紧脖子边的毯子，触碰之处黏糊糊的，她的热度似乎在继续升高，微弱不匀的呼吸中带着病气的湿热味道。

现在的问题是如何摆脱这个局面。现在看来，劫匪没有放人的意思，但他们也肯定不会把这么多人带到边境去的。到最后，是弃我们而去，还是杀了我们。李晓宇明白这事没有侥幸的道理，不能被动地等待，指望这批心狠手辣的歹徒会有菩萨心肠。想到血腥杀戮的结局，李晓宇倒吸了口气，攥紧了拳。

简妮感觉到他的举动，抬头望了他一眼，轻声问："你有什么办法？"

办法说穿了很简单，只有两条，要么逃走，要么反抗，坐以待毙是最愚蠢的。李晓宇打量了一下挤在客厅角落的人，估算着形势。屋里有近二十个人质，除去小佳年这几个孩子，成年男人六七个，女人也差不多。真正能上的硬手不能说多，实力的优势并不能算强。

李晓宇缓缓地看着每一个人的脸，用目光询问着：怎么样？到时一起上！所有人都明白他的意思。有的人坚定地回应着自己。也有不少人低头回避了。马主任就是其中之一，眼神接触时，他像触碰到火，浑身跳动了一下，目光游离向了窗外。李晓宇暗暗叹口气，有人在关键时候总会希望别人来承担风险，但别忘了有个寓言是这样说的——狼每天要吃一只羊，它把羊群分为胖羊和瘦羊。想吃瘦羊时，就问胖羊群："我是不是应该吃掉一只瘦羊？"它立刻得到胖羊的支持。想吃胖羊时，就会站在瘦羊堆中如法炮制。最后只剩下一只羊了，这只羊才明白狼的选择只是骗局。

坐在一边的简妮挺直了腰，她深幽的眼睛里跳动着一团小小的火焰。她对一些人的胆小羸弱甚为恼火。怯懦是一种传染病，会让人在逃避中自私地幻想侥幸。嗜血者的刀都架到脖子上了，还乞求开恩。她想起但丁的名句："地狱最黑暗的地方，保留着给那些在道德存亡之际袖手旁观的人。"一个人如果在水泉边渴死自己，是怜悯他还是鄙视他？现在的水泉就是勇气，喝下一口，让勇气滋润全身，就能换回尊严和生命的权利。她砰的一声放下杯子，声音之大把不少人吓了一跳。

看到李晓宇往墙上微微示意，简妮明白了，她慢慢起身走到墙边，背着身子挡住视线，伸手把墙上的手斧摘了下来。

她又故意装着到厨房去取水。布莱德还在那里转动着身子忙碌，炉头上的火舔着锅里的肉滋滋流油。简妮目光闪闪，对他施了个眼色，手一合一翻，做了个掰的动作。隔着升腾的热气，她看到布莱德手里的菜勺垂到了桌上，没有表情地看着自己，明显有些发愣。简妮又朝他肯定地点了下头。他是个男人，身体强健，几次接触，简妮甚至感到自己有些惧怕接近他，什么原因？是悬崖上滚动的阴森冰凉的话？还是在他空落的眼中骤然掠过的狂野之光？简妮说不清楚。但简妮知道：如果一个人能无形间给他人压力，那么，他自身就不会胆怯无能任人摆布。

"我们只能自己救自己！"

看看大家都有了思想准备，李晓宇把简妮塞给自己的手斧藏进腰中，咬牙切齿说了一句。声音不大，但周围的所有人都听到了。

现在，就是等候最合适的机会了。

（六）

在翻上山坡的时候，张峰觉得自己快坚持不下去了。

昨天早上，他们已经吃完了最后的干粮。深一脚浅一脚地在雪地里走到天黑，三人精疲力竭。找了个不到一人深的岩洞，雪地里没有大块的枯木，他们收集了一堆小树枝，用身上带着的电子点火器在洞里点起了一堆小小的篝火，挤着过了一夜。根据野外救生的训练指南，他们每过半小时就互相叫醒一次，以防在睡梦中被冻死。

张峰的脚已经几乎失去了知觉，原来那种无法忍受的又痛又痒现在已经感觉不到了。他知道这不是一件好事，如果得不到救治，他的这双脚就报废了。更令张峰恐惧的是，他的喉咙也又干又麻，往嘴里塞了一把雪，竟然吞咽不下去。一阵阵的倦意涌上，张峰觉得现在最幸福的事就是原地躺下，好好睡一觉。但理智和意识告诉他，这是假象，如果现在躺下了，就意味着永远爬不起来了。

张峰又拿起手机看了下，依旧连一格信号也没有，这也意味着他们离公路还远。一般说来，沿公路铺设的信号收发架覆盖面积在十英里左右。用力拍打了一下手机，张峰几乎绝望了。

哥哥特里克爬上坡顶，靠着岩石大口喘息。他涣散的目光缓慢无望地横扫过冰雪覆盖的山峦大地。突然，特里克手指前方，激动得声音都抽了筋：

"房子！房子！有人了！"

有人了？也不知哪里来的劲，张峰和弟弟弗兰克连滚带爬到了坡顶。

山脚下的森林边缘处，一栋造型漂亮的木屋环抱在树丛中，房顶上正升起缕缕炊烟，像鲜活的精灵袅袅起舞，悄悄钻入林间崖边，消散在寒冷的晨雾中。

得救了！

张峰腿一软，一屁股坐到地上。而艾德兄弟手脚并用，一路翻滚，激起冰碴雪土，已经滑下了山坡。

那姑娘的手势是什么意思？难道他们要有所动作？

布莱德依然在厨房里忙碌着，他想着刚才简妮来到厨房给出的暗示。

一只越冬的苍蝇被热气激得活泛起来。它从天花板的角缝中飞出，笨拙地在炉台上盘旋了几圈，一收薄翼，停到了布莱德汗孔粗大的手臂上。还没有安顿好足肢，布莱德眼明手快，一掌将它拍落，然后又把死去的苍蝇小心地摆放在洁白的小碟中，端平在眼前，满意地看着自己的战果。

他们想反抗？逃跑？还是乞求？这些对布莱德来说都无所谓。你们都是被命运诅咒过的灵魂，已经圈了在屠宰场最后的围栏中，还要折腾什么？撕咬只能加深彼此的痛苦，给主宰者提供更多值得观赏的欢乐画面。看看人性丑陋的表演吧，布莱德倒是乐观其成。

只是那个姑娘还可以多看几眼，刚才，他在厨房通往家庭起居室的小窗口里听到了洪银河和简妮的对话。布莱德耸耸肩叹了口气，对他而言，钱不是他关心的。只不过这个准备留到最后处置的姑娘的遭遇令他有点感慨。这是个脆弱的灵魂，命运多舛，要格外小心呵护。你是我祭祀圣杯里的最后一口美酒，布莱德想。

他在宽大的储存室又转了几圈，意外地发现，掀开一侧的隔板，主人安置了一个可以长久储放食品的冰箱。冰箱从来不断电，里面塞着许多冻鱼，大多是触须长长，肉质肥美的猫鱼和鲢鱼，看来是上一个季节在湖里捕捉的。它们一条条用餐用纸包裹着，满满塞了半柜。这下布莱德高兴了，如果要勉强排列食品喜好，他会把鱼列为鸡之后的第二。

阿里斯托在外面催促着上车，布莱德连声应道："马上，马上。再给我十分钟，我把鱼烤熟，大家路上吃。"他把尚未解冻的鱼放到锅里，嘴里絮絮叨叨："吃过太多地方的鱼了，什么地方做得最好？安哥拉的鱼难吃，布鲁塞尔的也难吃，马尼拉做得更难吃，还是自己做最好吃。放点盐腌一下，放胡椒，最好有广东的Shrimp Roe Soy Sauce（虾子豉油），火不能太猛，最后再上点糖，啧啧啧——"

布莱德的心情很愉悦，这是他享受的一刻。在过去审问犯人时，他也喜欢这样做。他觉得烹调与审讯其实是两门很相像的手艺，都是讲究在恰当的时候，恰当的火候下，细细剥离出每一层滋味，让其彻底分化呈现。它可以将生疏的食材化为美味大餐，同样也可以将顽劣犯人内心最深处的秘密煎熬得点滴不剩。肉体的瓦解与灵魂的剥离，这个过程才是摄取最佳滋味的精妙所在。

邱永邦走过来瞅了一眼，一会儿玩死老鼠，一会儿烤鱼的，这小子是不是吓傻了？还是脑子有病？他摇摇头，示意李晓宇和简妮来厨房一起帮忙，弄完赶紧上路。

布莱德把煎好的鱼一条条整齐地摞在大盘里。这时，通过厨房的玻璃窗，他看到雪地中有两个穿着野地防寒服的男人正跌跌撞撞往屋子跑来，肩上还背着长长的猎枪。

哥哥特里克带着满身的寒气撞进门的时候，仰天大叫一声："感谢上帝！"

屋里的温暖立即团团包裹住他，弥漫的食物香味使特里克禁不住浑身哆嗦，他一眼看到了桌上杂乱的食品，两眼立即就发出了光。

他跌跌撞撞扑到桌前，当温热的咖啡裹着大块的烤肉顺着他嗓子往下滚时，特里克幸福得几乎哽咽。

"弗兰克。"他叫着弟弟。幸福有时很简单，想吃的时候好好吃一顿，高兴的时候大声笑一场。有时候，一口热茶都会让自己甜蜜地眯上眼，更何况是在历经苦难之后。

"对不起，两天了，两天，没有吃过东西——"

猛力又吃了几口，特里克这才想起应有的礼节。他嘴里塞得满满的，整理了一下杂乱的衣服："请原谅，我太饿了，你们是——？"

他嘟囔着抬起眼，突然愣住了，未咽下的食物从张大的嘴里滑落了下来。眼前满满一屋的人都在默默地注视着自己，全部都是中国人的面容。怎么回事？这帮中国人在开Party？难道是拍电影？奇怪——他还没有晃过这些念头，就看到放在椅子旁的猎枪被一只粗壮的手拎走了。

"别动我的枪！"

特里克全身一激灵，回头去抓，就看见身后站着一个面容凶狠的墨西哥男人，他沉重的巴掌压住了他的肩膀。阿里斯托把手指刀在特里克面前一晃：

"坐下！"

吃点东西不至于这样吧？特里克暗暗想。他举起手，示意友好："OK，OK，我叫特里克，上山打猎迷路了，请原谅我的失礼——"他看到靠门的位置，还有一个墨西哥女人端着手枪在严密看管着这群中国人。特里克这才如梦初醒，他知道自己在错误的时间走进了一个错误的地点。这时，他想到了尚未进门的弟弟，心一下子抽紧，得赶紧警告他。

"你刚刚叫谁？"阿里斯托问。

特里克还没有想好怎么回答，门一下子又被撞开了。弟弟弗兰克也一身寒气撞了进来。满屋的人都被吓了一跳。门后的达莱妮看到来人手里拿着枪，一个纵身扑了过去，用枪柄狠狠砸向弗兰克的头。

弗兰克还没有看清楚屋里这一大堆人长得什么模样，就被砸倒在地。他头晕眼花，漂亮的鬈发散乱不堪，惊怒之下，弗兰克手脚并用，全力反抗。弗兰克平时天天去健身房，跑步拉肌肉，不把自己折腾得精疲力竭不会回家。虽然这两天消耗不少，但急切中，作为女人的达莱妮一时也难以制伏体格强壮的小伙子。

弗兰克猛力一蹬，把达莱妮踢出老远，他顺势压到她的身上。

"特里克！"弗兰克拼命叫唤哥哥，他突然感到肚子一凉，低头一看，从桌边奔过来的阿里斯托已来到自己面前，他锋利的手指刀寒光闪闪地扎入了弗兰克的腹中。

"怎么回事——"一股冰冷恐怖地钻进弗兰克体内，刹那间传遍全身，弗兰克并没有感到多大的痛楚，他只是觉得随着刀子的抽出，全身的力气也倾泻而去。他支撑不住，瘫软在地。

坐在桌前的特里克原本还准备和墨西哥人谈谈。这群墨西哥人和中国人之间到底发生了什么重大的过节，要动刀动枪的，自己并不知情，也不想知道，自己毕竟只是路过。但罪恶走来时，你选择不了离去。看到弟弟滚倒在血泊里，特里克大惊失色，他拖起扔在地上的猎枪，来不及瞄准，抵在腰里就扣动了扳机。

"咔嗒"一声，撞针击发，但子弹没有射出。急切中，特里克的猎枪没有上膛。特里克惊怒交加，一拉一推，子弹上了膛，他想再次射击，但已经来不及了。门前的达莱妮已经扣动了手枪的扳机。

9mm手枪子弹在近距离威力不小，尤其是使用弹头是平顶或分瓣的杀伤弹，打中人体后，高速飞行的弹头就会发生翻滚，在人体中一路搅动往前，形成巨大的创伤。往往前面被击中处只是一个铅笔粗细的小口，而从后面射出后却形成一个杯碗大的大洞，中弹者基本就丧失了抵抗力。各国的军警一般配发的都是这种口径的手枪和杀伤子弹。

特里克被子弹的冲击力打得连退两步，他不相信似的看着自己中枪的胸部，血正汹涌地冒出，一瞬间就染红了衣衫。他想看清楚是谁打了自己，还没有抬头，又是一声轰鸣，特里克的视线从此一片黑暗。

"特里克！"目睹哥哥被墨西哥女人击倒在桌前，弗兰克绝望地大吼一声，昏了过去。

邱永邦从厨房里奔出，他三步两步跳过地上躺倒的人，一拉门，举枪冲到外面。他蹲下身，飞快地扫视了一遍四周。四周静悄悄的，刚才的枪声已经消失在山野间，林间惊起的小鸟扑腾着翅膀又落回树枝上，发出几声清脆的啼鸣。邱永邦用手遮着太阳，眯起眼，看着被阳光映亮的山坡，雪地上，两道凌乱的脚印从山顶蜿蜒拖到门前。

看来只有进门的那两个人。邱永邦快快地收起了枪，他没有经过训练的眼睛没有发现远处的岩石后躲藏的另一个人和足迹。邱永邦现在急怒交加，血管嘣嘣直跳，脑瓜生疼。怎么又杀人了，这还有完没完？一连串发生的血腥完全出乎邱永邦的预料。当在大峡谷下"快乐时光酒店"小旅馆目睹血溅四壁时，邱永邦就明白这事已经失去了控制。早知道打死自己也不会提出抢劫的馊点子。现在，杀戮一个接一个，看似无奈的巧合，实际是必然。如同用谎言掩饰谎言一样，用血来洗血，必定血光冲天。邱永邦诅咒着自己，他知道，早已没有退路了。

"他妈的，全乱套了！"回到屋里，邱永邦跺着脚，破口大骂起来。

在厨房帮忙的李晓宇听到外面的动静急急冲出时，局面已经又被劫匪控制住了。邱永邦正在搜死者的身，而阿里斯托则把流血过多的弗兰克拖到角落。

晚了一步，李晓宇气愤地狠狠掐了自己一把。如果在他们进屋时，趁邱永邦和墨西哥人分散，大家一哄而起，进来的人也有枪，很可能就制伏匪徒了。一次成功的机会错过了，而且刚才又一幕的血腥和残暴一定震骇住了不少人。现在，李晓宇担心剩下的人还有多少勇气反抗。他捏紧了握得滚烫的手斧，又悄悄掩进了怀中。

李晓宇没有想到的是，第二次机会紧随着接踵而至。

（七）

枪声响起的时候，张峰正准备起身下山。

"啪！啪！"

怎么会响枪？张峰停下脚步，这枪声不对。经常去靶场训练的张峰对不同种类的枪声还是有所了解的。他听出了刚才的枪响在空气中传播时带着高频的尖啸声，这是手枪发出的。张峰知道，艾德兄弟随身只携带着猎枪。

出事了！

张峰浑身上下的神经噌的一下绷紧了，疲劳感也一扫而去。他抓起自己那把能把野猪和黑熊一枪放倒的勃朗宁大口径猎枪，连滚带爬藏身到附近的一块大岩石后面，平息了一下气息，探出头往下望。他看见一个瘸腿的男人举着手枪从门里跳了出来，远远望去，脸形、身材像是一个中国人。那男人站在门外宽宽的走廊上，用手遮着阳光，朝自己这边张望着，张峰赶紧把头埋到石头后，一动也不敢动。

怎么回事？张峰用力敲了下自己发僵的脑袋，快点清醒，艾德兄弟肯定遇到超乎寻常的大事了。张峰了解这哥儿俩修养品行都不错，不是那种遇事就瞪眼的粗人，他们现在是寻人求救，不会与人起冲突。难道是碰到毒贩？还是走私偷渡集团？这里地处偏僻，平静之下说不定隐藏着天大的罪恶勾当。

张峰观察了一下，开始顺着森林边缘朝木屋摸去。无论如何，要先搞清情况。何况，张峰的现状也不可能让他再返回山上。他发现木屋后方朝着岩壁一侧有一扇门开着，好像是厨房的后门。他举着枪，悄悄地凑了过去。

艾德兄弟是自己的好朋友，不管发生什么事，张峰都不会袖手旁观。

又是血腥和杀戮。简妮把垃圾袋提到后门口，长长吸了口冰冷清新的空气。

她感到自己马上会呕吐，用手撑着膝弯下了腰。这时，她看到在不远的树丛中，露出一把猎枪黑洞洞的枪口。树旁的岩石后，趴着一个衣履不整的亚洲男人，疲惫污垢的脸上一双高度戒备的眼睛正目不转睛地看着自己。简妮差点惊叫出声，但她马上明白过来，一转身挡住了屋里的视线。

看见出来一个中国女子，张峰也有点惊讶。瞄准镜中，他看到那姑娘脸上的表情由惊吓转为惊喜。那个姑娘迅速地回头张望一眼，把手指放在嘴唇上，嘘。然后暗指一下屋内，比画了一下枪的手势，然后伸出三个指头。

里面有三个人？三个拿枪的坏人？张峰还在迟疑中。

几分钟后，他的顾忌打消了。他看到姑娘又悄悄招手唤出来一个表情沉静的中国男人，那男人一见到他，眼睛立即就亮了起来，从他们小心向自己走来的动作看，他们不是防范自己，而是不让屋里的其他人发现。当咽下了几口简妮递给自己的食物后，张峰恢复了些体力，也大致了解了情况。随后，他又在两人的遮掩下进入厨房，趴在通往客厅的过道里偷偷观望了下后，就全明白了眼前发生了什么。李晓宇目光炯炯地看着他：怎么样？一起动手？脱身是不可能的，只有奋力一搏，张峰点点头。他们开始用手势紧张地谋划起来。

简妮站在厨房门口警戒，张峰又退出了后门外。现在，参与这次反击行动的共有四个人：李晓宇、简妮、张峰和一直没有作声的布莱德。

反击的方案实施得出人预料的顺利。

第一个被简妮诱进厨房的是邱永邦。他站在客厅通往厨房的过道口，看见简妮对自己招手示意，来到厨房时，简妮又指向后门外。

什么事？还磨蹭个啥？邱永邦没有提防地走进厨房，他一边催促着厨房里的人赶紧收拾好出去，一边来到后门，李晓宇正闷头坐在一块岩石上抽烟。嘿，你也抽上了，难道现在想通了，要找我聊聊？邱永邦心中一乐，迈步出门，刚一探头，就觉得后脑勺上硬邦邦地被顶上了东西。侧眼一瞄，门背后闪出个没见过的男人。邱永邦还没有来得及呼叫，布莱德从背后一手捂住他的嘴，一手迅速地将他的手枪从腰里拔走。

邱永邦的眼珠直转，他看见李晓宇站起身，冷冷地看着自己。邱永邦急怒交加：好啊，真来阴的了！兄弟哎，何苦啊，你这是和谁玩命啊，你可害死我了！他怨恨地盯着李晓宇，但无法反抗，只好任凭布莱德笨手笨脚地用塑料胶布一道一道缠住自己的手。

制伏阿里斯托费了点周折。当他被简妮叫进厨房时，他皱着眉骂骂咧咧的，后面好像有动静，刚一回头，一团淡黄色黏稠的浓雾迎面罩来，接着，他感到五官一阵难以忍受的刺痛和灼烧感，他忍不住抱着脸大声叫唤，没叫出声，又剧烈地呛咳起来。

警用催泪瓦斯是一种化学武器、非致命性武器及失能剂的一种。常用的催泪气体包括刺激眼睛的CS、CN、CR及刺激呼吸系统的胡椒喷雾。其主要作用是刺激眼、鼻、喉及皮肤感觉神经末梢。这种化学药剂能使人迅速流泪、流涕、眼痛、喷嚏、咳嗽、恶心、呕吐、胸痛、头痛以及皮肤灼痛，失去正常的行为能力。这罐警用催泪瓦斯正是李晓宇在加油站救女警察贝蒂时在她身上找到的。

李晓宇扔掉用尽的催泪瓦斯罐，举起手斧用力砸向他。阿里斯托虽然眼睛剧痛，流涕不止，但仍很警觉，听到身后风声不对，一偏脑袋，手斧砍在后肩上。作为装饰品的小手斧并不锋利，没有重伤到阿里斯托，但也砸得他晕头转向。阿里斯托嗷的一声怪叫，反身一把抱住李晓宇，两人翻滚着扭打在厨房的柜台上。

"动手啊！"趴在后门口的张峰来不及上前，朝着呆站在炉灶边的布莱德大叫。布莱德躲闪着打斗中两人翻滚的身躯，晃着从邱永邦身上夺来的手枪，似乎无法瞄准。

被捆住手的邱永邦一见有机可乘，就地一个打滚，朝门外逃去，张峰见情况紧迫，不假思索，抬手就搂响了火。啪的一声，子弹擦着邱永邦的瘸腿而过，划开一道深深的裂口，邱永邦哇的一声痛叫，扑通摔倒在地。

搏斗中，强壮的阿里斯托渐渐占了上风，他虽然看不见，但他一只手抱紧了李晓宇的手臂，另一只手反手卡住了李晓宇的脖子，发力勒紧。李晓宇觉得身上像套上了正在收缩的铁箍，被挤压得透不过气。忽然，铁箍松了，阿里斯托跳起身，捂着屁股哇哇怪叫。打斗中，阿里斯托想找个有依托的地方发力，没料到一屁股坐到了炉火未息的灶台上，一阵焦煳味的青烟冒出，阿里斯托像只瞎眼的野熊哇哇叫着满地乱跳。李晓宇趁机挣脱开，回头又一手斧砸出，用力之猛，斧柄断裂，直飞到天花板上，这一下，阿里斯托眨巴着白眼珠，身体软软地靠着墙壁往下蹭，一头晕倒在地。

就在厨房里男人们拼死打斗之际，简妮也飞快地冲过了过道，屋里还有达莱妮，她必须在达莱妮没有反应过来时制伏她。简妮像一头敏捷的小鹿，一边大声呼唤着中国人前来帮手，一边连蹿带蹦，一把将听见枪声匆匆赶来的达莱妮抱了个满怀。

简妮不假思索，死死抓住达莱妮的霰弹枪，拼命往上抬。达莱妮披散着头发厉声嘶叫，拳打脚踢，但简妮死缠着她就是不松手。当她被达莱妮压倒在身下的一瞬间，简妮吃惊地看到，拨开人群第一个向自己奔来的是洪银河。老头儿无声地张大着嘴，花白的头发向后舞动，他像头激怒的老公牛，不管不顾地伸着双手，一头闷撞在墨西哥女人身上，俩人像坍塌的土堆轰然倒地。达莱妮连连扣动扳机，子弹全打在天花板上，霰弹枪巨大的后坐力将紧紧抓住枪筒的三个人震得手掌发麻。枪声停止后，屋里的其他中国人才如梦初醒，几个人冲过来，死死按住了疯狂挣扎的达莱妮。

当人们七手八脚捆住了狂暴的墨西哥女人后，洪银河惨白着脸瘫坐在地，他眼前一阵阵发黑，干呕般喘息，衰老的心脏仿佛承受不了，揪扯着胸口生生作痛，似乎一张嘴就会蹦跳出来。佩佩哭着将一颗硝酸甘油含片塞到他嘴中，当药片在舌下溶化时，苦涩如闪电通亮了全身。洪银河这才长长地吐出一口气。

捆绑住的邱永邦和两个墨西哥人被人们七手八脚拖进客厅，所有人面面相觑，不敢相信这一切改变得如此简单，如此迅速，噩梦结束了。

片刻，客厅里的人们爆发出一阵难以遏制的欢呼和喜悦的哭泣声。

然而，凡事太顺利，往往就包含着新的危机。

这群劫后重生的中国人没有想到，一个新阴谋已经开始实施了。

（八）

当简妮和李晓宇把张峰悄悄引入厨房时，布莱德知道游戏出现了偏差。

刚开始，听他们商量着如何制伏劫匪时，布莱德没吭气，但肚子里几乎要笑出声来。你们这么干能扭转局面？他好像一位职业球手在街上看一群毛孩子玩球一般，如此笨拙，破绽百出。然而，结局却大大出乎布莱德的意料，这帮一辈子都没有和人真正交过手的中国人，竟然一抬脚就把对手的球门踹塌了。

不可能，结局不应该这么快就出现了，这不是布莱德等的最激动人心的时刻。

什么是游戏的快乐？就是全盘操纵它的进程。在游戏进行时，你殚精竭虑，积累级别，磨炼宝器，苦苦过关，准备到最后时刻奋力一击，大显辉煌。而现在，画面里却突然出现了几个没有来龙去脉的小角色，匆匆上场，随意挥洒几下，于是妖魔全除，关口大开，凯歌高奏，游戏结束了。这一切与你毫无关联，太荒唐了，你能容忍它发生吗？

"守护神"降临之际，仪式必须是神圣无瑕的，周围只有敬仰和膜拜。"守护神"在罪恶的人们自以为得逞的最后时分，在他们沉浸在耗尽心机、胜利触手可及的狂喜中出现，这样，正义的惩罚才能体现出尊严和神圣，无情的清洗才能冲净罪恶带来的遍地污垢。

不行，这是一次危机，一次游戏中的意外断线。这个荒唐结局令人无法接受。布莱德明白自己需要做一些事。

"大家动作快一点，我们马上上车。"李晓宇大声招呼着。

在发现手机信号无法连接外界后，人们匆匆收拾东西，准备开车出山。只要一靠近公路，他们就能顺利地找到救助。

包扎好伤口的弟弟弗兰克守在哥哥的尸首边不肯离去，说要陪伴哥哥。他不听别人的反复劝说，只是粗粗地喘着气，两眼不时恶狠狠地瞥向被绑在角落里的劫匪，总想抓过枪来把他们打个千疮百孔。弗兰克伤在肚子上，一时也不宜移动，中国人商量了一下，决定一到有手机信号的地方，立即通知警察前来救护。两位略有医疗常识的人自告奋勇地留下照顾他。

简妮撕开一块毯子，包裹好张峰被严重冻伤的两腿，招呼着人们把他先抬到了车上，在座位上躺下。她在屋外漫射的阳光下眯起了眼，看着人们在自己身边来来去去地忙碌，也看着屋里偎靠在沙发上的洪银河。

从小，她就渴望得到父亲的保护，在她感到恐惧和遇到挫折的时候，幻想能有一双坚定的大手抚摩着自己的头发，对她说："宝贝，别怕，有爸爸在。"而现实却分外丑陋和残酷，父亲击碎了她纯洁的岁月，现在她反过来又要击碎父亲罪恶的人生。理性与情感，惩罚与宽容，唾弃与不舍，爱与恨，当父亲瞪大眼睛，飘散着花白的头发扑上来解救自己的时候，简妮心中百味交杂，纠结得热泪盈眶。

"老洪啊，老洪，你刚才是怎么了？犯糊涂啊？忘了自己是多大岁数了，就愣着往上冲。"佩佩轻声埋怨着。她挥挥手让前来问候的马主任离开。佩佩知道洪银河的体质不好，除了长年服用高血压药物外，还有轻微的糖尿病，主要是心脏功能欠佳，上一次体检，发现有血管阻塞，半年前安过两个支架。医生说，病情发展的话，不排除做心脏搭桥手术的可能。

洪银河伸手慢慢梳理了一下头发。他摸到了自己面颊上松弛的皮肤。确实老了，洪银河感叹到，自己年轻时是学校足球队的主力成员，短跑还获过学校冠军，纪录保持了近二十年没有人打破。就是在几年前，还在高尔夫球场上潇洒地挥舞着球杆，可一眨眼，现在连一个急促的动作都会心悸气促。他想到刚刚发生的事，自己都不明白怎么就会冲了出去。当李晓宇暗示大家要反抗时，久经沧桑的他并不赞同，小伙子血气方刚啊，冲动可是魔鬼，还是见机行事为好，他准备找个机会与李晓宇谈谈。可一看到女儿煞白着脸和凶狠的劫匪滚打在一起时，洪银河浑身的血就轰的一声冲上了脑袋，什么年老体衰，什么刀枪无眼，他几乎是本能地就扑了过去。

这是我吗？原来顺从内心人性的呼唤其实是这么简单，这么自然。洪银河想。虽然他现在身体上还是感到不适，但心里却有了一种久违的轻松，通透通透的舒坦。

他抬起眼，看到隔着窗户的简妮也正目光晶莹地望着自己。

佩佩注意到他们沉默的眼神。她早就直觉到这老少间相处的蹊踮。但她没有吭声。佩佩是个乖巧的女人，她知道身边这个男人身上隐藏着太多的秘密。从小，家里的老人就对她说，一个聪明的女人就是管住自己的眼和嘴，洞若观火和盘根问底都是家庭的毒药。这句话佩佩一直记得，这也是她能长久留在洪银河身边的原因之一。佩佩默不作声地把一个靠垫塞到洪银河头下。

邱永邦面若死灰，他挨了不少揍，嗷嗷地叫了好久。

对带着外族人来欺负同胞的，中国人历来就深恶痛绝。特别是在人处在异国土地上时，同胞之间本应该给予更多的扶持相助，这混蛋倒好，带着两个墨西哥流氓，端着枪，扯着嗓子耀武扬威，不揍他揍谁？交给警察之前，让这小子好好长点记性！忙忙碌碌中，还有人忍不住上前对他踹一脚，扇上个巴掌。

"兄弟，帮我包扎一下，痛死我了。"

邱永邦把身子缩在墙角，他喘着粗气，哀求把文文送上车回屋的李晓宇。李晓宇看看邱永邦边上的墨西哥人，他们倒挺硬气的，咬着牙一声不吭，红肿着眼睛瞪着在屋中进出的中国人，一脸的绝望和仇恨。

唉，早知今日何必当初，真是自作孽不可活啊。李晓宇回身上楼，找了块干净的布，又到浴室拿了瓶消毒酒精，回到邱永邦身边蹲下，扎紧了邱永邦渗血的伤口。

"救我！"邱永邦悄声说。

怎么救？你选择的路让人怎么陪你。李晓宇没有吭声。

绝望毫不掩饰地爬上了邱永邦沾满血污的脸，他微微摇着头，一声叹息："兄弟啊，我蠢，你更蠢。一辈子的好日子就这样从咱们手指缝里溜走了！"

李晓宇抬起头："告诉我实情。"

希望的火花跳动在邱永邦暗淡的眼睛中，他张口欲言，可来不及了，简妮和几个人径直朝他们走来。

"都准备好了，我们走吧。"简妮说。

李晓宇迟疑了一下，邱永邦急了："你现在不听我说，你会后悔一辈子的！"

"来来，大家再带些煎鱼，路上吃。"布莱德举着两个大瓷盘从厨房中出来，看到邱永邦，破口大骂，"混账东西，你还嚷嚷啊！看到没有，这是煎鱼，想吃，下辈子吧！"

他越说越气，举起手里的瓷盘朝邱永邦用力砸去。邱永邦头一偏，瓷盘砸在墙上，油滋滋的鱼块和破碎的瓷片散落了一地。

"行了，行了，去发动车子吧。咱们走。"李晓宇拉住了骂骂咧咧的布莱德。现在说什么也没有意义了，你犯下的罪恶太大了。李晓宇起身让开了位置。

天意啊，我认命。邱永邦闭上了眼睛，混浊的泪滑下他的眼角，他可以预料到在后面等待着自己的将会是什么。囚禁，审判，服刑，如果还能侥幸保下一条命的话，这条命也会被扔在某座监狱肮脏的角落里腐烂发臭。

看到浑身颤抖的邱永邦被人拖起，李晓宇心中也生出了一丝酸楚。曾经相处不少的快乐时光，挤在小屋里侃大山，联手对付赌场，头疼脑热时端水烧饭。现在，他的路走到尽头了。

有那么一瞬间，李晓宇甚至有把邱永邦拉回自己身边的冲动。但他知道，人生有时就是一步之差，迈出去天差地别。曾经的朋友去拥抱罪恶，结果把自己送到了断头台上。让法律来最终判定吧。李晓宇迈前一步，从背后帮邱永邦披上了一件外套。

（九）

旅游大巴轰鸣了几声，缓缓启动了。它顺着森林边缘积雪的弯曲山道，朝东面的87号公路驶去。

布莱德稳稳坐在驾驶座上，张开双臂把握着方向盘。从视线开阔的前窗望出去，山道蜿蜒起伏，路面洁白无瑕，宽厚的车胎压得积雪咯吱作响。在这样的雪道行走，车速不能快。

刚才用胶带捆绑邱永邦他们时，布莱德故意笨手笨脚，在关节处留下了松动的空隙。一盆煎鱼的砸出也不是偶然的，破碎的瓷盘片是切割开胶带的很好工具。布莱德相信，绝望中的罪犯是绝对不会忽略这个细节的。

现在，还要创造一次机会，让他们有时间和空间翻本。

鹿水度假区离87号公路有二十英里左右的距离。这中间要翻过两道山脊，从海拔七百多米下降到海拔二百多米。

旅游车行进在景色壮美的山峦中间，一边是陡直突兀的裸露岩壁，一边是寒气弥漫的深沉山谷。车道并不宽，可容二车交错。每逢转弯处，都会有醒目的提示牌警告减速，险要处，公路管理部门还在山谷的边缘上竖起几根铁柱保护。

俗话说上山容易下山难。在积雪的山道上这话体现得越发分明。雪被冻了一夜，表面上已经结冰，但下面还是松松软软的，非常容易打滑。笨重的大巴车尽量靠着内侧行走，每到下坡转弯处，刹车踩得吱吱作响，车体都会微微地横向滑溜。车上欢快的气氛很快被这艰险的行程压抑住了，大家不约而同地盯着车窗前面的道路，心头捏着一把汗。

转过一个山口，下面又是一段下坡道，靠山谷一侧的道沿宽了些，积着厚厚的雪堆。该是刹车减速的时候，旅游车似乎加了下油门，车速突然加快了。

"啊呀，小心！"坐在前面的人呼叫起来。

接着就是刹车咬死后发出的尖厉刺耳的声响，失去滚动摩擦力的轮胎纹丝不转，在薄薄的冰面上向山谷滑行，方向盘急打，车头转向里方，但车子的惯性却将车尾甩向路基外侧，横滑的轮胎扫起一阵厚厚的雪沙。

车内惊呼声未定，旅游车咔的一声熄火了，右后轮陷进了路基旁深深的雪堆中。再点起火时，只闻油门阵阵轰响，右轮飞转，卷起人高的雪沙，车子挣扎着跳动了几下，未能回到路面上。

"怎么搞的？"有人大声叫道。

"我怎么知道。"布莱德又踩了几下油门，旅游车还是不动，他探头往后面望了一眼，骂道，"这破车！陷住了。"

"离公路还有多远？我们下车走吧。"

"才刚到一半，怎么走得到！快，快，大家都下去，找石头木头垫轮胎！快！"

布莱德急切地催促着，把油门轰得直响。着急的人们没有注意，布莱德是把车放在空挡上，这点雪是陷不住车的。

男人们纷纷下车，年轻的女人也上前帮手。车上只留下孩子们。小佳年兴致勃勃地趴在窗上拍照。她的前面，年衰的洪银河和生病的文文仰靠在各自的座椅上，都在闭目养神。后面不远，是脚受伤不能动弹的张峰，以及张峰端枪看守的被绑人犯。

好一阵，大家气喘吁吁地从四周寻找来石块和枯木，七手八脚垫到了车轮下。车厢里的布莱德不时走到后面，从窗户里探出头挥手叫喊着，让人们都到车后面帮着推车。他探出的身子有意无意地正挡在张峰和劫匪之间。

一二，一二，车下的人齐声用力，几番努力，排烟管猛地吐出一股浓烟，大巴车一个前冲，突地上了路面，缓缓向前开去。大家都拍手欢笑，纷纷拍打着身上的泥雪，踩着高低不平的路沿，跌跌撞撞追赶上去。

大巴车没有刹车的意思，不紧不慢向山下滑去，它拐过了山口，消失在众人眼前。

"哎，停下，停下！"众人大叫。这时，他们听到前面传来一声女孩子尖厉的叫声。是小佳年？出什么事了？人们一下子停住脚，互相对视一眼，不约而同地往前方发力奔去。

拐过山口，出现的画面让他们目瞪口呆：

车子斜斜地靠在路边，引擎还在转动，但司机布莱德却双手抱着头，蹲在车门外的雪地上。

车门内，邱永邦一手持枪，一手抓着小佳年脖子出现了。小佳年拼命挣扎着，扯破了衣衫。而邱永邦脸上的肌肉阵阵搐动，交杂着狂喜和激怒的表情。

"啪！啪！"

枪声震得路边的松树上积雪扑扑下落。墨西哥人阿里斯托手中的枪口从后排的车窗中伸了出来，袅袅冒着青烟，他拿的正是张峰的猎枪。随后，达莱妮抓着张峰的头发出现在窗前，小伙子满面血污，一脸愤怒。

"同胞们，乖乖给我上车！"邱永邦朝呆若木鸡的人们微微点头。

（十）

两个小时之后，旅游车终于开上了87号公路，在茫茫大山中，朝南方驶去。

布莱德依旧稳稳地坐在驾驶座上，把握着宽大的方向盘。

胜负的转换如同梦境般不真实，翻掌之间，游戏又回到了原来的界面。

旅游车的车厢后面，男人们一个个垂头丧气，他们头破血流、鼻青脸肿，这是墨西哥人发泄满腹怒气后留下的手笔。女人们坐在中间，表情绝望无助。惊恐的孩子们挤在最前排，他们眼前是不断晃动的枪口。

第八章

肆虐数天的暴风雪完全停息了。

亚利桑那州属于亚热带大陆性气候。由于地势起伏剧烈，亚利桑那全州气候变化很大。越向北行地势越高，气候越寒冷，雨量也会增加。在冬季，科罗拉多高原的山峰落雪可达一米五以上。而西南部的沙漠却干旱缺水，终年酷热。即使同样在冬季，沙漠中的气温有时也可达到华氏90度以上。

有着美丽名称的凤凰城就坐落在大山与沙漠的分界处。

自遥远的北方奔涌数千里而来的山脉到这里停歇了，不甘心地化作零零碎碎的大小石丘，渐渐消失在一望无垠的沙漠里。站在山上远眺，背后是白雪皑皑、寒风凛冽的山峰和峡谷。眼前是经过一天日晒已经蒸腾起片片热雾的沙漠。那里的空气如同不时变换着形态的巨大气球，在黄沙和碎岩上弹动颤抖，虚幻缥缈，神秘无常。

经过几十个小时的连续彻查之后，警方仍然没有发现中国人的旅游车和持枪歹徒们的踪迹，一股焦虑的气氛开始在临时组建的指挥中心中蔓延。

指挥中心现在已经东移，设置在离洛杉矶市一百英里远的巴斯通市区旁一栋教堂后的陈旧仓库里。巴斯通是15号与40号公路的会接点，也是洛杉矶通往拉斯维加斯的重要停靠站，这里有一个世界闻名的大型工厂直销区，聚集了百余家人们耳熟能详的时尚品牌商店，每天车来人往，熙熙攘攘，热闹异常。联邦警察和当地警察们看着购物区停车场上各种旅游车进进出出，其中中国人的旅游车就占据了大半，肚子里的气就不打一处来，怎么就找不到那辆犯案的白色PREVOST豪华旅游巴士呢？

仓库里气氛紧张，办案人员出入身形都带着风，各种情报通过电话、无线电通信和网络汇集到这里，交给相关分工的小组分析研判，然后迅速发送到布置在辽阔区域内的各个卡口、巡逻警车、特警突击分队和便衣组进行核查确认。但是，至今无所收获。这辆大巴车好像裹进了横扫千里大地的暴风雪中，飞扬而去，消失得无影无踪。

警察们现在可以用"焦头烂额"四个字来形容。凡遇到异常的灾害性天气，犯罪率和事故率都会大大上升。撇开紧急救灾不说，许多打来9-1-1的电话也令人哭笑不得。刚刚处理完一位哭泣中的老兄报告自己正被人高马大的女人家暴，又接到一通驾车人的电话，他在公路上被慢如蜗行的塞车堵得火冒三丈，要求警察马上给他送去比萨——

同时，地震局也连连发出警报，要求立即加强对水库、发电厂、机场、火车站、通信枢纽等要害部门的保卫监护，实行二十四小时不间断的人员巡查，并组织力量守候待命，以防突发事件发生——

指挥中心的咖啡机使用过度，煮出来的咖啡带着金属和橡皮混合的奇怪臭味。会议室里，一位女警不小心把咖啡泼翻在上司皱巴巴的衬衫上，招来一阵怒吼。

现在，警方最担心的是匪徒已经进入了洛杉矶。这个有一千多万人口的国际大都市，面积几乎抵上中国的一个省，人员纷杂，帮派众多，要是把人质悄悄往城市角落的哪个空房子里一塞，匪徒任意跳上过往的一辆车，就能摇头摆尾而去，再也难觅踪迹了。

当然，匪徒可能还藏匿在深山中；或者会重返居住地；或者直接逃亡墨西哥边境；还有，向东流窜，进入新墨西哥州和辽阔的美国东部——

没有找到旅游车的形迹之前，一切可能性都存在，都不能掉以轻心。

指挥中心又一次决定：除了对洛杉矶地区严加搜查外，把搜查半径再扩大一百五十英里，通知拉斯维加斯、凤凰城、盐湖城、圣地亚哥、圣塔芭芭拉等周边外围城市的警方提高协同等级，一并加入搜查行动。同时，告知北加州的旧金山、新墨西哥州的首府圣他非市警方加强对州际公路和酒店、汽车旅馆、野外自驾车营地、加油站、超市等处的盘查巡视——

临时指挥中心所在的仓库陈旧宽大，黑黢黢地趴在城市的边缘，如同一只急切又不得不忍耐的大蜘蛛，它多足的触角捕捉着每一根蛛丝每一次微小的颤动，它炙热的中枢神经向四面八方传递着饥渴的信号，它密集黏厚的蛛网布满辽阔的城市和乡村，它随时准备暴起出击——

（一）

后悔和疑惑像潮水般一阵阵朝李晓宇涌来。

巧遇迷路的猎人张峰，联手制伏劫匪，出山求救，雪地陷车，再一次成为人质——这一切就发生在短短的几个小时之内，李晓宇觉得有些晕，还没来得及梳理一下，又被枪口逼在了这辆不祥的旅游车上，朝着未知的凶险继续驶去。

车子连续开了几天，已经脏乱不堪。外表沾满了泥垢，里面遍地垃圾。封闭的车厢里气味难闻，除了混浊的呼吸，还有孩子们晕车的呕吐物和挥抹不去的血腥味。

李晓宇转了下身子，把文文枕在自己腿上的头稍稍挪动了下。文文再次惊吓后，病情越发加重，一直昏昏沉沉的。这一动弹，文文睁开了眼，看到李晓宇，露出一丝甜甜的微笑，但略一清醒，眼神马上又黯淡下去，怎么噩梦还没有结束？

窗外的公路上空荡荡的，看不到来往的车辆。这条在山区里穿行的小公路在暴风雪开始时就被警方封闭了。这一带人烟稀少，人手紧张的警察在进山的两端入口处竖了两块禁止通行的牌子后，开着警车沿途走了一遍，把行驶的车辆疏导出去，然后告知了仅有的几个站点注意事项，就撤离到更需要他们的城市中了。

要是再把他们捆得结实些，要是车子没有陷入雪堆中，要是自己亲自看守劫匪——

李晓宇明白，现在懊悔没有任何意义。他们只是一群松散的旅游者，不具备任何对付劫匪的知识。眼下的处境更难了，劫匪吃过一次亏，有了警惕，不会再像以前那样对他们看管松懈，机会更加难以获取。

总觉得这里面有什么地方不对劲。

蓦地，他眼神一跳，刚刚上车时，洪银河悄悄对他说了一句话，他当时急怒交加，没有在意。洪银河说什么来着？

"他不对。"洪银河犯病一直坐在车上，当李晓宇被劫匪推打着经过他的座位时，洪银河声音微弱地嘟囔了一句，"他不对。"

谁不对？这老人见多识广，他难道发现了什么端倪和蹊跷？李晓宇一激灵，回过头去。洪银河正好接住了他探寻的目光。

"他不对，有问题。"洪银河又低声说了一遍，这回，周边的几个人都听见了。洪银河下颌朝前点了点。前面坐的是孩子，再往前——布莱德端坐在驾驶台上全神贯注地在开车。

"他？"李晓宇和简妮大惑不解地交换了个眼神，这个收集标本的男人怎么了？他又牵扯进什么？张峰闻言也吃力地从椅子上抬起身，他有一些话想说。

"这家伙一开始就挡住了我的视线。"张峰恨恨地低声说，"他不仅不帮我，反而一屁股坐到了我的枪上。我看他不是害怕，是故意的。他是什么来历？是你们一起的吗？"

"不许说话！"达莱妮从前面站起身，用枪杆敲得车栏咣咣响。

他们是什么意思？是说布莱德也是劫匪？怎么可能！李晓宇知道邱永邦和那两个墨西哥人是老相识，可布莱德是临时上车的。难道是他们找来的助手？李晓宇相信，邱永邦就是要找人，首先也会找自己，不会去拉一个素不相识的中国人来。

再想想，要是车从雪堆里出来大家马上上车，劫匪可能也来不及反扑，但布莱德却驾车开过了转角；劫匪是怎么挣脱捆绑的？当时是谁绑他们的？是布莱德。还有，他扔出的瓷盘——

李晓宇心一惊，急急转身朝地上看去，果然，他看到了他猜测的，但不愿相信的东西：后排座位底下，有一块菱形的碎瓷片，边缘锋利，带着血迹。

李晓宇的心沉了下去。

真是一劫未平，又生一难。但是这还是说不通啊，劫匪是为钱，布莱德这样做是为什么？听说过有一种斯德哥尔摩综合征，受害人在高压下爱上迫害自己的罪犯，可用在这里真是天大的笑话。莫非是大家受惊过度，都开始出现了神经质的疑神疑鬼了？

但是，这些未经证实的猜测和怀疑都抵不上另一个令人不安的现实：现在怎么办？

旅游车横越过原野和山麓，这片早已开发的土地此时显得孤荒寂静。浅凹的洼地里积着没有人迹的残雪，凌杂的野草像老人枯散的须发在风中摇曳，凌乱赤裸的岩块如水珠泼翻，斑驳突兀，飞鸟三四只，时而腾起，时而隐没。

李晓宇的眼神变幻不定，有如置身的地形一般阴忧严峻。

人生的关键不在于拿了一副好牌，而在于打好一副坏牌。他想起一位哲人的话。现在，他手里正攥着一副最臭的牌，而且几乎是无牌可出，那么，就要想办法在不断变幻的牌局中寻找自己合适的角色。李晓宇陷入了沉思。

路前方右侧的小山顶上，一小片相聚的房屋错落在树林旁，有停车场、厕所，也有供卖旅客简单食品和应急物品的小杂货店。

"停车。"李晓宇突然叫了一声，声音之大，把周围的人吓了一跳。

大巴车没有减速。开车的布莱德仿佛没有听见，还稍稍加大了油门。旅游车快速地越过了通往休息区的道口。

李晓宇松紧一下拳头，中指自然地叠在食指上。他接下去说的话更让大家吃惊：

"老邱，还有烟吗？给我来根。"

（二）

凤凰城北山区福尔弗德"精灵堡"游乐场　18时50分

福尔弗德"精灵堡"游乐场是凤凰城人最喜欢去的休闲娱乐地方

之一。

　　游乐场建在城市偏东北的山区里，由87号公路转向188号公路，在广阔茂密的彤土国家森林公园的边缘处。不远处，狭长的西奥多罗斯福湖像一条晶莹的蓝宝石镶嵌在高原山峦多彩的色调中。它的名字来自希腊语，含有"上帝的礼物"之意。西奥多罗斯福湖的下游，清澈冰凉的盐河一直流向凤凰城。

　　除了摩天轮、过山车、旋转木马、玩具小屋、迷宫等以及正在新建的一座高科技3D电影院外，"精灵堡"游乐场有两个著名的特色，一项是在百丈悬崖上的极限高空蹦极，另一项是坐着高空缆车在峻陡的山峰之间俯瞰深不可测的峡谷。

　　游乐场里现在已经是空荡荡的了。暴风雪来临之前，工人和职员们全部提前撤下了山。过两天，他们就会再次回到山上，开始检查和维护设备。到这个周末，游乐场将重新开放，迎来被恶劣天气堵在家里憋屈已久的游客们。

　　这里离墨西哥边境只有二百英里左右，车辆正常行驶三个多小时即可以到达。

　　旅游车到达游乐场的时候，天色早已大黑了。

　　整个游乐场寂静无声，黑暗中，一栋栋的建筑物和游玩设施像怪兽蹲伏在四周。未来得及撤走的旗帜和广告横幅经过暴风雪的侵袭，已经七倒八歪地残缺不全。一阵阵山风刮过，空旷的场地上滚走着被人们遗弃的纸杯和塑料袋，只有几盏路灯依旧默默守候着微弱的光明。

　　大巴车到游乐场大门进口处的林道里就灭了车灯，一路悄悄滑行到离中心建筑不远的停车场角落，隐藏在一片山壁和树丛的阴影之下。中心建筑由办公室、室内游乐场、餐厅和仓库构成。越过中心建筑广场，右面有条弯弯曲曲的上山石道，一直通往悬崖边的极限高空蹦极和高山缆车。

车还没有停稳，达莱妮敏捷地跳下车，一闪身隐入黑暗中。没过多时，她大摇大摆地回来了，朝着阿里斯托和邱永邦晃着大拇指。

"天助我也！"

邱永邦松了一口气，如释重负，他原先的担心解除了。游乐场一般都会有人值班，但这场暴风雪规模太大，本地已经宣布为灾区，上山的路全部封闭，方圆数十里没有人烟。公司担心意外，便让所有人撤下了山。

押解着车上的人进了中心大厅，阿里斯托找到了电闸。一合开关，整个大厅登时灯火通明，游乐场上彩灯闪闪，许多游玩设施叮叮当当地启动了，中心的木马转盘也在轻快的音乐声中一圈一圈开始转动，转盘上面各式造型的木马上下起伏，神态生动可爱。整个游乐场一时充满了欢快的气氛。

"嘿，看我找到什么？"

达莱妮兴冲冲地说，她打开柜台上的小橱，橱背上吊着一把汽车钥匙。中心的门外不远，一辆黑色的雪佛兰箱型面包车正停在那里，车顶上积着厚厚的雪。这是游乐场的工具车，平时职工们都乘坐它进行维护和抢修工作。

"太好了，明天一早我们就换它上路！"

"他们怎么办？"达莱妮指指在大厅一侧的中国人。

"锁到仓库里去吧。"邱永邦已经发现，地下室后面有一间挖在山洞中的仓库，门很厚实，里面的空间关押这点人不成问题。如果明天一早顺利离开了，这些人也没有什么用处了，无论他们得救或者不得救，都没有关系，自己已经在墨西哥的阳光下了。

他挥挥手，让阿里斯托押着沮丧的中国人进了仓库，关门上锁之前，他往里面扔了几袋面包和一些瓶装水。

以防万一，他们又沿着游乐场走了一圈，仔细地搜查了周围，确保没有其他人存在。达莱妮跳上面包车，发动了一下，引擎低吼着，平稳有力，一切正常。油表显示，油箱里的油是满满的。

“最后一个晚上，我们还是小心为好，大家轮流睡。”邱永邦谨慎地说。

“哈哈，还睡什么？看看这是什么地方，我要玩个通宵！”达莱妮兴高采烈。几番周折，明天就要回到她日思夜想的墨西哥老家了，还带回了一辈子也花销不完的财富。在闪烁的彩色灯光下，达莱妮歪着头叉着腰，眼神流光溢彩，脸上容光焕发，分外娇艳。阿里斯托在一边几乎看呆了。

“看什么？”达莱妮哧哧笑着，她用力亲了阿里斯托一口，“要不要把那个会做饭的叫出来，让他给我们好好搞一顿雪山大餐？”

“好啊。”阿里斯托咧嘴笑着，他对达莱妮迷恋得不可自拔。

“不，算了。我们自己找点吃吧，不要多事。上午，这家伙也在厨房。”邱永邦阻止了阿里斯托。这两天，邱永邦也有些感觉，这个玩老鼠的总是有点怪怪的，和其他人不太一样，究竟什么地方不一样，他也说不上。

“怎么，上午他们闹一下就把你吓唬住了？别忘了，要不是他傻乎乎朝你扔盘子，我们还脱不了身。”达莱妮依旧记得那块救命的碎瓷片。

“小心驶得万年船啊。”邱永邦又想想，“一会儿把我那哥们儿叫出来，我和他谈最后一次。"

"什么破船要开一万年？我没兴趣。"达莱妮撇了一下嘴，"话可说在前面，你认你兄弟，我可不认他。"

"不管认不认，最后他是我的。"阿里斯托说，他被手斧劈过的头还在隐隐作痛，他始终不会忘记早上在度假村时李晓宇对自己的无情攻击。

看到那辆黑色的箱型面包车后，布莱德知道自己又该行动了。

游戏渐渐进入了尾声，该发生的都已经发生，要有声有色地推向高潮。罪犯的计划又接近完善，不干预的话，他们很可能得逞，自己也会被踢出画面，这当然不能被允许。

"一头怪兽守在一条分道口上，一条路是生，一条路是死，没有任何标记和提示，而你必须前进，你怎么选？"这是布莱德在前不久的一个网络有奖游戏中看到的题目。

向左还是向右，参与的大多数人选择运气，聪明一些的人试图另辟蹊径。在未知的迷雾面前，人们通常表现的是无奈与侥幸。然而他们都失败了。

布莱德一眼就看出了真相，获得了仅有的奖项。

他的选择是：直接攻击怪兽。

压根儿无须理会，没有条件，也就没有选择。更关键的是，道路是假象，怪兽才是真正的威胁。人被假象诱惑，尝试通过假象去选择正确，也就犯下了致命的错误。

布莱德不会被假象所迷惑。我才是制造假象的高手，他想。他要发起一波对怪兽的攻击了，让他们惊慌失措，乖乖地接受命运安排好的选择。

趁着乱哄哄押解人们进仓库的时候，布莱德闪身隐匿到了一个桌下，以他所接受的军事训练的水准，没有人发现他的行踪。

当邱永邦和墨西哥人第二次巡查时，布莱德躲进了冷藏室，盖着块气味难闻的布毯睡到杂物箱后面。他听到阿里斯托重重地开了冷藏室的门，靴声橐橐地走了一圈，啐口唾沫，又关门离去。阿里斯托没有发现在布毯一角露出的一只带着黑色伞兵绳编织手环的手。

（三）

中心大厅　22时10分

从厨房里找出一大堆吃的东西，邱永邦和墨西哥人饱餐了一顿。

他们还喝了几瓶酒。要不是邱永邦拦着，吧台上的威士忌和伏特加恐怕早已见底。

墨西哥人越来越高兴了。达莱妮像一只欢快的小鸟，在游乐场四处蹦跳着，她一会儿玩一阵电子游戏机，一会儿在拳台上打几下沙袋，一会儿又爬上旋转的木马，从这一匹跳到那一匹上，让阿里斯托笨头笨脑地追逐着。看到自己的男人实在追不上，达莱妮就会过去和他亲热一下，然后又咯咯笑着飞快地跑开。

邱永邦心情并不轻松，锁着眉头一直在想心事。

下午在车上，邱永邦看到了李晓宇给出的手势，我就位了，看你了。这是手势的含义，也是他们之间的秘密。邱永邦明白这一定不是李晓宇的无意之举。

这书呆子终于想通了？不和我作对了？是真是假？李晓宇突然改变了态度，邱永邦窃喜之下，仍是半信半疑。

从某种意义上说，邱永邦依然不愿意放弃李晓宇。早上发生的事，李晓宇明显就是领头的。这让邱永邦明白自己必须和李晓宇摊牌：要么和自己合伙，走遍天涯海角，吃香喝辣；要么一刀两断，情断义绝，就此为陌路人。

犯下滔天大罪，也得到一世富贵，桌面上只剩下这两张牌。你翻牌吧。邱永邦准备让李晓宇自己来亮出选择。

内心里，邱永邦还是希望李晓宇能够陪自己走下去，多年的相伴，那段在一起吃方便面啃袋装榨菜聊大天的日子，不能说是留恋，至少也是自在。但是，如果这个兄弟再不识相，是死是活，就别怪老哥哥下手无情了。

邱永邦下了决心，他找出一台录像机，架在桌子上，前面放上两把椅子，然后让墨西哥人把李晓宇带到了自己面前。

李晓宇从地下仓库里被叫出来时，强烈的灯光刺得他眯起了眼。远远，坐在大厅椅子上的邱永邦的剪影如同一幅技法粗糙的拼贴画。

下午在路上，李晓宇突然喊停车，其实只是个试探，也是一个给邱永邦的暗示，这是他慎重思考后走出的第一步。

停车给文文买药原本就是个借口，真停了又能怎么样？去敲碎玻璃窗求救，还是卷张纸条悄悄塞给售货员，这都是想象中的故事，不存在实现的可能性。但试探还是达成了两个方面的效果：一是试探布莱德对人质呼声的反应。果然，他连停车的意图都没有，加大油门把车开过了休息区。二是故意向邱永邦传递厌倦的心情，表明自己有放弃对抗的念头。

向邱永邦示好，以换取行动的自由和创造机会。这是他深思熟虑后做出的决定。

李晓宇看得出，邱永邦一直对自己意犹未尽，这是个机会。挣脱的场地越来越小，也就意味着希望的渺茫，那不妨就挪一个身位，争取更大的空间和更多的时间。

布莱德的神秘莫测可以暂不理会。但是李晓宇明白，在众人面前对邱永邦亲近，不仅会被众人误解，而且具有极大风险。首先，他要单独承担以后所有的行动；其次，将来是否能向警方解释清楚自己的动机。如果警察突然出现，一阵乱枪扫过，自己很可能就是个死后还被人咒骂的冤死鬼。

但局面的恶化让李晓宇已经顾不得许多了。

内心里，李晓宇并不想这么深地卷入，至少，他压根儿没有充当英雄的欲望。刚开始，看到邱永邦从哥们儿变成了劫匪，他虽吃惊，但没有太在意。虽说君子忌苟合，择交如求师，但都是成人，只能尽朋义，难以为己任，最终邱永邦选择什么路走还得由他自己做主。对李晓宇而言，邱永邦卑鄙与狡诈的开始，只是两人友谊终结的标志。

然而，事态的发展不仅一次次拷问他的良心，也直接危及他和文文的人身安全。

若只是被劫钱财，李晓宇最多感叹世道险恶，人心不古，也印证了"浅近轻浮莫与交"这句老话，算得以为教训。恼火之余，还略有侥幸。但杀人，裹挟人质，这就超出了他做人的底线。更何况，越境墨西哥凶险万分，不说届时劫匪会不会放目击者离开，就是落到组织偷渡的墨西哥人手里也凶多吉少。李晓宇早就听说过，这帮家伙大多是贩毒走私的罪犯，心狠手辣，杀人越货是家常便饭，如今掌心里攥住了这一大批肥得流油的中国人，他们岂能善罢甘休，轻易撒手？

李晓宇记得一个讲犹太人处事方式的小故事，一直对他启发很大：当邻居中有人老是半夜一点弹钢琴，吵醒你。你怎么办？你可以在凌晨四点敲他的门，叫醒他，然后微笑着告诉他，你很欣赏他的演奏。

以其人之道还治其人之身，施展手段是为了目的，那就混到他们中间，用他们的身份对抗他们的行为，说不定有更好的效果。

李晓宇决定冒险一试。

俩人见面没有客套，直奔主题，这也是他们相处多年的习惯。

"兄弟，你看看这事整的？一直想找你好好聊聊，奇怪，可真找不到机会。眼下成仇人了，要刀枪相见？"邱永邦先开口了，他推了把椅子到李晓宇面前，又扔了罐可乐在他怀里。邱永邦知道面前这个兄弟心气高面皮薄，虽然是先服软了，但还得给台阶慢慢下，"话说回来，早上是你带头的吧？这事可不仗义啊。"

"一开始你就不仁，难道还要叫我讲义气？"不出邱永邦所料，李晓宇没坐下，口气和挺直的身子一样，还是硬邦邦的。

"打住，打住。我说过，原来是没脸了，是我一时鬼迷心窍，还找了两个外鬼帮手，我向你赔罪认错。行，过去的事咱们就都揭过不提了。你别摇头，先听我说，现在要告诉你一个天大的秘密，哥哥找到一架梯子，是架天梯，爬上去就是天堂，咱哥儿俩一起上！怎么样，有没有兴趣？"

"天梯？别来邪乎的，有话直接说。"

"好，仔细听着。"

邱永邦把李晓宇按到椅子上，手臂环抱着他的肩，头凑到李晓宇面前，把洪银河的秘密说了出来。他留着心眼，没有说总数，只告诉自己准备给李晓宇的份额。

"多少？"李晓宇以为自己听错了。

"你别问了，我告诉你，你至少可以得三百万美金。"邱永邦使劲握了一下李晓宇的肩头，是的，三百万，说真心的，邱永邦能拿出这些钱给李晓宇，他自己都被自己感动了。

扑哧一声，李晓宇手里的可乐罐捏开了，泡沫翻腾着横溢而出。李晓宇大吃一惊，在这个貌似简单的抢劫案背后，原来还隐藏着这样大的一个秘密。

"怎么样？这场大富贵你不会不要吧？"看到李晓宇沉默，邱永邦以为他动了心。哈哈，被雷倒了吧？我就没见过看到钱不动心的，何况这笔钱大得可以让不少人拿刀去杀亲爹娘。

"三百万啊！"李晓宇矜持地摇着头，仿佛依旧不敢相信。

"老哥哥不傻，没有看到金山银海，我怎么会拖你往里扎？这是底数，说不定更多。"

"事前为什么不告诉我？"

"原来以为只是一笔小买卖，哥哥知道你心里条条框框多，也不想让你为难。现在不同了，咱们这辈子就算活在蜜汁中了。"

"这么多钱？能干一切想干的事了，车子、房子、女人——"

"对啊！"邱永邦哈哈大笑，"我们到美国来打拼不就是来圆这个梦吗。"

说实在的，如果在三天前，听到这笔数字，李晓宇还真说不定会动心。到美国来，不，应该说原来的太太想到美国来开始，起因是钱，过程是钱，结果也是钱。钱好像成为了自己人生中所有事件的前因后果，而且似乎也渐渐成为了解除不幸的唯一标志。成也它，败也它，爱也它，恨也它，这是造物主拷问人类理性的试题，也是魔鬼诱惑民众良心的盛宴。但是，自从那天他把给爸爸妈妈的信投入街边的信箱后，李晓宇就知道，自己已经头也不回地走出了这个魔咒般的怪圈。

他看着邱永邦期待的眼神，火候未到，再吊他一下。李晓宇摇摇头："这些不够，我还想要更多。"

"行！"

"更多的钱，豪车，大房子，游艇——"后面一句话李晓宇忍住不说了，还有，我想要亲眼看到，你当面去对死去的人的家人说，你为了钱杀了他们。你敢吗？

"这就对了！谢天谢地，你终于想通了，有咱们兄弟联手，这世上什么事办不到，什么福享不着啊。"邱永邦高兴地哈哈大笑。

"我承认我是想钱，天天想，这世上谁说不想那是扯淡！可是君子爱财取之有道。这场富贵别是毒药，我怕会天天做噩梦，在梦里把自己一把掐死。"李晓宇话中有话。

"我也没有想到会闹这么大，让太多的人死了，走到这一步，真觉得里面有魔鬼。"邱永邦急急辩解道，他说的是实话。

"你觉得接下来还有路可走吗？"李晓宇沉声问，话的分量很重。

灯光下，邱永邦的脸上泛上一层青，在第一滴血流下的时候，他已经思考过这个问题。他记得曾经有个相识的老潜水人对自己说过，探寻水下洞穴中有个不归点，当你游过不归点后，你的氧气已经不够返程，唯一的办法是继续奋力前行，寻找新的出口，找到了，不仅能挽救自己的性命，也会发现崭新的天地。邱永邦觉得自己现在很像那个探险的潜水人，回头就是死，储存的氧气即将耗尽，只有拼力向前——

"我知道你说的是法律，你什么时候见我怕过？"邱永邦咬牙低声说，他的声音尖厉，如金属摩擦着玻璃板，"这几天我想清楚了，法律是什么？是狗屎！踩着它就是一鞋子的臭。如果你当真要拿它来衡量生活中的事，那件件都会臭气熏天！法律，去他妈的吧，你什么时候看到它有公正？这个世界就是你吃我，我吃你。那些冠冕堂皇地把法律挂在嘴上的人才是最大最贪心的罪犯。我们为了活着，为一点小钱流血拼命，他们却坐在沙发上喝着咖啡，用法律的名义肆意剥夺别人——我问问你，那个贪官，他的钱是怎么来的？"

李晓宇看着他，借口，以恶对恶不过是你的借口。这世界是有许多不公平，但你的所作所为连评判的资格都没有！金钱虽然好，可它不能去糟蹋自己的生命，更不能为了它去谋害他人的生命。这一路被你们杀死的无辜的人，有谁坐在沙发上喝着咖啡剥夺了你？李晓宇听他说着，脸色很淡漠，但眼里有团小小的火。

邱永邦发泄了一顿后平静了些，他看看闪烁着小绿灯的摄像机，刚才的一切应该都已经录进去了，该说的也都说了，以后就是个见证。

"这是我最后的影像，以后是生是死听天命吧。哥哥知道，无论我生或者死，明天太阳还会照样升起，但对我而言，明天的太阳一定不一样——"邱永邦早已经想好，到了墨西哥，拿到了钱，他要做的第一件事就是整容，让自己变成一个谁也不认识的人，从此自由自在地活着。在整容前，他要留下自己最后的真实影像，并把这影像永远留在世间。

"我最后讲个故事吧，小时候，我父亲买了两条鱼让我和姐姐养，条件是，一个星期他回来后看谁养得好，就可以在过年时有一件新衣服穿。我不会养，没几天小鱼就翻出半个白肚子。晚上父亲就要回来了，你猜我怎么做？我把姐姐的鱼捞出来，扔到地上晒，然后再放回去。到最后，我的鱼死了，我姐姐的鱼也死了，但我的鱼比我姐姐的晚死几个小时，过年的时候，是我穿上了新衣服，哈哈。你是为鱼哭泣？还是为有新衣服穿高兴？手段重要？还是结果重要？"

"听上去不错，让我再想想。"李晓宇站了起来，他觉得自己实在听不下去了。

邱永邦松了口气，虽然他将信将疑，但无论如何，李晓宇有了活泛的意思。他关掉了摄像机，把带子塞进怀里。好了，这里面你我都在，咱们俩系在一条绳子上，谁也挣脱不开了。

"我想到外面走走，透口气。"李晓宇说。

邱永邦狐疑地看着他，想了想："去吧，没人拦你。"

他并不担心李晓宇会跑，他对不远处站在拳台上练拳的阿里斯托点点头，话已经全说透了，如果这哥们儿再不听话，就让墨西哥人去教训一下吧。

达莱妮换上了一件墨西哥人的传统巴哈帽衫，色彩鲜艳的无袖披风。她跳上一台电动牛。电门一开，那电动牛上下颠簸，左右摇摆，原地打转。达莱妮骑在上面，好像回到了她的家乡，爸爸和哥哥骑在马上呼哨着驱赶着野性未泯的牛群，妈妈在炊烟腾腾的厨房里煮着香甜的豆子，木案上，新鲜的玉米面饼里裹着的是尖辣椒和香喷喷的烤肉——

"如果你想要我，满足我——"

（四）

全世界警察部门的9-1-1勤务调度中心的内部装饰其实都差不多。

通常是一个宽敞的大厅，里面的灯光明亮，但不会刺眼。大厅里用半人高隔板分成的一排排整齐的小间，根据时间段和报警频率，晚上七点到凌晨三点、上午十一点到下午五点的高峰期时，小间里都会坐满接警员。她们通常是女性，因为打来9-1-1的情形大多紧急，这时女性柔和的声音有助于平和求救人的心态，以防因为冲动或恐惧而使情形进一步恶化。

接警员的工作台由报警控制板、电脑、交换机、呼叫器等设施组成。报警控制板接入报警电话，电脑传递和搜索数据，交换机可以迅速连接其他相关部门，而呼叫器则是直接指挥调度第一线的警车和警员。

大厅的正面有几块大的屏幕，那是设定在主要交通枢纽和重点监视区域的实时监控。遇到突发事件时，大屏幕会直接切进现场，同步转播画面。

接警员宽大的座椅很舒适，底下都带有裹着橡皮套的滑轮，耳机和话筒已经整合为一个整体，并采用无线连接，不仅清晰度大有提高，而且避免了接警员在移动时的累赘。

今天晚上，坐在凤凰城9-1-1勤务调度中心第5号值班台上的接警员叫缇娜。

缇娜是个西裔女警察。她今年二十九岁，虽微微有些发胖，但面容姣好。她连续上班一周了，由于灾害性天气，她原来预定的休假被临时取消。

这周，缇娜值的是中夜班，晚上七点到凌晨三点，也是勤务调度中心的接警高峰时段。

今晚的值班时间已过去了大半，缇娜离下班还有两个多小时，她开始担心贪玩的女儿会不会忘记给家里那只肥肥胖胖的波斯大白猫喂食。

离开邱永邦后，李晓宇一人在大厅里转了两圈，熟悉一下环境，也看看有没有什么可以利用的机会。他能感到邱永邦和墨西哥人的眼睛一直在后面注视着自己。出大厅前，阿里斯托在拳台上蹦蹦跳跳，练习得浑身发热，阿里斯托对李晓宇勾了勾手指："你，上来！"

邱永邦在后面送上一句："你敢和他打吗？"

李晓宇知道邱永邦这是在试探，看看他会不会去争强斗狠。凭肌肉和拳头说话，这是弱智者的游戏。李晓宇笑笑："我打不过他。"

走到户外清新的空气中，李晓宇长长地吐了一口气，仿佛要把几天来的积郁和烦闷全部吐光。

细细回想了一下刚才和邱永邦的对话，李晓宇觉得自己的分寸掌握得还算妥当，他既没有答应什么，也没有拒绝什么，给自己留下了进退的余地。

让他感到吃惊的是邱永邦的变化，原来一个人可以寻找出这么多荒唐的借口来自我解脱。这也许是人的通病，为了心里的平衡，从而放弃自我约束。李晓宇发现生活中这样的人太多了，他们永远愤世嫉俗，社会一片乌黑，所以我也黑，而且要更黑。邱永邦说得粗鲁直白，不堪一驳。但更多的人却用自己的言行在有意无意间印证着这些托词和逃避，他们用外在现象诠释内在动机，用他人的卑劣稀释自我的丑恶。以黑暗对抗黑暗，以邪恶应付邪恶，结果只有一个，那就是一起沉沦到地狱的赤焰烈火中。

星光璀璨，暴风雪过后的天空特别深邃，在远离城市喧闹和灯火的山间，像一块晶莹通透的硕大宝石，包容着质感清晰的天地，神秘而永恒。他叹了口气，如果有机会，一定要和文文再来一次，两个人坐在树丛边的草地上，看星星，看月亮，看轻纱般神游的云彩，让时间在相握的手掌间慢慢流淌，多美，他想。但此刻，他的心情却轻松不下来。第一个目的达成了，有了自由活动的空间，要抓住这个机会，发现劫匪的疏忽和漏洞，寻找脱身的可能。

临进屋前，李晓宇看到不远处的电线杆下半人高的电话箱已经被砸坏了，电话线扯断在地上，空荡荡的盒箱像一只张大的嘴。他们倒想得周全，李晓宇苦笑着。他突然想起刚才被关进地下仓库时，自己没有看到布莱德的身影。

布莱德到哪里去了？他逃脱了？还是隐匿起来了？李晓宇记得在下车时布莱德还坐在驾驶座上喝水，阿里斯托一声吆喝，他就乖乖走到人群中，后来呢——

李晓宇环视了一下四周，静悄悄的，只有大厅里传出的音乐和嬉笑声。李晓宇实在想不通，这个神秘的布莱德究竟想干什么，他行为古怪，疑点多多，可是没有动机和理由啊。

此时李晓宇不知道的是，就在离他不到五米远的那个被砸坏的电话箱后，布莱德正通过盒盖的缝隙静静地注视着自己。布莱德灵活有力的手指玩弄着左手腕上的用伞兵绳结成的手结，嘴里有节奏地吐着气，好像是在给内心的一首曲子打着节拍。他看着转身回屋的李晓宇，就像一只猫看着面前的小猎物。

"他被叫出去这么久了，不会出事吧？"文文搂着简妮的手，声音里带着哭腔。没有李晓宇在身边，她觉得自己就是一只被赶进猎场的小动物，四周都是捕食者虎视眈眈的幽亮眼睛。

地下室的仓库里，中国人在黑暗中挤成一堆，谁也没有心思吃扔在地上的面包。

仓库是沿着地下室的一侧往岩壁里挖进去很大一块的空间，里面倒也不潮湿，四周用木桩和胶合板遮挡住参差不齐的岩壁，看来刚完工不久，没有堆放货物，一些装修的余料散乱地扔弃在角落里。仓库里的电路还没有装好，门从外面锁上后，里面便漆黑一团，从门缝中透进来的光在地上框出一个怪异的光晕，空气中有一股浓浓的化学黏合剂的味道。

快三天了，劫匪们为什么还带着我们？简妮也在判断着。他们是想杀人灭口？还是带着人质继续逃窜？简妮不清楚自己现在身处什么地方，但她知道，洪银河银行卡里的钱一定是劫匪迟迟没有放人的原因之一。强烈的挫折感和无力感噬咬着她的内心，她紧紧抱着把头埋在手臂里啜泣的小佳年，倚靠在粗粝坚硬的木板上，身心疲惫。

"那个开车的不见了。"黑暗中，张峰拖着脚爬到简妮身边。他刚刚在四下摸了一圈，没有找到可以利用的工具。他顺便清点了一下人数，一共是十九个人，但布莱德不在里面。"你们知道他去哪里了？"

"不知道。"简妮回答。对于文文和张峰的问题，她确实说不出答案。

"奇怪！"张峰低声咕哝道。虽然他已经知道布莱德只是一个顺道上车的普通游客，但他对这个人总是不放心。他往简妮手里塞了块面包，"算了，别多想了，吃点，保证体力。"

少了李晓宇和布莱德，简妮越发忧心忡忡。要是布莱德在什么时候偷偷跑了，这说不定倒是好事啊。简妮忽然又产生了希望。她看了眼狼吞虎咽的张峰，心想，到底是受过野外生存训练的人，任何时候都不会忘记生存是第一位的。他说得对，吃，大家都要吃。

将面包分发到洪银河面前，简妮停住了。自从离开度假村木屋后，他们就再没有交谈过。

两天两夜之间，洪银河骤然衰老了，他花白的头发仿佛又涂上了一层冻霜，干枯而散乱，脸上的皮肤垂荡下来，原本多年养成的气宇轩昂的气度也消失了，举手投足像散架的木偶松垮无力。此时的洪银河已被内心的天人交战煎熬得油尽灯枯。从国内出逃已是惶惶不可终日，而父女揭示真相的谈话，击毁了他心理最后的防御，也汲干了他的精力。他开始沉默，渐渐进入了一种茫然的状态，眼神孤寂地飘向远方，周围发生的一切似乎都与他没有关联。佩佩帮他松开衣扣，脱下皮鞋，躺到木板上，洪银河没有察觉。马主任似乎也察觉到劫匪对洪银河的关注，现在避他远远的，生怕惹祸上身，洪银河也没有在意。

　　我今衰老浑如许，唯仗神通放取归。他喃喃自语，不在乎身边所有的人。拒绝外部是人绝望后的本能反应。现在，女儿就是他最后的神通，是他黑暗人生中最后一道光亮，虽然这光亮如此刺眼，让他不敢睁眼仰视。

　　看到洪银河躺倒在木板上的潦倒模样，简妮的眼神复杂，渗出丝丝痛惜。她回转身，从随身小包里找出一块巧克力。这是她在大峡谷买的，一直忘了吃。简妮把皱巴巴的巧克力剥开一角，放在佩佩手中，说了句："给他吃吧。"

　　洪银河眼睛有了神，他挣扎着想坐起来。他还有一桩秘密没有向简妮祖露，这秘密正藏在他贴肉的密兜里，缝得严严实实，连佩佩都不知晓。

　　第一次路过的时候，李晓宇并没有看到那只手机。

　　它静静地躺在打开的员工橱的角落，被一只掉落的衣架遮挡住大半。要不是李晓宇返回时顺手拿起衣架，想用它扒拉其他橱里的杂物，恐怕就错过了。

这是间为办公室管理人员准备的休息室，在通向办公区的后走廊的右侧。房间不大，没有窗，中间有四个简易工作台拼成长方形的桌子，饮水机边上还有一台老旧的咖啡机，供为数不多的办公室人员休息时享用。沿墙是一排灰绿色铁制的上下层衣橱柜，上面挂着拨键式的号码锁，分给员工个人使用。

李晓宇走进这间员工休息室时心里有些沮丧，他在中心建筑里已经转了两圈，没有发现什么可以利用的东西。他甚至想过去偷偷破坏掉那两辆车的电路系统，使它们无法再使用，但仔细一想又放弃了。车不能动了，困住了劫匪，同样也困住了人质，如果没有人来解救，劫匪们恼羞成怒，危险的还是人质。冷静，再想想，总会有办法的，他对自己说。

李晓宇在休息室里转着，下意识地翻拨着杂物。这时，他看到了那只手机。

手机型号已经很老，银灰色的，是美国VERIZON电信运营商免费赠送给客户的SAMSUN牌手机。抽拉式的机身，不到三英寸的显示屏，也没有上网的功能，但通信的质量很不错，估计是哪位岁数大的员工换置了功能强大的新手机后顺手扔在这里的。手机斜躺在员工橱的内角，泛旧的镀银外表隐约地折射着外面的光泽。

有一瞬间，李晓宇怀疑自己的眼睛是不是出了差错。定睛再看，没错，是手机！他一把抓起手机，按住了右下角#键的开关按钮。

开机，快开机，快快，拜托！李晓宇心里默念着。

手机没有反应。对，要揿住不放，六秒还是十秒？李晓宇大拇指的指甲都揿得泛了白。

嘟的一声，手机屏幕上的灯柔和地亮了，快速闪过一串图案后，跳出了人们熟悉的界面。左上角的信号指示是满格的。

李晓宇心头的狂喜还没有过去，信号嗖的一下不见了，屏幕中间出现了"NOSERVICE"一行字，紧接着，电池警示标志也一闪一闪地跳动了起来。

李晓宇明白，这只手机的卡号没有交费，已经被停机了。但李晓宇也明白另外一件事，这件事在任何手机的使用说明书上都清楚地写着，手机屏幕下显示的小字"仅限紧急情况"就是说在手机停止使用的状态下遇到紧急情况，仍然可以拨通9–1–1等应急电话。

李晓宇没有迟疑，一定要在电池耗尽之前打出这个求救电话。他颤抖的手指伸向了按键盘：

9–1–1

然后，用力按下了发送键。

凤凰城9–1–1勤务调度中心大厅　21时22分

第5号值班台上，女接警员缇娜面前控制板上的一盏绿灯闪烁了起来，在宽敞的大厅里，像一只调皮眨动的眼睛。

缇娜刚刚处理了一件报警：一个女孩打电话来说听到楼下有人走动，女孩离异的母亲上夜班不在家，女孩抱着一把玩具刀躲在卧室里，害怕得声音直抖。缇娜一边和女孩保持通话，一边从最近处调度了一辆警车过去。听着女孩的声音，缇娜想起自己的女儿现在也是一个人在家，于是又加派了一辆警车去支援。"宝贝，别怕。"她的口气更温和了，一直说到在话筒里听到警察砰砰地敲女孩家的门。

最后发现是一场误会，一只无所事事的野狗从女孩未锁好的后门溜进了屋里。

平日里，缇娜都带着一副遮掩了职业特征的文气大眼镜，但昨天洗澡时不小心，眼镜从浴室门框上滑落下来摔坏了。下午出门时，缇娜只好从抽屉里找出过去用的隐形眼镜来替换。整整一天，她的眼睛一直涩涩地不舒服。缇娜又向眼里点了一滴润湿液，她眯了下眼，擦去眼角的水珠，然后有点厌倦地按下了通话按钮，习惯性地看了看边上的电脑屏幕。

这是从城外打来的电话，屏幕上没有来电显示，说明很大可能是骚扰电话，或者是晚上睡不着觉的人打来的恶作剧。年轻的缇娜很奇怪，这世上就是不公平，怎么会有人睡不着呢？自己天天就是和时间打仗，孩子清晨上学，自己轮班工作，一来一往开车就要近三个小时，回家还要做饭，参加警察部门越来越严格的各种进修考核，还不算固定的去健身房上教堂——缇娜每天倒在床上，都会幸福地长长叹气，叹气声未落，她已经进入了香甜的梦乡。

缇娜调整了一下呼吸，这是她通话前的习惯性准备。接警员通话时的声音要经过专门的培训，要求平和、亲切、镇静，还要带有不容置疑的权威性。

"这里是911，请问你有什么紧急情况吗？"缇娜说。

（五）

布莱德接近休息室房门的时候，他小心翼翼的脚步还是惊动了墙缝中的一只蟑螂。

这只又称美洲大蠊的蜚蠊目科褐红色有翅昆虫体格硕大，每秒可跑它五十倍的身长，这相当于人类每小时跑三百三十公里。它飞快地爬过走廊隐匿到对面的墙板下，布莱德能听到它细长的肢足划过地板时发出的哧哧声。这时，他也听到了手机电子按键的嘀嘀声，一个高音，两个低音，片刻，又传出压低嗓门的说话声，随着微弱的亮光一起从门缝中流出。

911，布莱德立即意识到有人撤下了这三个按键。而且，他也马上判定出按键的人就是那个看上去安静沉默的李晓宇。

坏了，晚了一步，他想。

布莱德一直对邱永邦有些不理解，为什么他对李晓宇总是一副迁就顺让的模样，即使在度假村时李晓宇带头攻击了他们，邱永邦也似乎原谅了他。布莱德知道这两人在赌场是联手的伙伴，邱瘸子能上这辆旅游车正是因为有李晓宇女友文文的关系，但抢劫这档事李晓宇似乎不知情。布莱德由此判定邱永邦不是能干大事的人，要干这种事，你必须心狠手辣，处处占上风。难道这就是中国人所谓的"义气"？布莱德嗤之以鼻，多么无聊，到面对死亡的那一刻，你们还会为"义气"两个字在胸前互相画十字架吗？

现在的问题有些棘手，警报已经发出去了，警察随时会到，这场游戏就这么没滋没味地结束了。我在大地上艰苦征战多时的英雄呢？我即将展开双翅翱翔的"守护神"呢？

布莱德一阵冲动，他解开手腕上的伞兵绳，缠紧在大拇指上，上前一步，伸手去拧动门把。他的脚踩到了一块旧地板的接口处，发出了吱嘎一声响。

屋里立即没有动静了，布莱德听到屋里的人开始慢慢向门前移动，到门口停住了。

缇娜听出了这个报警男人的英文并不是很好，带着浓重的亚洲口音，"R"和"L"常常混淆。但这不足为奇，现在移民越来越多，一些城市的商店和广告几乎已经看不到英文字了。由于新移民不谙法律，近年来，几乎超过一半的9-1-1电话都是他们打进来的。

"请重复一遍，我听不清。"通话效果很不好，声音时断时续，听得出这男子是故意压低了嗓门，好像是在躲避什么。缇娜做出了第一个判断。

"什么？中国人？旅游团？发生什么了？请慢慢说——"

缇娜的第二个判断是车辆事故，是不是一群旅游的中国人在哪里出车祸抛锚了？还是迷路了？这倒挺新鲜，来凤凰城旅游的中国人并不多——

中国人，旅游车，等等！

缇娜柔软的身子一下子从椅子上绷直了。今天交接班的时候，电脑中第一优先的提示就是关于一辆被劫持的中国人旅游车！

这时，从电话里传出了最后一句："——抢——劫——"

"Hello，Hello！"缇娜大声呼叫，周围的同事被她不同寻常的声音惊动得纷纷转过头来。然而缇娜的耳机依旧是一片空寂。

"Hello！"缇娜继续呼叫着，她没有迟疑，按下了工作台右上角请求协助的红色按钮，同时高高地举起了右手。

5号值班台护板上的椭圆形红色警报灯快速地旋转闪亮了起来。

门外面是谁？他想干什么？

门内的李晓宇想，自己不会看错和听错，在手机耗尽电能的那一刻，自己还来不及沮丧，地板的吱嘎声和门柄的慢慢转动就出现了，在幽暗的气氛里，活像恐怖电影的镜头。唯一不同的是，电影只是坐在剧院或家里的沙发上观赏，灯一亮，生活依旧。而自己此刻的一举一动，连接着下一分钟的安危，门一开，迎面撞上的可能就是死神。

外面的人应该不会是邱永邦和墨西哥人，若是他们，此刻恐怕已经把门都踢烂了。谁会在黑夜里悄无声息地游荡着？结论就只剩下那个失踪的布莱德了。他到底是什么人？是敌还是友？甚至有一瞬间，李晓宇心想布莱德会不会是个高明的卧底警察，正在悄悄搜集犯罪证据，但他马上把这个荒唐的念头打消了。

门外的布莱德也在想，他有把握，现在进去，不用一分钟就能让里面的男人张大着嘴，像干涸的鱼躺倒在自己脚下，但是，然后呢——

如果警察来，李晓宇的死就无法解释。即使警察没出现，邱永邦他们也一定会刨根问底查个分明。现在不是逞快的时机，有更重要的事要做。既要弥补9-1-1报警后警察介入的漏洞，又要干预邱永邦他们已经形成的逃跑计划。制造混乱吧，在混乱中散布假象，在假象中引导他们走向应该去的归宿。

隔着薄薄的一扇门，两个人彼此相立着，他们都微微倾头，将耳朵贴在门板上，仔细听着另一侧任何细小的声响。在令人窒息的沉默中，他们仿佛能听见对方竭力抑制的呼吸声，甚至能够感受到隔着门板传来的对方的体温。

红灯亮起后不到十五秒，在大厅来回巡视的值班长官站到了缇娜的工作台后。

不到三分钟，总值班长也急急系着扣子，从办公室来到大厅。

遇到紧急情况，9-1-1勤务调度中心有一套成熟的流程。

公众可能不知道，美国9-1-1系统每年要接二点四亿个报警或求助电话，也就是说，平均不到一分钟就有五个紧急电话打入9-1-1勤务调度中心。

设立9-1-1的想法最初是在1957年提出的。当时，美国消防长官协会希望设立一个全国性的电话号码，供人们报火警时使用。十年后，亚拉巴马州的Haleyville于1968年设立了美国第一个9-1-1系统。

9-1-1背后的理念非常简单：给人们提供一个简单易记的电话号码，以便在遇到任何危及生命的情况时拨打这个号码寻求帮助。它的工作流程也很简捷：（1）在某人使用任何电话（甚至是不投币使用投币式公用电话）拨打紧急电话号码时，都能够接通；（2）根据呼叫的发出位置，将呼叫转到最近的应答点；（3）尽快通知相应机构处理紧急事件。

顺便说一句，9-1-1系统不是全国性的。应答点和相应的调派服务是由地方设立和维护的，并由当地政府和在该地区运营的电话公司共同完成。9-1-1服务依靠地方税收和电话费附加来维持。

一般情况下，接警员会自主处理来电，联系相关警局，根据电脑提供的信息，呼叫最近的警察或救火、医疗救护等相关部门前去支援。但红灯亮起，就说明遇到了比较重大的事件，于是更有经验的值班长官会马上来到接警员身边，判断事态的大小，并根据事态发展，协调其工作人员支持。再紧急，总值班长就会出现，直接接手指挥。

匆匆来临的总值班长只看了一眼，便立即命令与临时指挥中心联系。缇娜在拨打时发现这个号码是临时的，号码归属地是加州巴斯通。

总要水落石出的，就是危险，也必须看清外面那个人的真面目。

李晓宇把手放到了门把上，他调整了一下自己的呼吸，轻轻抓起身边一个垃圾桶的金属盖挡住胸前。好，来吧！

他猛力打开了门，身子朝边上闪去，一步冲到了走廊上。

走廊上寂静无人，有风微微拂过，使原本有些郁闷的空气清新了不少，那是从后廊没有关紧的窗户中钻进的。大厅里的音乐和彩灯在走廊的另一头混沌地弹跳着。

难道是我听错了？一瞬间，李晓宇甚至有些怀疑自己刚才的判断。

但不管怎么说，报警电话已经打出去了，即使手机没有电，911的线路也不会挂断。在很多时候，危急中的报警人不一定有充裕的时间告知细节，甚至报警电话打到一半歹徒已经来到面前，因此按照程序，911会自动追踪打来的电话，以确定报警电话的位置。

最多一两个小时，警察就应该查明情况，把这里包围得水泄不通。李晓宇长长地吐出一口气，整理了下自己的衣服，抬脚朝大厅走去。

他准备去找邱永邦喝点酒。路过厨房时，他抓起几袋速食干果，用小碟盛了点盐，他知道邱永邦喜欢用手指蘸盐喝墨西哥的卡罗拉啤酒。李晓宇甚至还准备跳上拳台和膀大臂粗的阿里斯托试试手，过过招，只要他们高兴。

李晓宇现在要做的事只剩下一件，就是要稳住劫匪，等待警察的到来。

事实上，李晓宇的判断出现了偏差，他对警察的实际工作能力和反应系统了解有误。

缇娜工作台的红灯亮起后，整个勤务调度中心的工作重点就转移到她的线路上。

正面墙上最大的一块屏幕转换了画面，原来是十五秒钟切换一次的城市主要交通干线监控显示，现在打出了通信区域管理图，这是为了配合临时指挥中心的要求而改变的。

设立在巴斯通的临时指挥中心只是人员聚集地，其他数据线路的架设并没有完善，连无线频道和主线号码都是临时启用的，不像9-1-1勤务调度中心，经过多年的建设和磨合，与其他相关部门的信息共享和自我的技术升级已有了较为完善的框架。

大厅的扩音器里传来临时指挥中心负责人急切的声音：

"不能定位报警电话位置吗？"

总值班长看了看缇娜。缇娜坚定地摇了下头。都是好莱坞电影惹的祸，人们以为警察随身都携带高科技器材，只要和对方多拖上十几秒，就能准确找到他躲在哪一个屋檐下。现实中不是这样的，不要说这种令人瞠目的高科技玩意儿费用昂贵，专供国家安全系统使用，一般地方警察治安部门根本轮不上摸上一摸，就是现在用专机送来，和地方警局的数据库连接，光调试也得花上半天功夫。

缇娜工作台上的电脑目前使用的是增强型9-1-1系统（E911），会自动显示呼叫者的姓名和位置。9-1-1系统以大多数人每天使用的公共交换电话网络（PSTN）为基础，但也面对着不断发展的新技术挑战，例如数量激增的手机、数字网络电话（VOIP）以及一些新的安全技术（如车载碰撞通知系统）等。尤其是手机的使用对9-1-1提出了一系列难题。缇娜的电脑锁定的只能是刚才来电的区域。手机不同座机，有实体的电缆相连，即使对方挂断电话也有线可寻。手机连接的是遍布各处的基站，而基站是运营商管理的，要调取基站储存和分析的数据，只有找运营商协助。但是，要运营商协助，就面临法律上的障碍，首先要取得法官或检察官的书面许可证。

总值班长向临时指挥中心负责人说明了情况。对方沉默了，一言不发地挂断了电话。缇娜仿佛听到了电话对面的那个负责人抑制不住发出的咒骂声。她也知道，接下去该哪位法官或者检察官倒霉了，他会在床上被急促的电话铃声惊醒，然后匆匆披上外衣到办公桌前签发许可证。而他的窗外，灯光闪烁的警车已经在等候。

她望着面前的电脑屏幕，一个宽大的绿框在闪烁，这个绿框圈定在凤凰城的东北角，包括了整个城市十六分之一的范围，也就是说，有近百平方公里的面积。

"My Boy，Where are you？"（我的男孩，你在哪里啊？）接警员缇娜喃喃地说。

（六）

布莱德顺着走廊后面的拉窗翻到了花圃中松软的泥土上。他跳下时崴了下脚，差点摔倒，起来时略微有些痛，对行动没有什么大碍。

清洗工作应该开始了，他对自己说。

现在他要进行第一次筛洗，筛出那些无关紧要的杂渣，留下值得奉献的珍品。

有人说，生活的道路就像一把锋利的刀：一边是地狱，另一边也是地狱，生活的道路从它们中间穿过。所有人都没有天堂，只能在刀锋上等待救赎。布莱德现在就准备在刀锋上跳一场酣畅淋漓的舞。

布莱德蹲在树丛中想了一会儿，随后沿着修剪整齐的柠檬树平矮树丛的阴影低伏前行。冬季里，柠檬树干枯突兀，枝上的硬刺刮破了他的面颊。布莱德没有停步，悄然无声地向停在中心建筑大门外的雪弗兰黑色箱型车摸去。

不一会儿，布莱德又回到大厅，在黑暗和设施物品的掩护下，匍匐着靠近了达莱妮的霰弹枪。

他趴在地上，从口袋里掏出一个小罐子，这是他在废弃的加油站找到的胶水。他抬起手，往霰弹枪的枪口灌了几滴。这种专门用来粘金属的强力胶水十分坚固，遇到空气在几分钟后就会凝固。海外作战时，如果搞到武器又无法带走时，他们经常会这样简单有效地处理，枪管被胶水封闭后就无法再次使用，以消除武器被敌人取得后的威胁。

最后，他来到厨房，在微波炉里放进了几瓶可乐罐，把时间设定在十分钟后启动。

好，一切就绪，他沿着后走廊来到了地下室。现在，他要扮演"英雄"的角色了。

关押在地下室仓库中的中国人大多已经昏昏沉沉地入睡了，但从紧锁的眉头和偶尔发出的喃喃梦呓来看，人们都被心魔压着，睡得很不安宁。

仓库紧闭的门悄悄打开了，一道昏暗的光照入了压抑沉闷的屋内。

布莱德的脸从门外露了出来。他朝惊醒的人们做了个嘘声的手势，让开身子。寂静的走廊通向一扇不引人注意的后门。

不远处传来的音乐声，夹杂着模糊的对话声。人们屏住呼吸，一个挨一个朝后门溜去。马主任急匆匆挤在前面，佩佩拉着漠然的洪银河紧随其中，张峰也倚靠在两个人中间，一蹦一跳地走。他们知道，只要能上车，劫匪们就追不上了。

"快！"布莱德催促着。经过布莱德的身边时，简妮感激地用手捏了一下布莱德坚硬的手臂，她闻到一阵强烈的男人汗味。

还有四分二十秒，时候正好，布莱德想。

人质们一个接着一个溜出中心建筑箱盒式的大房子，远处被山顶积雪托起的天际线在树丛遮掩的屋檐后微微发亮。

稀疏的树木也遮挡了大厅泻出的灯光，在弯着腰快速地通过窗户时，人们依稀可以看到里面的情景。白色的窗棂后面，李晓宇正在桌前与邱永邦和两个墨西哥人喝酒。四人似乎聊得兴致很高。李晓宇两腿随意地搁在椅子上，一脸的舒适和享受。

"李晓宇。"文文忽地站住，低低呼了一声，她的身子摇晃起来。刚刚还在担心着他，他倒好，还和劫匪喝上了，打成一片了。

"他在干吗啊？我去把他叫出来！"文文跺着脚说。

"走吧，以后再说。"简妮在身后推了她一把。这情景确实是她没有想到的，一定是那笔钱的关系。

李晓宇环视着眼前三个人张嘴攒眉，一副苦思冥想的模样，忍不住要笑出声来。

他刚刚把他们哄到桌前，几杯啤酒下肚后，出了道智力题耗他们的脑子。

题目是这样的：

有一个人卖葱，一块钱一斤，一共一百斤，要卖一百元。来了个小姑娘，问葱能不能分开卖。卖葱的说可以，分开的话，葱白七毛一斤，葱青三毛一斤。

小姑娘说那就分开买吧，你称一下。称下来，葱白五十斤，葱青五十斤。小姑娘一算，五十斤葱白乘以七毛等于三十五元，五十斤葱青乘以三毛等于十五元。两者相加，三十五加十五等于五十元，小姑娘给了卖葱的五十元，就拿着葱走了。

留下卖葱的纳闷了，明明自己一百斤葱要卖一百元的，怎么到手里只有五十元了？

这究竟错在哪里了呢？

"葱白七毛，葱青三毛，对啊，加起来是一元啊。"邱永邦扳着手指也糊涂了。

阿里斯托满怀希望地盯着达莱妮。刚才李晓宇笑他一身肌肉好使，一个脑袋不好使，说出个题目给大家乐乐。阿里斯托有点发怵，把达莱妮叫来了。钱的事一向是达莱妮经手，无论毒品折算还是人头费，达莱妮都搞得清清楚楚，没有人能占到她的便宜。但看上去达莱妮也被这题目绕晕了，翻来覆去也没搞明白钱怎么就少了。

"是按根卖吧？"达莱妮灵机一动，她以为找到了窍门。

"不，是按斤，每斤有许多根。"

"咦，奇怪——"达莱妮把手指插进她刺猬般尖状的短发里，嘬着嘴唇，直翻眼珠。

猪头，你们就在里面绕吧。李晓宇虽然表面上带笑，但心里却焦急不安。报警电话已经打出去快一个小时了，警察怎么还没见踪影？他看着墙上挂钟里卡通猫头鹰的眼睛跟着秒针慢悠悠左右转动，恨不得上去一把揪出。

镇静，李晓宇对自己说，一切都快结束了。邱永邦刚才关切地问，要不要叫文文上来一起吃点东西。李晓宇回绝了。万一警察不分青红皂白冲进来，发生枪战，文文还是待在地下室里安全。他悄悄扫视着四周，开始为自己寻找安全的藏身点。这时，他隐约听到厨房里有一声轻微的叮响。

搁放在厨房一角台子上的微波炉按设定的时间正常启动了。一分钟后，在平稳的嗡嗡电磁声中，里面的可乐罐开始变形。又过片刻，可乐罐里的液体内部分子在电波的激烈震荡下产生高温，急促往外膨胀，薄薄的密封合金铝壳再也承受不住来自内部的巨大压力。

出逃的人们在中心外不定形的喷泉边停住了脚，前面有一个给孩子玩的迷宫小花园，种满了修剪整齐的一人多高冬青树。大家都有点气喘吁吁，这几天下来，体力明显下降了。

现在道路分成两条，一条是沿着爬满了青藤的外墙出去，出口就是通往山下的汽车闸道，那辆雪弗兰箱型车就停在路边。另一条是一片为孩子修建的室外小迷宫，围着小迷宫外沿圆形的车道，经过大草坪就是主停车场，大巴车正掩蔽在停车场内侧的岩壁和树丛下。大草坪的对面，一条石道弯弯曲曲通往山顶悬崖边的极限高空蹦极和高山缆车。

布莱德回头望了一眼蹑手蹑脚跟着的人群，他在心里默默估算了时间，差不多了，好吧，开始吧。他掏出了箱型车的钥匙，这是他从达莱妮换下衣服的口袋中偷来的。

"我们分两路走。张峰，你带几个人去开箱型车。其余的人跟我上大巴车。注意，千万不要弄出声响。"布莱德知道这里面就是张峰不好对付，他要首先送这个人上路。

看着布莱德脸上长长刮伤处凝结的血渍，张峰有些内疚地接过钥匙，看来布莱德是费了不少劲，自己错怪好人了。他心怀感激地用力握了握布莱德的手。

马主任在边上伸手抢过钥匙："他腿不好，我来开吧。"

行，羔羊自己要走进屠宰场，那就随你吧。布莱德点点头，他回头望望灯火通明的大厅，心里默数着时间——三、二、一，就是现在！

一声沉闷的声响从中心建筑内传出。玻璃窗碎了，又是一声古怪的枪声，片刻，是墨西哥人痛苦的叫声。那声音撕心裂肺，如垂死的野兽竭力要咬断夹住自己脖子的铁箍。

（七）

达莱妮脸前骤然冒起一片耀眼夺目的火花，她觉得太阳在眼前迸裂了。

她抱着脸，在地上痛苦地翻滚。她的半边脸皮开肉绽，血肉模糊，一只眼睛斜向一边，几乎要掉出眼眶。她断成几截的霰弹枪掉落在一旁的血泊中。

刚才当他们听到爆炸声冲进厨房后，里面一片狼藉，并无人迹。眼尖的达莱妮通过窗户看到了影影绰绰的人影。中国人正弯着腰，急促地小跑着通过厅外的空地，朝车辆奔去。

"他们跑了！"达莱妮尖叫道，她一枪托砸开玻璃窗，端起霰弹枪对着散乱的人影就开了枪。子弹发射的原理很简单：当扣下扳机的时候，弹簧带动击锤运动，击锤撞击击针，击针再撞击子弹底部的底火。底火内有化学物质，受到撞击后燃烧，点燃弹壳内的发射药。发射药燃烧变成气体体积急剧膨胀。弹头和弹壳分离，弹头在高压火药燃气的作用下在枪管内加速，子弹出膛时速度很快，这时弹头就具有了破坏力。多余的燃气压力一般经枪口、自动上膛使用的燃气管和抛弹窗释放，所以会听到巨大的响声。

但是，达莱妮手里霰弹枪的子弹被凝固的胶水阻挡，没能顺利通过枪管，瞬间在枪管内形成高压，高爆枪火药炸开了厚实的枪管。闪光和血雾中，达莱妮倒在地上。

"达莱妮！"阿里斯托疯了般上前抱起达莱妮。达莱妮受伤的脸一半是天使的俊俏，一半是魔鬼的狰狞，她挣扎着站起，撕下披风上破裂的布条扎住眼睛。

"杀死他们！"她歇斯底里地叫着。

阿里斯托的眼睛几乎滴出了血，心上人的惨状令他痛不欲生。他一声低吼，疯虎般扑出门去。

怎么回事？李晓宇也被突如其来的变故惊呆了。顷刻之间，他立即明白了，一定是那个鬼魅般的布莱德干的。用意是什么？是声东击西，还是自暴形迹？不管怎么说，现在一切都乱了套，逃跑还是反击，李晓宇竭力分辨清楚。不幸的是，他意识到现在无从选择。

外面传来箱型车发动的声音，邱永邦急白了脸，他拎起枪一瘸一拐地追出门去，回头对李晓宇大叫："兄弟，一起拦住它！"

连续的枪声惊飞起群群宿鸟，压皱了寒冷的空气。

张峰抓住箱型车的后挡车板时，他意识到车后门是开着的。

回头望去，脱逃的中国人已经被枪声炸开了窝，分成两拨狂奔。一拨人跟在自己身后，另一拨人正慌不择路地越过大草坪，黑暗中，影影绰绰像泼撒的散珠四处乱滚。

坏了，乱套了，张峰不由叹息。现在无能为力了，能跑一个是一个，唯一能做的就是赶紧下山求救。身边一阵风旋过，马主任如出林的老熊，闷着头连滚带爬地上了前面的驾驶座，他哆嗦着手插上钥匙一拧，车轰的一声发动了。车是手排挡的，马主任并不习惯，箱型车猛地一个趔趄，又熄了火。

"我来吧！"张峰朝车厢前面爬去。马主任咬着牙又点着了火。我不会把我的命交在别人手里，他想。他猛力一踩油门，面包车往前冲去。

"等等我！"后面有人喊，一个刚抓住面包车后车门的人被甩了下去。

张峰急忙抓住车厢里一个摔倒向后滑的同伴，"等下，还有人没上来！"他对马主任叫道。

马主任仿佛没有听见，一打方向盘，面包车已经上了下山路。

临近中心建筑的盘山公路并不宽，但坡度不小，有两个转弯。由于转弯的角度比较急，管理人员在坡边立了铁栏杆和一面大圆镜，以便两边的车辆可以看清对面车道上的情况。

上车的只有四五个人，他们惊魂未定，往后望去，箱型车与追来的阿里斯托渐渐拉开了距离。阿里斯托手里的枪吐着火舌，一颗子弹击中了敞开的后车门，溅起一溜火星。

只要拐过山崖，阿里斯托就不可能再追上了。到转弯处，马主任松开油门的脚去踩刹车，一脚下去，空荡荡地，再连踩几下，刹车一点反应没有。

"妈啊！"马主任本能地朝内猛打方向盘，失声叫起来。

失控的面包车朝山谷冲去，撞翻了铁栏杆，接着又撞上大圆镜，大镜子被撞翻下了公路，在岩石和枯木中翻滚着落下深深的山谷。箱型车被反弹回了岩壁上，强大的惯性使车失去了平衡，一侧的轮胎几乎离地。蹭到山壁的时候，车颠簸了一下，似乎要停住，但在松软的沙土上滑动了几圈，又加速往下。

当张峰在剧烈的颠簸中再次抬起头时，他看到的是一幅诡异的画面：驾驶座上已经是空荡荡的。无人控制的方向盘像被电击的小丑般疯狂而怪异地跳动着。这太可怕了！张峰一把抓住了方向盘，翻滚到驾驶座上。他受伤的腿撞在铁杆上，痛得他两眼直发黑。幸好现在也用不着它，张峰脑子里无端这样闪了一下。他倾斜着躺在驾驶座上，竭力辨明眼前的窗外如万花筒般变幻跳跃的景色。

想想，再想想，野外生存训练休息时曾和教官聊过这个话题，他当时怎么说的？稳住方向盘，提手刹，换到最低挡，还有，找机会往平缓的岩壁上蹭撞，天哪，这速度——

惨白的车灯像胡乱挥舞的剑割开山谷中阴沉的冷雾，箱型车一路癫狂，沿着公路往山下冲去。张峰死死抓住方向盘，他的耳中还回荡着马主任凄惨的叫声。

马主任运气不好，刚才他兀自打开车门跳出去时，正好坠落下了山崖。

阿里斯托追到转弯处，箱型车已经失去了踪影。他恨意不解，朝着空旷的路口又放了两枪。重伤的达莱妮也从青藤外墙边的小路上踉踉跄跄地走来。

"别管他们了，"剧烈的疼痛让她几乎昏厥，现在只有一件事支撑着她，她死也不会放弃，"快去，把老头儿抓住！他们往山上跑了。"

墨西哥人匆匆离开后，草丛中站起了布莱德。他望了下冷雾弥漫的山谷，点点头。不出所料的话，没有刹车的箱型车不可能撑到山下。现在又离不开他了。布莱德并没有剪断刹车线，那样警察在以后检测中很可能会发现蹊跷。他只是放光了刹车油，坠毁的车子中，没有人会注意残留的油。

侥幸的话，车上或许有人会活下来，即使全死了也没有关系。没有上车的人中，不少人四处躲避。布莱德就看见有几个现在正藏身在迷宫的树丛里。布莱德知道，他们都是自己最好的见证人。从全局考虑，布莱德放过了他们。

他拍拍身上的土，朝停车场的大巴车走去。车钥匙就在自己手里，刚才的混乱中，就是有人逃到了大巴车前，也无法离去。

现在，布莱德回到大巴车，他坐在高高的驾驶台上，耐心地等待最后人员的到来，以载着他们开往下一个祭祀地。

他觉得自己好像神话中那个叫卡戎的地狱摆渡人，他肌肉偾张，用巨大的船桨驱使着掉队的乘客，上船的都是被诅咒过的灵魂，因此他毫无怜悯之心。

这个比喻既贴切又好玩，他呵呵笑了。

（八）

"精灵堡"游乐场悬崖　23时05分

上山的路是用褐红色的石片铺成的，像一幅用笨拙的笔描绘拼贴的画，弯弯曲曲升向山顶。

高空蹦极和缆车建在"精灵堡"游乐场的最高处，也是在最险要的山峰上。两个游乐点分建在山峰两侧，快到峰顶的时候分成两条岔道，相差距离不到二百米。

高空蹦极处是在几乎直上直下的陡崖上用钢梁伸建出的一间开敞的小屋，面向深谷的一面只有一根绳子拦着。爱好刺激的游客们就在小屋中由专业的人员帮助，在身上捆好吊带，系好高空弹力绳和限定绳，然后面对或者背对着百丈深渊，鼓足勇气，奋力一跃，在完全失重的自由落体中朝深渊俯冲而去。在快到谷底的时候，弹力绳会收紧，又把你猛力弹送回半空中，像鸟一样在空中自由自在地荡漾。几次反复，才慢慢松下绳索，谷底的河水中有人会划着小船接应。这项运动是要有相当大的胆气的，一般人望而兴叹，只能羡慕地看着，而跳过的人则将此作为自己一辈子炫耀的资本。

缆车则安全得多，它架在对峙的两峰之际，由两根粗钢缆相连，游客们坐在可容两人的小车厢里，首尾相连，悠悠荡荡地滑过峻峭的峡谷，饱览风光，绕峰而来的小溪河像一根碧绿的带子，静静地卧在树木茂盛的谷底。

前面的一群人跑得很快，一会儿就消失在峰顶的岩壁和树丛中。

简妮加快了脚步，她听到后面上山的路上有人正紧追不舍。

刚拐过一个转弯，有人轻声叫自己。简妮回头看去，一块大石头侧，佩佩披头散发，正抱着洪银河的胳膊蜷缩在草丛中。

"简妮，帮帮我们！"

"怎么停在这里了，赶紧走，后面追来了。"简妮催促着。

"他犯傻了！快想想办法！"佩佩一腔哭声，她身边的洪银河却似乎充耳不闻。

简妮皱了下眉，事情紧急，她顾不上多想，两步来到他们面前，和佩佩一起架起洪银河就走。忙乱中，她们没有跟着人群走左面上缆车的道，而是跑上了右面通往高空极限蹦极的小道。

急急走了一阵，简妮冷静了下来，后面追赶的人目标一定是洪银河，必须把他藏起来。

路边深处有两块相垒的大岩石，乱树丛遮掩着岩石下一条窄窄的岩缝。岩缝里黏答答的很脏，可能是内急的旅客把它作了方便之处。当然，弄脏衣服和危及性命的风险是不可相比的。简妮把洪银河推了进去，拉着佩佩继续往山顶跑。她知道，人越分散，逃脱的可能性就越大。

洪银河一声不响地听她们摆弄，他坐在岩缝深处，看着两个女人急匆匆消失在山道上。不一会儿，一瘸一拐的邱永邦也经过了山道。

临上山时，李晓宇还往大巴车那边看了一眼。

他有些纳闷儿，如果是自己安排这次逃跑，那一定会事先将车子发动好，隐蔽在附近的地方，等人一到立即走。但是大巴车还是停在它刚来时的位置，仿佛一百年都没有移动过一样。李晓宇现在明白人们为什么会往山上跑，因为这里没有希望。

上山就有希望吗？李晓宇抬头望了望锁在冷雾和黑暗中的石道。他并不了解山上会发生什么，但知道文文简妮她们就在上面。他刚刚看到邱永邦已经追了上去。而大草坪的另一侧，阿里斯托和达莱妮的身影也影影绰绰地出现了。

警察怎么还不到啊！李晓宇第一次对美国警察失望了。

骤然安静的四周正在预示着更大的危险即将来临，也提醒着他无法置身事外。我必须得上去看看，李晓宇跺了下脚，朝山上跑去。

与此同时，凤凰城9-1-1勤务调度中心大厅里，机敏的缇娜开始做预先的工作。

在等待许可令的同时，缇娜已经在电脑上与电信运营商数据中心的技术员连线。她认识这家伙，是个脸上长满粉刺的快活小子，他们曾经和朋友们一起到山里吃过烧烤。他正在无所事事的夜班中闲得发闷，刚想开句玩笑，就被缇娜严肃的语调吓得收了回去。几分钟后，他急急忙忙打开了电脑上庞大的数据库。

现在，只要许可令一到达，即刻可以调取和分析数据。

（九）

简妮用力摇了摇头，她要竭力分辨清楚自己是在噩梦里还是在真实中。

她现在就坐在一条用铁皮包住的粗大木栏上，身上横七竖八缠着吊带和高空弹力绳。她的身边是已经吓得几乎瘫软的佩佩，身上也同样捆着绳索。她们悬空的脚下，百丈深渊像张巨大的黑嘴正吸吐着沉沉雾气——

高空蹦极的小屋就建在悬崖的边上，钢梁架成走廊一直伸进了空中，走廊四周用透明的塑料板挡着，尽头敞开，只有一根绳索象征性地拦住。

简妮和佩佩就坐在走廊的尽头处，她们四周是呼啸的山风，她们的手指紧紧抠住了最后一块木板的缝隙，但这只是本能的反应，对现状没有任何帮助。现状是，她们的身后站着三个人，随时会一脚把她们踹下深渊。

邱永邦沙哑的声音随着山风在峰顶回荡："洪银河，你出来！不要逼我！"

这一定不会是真的。简妮想。几天前，自己还坐在学校静谧的图书馆里，宽大的橡木桌上有一具造型古朴的铜制台灯，自己正在读厚厚的一本书，书包里还藏着无聊时解馋的干果片和巧克力。书名有些枯燥和拗口，《人类的起源与思想的悖逆》。而现在一睁眼，却已在荒蛮之地，所有的规则都是用野蛮和杀戮书写。

刚才，简妮和佩佩上到了高空蹦极的岔道。跑到小道头，她们发现前面没有路了，只有一间铁屋子延伸出悬崖半隐在黑暗中。

"没地儿跑了啊？"佩佩乱了方寸，简妮只好搂着她钻进了铁屋。

不多会儿，邱永邦也追到了这里，他四处搜寻了一遍，没有发现人影，但他很确定，刚才明明看到洪银河和两个女人就是走这条道的。他冲进屋中，不出所料，两个女子紧紧依偎在角落里，而洪银河却不见踪迹。

"他人呢？"她们没有回答他。

"告诉我，洪银河在哪里？"邱永邦真急眼了。洪银河是他希望的全部，迄今为止发生的一切都是因为他，邱永邦就是豁了性命也不会放弃洪银河的。

山道上的墨西哥人循声也赶到这里。达莱妮被疼痛和愤怒折磨得晕头转向。她现在心里深深憎恨着这些中国人，是他们阻挡自己的美好生活，是他们重伤了自己，毁了面容。当她知道洪银河不见了时，满脸是血的达莱妮便一下子陷入了疯癫状态。

"把她们扔下去！"达莱妮歇斯底里地尖叫着。如果找不到老头儿，她甚至想毁掉全世界。

从内心说，邱永邦并不想走到极端。他已经游过了不归点，前面还是一片漆黑的水，只有奋力一拼。邱永邦沉下了脸，他知道，到这一步，就没有什么可讲究了，要用绝对的手段。他示意阿里斯托把悬挂在墙上的洛杉矶式吊带和高空弹力绳套到简妮和佩佩身上，把她们拖到了敞口处。折腾她们是为了逼出洪银河，给她们留出一线生机，是死是活，老天爷看着办吧。

"洪银河！我知道你能听到，我也不想这样做，"邱永邦提高了嗓门儿，"咱们这辈子是缠在一起了。你不让老子好活，老子也让你死不安宁！"

简妮竭力想忘却现实，她闭紧眼睛，想把世界隔绝在外。她在回想那个安静的图书馆，想那本厚厚的书，那些香甜的零嘴。不幸的是，她的耳边却不断回荡着邱永邦嘶哑的叫声：

"洪银河，这里是你的两个女人。要么你出来，要么把她们一个一个推下去！"

望着脚下漆黑的深渊，佩佩终于崩溃了，她嘤嘤的哭声变成了撕心裂肺的惨叫："老洪！老洪！救我啊！天啊！啊——"

听到邱永邦的叫嚷声时，坐在岩缝中的洪银河还没有反应过来。但佩佩的惨叫使他如梦初醒，他颤颤巍巍爬起身，朝着叫喊声跑去。

罪孽由我而起，也就到我结束吧。这么多年来，身边亲近的女人一个一个走了，像蝴蝶般飘坠而去，自己就是伸手想拉，也空荡荡一个都拉不到。现在只剩下佩佩和女儿了。

洪银河只存着一个念头，要死，我死！

凄厉的惨叫声从山谷中传出，那已经不是人所能发出的声音了。

佩佩一边叫一边把身上的绳索扯下，拼命朝后爬，两条腿乱蹬，把绳索踢下了台口。

滑落的绳索嗖嗖扭动着一路向下，猛地绷紧、拉直、复而高高弹起，自下而上朝小屋奔来，随后又抖动坠下。在黑暗中，如同一条活生生的黑色长蛇，腾云驾雾，摇头摆尾，吐着舌信，纠缠着扑来要将人卷入无尽的地狱中。

天啊！这不是真的，一定不是真的！这情景如此的诡异可怖。简妮抱着头不敢再听、再看，眼前发生的一切已经超出了她理智和忍受的极限。她也疯狂地去扯开身上的绳索。

"洪银河！你出来啊——"邱永邦的声音颤抖着，妈的，这都是什么事啊！他诅咒着。

阿里斯托伸手去抓地上乱滚的女人。简妮和佩佩拼命挣扎，这时，她们看见了洪银河扶着门框出现在小铁屋前，他脸色苍白，目光涣散，呼吸短促。

"放开她们！我去死！"死亡开始变得甜蜜，让一切都结束吧。洪银河不假思索地朝铁屋外的黑暗中扑去。

"不要！"

简妮哭喊着，她奋力挣脱开阿里斯托，一把抱住洪银河。不管她曾经多么仇恨过这个父亲，但生死瞬间，骨肉之情使她紧紧抓住父亲死也不松手。

他们一起倒在肮脏的地板上。

（十）

李晓宇出现在山顶缆车站时，他发现所有人都用恐惧和仇恨的目光盯住自己。

这是开在山顶的一块露台，缆车站不大，进来后就像一个敞开的大棚子，中间是操作室，边上有"U"字形的铁轨，缆车从"U"字的左端进来，放下回来的游客，转过铁轨，坐上新的游客，再从"U"字右端滑出，悬挂在钢缆上，晃晃悠悠驶向对面的山峰。铁轨进出的两边，摆放着一对真人大小的小丑木偶，它们坐在宽大的扶手椅子上满脸欢笑地扬手致意，迎送着来往的游客。

文文正虚弱地扶着一个背着双肩包的男孩坐在缆车操作室的门前，望着里面的人手忙脚乱地搬弄着操纵杆。一见到李晓宇，文文强撑起身，挡在他面前："李晓宇，你想干吗？"

李晓宇一愣，这才想起自己刚才扮演的身份："文文——"

"你要帮邱永邦？好，你先打死我吧！"泪珠在眼眶里转着，文文抖抖簌簌如受伤的小鸟，檀绿色壁球花银项链晃动着，小巧丰满的胸挺在了李晓宇的面前不让开。

"傻丫头——"

李晓宇一阵心酸，他用手抚摩了一下文文因发烧和激动而涨红的脸，文文你糊涂啊，你还不了解我吗？时间紧迫，他顾不得解释，必须马上做出决定，他撇下文文，走进缆车站。

菩萨保佑！他不会是那样的人。文文暗暗念叨了声，腿一软，坐倒在地。

缆车站里一片漆黑，夜光映在中央操作室的玻璃上，杯口粗的钢缆，生铁铸的轨道，巨大的齿轮，这里的一切都显得笨拙但却结实。

操作室里的几个人还在忙乱地搬弄操作杆，他们想启动机器，却没有效果。

李晓宇看到在操作室的背后有一排电闸，他过去把电闸一合，缆车站立即灯光大亮，音乐响起，机器转动了起来，粗大的齿轮嘎嘎地响着，拉动了钢缆。一辆双人座小车厢从入口处的黑暗中现身，顺着钢缆慢慢滑进了灯火通明的缆车站。

人们一声欢呼，急匆匆拥到口上等着，他们恨不得伸手一把拉过小车厢，然后一步就迈到对面的山峰。

这时，他们听到一声枪响，枪声很近，就在不远处。

枪是阿里斯托开的，他正提着张峰的勃朗宁猎枪，恨意未解地盯着路边茂密的树林。

佩佩奔跑的脚步声渐渐远去。从高空蹦极站出来后，她就一直走在后面，嘴里咕咕念叨着谁也听不明白的话。突然，她喉咙里发出一声怪异的笑声，一低头冲进了林子。她像一只黑夜里被惊起的大鸟，不辨方向，四处乱扑，枯枝的断裂声和碎石的滑落声中夹杂着她隐约的笑声。

她疯了？所有人脑子里都闪过这个念头。洪银河低呼一声，推开阿里斯托的枪想追过去，简妮在身后悄悄拉住了他。"让她走。"她说。

这里是开放的旅游区，佩佩留在山里比待在自己身边安全，洪银河领悟了。他马上想到要让简妮也脱离这个险恶的境地。

"我跟你们走，但是要放她走。"洪银河转过身对邱永邦说，语气不容置疑。

"这由不得你。"邱永邦转着眼珠，这个姑娘不能放，她现在是我手中对付你唯一的王牌。

"那我就不走。"洪银河一屁股坐到地上。

"这也由不得你，老爷子。"邱永邦对阿里斯托使个眼色。

阿里斯托把发烫的枪口顶到了简妮的头上："信不信我现在就把她的脑袋打爆？"

"打，打死她！"达莱妮在一旁叫着。他们让我流血，我让他们丧命。从小，达莱妮只认得以血还血这个道理。她指向不远处的山顶缆车站，"杀了她，再去杀他们！"

你敢！你先打死我吧！洪银河瞪圆了眼睛，他一把握住枪口，硬掰着朝向自己的胸口。

简妮暗中叹了口气，她明白洪银河现在的心情。而且，即使要审判父亲的罪孽，也应该是堂堂正正接受公正的清算，而不是在这月高林黑的山野中吞下匪徒的一颗子弹。

"走吧。"简妮扶起洪银河，低声说，"我陪你。"

当女儿纤细的手第一次挽住自己手臂的时候，洪银河浑身颤抖了起来。

对面就安全吗？李晓宇迟疑起来。

顺着两根垂荡的钢缆望去，对面的山峰朦朦胧胧，像一扇不知祸祥的神秘大门。

一般说来，对面的山峰只是一个观光台，游乐场并没有必要花大资金，去远处的山里再开辟一条下山的路。如果这样，劫匪们只要堵住缆车站，再派人坐缆车过去，人们依然无处可逃。再者，车厢行进的速度很慢，在操作室随时可以中止。到时，悬挂在钢缆下的人就是活靶子，一个个上天无路，入地无门。

李晓宇觉得站在山头上的自己就好像站在魔鬼毛茸茸的肚子上，随时会被跌落吞噬。

魔鬼的肚子？他想起听一位牧师讲过的魔鬼撒旦的肚脐，说法很好玩，所以一直记得：为了逃避地狱，人们爬上撒旦的巨大肚子，他的肚脐是地球的中心，重力突然改变，世界的一切便会截然相反。

缆车的巨大齿轮嘎嘎转动着，它们半竖立在地上，李晓宇突然醒悟，下面一定有维修间。他围着操作室转了一圈，不出所料，维修间的进口就在操作室门外一侧的地上，用木盖掩着，上面还有一块又旧又肮脏的橡胶地垫。

截然相反！所有人都要逃离魔鬼，越远越好，而却没有想到待在魔鬼肚脐里的安全。古老的传说真是有智慧啊！一个大胆的想法出现在李晓宇心头，他拉开地垫，掀起木盖，维修间里面的空间虽然很小，但隐蔽这些人绰绰有余。

"到这里来，快进去！"李晓宇对着铁轨边的人们大叫。

小车厢咔咔地已经转过了"U"形轨道的中间，正往出口而来。人们看看他，又看看可以带他们到对面山峰的缆车，不禁有些迟疑。

"坐缆车逃不出去的。"李晓宇来不及解释。确实，性命攸关的顷刻间，谁又能确保自己是万无一失的，只能比较智慧和果敢。

他这样做不会没有理由的。文文看着李晓宇焦急的眼神，她知道自己男友的性格，很少会贸然行事，他一定仔细想过，我应该信任他。文文拉着两个孩子率先跑了回来，一头钻进了又脏又狭窄的地下维修间。后面的人犹豫了一下，也纷纷迈过铁轨，跟了过来。

"你也快下来！"文文仰着头焦急地催促着。

李晓宇俯下身，操作室透出的灯光剪出他的黑色轮廓。他摸了摸文文的脸，抹去了她面颊上的泪水和污痕。他摇摇头。必须有人完成最后的掩盖。他用力把沉重的木盖关上了。

"晓宇，不要这样！"文文在下面往上爬，要推开木盖。

"听话，文文，我没事的。"李晓宇拉过地垫，掩盖住进口。

"你一定要当心，要好好的。"文文抽泣的声音从地板下传来，瓮声瓮气的很微弱，"你要答应我。我们还要一起回国，你要陪我。"

"放心，我会的。"

李晓宇长长地吐了口气。我当然想陪你，如果能逃过这一劫，我会带你回到江南水城我的家，坐在门前的银杏树下捡乳白色的果实；还有，我们要再去克莱蒙山上那家百年老店吃他们的牛排——只要你快乐，天涯海角我都愿意陪着你。

截然相反。

人都相信自己的眼睛，认为看到的就是真实的。就像李晓宇在赌场里闪电般亮出最后一张公牌时，所有的人都关注着牌，而忘记了它是如何出现的。

前面的小车厢已经离开了缆车站。李晓宇把坐在扶手椅子上的两个小丑木偶用力搬起，放到了刚转进来的第二辆小车厢里。他用挡绳把它们固定好，跑进操作室，把操纵杆放到了"快速"挡上。缆车在崖边停顿了一下，一个轻微的下沉，便晃悠悠滑入夜空。座椅上的木偶人兴高采烈地举着一只手，似乎为它们的新旅程而欢呼。

"停下！"邱永邦一行人出现在缆车站里。一进门，洪银河和简妮就坐到地上。

看到小车厢在黑暗中渐行渐远，阿里斯托急忙冲过来。李晓宇退出了操作室，站到门外一侧的地垫上。

"你放他们走的？"邱永邦怀疑地看着他。

"我有什么办法？我能拦住吗？他们没把我扔到山下就算我命大了。"李晓宇手一摊，脸色愤愤不平。

他说的也是实话，邱永邦想，他手里没有武器，不能怪他。再说，他能留下来不跟着其他人跑也就够意思了。邱永邦走到站台口，蹲下身子，眯起眼打量着空中的小车厢和对面的山峰。追过去还是就这样把他们留在山里？邱永邦一时拿不定主意。他敞开的衣襟被山风吹得鼓起，像夜鸟张开的两只黑色翅膀。

咣当一声，缆车停在了半途中。阿里斯托在操作室里终于找到了一根有作用的操纵杆。他想让小车厢退回来，可是这是单向行驶的缆车，要么前行，要么暂停，只有到达对面山峰，缆车才能顺着轨道掉头往回走。阿里斯托气得双手乱砸。下面维修间躲藏的人们与他只一板之隔。尘土透过缝隙落下，形成一道道混浊的细光柱。他们能看见阿里斯托咬牙切齿的模样。人们屏住呼吸，不敢发出一点声响。

阿里斯托咒骂着，脚步咚咚地也来到站口，钢缆在山峰间悠悠荡荡，依稀可以望见三五十米外的小车厢里似乎有人举着一只手在呼救，但却听不见声音。阿里斯托端起枪就打，隐约可见车厢中有个人被子弹击中了，前扑在栏杆上。

枪声震醒了邱永邦，他突然一跃而起，失声大叫："不好！"

妈的糊涂啊，光顾得抓洪银河，却疏忽了大巴车，如果此刻大巴车也开跑了，那就彻底玩完了！还有，刚才坐箱型车逃走的人一下山，警察跟着就会上山，没有时间了！邱永邦一下子脸色灰白，他意识到大事不妙，必须马上离开这里。

"快走！"

"他们怎么办？"阿里斯托心有不甘地指着远处的小车厢。

"顾不上了，快走，去找车！"此刻，邱永邦只能把自己能想到的神灵都搬出来，祈祷他们能显灵保佑。

"阿里斯托，把他们杀了！"达莱妮撑起身子，缠住眼睛的布带松了，垂在嘴边像滴血的舌头。达莱妮活到今天没吃过这么大的亏，她咽不下这口气。

阿里斯托端起枪，对着齿轮关节处的钢缆连连扣动扳机。钢缆在勃朗宁猎枪大口径子弹强大的撞击力下一根根迸裂，随着一声怪异刺耳的声响，钢缆终于断了。失去了牵制力的钢缆在车厢和重力的作用下高高飞起，带着嗡嗡的声响在半空中乱窜。顷刻，它裹带着小车厢，扑下崖外的黑暗中——片刻，深深的谷底传来一阵轻微的撞击声。

看着缆车坠落，身受重伤的达莱妮终于吐出一口恶气，她支撑不住了，一阵阵晕眩，世界似乎开始离她远去。达莱妮紧抓着她的男人软软地倒下，气若游丝："带我回墨西哥，回家，我们回家——"

阿里斯托的眼角滚出了泪珠："回家！"

离开缆车站时，李晓宇能感到文文焦急不安的目光穿透了地板笼罩着自己。他能感受到文文的痛苦。现在，前方是未知的命运和风险。但李晓宇并没有后悔，他回头朝着空旷的峡谷大吼了一声：

"对不起！"

当中国人大声说出这个词时，还会包含着另一层意思：

我不得不做，祝福我吧。

"精灵堡"游乐场停车场　23时55分

警察随时会出现，布莱德已经等得相当不耐烦了。

他想好了，如果看到公路上有灯光，他就要冲上山去，用最短的时间处置掉所有的人。这个结局虽然有些遗憾，但布莱德不会让警察来帮自己收拾残局。

现在他们回来了，带回了筛洗后的结晶。人数、对象都正中布莱德的下怀。

炼狱山回来的人们啊，缝住你们的眼睛是为了防止萌发的贪念，骄傲者背负重石弯腰驼背，贪食者没有吃喝备受煎熬，淫荡者烈焰焚身消融色欲。载着这一船珍贵又肮脏的灵魂向对岸划桨而去，船头上的布莱德心满意足。

布莱德发动了车子，他要装着刚刚上车，正准备要离开。

"别想跑。"谢天谢地，老天不绝我啊！邱永邦长长舒出一口气，他用枪顶住布莱德，"马上开车！离开这里！"

一条小小的黑影从车后的树丛中奔出，一头扑入简妮的怀里。

"姐姐！"小佳年浑身颤抖，紧紧抱住简妮不放。她藏在这里好久了，刚才车上皮衣服叔叔那怪异的笑声让她惊恐不已，一直没敢出来。

"你怎么会在这里？"

"我想拿我的照相机和日记本。"

"傻孩子啊！"简妮搂紧了小佳年，忍不住放声大哭。

（十一）

临近缇娜下班的时分，临时指挥中心通过电信运营商的协助，终于锁定了劫匪和中国人质的位置。随后，各种相关的信息也开始源源不断地传递了过来。

首先是来自鹿水山谷私人度假区的消息。上个周末，艾德兄弟开着福特250型卡车进山后便与家里失去了联络。经过两天的焦急等候，心急如焚的家人们向警察局和森林救援中心报警求救。昨天暴风雪稍停，三支装备齐全的救援队就进山搜寻了。晚上，一支救援队到达了鹿水山谷私人度假区，在木屋里发现了急得团团转的中国人和几乎已经虚脱的弗兰克，还有他哥哥特里克的尸体。

地方警察们连夜工作，立即发现正是加州、内华达州、亚利桑那州紧急通报的案子。事态重大，地方警察马上连线了临时指挥中心。

清晨，凤凰城空中管制中心收到一份报告，一架私人小飞机在黎明前起飞，前往三百英里外新墨西哥州的阿尔布开克（Albuquerque），空中经过福尔弗德"精灵堡"游乐场时，发现原本关闭的游乐场灯火通明，山峡下还有余火未尽的燃烧物。

同时，"精灵堡"游乐场山脚下发现一辆坠滑在沟里的箱型车。车是山上游乐场的工程车，已经碰撞得不成模样。车旁还有五个不同程度受伤的中国人，其中一个叫张峰的男子伤势最重，在拉他出车时，张峰努力抬起身子，手指着山顶，只说了一句话："快去救人！"

"立即封锁出山口各条通道，包围福尔弗德'精灵堡'游乐场，一只鸟都不允许飞出去！"临时指挥中心的命令斩钉截铁，不容置疑。

联邦警察和州警察行动了起来，临近地点的州国民警备队也奉命全副武装开出了军营，公路上警车、军车、特种车辆全都闪起了紧急灯，一眼望不到头，裹着冲天的尘土，往黎明前黑黢黢的山区开去。

"杂种，终于拽住你的尾巴了！"临时指挥中心负责人把烟蒂狠狠揿灭在桌上，"看你再往哪里逃！"

但是，他忘了在自然界司空见惯的一件事，无路可走的蜥蜴在危急时刻，往往会断尾求生。

下班的缇娜把钥匙插进她四轮驱动的绿色小吉普车，轰隆一声发动，离开了9-1-1勤务调度中心那栋陈旧的方形建筑。透过屋顶刺猬般林立的天线，她望见了城市东北角依然浸没在雾霭中的黑色的群山。对那些素不相识的中国人，缇娜默默地祝福了一声：

"Good lucky！"

对缇娜来说，这只是她漫长的职业生涯中一个普通的晚上。

（十二）

暴风雪销声匿迹了。

如同"极地旋涡"的突如其来一样，它灾难性地进入大陆后，迅速与南方高压气流混合，在气象学上很短的期限里，便消失得无影无踪。

　　然而，关于这次极端气候的起因和它所带来的影响的讨论却一直延续了很久。

　　不久后召开的全球气象年会上，各国的专家们把这次异乎寻常的"极地旋涡"作为重点案例进行研讨，人们喋喋不休，各种观点针锋相对，相持不下。政治的、经济的、学术的诸多因素，展开了新一轮的角斗。

　　地壳下，新生代褶皱带中，延伸千里的岩层断裂已不可避免。最后的塌陷会在几个小时后爆发，将释放出惊人的能量——

第九章

（一）

福尔弗德"精灵堡"游乐场　06时40分

清晨，全副武装的警察悄悄地包围了山上森林边缘处的游乐场中心建筑。

几乎每一棵大树下和每一块岩石后，都有黑洞洞的枪口瞄准着依旧灯火通明的中心建筑。天上，武装直升机贴着山顶盘旋，强大的螺旋桨卷起的狂风刮得残雪飞扬，低矮的灌木和草丛一片片倒伏在地。临近的空间已经被宣布为禁飞区，巡逻直升机随时准备驱赶闻风而来的空中媒体。

上山的公路上，遮住面目荷枪实弹的黑衣SWAT们和当地警察的车队排出去好几英里，按照紧急处置方案，救火车、医疗车、器材车都无声地闪着紧急灯待命。中心建筑以外的区域，发现不少受伤的人，已经实施了救援，有两副担架用绳索拉着抬上公路，立即送上待命的救援直升机，往凤凰城的急救中心飞去。

七点三十分，包围圈完成，游乐场被围得水泄不通，连一只鸟也飞不出去。

七点五十分，狙击手全部就位，他们手中的狙击枪可以直接打塌一面墙。

八点整，由于天色已大明，偷袭难以奏效，现场指挥官决定实施强攻。攻击小队有四支，分别从游乐场中心建筑的正门、后门、大厅外窗和中央房顶实施爆破突入。

八点十分，三名穿着厚厚的防爆专用服的特警小心翼翼地靠近大门，他们伸出一根长长的前置式定向爆破金属杆，抵在大门中央。

八点十一分十秒，一声令下，中心建筑的电源全部切断。爆破声和玻璃窗破碎声四起，脸蒙黑色面罩，头戴配有夜视镜的PASGT凯夫拉护盔，身着防弹服，手持德制MP5冲锋枪的特警们冒着烟雾冲进了建筑中——

结果却是令人沮丧的。

不久，在缆车站和山沟树丛中隐匿的中国人陆陆续续被找到。

经清点，共三具尸体，重伤者两人，生存者十七人。

根据张峰和其他生存者的口述及现场整理分析，劫匪是在午夜时分驾大巴车离开的，车上连劫匪还有四男三女七人，其中包括一名未满十三岁的小女孩。

这里离墨西哥边境正常行驶时间约四个小时，而劫匪们离去已经有八九个小时了。在这期间，警察并没有收到任何关于这辆大巴车的信息，这说明大巴车很可能已经顺利地越过了边境。

从临时指挥中心赶来的指挥官脸色阴沉得如同暴风雨的前奏，稍一触碰便会电闪雷鸣。他一面命令手下沿着边境线公路继续设点，严加盘查；一面向上级报告，请求马上与墨西哥警方联系，要他们协助抓捕罪犯。

资深的警察们面面相觑，默不作声。他们明白，这只是流程上的手续，罪犯已经逃脱了，何时落网遥遥无期。这次行动，美国警察丢了大脸。

佩佩并没有死。当人们找到漫山乱跑的佩佩时,她已经疯了。

她在自己头上插了许多小树枝,在山沟和岩石边不断地摆着各种奇怪的姿势。她笑着,嘴里反反复复只重复着一句话:"一棵树,一棵树——"

不久,她被家人接回了中国,从此音信全无。

九点四十四分三十九秒,当警察们怏怏地收队返程的时候,突然间,一声巨大的怪响从地壳下传出,顷刻间山摇地动,大地如沸水起伏。

大地震终于发生了。

(二)

大巴车在凌晨三点不到的时候通过了凤凰城。

他们没有从市区穿过,而是在凤凰城东郊边缘绕城而行,一路南下。

这时正是一天中最安静的时刻,除了一些迫不得已的事情外,大多数的人们都在家中的床上陷入睡梦中。公路上几乎见不到车辆来往,车灯竭力穿通前方笼罩的黑暗,而黑暗如水墙一般,刚被车头撞开,顷刻又淹没了整个车身。分道线上的反光块像水中一串串闪亮的珍珠,刚刚炫耀般地现身,马上被甩到后面隐去了光泽。远远望去,城市如沉默的怪物躺卧,只有一些街口的红绿灯在自娱自乐地变幻着属于自己的节奏。

布莱德开得很稳，他严格按照限速牌每小时六十五英里的指示，上下不会差出五英里。轮胎沙沙地摩擦着水泥路面，偶尔出了路道边际，便会响起啪啦啦的提示声。

车厢内很安静，但所有人都没有睡着，各自想着心事。达莱妮不时会低低地呻吟一声，方才打破沉默。路灯划过时，在每个人面上投下了明暗不定的剪影。

李晓宇靠着窗前，打上车起，他的目光就没有离开过驾驶座上的布莱德。

当他们下山后，看到停车场上的大巴车如同准点的班车在等候时，李晓宇就已经基本断定这个穿皮夹克的男人一定有大问题。现在，他只是猜不透布莱德的动机。

看着布莱德的脸上越来越抑制不住的欢欣和兴奋，李晓宇的脊背直发凉，他能感到布莱德身上传过来的危险气息，但恐惧的是，这气息是无形的，它缠绕着你，窒息着你，就像一株收紧的藤，但你不明白它为何而来，更不知道如何下手解除。

几次反抗都功亏一篑，在关键时候逆转，仿佛厄运一直追在屁股后面纠缠着不放，这一定不会是无缘无故的。劫匪不假掩饰的威胁，布莱德不明不白的奇怪举止，还有简妮，现在对自己不理不睬的一脸鄙视，李晓宇知道她只是误会了自己，但在关键时候误会就会误事。李晓宇觉得危险正从四面八方挤压过来，就好像站在一个坑底的泥泽里，水从陡峭的四壁倾泻而下，而自己却孤立一人，举步艰难，束手无策。

老人说，有时候找到一根线头，就能解开一团乱线。现在这线头在哪里呢？不行，要争取主动，至少，我必须摸清他的底。李晓宇暗暗想道。他闭上眼睛，准备养一会儿神。这时，他听到后面有人开始讲话。

说话的是简妮和洪银河。

两人坐在大巴车的最后，与前面的人分开一段距离。这是他们上车后自己选定坐下的，虽然他们中间还隔着一条过道，但依然是一个小小的共同空间。

话题是洪银河先挑起的，他似乎从不久前的震惊和拒绝中脱离了出来，重新回到了现实。他现在只想好好和女儿聊聊天，哪怕是只言片语，对他也是享受。

其实，这不仅是对女儿的亲近，也是一种人体的自我防御机制。它会自动否定大脑因太多压力无法承受而产生的崩溃，比如说，我们早上起来不会因为各种可能的死亡而吓得瑟瑟发抖，而只会专注于日常能够处理的事情。洪银河现在就是如此，现实的安危超出了他的把控，他下意识地就把它们扔弃，不再去想可能会到来的结果。他的目光只是停留在简妮身上，珍惜着她，也享受着她。

洪银河的话题很抽象，漫无边际，倒也适合与生疏久远的女儿交流。

他说："经常听人讲，佛说要有七施。颜施：微笑处世；言施：赞美安慰；心施：敞开和蔼；眼施：善意给予；身施：实际助人；座施：谦让体谅；房施：包容忍受。我自以为已经做到了许多，至少我在官位上，我会时常这样提醒自己。"

简妮动了下身子，让自己坐得更舒服些。她并不同意父亲的观点，想了一下后回答道："我没有像你这样饱读经书，但我听下来，你所说的施，其目的还是为了得。因为你漏了一个字：舍。施舍施舍，施舍的关键是舍。接下来才有所谓舍得，舍去才能得到，得到的也不是交换，试图以小施换大得。而是舍去内心的贪欲，得到灵魂的净化。"

"施舍，舍得，"洪银河闭目仰靠在椅背上，"女儿，我年轻时和你现在一样，充满理想，也有斗志，想改造社会中的一切丑恶和不公。可是后来，在现实中为了生存，这里让一步，那里让一步，到最后，不是我改造了社会，而是社会改造了我。各种的游戏规则无情地制约着我们，如果违背它，你就会被踢出游戏，连参与的权利都没有。这就是生活的无奈啊。女儿，你说，我该怎么做？"

"是啊，因为明明知道不对，所以很多人都这样想，用这样的理由来解脱自己。应该说你不仅进入了这个游戏，成为游戏规则的维护人，说不定还演变为规则的制定者。难道你没有意识到，当你一口一口咽下社会的毒素时，你的生活也就开始病变。可怕的是，到最后，你已经不光是一个病入膏肓的病人，而且成为恐怖的病原体，毒害和污染周围的人。"

"我们没有能力为社会大众开药方，那只是理想。"

"但可以拒绝游戏的诱惑，做一个健康的人。如果你不能拥抱世界，至少可以拥抱自己。"

洪银河又吃惊又感叹。他一直认为自己百变未离其宗，本质里仍崇敬知识，虽不敢说学识九斗，但在官场上已难遇相当之材。而女儿短短几句话就直中要害，是自己一辈子被绕糊涂了，还是压根儿不敢面对生活的真谛？缘起即灭，缘生已空。这一刻，洪银河倒也坦然了。死亡不是人生最大的压力，最痛苦的是活到了结尾，才发现自己是苟且一生。他现在别无他求，只希望能给自己留有最后的尊严。他不说话了。

话题近于禅语。这与他们当下的处境完全不相容，也许是紧张的释放，也许是身处险境时的感悟，还有一种两人都不愿言明的下意识的珍惜——对下一分钟的不确定，而珍惜这一秒的骨肉相处。两人倒也谈得津津有味。

父亲不说话后，简妮也沉默了，她把头靠在窗上，自己想着心事。

窗外，大地无声旋转，风景迎来又退去。简妮从封闭不严的窗缝中似乎闻到风里有星辰的味道。与父亲的相遇交错竟会浓缩在这个小小的空间，简妮有种不真实的感觉。她想，许多年后，我们也只是别人曾经路过的一道风景，停留的影像就是对自己的写生，丑恶与美好，全在刹那间一瞥的记忆。

事实上，自从登上这辆旅游车，简妮就一直在困惑，最终会用什么形式向父亲"复仇"，是要瓦解他的意志？还是要崩溃他的肉体？其实她知道是没有答案的。现在，这些都已经不重要了。如同教授所说的一样，重要的是，在这个过程中，自己开始知晓人生。

长久以来，一个问题始终困扰着简妮。

为什么生活中会有那么多的人不如意？为什么人人厌恶人性的丑陋，但它们却在社会中被滋润得根深叶茂？是人们顺从了它，还是它造就了大众？简妮在想：那些被我们熟视无睹的贪婪、忌妒、欺骗、仇恨、杀戮，是谁创造了它们？它们从哪里来？最后又会变异成什么模样？答案是：是你和我，是我们自己。它们是我们自身的叛徒，从我们的心灵中逃了出去，又回来重新控制了我们。它们是完美的掠食者，在时光中追逐着我们，是我们的灾难和惩罚。人类用宗教和科学与它们腥风血雨地斗争了几千年，没有胜负。可以预见的是，这场战争还会无休无止地延续下去，结局很难预料。因为，只要人类的生命存在，就会与内心抗争，邪恶与正义常常会互替，只是一念之差，这是人类的"阿喀琉斯之踵"。

当开始测量上帝与自己的距离时，人生就有了尺度。简妮感慨道。

她做了一个与当前处境毫不相连的构想：如果她还能回到自己安静的书桌前，她会开始撰写一本书，她估计，这本书会写得挺厚的。她记起曾经看过六世达赖仓央嘉措写的心声，字里行间的纯洁与灵性让她感动不已，现在她领悟得更多：

佛说：这是一个婆娑世界，婆娑即遗憾。没有遗憾就体会不到快乐。佛是过来人，人是未来佛。

阿里斯托听不懂中文，在前面吼了一声，想阻止他们的说话。邱永邦听着也纳闷儿，事到如今，他们怎么还有心思谈这些高深莫测不着边际的话题。他不能理解，父女间其实进行了一次精神上的交融，这比互为关切对方更加重要。

驾车的布莱德却在心里暗暗好笑。几只虫子在煞有其事地讨论拯救灵魂的救赎，浑然不知它们的世界即将崩溃。这世上就是塞满了无知无耻的灵魂才这样龌龊不堪，罪人们在自己排泄物的恶臭上行走，早已忘了物竞天择的自然法则。现在，它们的密度超出了上帝的许可，世界就会开始自我净化。

路面上有一处凹陷，布莱德径直开了过去，车子重重地弹跳了下，打断了所有人的对话。

（三）

靠近土桑城的时候，已经接近凌晨。

公路上的车流渐渐开始黏稠，特别是往凤凰城的方向，车灯头尾相衔如串珠，一眼望不到边。

美国人一般不住在城里，条件尚可的住宅区通常都设在城市的周边。那里空气清新，景色宜人，居住宽敞，生活设施也十分完善，就是对上班族来说，会多一份开车的劳苦，但比起城里中心区的肮脏与拥挤，这点代价还是值得的。为了避开高峰时的堵车，许多人都会早早上床休歇，早早起身离家。难怪有人说，如果你想知道美国为什么强大，清晨去看看高速公路上生生不息的车流就明白了，那是勤奋和健康的见证。

邱永邦坐在车上越看越怀疑。按道理说，去繁华的凤凰城上班的人多，车辆应该相对拥挤才对。但对面的交通很顺畅，车子一辆辆似箭般从边上掠过。反而是车流较少的自己这边，前面车辆的尾灯都红光闪闪，不停地踩着刹车。

大巴车开上一个高坡，视野骤然开阔。远远望去，前面的公路上已经排起了一条长龙。最远处，警灯一派闪烁。

也许出车祸了，也许就是警察设卡。这事可没有什么可以撞大运的。后面，达莱妮的呻吟一声紧似一声，看来也必须处置一下了。邱永邦不敢侥幸。他看到不远处就是一个出口，急忙一拍布莱德的肩膀，让他把大巴车驶出了高速公路。

"找地方给达莱妮看看。"他回应着众人诧异的目光，接着又说了一句，"另外，这车太扎眼了，不能再用了，得搞辆新车。"

兽医罗格兰博士今天正好不在家。

两天前，罗格兰医生在新墨西哥州的老友邀请他去参加女儿的婚礼。原定昨天下午就应该回来的。但到中午时，罗格兰医生又喝醉了，他倒在老友家的沙发上，一个人醉醺醺地唱着歌，把前来关照的人都赶开。后来，大家就都随他折腾了。朋友们明白他是不愿回到乡间那间充满药水和旧地毯味的房子，那里是他工作和生活合二为一的地方。

大家都知道，脾气有些暴躁的罗格兰医生的太太在一个月前刚刚患病去世。

美国兽医人才相对缺乏，主要指大牲畜兽医。大牲畜兽医是一项艰苦甚至危险的职业。要长年奔波在乡村，工作条件艰苦。寒冷的冬天在沾满牛粪的棚圈为重达一千多磅的牛看病，对于大多数兽医院校的毕业生来说，足以使他们望而却步。学生们都争着去当宠物兽医，宠物的主人愿意支付昂贵的治疗费用，这要赚钱得多。据美国兽医协会调查，刚参加工作的大牲畜兽医年工资是六点五万美金，比宠物兽医少一点一万美金，工作了二十五年以后，他们之间的差距更大，大牲畜兽医是九点八万美金，而宠物兽医则达到十二点二五万美金。

罗格兰医生在得克萨斯州这个农场边的乡村诊所里已经干了十七年了，去世的太太一直是他的助手，这间名不见经传的小诊所也一直只有他们两个人。

长久以来，有着一头棕色鬈发的罗格兰医生内心埋藏着一个秘密，如果他现在把心里最想做的一件事说出来，会让所有认识他的人都大吃一惊，目瞪口呆。

这个秘密就是：他想去拉斯维加斯豪赌一把。这个豪赌不光是金钱上的意义，而是押上了他的生命和未来。

十年前，罗格兰医生在报纸上读到过这样一篇报道：

一天，拉斯维加斯一家大赌场的转盘赌桌前来了一位白人老头儿，他须发皆白，颤颤巍巍。他打开手里的提包，里面满满一包钱。

"我只玩一把。"他说，"这里是我一生的积蓄，我卖房卖车的最后一枚硬币也放在这里了。我算过，这些钱不够我舒服地过完余生，所以我今天来赌一把，只赌一把。"

提包里有三十多万美金，赢的话至少翻一倍，老头儿可以安度晚年。如果输了——老头儿已为自己买好了最后一顿晚餐的自助餐券。

赌场是不能拒绝任何客人下注的要求的。

消息迅速传遍了赌场，经理、老板都匆匆来到这张桌前。转盘赌桌前清空了其他的客人，拉起了警戒线，警察部门的心理医生也赶到了现场，准备做应急处置。

老头儿点燃了核桃木烟斗，吐出一口浓烟，对转盘员小姐点点头："来吧。"

巨大沉重的转盘开始转动了。它有许多种玩法，但最基本的就是猜单双和猜黑白。老头儿玩猜单双。一连十几把，老头儿只是看着，没有下注。当转盘又一次转动时，老头儿突然起身把包往桌上一扔，大吼一声："就是它，单！"

转盘咔咔地转动，老头儿嘴里的烟斗吱吱地响着，他的脖子上青筋凸起，霍霍跳动。围看的人群里三层外三层，密不透风，压抑的空气似乎可以点燃。

转盘硬塑料的指针慢慢停到了"双"的白格上，正当人们要发出失望的呼叫时，指针又努力弹动了一下，越过了一根铁钉，稳稳地指到"单"的黑格里。

现场沸腾了，转盘员小姐抱住老头儿放声大哭，连输钱的老板和经理们都在热烈鼓掌——

这个传奇般的故事从未离开过罗格兰医生心头，最后成为他的梦想。人生就该如此，要么输，要么赢，浑浑噩噩地耗着毫无必要。太太去世后，他就拿定主意，准备清点所有家产，到拉斯维加斯去豪赌上一把。赢了，他就会毫不迟疑地离开这个干燥炎热的小镇，到清风习习的海滨或是繁花似锦的大都市开始新的生活。输了，他将把这间住了近二十年的老屋仔仔细细打扫一遍，然后坐到那张陈旧的摇椅上，小茶几上的镜框里是老伴儿和蔼微笑的脸。

他那把史密斯威森（Smith&Wesson）左轮手枪已精心擦拭好，每一粒子弹都闪着幽光，正静静地躺在早餐橱柜的最上层。

下公路不到二十分钟，大巴车停到了罗格兰医生的兽医诊所门前。这是他们顺着路边斑驳不清的广告牌找过来的。

诊所是一排平房，前面用脱落了漆色的木桩围起，一条沙石的骑马道蜿蜒而过。后面有一间独立的车房和铁架搭建的牲畜棚，这是为病畜临时准备的。现在，牲畜棚里面空空荡荡。

一只外表凶狠的苏格兰牧羊犬被铁链系着，它耸立着颈毛，来回跳跃着，激动地朝院里的不速之客狂吠。

（四）

天色还早，邱永邦他们坐在大巴车里等了一会儿，一方面观察一下四周的情况，另一方面看看屋里的人听到狗叫声会不会爬起来开门。

诊所的位置相对偏僻，前后都没有什么人家。这是邱永邦选择停车的原因。至于找兽医给达莱妮看病，这也是无奈之举。现在不可能去正规的医院看急诊，一般的私人诊所也不具有外科的设备。倒是这种兽医，问诊用药开刀样样齐备。人和牲畜差不多，都是动物的一种，人身上有的器官，动物身上也有，只不过剂量的大小和手法的轻重不同而已。事到如今，邱永邦只能这样一遍遍安慰阿里斯托。

等了一会儿，屋里静悄悄的没有一点动静。邱永邦先下车，他来到门前按了一阵铃，依旧没有人应答。邱永邦做了个手势，阿里斯托拿着一卷胶纸下来，在门靠近锁的玻璃窗上粘了几条，捏紧拳头一砸，没有多大响声玻璃就碎了。阿里斯托探手打开了门，然后闪身进屋。不一会儿，屋里灯亮了，阿里斯托出来朝大家做了个手势，没有人，都进来吧。

房间里，气味有些古怪，失去保养的旧地毯味和辛辣的药水味在这个不大的空间里长时间争夺地盘，不分上下，已经深深地浸透到贴着金盏花图案墙纸的墙壁中。一只大肥猫趴在外厅的窗台上，看到人进来，摆动一下厚实的尾巴，张嘴短促地叫了声，又不感兴趣地眯眼睡觉了。

房子的右面是罗格兰医生夫妻的生活区，用一堵墙分开。左面就是工作的诊所，打通了两间房，显得很宽敞。两侧沿墙摆放着高高的药柜，中央有一具手术台样子的长桌，如果需要给中等体型的动物做手术，通常就在这里进行。

大家七手八脚把达莱妮抬到了手术台上。

灯光的照映下，所有人都吓了一跳。达莱妮的伤势看来很不妙，她的脸已经变成了青紫色，肿胀得失去了人样，胡乱缠绕的布条也污浊不堪，布条的缝隙处能看到达莱妮的右眼鼓胀着，奇怪地斜向一边，好像已经没有了光泽。她现在看上去像个乖巧可怜的孩子，身子瑟瑟发抖地蜷缩在宽大的手术台中间，时而清醒，时而昏迷。

阿里斯托心急如焚，他搓着粗短的手指围着手术台打转，额头上的深沟变成了一团麻。

邱永邦打开医药柜，里面放满了大大小小的瓶罐和器材，他一个也不认识。这些人中简妮的英文程度最好，受的教育也高。邱永邦把求助的目光投向了她。

尽管简妮心里不愿意，但总不能见死不救。她一边挪动步子走到药柜前，一边吩咐道："你们先把她脸上的脏布解下来。"

其实，简妮也不懂药柜里的药物，但她知道，人和动物的生理差别甚大，特别是大脑结构和大脑的调节功能，以及肝肾酶的数量种类差异。这就决定了药物在人和动物身上有不同的药理和毒理作用。擅自混用人畜药物，会有生命危险。她仔细读着药罐上的说明。

"啊——"

阿里斯托笨手笨脚地去揭开达莱妮脸上的布条时，达莱妮痛得惨叫起来。

这时，简妮看到药柜中央有两个大瓶子上贴着 "Hydrogen peroxide" 和 "Iodine" 的字样，她认识这两个词，是双氧水和碘酒，这是一般家庭常备的消毒药水。简妮不敢乱用药柜里面林林总总的抗生素，抗生素不一定都能用作消毒药水，但消毒药水一定是具有杀菌或者抑菌的作用的。

"你们都出去吧，我来吧。"简妮皱了下眉，转身对洪银河说，"你留下帮我。"

李晓宇率先退出了房间，他有一件事一直想做，现在正是时机。

他又悄悄回到了大巴车上。来到驾驶座前，李晓宇蹲下身子，伸手到座位后探摸着。他知道布莱德的土绿色的双肩军用背包就搁在那里。

我必须摸清你的底。李晓宇想，至少，我要对你有所了解。

双肩包是用绳子扎紧袋口的，松松垮垮系得并不严密。搁在上面的是几件换洗衣服，有一些随身听、剃须刀什么的小电器，边上的插袋里居然还有本书。最底下，就是一个扁扁的小木盒。

李晓宇打开木盒，里面龇牙咧嘴的跳囊鼠标本让他吓了一跳。没有翻出什么可疑的物品，他有些失望，刚想放回去，忽然感到手里的小木盒分量有些过于重了。李晓宇用手指挑开木盒下的纸板，一下子愣住了。

一支黑黝黝的手枪正平卧在盒子的底部，精致坚硬。再下面，是一张鹰面蛇发的幽灵的脸。

枪？他怎么会有枪？他到底是什么人？虽说美国人随身带枪并不稀奇，但这么多天以来，布莱德从来没有暗示过自己有枪，否则，情况也许会大不相同。至少在几次的关键时刻，布莱德没有想到过要用枪自卫。

李晓宇紧张了，如果布莱德不想用枪保卫大家，那么他到底是胆小不敢使用？还是他的枪要另派用途？各种疑问像走马灯一般在李晓宇脑子中转悠，但他可以肯定一点，这把该使用而不使用的手枪对人质来说一定是不祥之物。

屋里又传出达莱妮痛苦的叫声。这时，他听到罗格兰医生诊所外的马道上有毂毂的声响，由远及近而来。

有人正骑马过来，屋里的灯光一下子全熄灭了。

（五）

骑在马背上的姑娘叫妮莎，俏皮的脸上长满了浅褐色的小雀斑。她是罗格兰医生的邻居，家离医生的诊所有两英里远，她全家和罗格兰医生都在一个教堂做礼拜。

妮莎刚上大学一年级。在本地威尔斯高中毕业后，她考上了凤凰城的一所私立大学，就读生物医学专业。昨天，暴风雪过去了，她在电脑里收到了学校复课的通知。今天一早，她将搭乘灰狗长途车返校上课。临行前，妮莎起了个大早，再遛遛她心爱的马。

马的名字叫伊达，是一匹十二岁的青色皮毛的母马。这是妮莎七岁时父亲送给她的礼物。妮莎和母马的感情很好，只要看到妮莎回来，母马伊达就会远远地奔过来，打着响鼻，用它硕大的头颅轻柔地顶妮莎的腰。

这次回来，妮莎发现母马病了，吃食不香，行走时右后腿也好像有些僵硬。父亲说它开始老了，但妮莎不信。昨天她就来找过罗格兰医生，却没有碰到。没想到今天一大早，罗格兰医生家的灯就亮起来了。

妮莎在罗格兰医生门前跳下了马，她疼爱地摸了摸马的鼻子，然后大步走上台阶，她牛皮的小长靴踩着木阶咔咔作响。

"罗格兰先生，我是妮莎，你在家吗？"她用手中的小马鞭敲着诊所的门。

屋里，阿里斯托欠起身，手搭上了门把。

邱永邦一把按住了他，把食指放到嘴唇上。嘘，别冲动，再等等。

　　离他们三个窗户远的房间是罗格兰医生的主卧房，布莱德悄悄地撩开纱窗帘，往外观看。他刚刚放下手里罗格兰医生太太的镜框，镜框前有一株白菊花，他已经了解到这家的女主人死了。放下的时候，布莱德恶作剧地把镜框头朝下地翻了个个。

　　他目光阴冷地盯着门外穿马靴的姑娘，心想：又主动送上了一个，好啊，船上有空位。

　　危险，姑娘。李晓宇暗暗担心。大巴车的前车门背对着房屋，正好遮挡了里面的视线，李晓宇从地上摸起了一块石头。

　　"罗格兰先生，你在家吗？"

　　没有人应答，妮莎又用力敲了门。这时，她注意到屋里的灯已经全灭了。

　　明明刚才是有人亮灯的。妮莎坚信自己的眼睛不会看错。她还听到有人的声音，是女人的叫唤声。与此同时，妮莎也看到了停在院子一侧的大巴车。

　　罗格兰医生的太太在上个月去世了，妮莎还特意从学校赶回来参加了她的葬礼。她记得在葬礼上罗格兰医生悲痛得连路也走不动，自己的父亲一直搀扶罗格兰医生回到了家。

　　这才刚刚过去一个月，这么快就找女人回家了？还没羞没耻地闹出这么大的动静。妮莎漂亮的小鼻子皱了起来。男人啊，真是肉欲的动物，这话一点没错！

　　妮莎又敲了几下门，这回是故意戏弄，成心要骚扰一下他们。

　　啪嗒一声，有什么东西砸在妮莎背后的马身上。母马伊达突然受了惊，咳地嘶鸣一声，掉转头撒开蹄子往院外跑去。妮莎赶紧回头去追。灰暗中，她看见地上仿佛滚落着一块石头。妮莎有些诧异，难道是罗格兰医生生气了，从屋里扔出的？罗格兰医生脾气不好是当地出了名的。有一次，一位农户说他给断腿的牛接骨接得不好，罗格兰医生二话不说，拿起一根木棍，咔嚓一下又把接好的牛腿敲断了，随后把农户赶出了诊所。

妮莎没有多想，也不敢久留。重新骑上马离开罗格兰医生诊所木屋的时候，妮莎有一件事没有想明白。那个女人为什么要开一部大巴车来幽会呢？这也太夸张了吧？

有着小雀斑脸的妮莎应该感谢上帝，她刚刚与劫难和死神擦肩而过，差点打了个照面。

半个小时后，邱永邦发现了罗格兰医生停在独立车库里的Toyota（丰田）面包车。

面包车是土黄色的，可以坐八个人，车厢两侧还有爱护动物的标志。这是罗格兰医生太太的用车，她去世后就一直没有动过地方。

邱永邦在车的遮阳板上找到了钥匙，他的脸上放出了光。只要换了车，警察在公路上认出他们的几率就会大大降低。邱永邦把大巴车开到后院的牲畜棚墙边藏好，又让阿里斯托把包扎好的达莱妮抱上了车，然后招呼着所有人都上来。他要在天色大亮前通过土桑城，直接开到墨西哥边境。

布莱德理所当然地又坐到驾驶座前，他知道，现在劫匪们不会赶他下车，他们刚刚换了新车，怎么会让一个知情者留下呢？

门口的苏格兰牧羊犬又开始大声叫唤了起来。这次叫唤的声音有些不同，它感到这些人没有恶意，而已经两天没有人给自己喂食了，它的叫声中带着乞求。屋里的大肥猫也站起身来，拱起背，高竖着尾巴，在来往的人脚下蹭着身子。

"给它们一些吃的吧，它们好像饿了几天了。"小佳年拉着简妮在牧羊犬身边蹲下了。

阿里斯托没有吭气，简妮照料了达莱妮，他还是暗暗感激的。

"我去拿。"李晓宇从车上跳下来，路过简妮身边的时候，姑娘板着脸没有理他，他低声说了句，"相信我。注意布莱德。"

进到厨房，李晓宇观察一下没有人跟进来。他迅速撕下一张餐巾纸，用手指蘸着放在桌上消毒杯中剩余的碘酒，匆匆在餐巾纸上写了几个字，又把餐巾纸压在桌上的报纸下。然后，他打开早餐柜，找到猫狗的食品袋。当他用力搬下食品袋的时候，罗格兰医生那把精心擦拭好的史密斯威森左轮手枪便赫然显现。

这是李晓宇今天第二次看到手枪出现在自己面前。

门外，简妮在冰凉的晨风中眯起了眼，她在想，李晓宇刚刚说的是什么意思呀？

（六）

凤凰城到土桑城公路　　05时33分

当地警察接到的命令是截停一辆载有中国人的白色旅游大巴车。

命令说，车上有非常危险的持枪匪徒，他们已经犯案累累，而且火力强大。必要时立即开火击毙，无须请示。听到这个不同寻常的指示，警察们都有些紧张。

在高速公路的设卡点上，警察斯多夫正持着M16突击步枪在第一道检查线前来回踱步。他今年才十九岁，脸上长着北欧人特有的弯曲大鼻子。斯多夫一家是才到美国两年的爱沙尼亚新移民。他高中毕业，由于SAT的分数太差，没有能考上大学。到社区学校补课时，校园内的餐厅广场上，警察部门正热热闹闹地搭台子招人，他就报名参加了。

斯多夫昨天值班到晚上八点，回家洗完澡后，打开电脑与远在爱沙尼亚的中学女友情意绵绵了一番。女友叫萨达丽，是个有着一头淡黄头发的漂亮女孩，斯多夫正积极准备为她申请移民。睡下后不到四个小时，警局值班长官的电话就来了，命令他装备齐全，即刻报到。

当那辆土黄色的面包车顺着车流缓缓驶向由警车拦出的检查口时，斯多夫松开了握着突击步枪手柄的手，擦了擦额头上被头盔闷出的汗。他看见车厢边上贴着兽医的关心动物的标志，驾驶窗后坐着两个面容平静的亚洲人。

天已经微亮了，地平线上泛起了一堆的白雾，像随意涂抹在烤焦的面包片上的奶酪。年轻的斯多夫望了望后面一眼看不到头的车流，闪烁的车灯好像一双双焦急催促的眼睛。得快一点，这不是要找的大巴车，斯多夫想。他挥了挥戴着警用黑色防护手套的手。

当面包车经过他身边的时候，副驾座上的亚洲人友好地对他点头。斯多夫退后一步，避开扬起的尘土。他有些愤愤不平，凭什么医生律师之类的好工作都给这帮扁平脸的亚洲人抢走了，而我却只能一清早站在公路上吃着灰土数汽车？

罗格兰医生诊所　08时20分

早上八点，兽医罗格兰博士回到了自己的家，他是朋友连夜驱车送回来的。

进门的时候，牧羊犬摇着尾巴围着他直打转，看上去心情很好，它的饭盆满满堆着食物，边上的小罐也注满了清水。

一定是哪个好心的邻居过来照料过它们了。罗格兰医生心想。他有点责备自己，这两只猫狗曾经是太太的最爱，片刻也离开不得。太太去世后，罗格兰医生曾经有过把它们送到动物领养中心的念头，但一直没有狠下心来。

回到卧室放下行李，罗格兰医生觉得有什么地方不对。仔细一看，太太的镜框放倒了。罗格兰医生是个仔细的人，他相信自己绝不可能做出这样的事。他又来到中厅，觉得有嗖嗖的冷风灌进，这时才发现门上的小玻璃窗碎了。

不好，有贼进屋了。罗格兰医生的心咯噔一下，他起身到橱柜里去拿左轮手枪，但马上发现枪已不翼而飞。

围着院子巡视了一遍后，罗格兰医生知道这件事不小。太太停在车库里的面包车不见了踪影。而更让他瞠目结舌的是，后院牲畜棚后，竟然停着一辆白色的旅游大巴车，巨大的车身像一张嘲笑的大脸，在早上的阳光下灼灼闪亮。

这简直太不可思议了。罗格兰医生有一瞬间怀疑自己是不是还在醉酒的幻觉中。他反身冲回屋里，抓起了电话，他要让警察来解答这件在自己离家期间发生的怪事。

在等待警察来临的时候，罗格兰医生坐在桌前，随意翻起报纸。一张餐巾纸从报纸下面滑落了出来。餐巾纸皱皱巴巴，用碘酒液涂写着几个字：中国游客，劫匪，墨西哥边境。

罗格兰医生又一次抓起了电话。

此时，正是福尔弗德"精灵堡"游乐场上枪声爆炸声大作的时刻。

第十章

美国和墨西哥的边境是非常有趣的。

从洛杉矶走5号公路前往墨西哥边境小城迪瓦纳的人都知道，开过风光迷人的圣地亚哥城不久，就会在公路上连续看到一块块醒目的大牌子，上面写着"Last station of US"——"美国最后一站"。如果再不在边上的停车场停下或者掉头往回，前面就是墨西哥了。

经过多年的建设，两国的边境已经筑起了高高的围墙。5号公路上，从墨西哥进入美国的入境关口壁垒森严，减速带、车辆待查区、人员审查区界限分明，形成好几道阻隔线。警察、边境警卫队、移民局、海关各司其职，手续烦琐，等待入境的车辆有时排列了好几英里。

而进入墨西哥则简易得多。相当长的一段时间里，进入墨西哥只须走进围墙下的一个小门，门上装的是单向旋转的铁杆，一次可以走过一个人。没有任何人过问，几步之后，从铁杆后转出，已经是墨西哥了，举着水果和各种风味小吃及小礼品的墨西哥小贩正拥堵在另一侧的门口，朝着进来的游客着急地挥手招呼。

门外尘土飞扬的空地上，停着各种型号的破旧小汽车，它们是专门拉客人到迪瓦纳小城中心区的，每次五至十美金。其实，中心区离入境的小门不过才几百米，走过去也只有片刻。但第一次来这里的游客常常会被热情地拉上这些"出租车"。

这时，游客们才清醒过来，自己已经身处墨西哥，而再想回到美国去，则要大费周章。

5号公路边检站应该是检查得最严格的。

美墨边境线绵延数千里，几乎横切过美国南大陆。大多数的边境线是在荒芜的沙漠戈壁中，这里走私毒品和偷运人口猖獗，黑帮盛行。为了利润丰厚的血腥行当，他们时常火并，尸横遍野。而一心要偷渡到美国来实现梦想的墨西哥穷人们，倾其所有，荡尽家产，在蛇头的带领下冒死爬过国境线，手上只提几瓶水和少许干粮，往往需要在酷热干旱的沙漠中艰难步行多日，其中，配有高科技装备的美国边境警察随时可能出现，也有不少人自己熬受不过，一头栽倒，成为漫漫黄沙碎岩中的一架无名的枯散尸骨。

边境线上的偷渡与反偷渡，就像一幕日日上演的精彩大戏，手段无所不用，情节匪夷所思。

（一）

弗朗西斯矿场　08时40分

天亮不久后，土黄色的面包车已经顺利地通过了土桑城，抵达边境线。

离边境线还有两英里左右，面包车拐进了一条布满碎石的小土道。这条土道通往西面三十多英里外一个名叫弗朗西斯的老矿场。

亚利桑那州以盛产铜矿闻名于世，也是美国最重要的铜矿产地。当地壳运动剧烈的地下含有丰富晶体的岩浆穿过岩层时，便形成了斑岩铜矿沉积层。随着岩浆冷却并结晶，沉积下来一种蕴含丰富铜晶体的火成岩，由于具有精细的纹理状结构，因此俗称斑岩。世界上著名的大型铜矿公司FREE-PORTMCMORANCOPPER&COLDINC就在亚利桑那州的东南部拥有五座铜矿山，当然，也有众多的私人小矿场在各处星罗棋布。

前些年市场萧条，苦苦经营的弗朗西斯老矿场基本停止了开采，濒临倒闭。具有黑道背景的老板也经营起了新"业务"。近期，国际铜价大涨，这家拥有斑岩铜矿的小矿场吸引来了不少买家询价，其中，来自遥远东方的中国买家最为财大气粗。

尽管如此，矿场目前还是荒置着，只留守两个保安看守设备和安排"业务"。

土道上枯黄的野草已经覆盖了路面，吐着毒信的响尾蛇、扭动爬行的蜥蜴和鼓噪的漆黑大乌鸦在高大的野生仙人掌丛中时常出没。

有个古老的恐怖传说一直在当地流传：这是一块被魔鬼诅咒过的不祥之地，不仅有铜矿，还有一座金矿，但是，谁发现了金矿，谁就会死于非命——

车上，虚弱的达莱妮又与墨西哥的蛇头通了电话。

这回，对方没有应付她，说一切已经安排好了，让他们在上午十点前赶到弗朗西斯老矿场，在那里将会有人接应，并在约定时候，同时打开地下坑道两边的封口。钱要准备好，当面交给接应的人，否则一切免谈，就是到了地道口也不会让他们通过。

说完这些后，电话里传来暧昧的笑声，宝贝，想我吗？我们又能见面了。

达莱妮摔下手机，她已经连骂人的力气都没有了。

"亲爱的，这是墨西哥的味道，真好闻啊！"达莱妮又一次醒来，翕动着鼻翼，对抱着自己的阿里斯托轻声说。

"是的，我们马上就要回家了。"

"回家了，真好啊。"达莱妮青紫肿胀的脸上显现出动人的光泽，"阿里斯托，我刚刚做了个梦，梦到我们都老了。那时，你有三百磅重，胖得路都走不动。我也成了一个大屁股婆娘，生了八个小孩。我们一起住在山顶的大豪宅里，房子里乱七八糟，怎么也收拾不干净——"

"别说了。"泪水从阿里斯托粗粝的脸上滚落。

"如果你想要我，满足我——"

半昏迷的达莱妮又哼起了她喜爱的歌。

洪银河和简妮看着他们，心头交织着感慨：他们还只是些孩子。罪恶与单纯如此不协调地在他们身上共存着。他们只知尽情作乐，肆意放纵，更别指望有道德感。更可怕的是，很多时候，他们以为自己就是今世传奇，人们的生死就操纵在他们手里，理性和约束在他们的暴虐面前不堪一击。

简妮想起自己曾经做过一个行为测试：房间里有一个人一条狗，窗前有一只猫。问题是：他们分别想要什么？答案是，狗想要猫。但是人呢，人想要窗口。为什么？

因为窗口可以看到世界。更微妙的是，窗口可以爬出去，也可以关起来。这反映了人的多重矛盾性。但是，生活的可悲之处在于，当命运被野蛮搓揉时，你连关窗的机会都没有。

"烤肉，我闻到了烤肉的香味。"达莱妮喃喃说。

确实是有人在烤肉。今天，弗朗西斯老矿场异常热闹。

这是沿着一圈不高的岩石山建造的场区，山中间的工作坑口将矿场划分为两个部分。一面是从矿坑底部挖出矿石堆及初期的过滤作业线。另一面是尾料矿池和矿石残渣倾倒区，坑底积聚成水池，由于受滤出的金属导致，积水呈现出锈绿色。

坑口前耸立着高大的三脚架木桶水塔，这个水塔是这个矿井著名的一道风景，搭建的年代和西行的淘金人迈过落基山脉的脚步一样古老。像小屋子一般大小的水桶搁在粗粝的原木上，木板的拼接处残留的白色漆痕剥落着岁月的碎片。木桶靠近底部开了个小洞，接上了根粗大的水管，有一个滑轮，下面用绳子一拉，滑轮将吊起的水管放低，水就沥沥而出。水塔的边上是一口地下深井，水就是从那里取出的。

在那个干渴焦虑的年代，人们从炙热的沙漠中蹒跚走来，或者从窒息的深矿下探出头回到地面，能够在水桶下让清冽凉爽的水冲刷自己焦渴的肌肤，那是对死亡的告别，也是对生活的莫高奖励。久而久之，水桶下的沐浴成为了庆典的仪式，也演变为传统和节日。

水塔下面有一个高台，两道小铁轨通向坑口内的升降机，升降机一共有两台，并列在中间，往下就是深深的矿井。平台上是四面敞开的木棚，上下井的矿工们在这里等候和休息。小铁轨上停放着装运矿石和人员的铁轨车。

此时，平台上聚满了人。吉他、风琴、口哨、欢笑声不绝于耳。脸上黑乎乎的男人们头戴藤帽，穿着旧式的矿服，扛着铁锹和铁镐。女人们身穿19世纪的布衫裙，手挽提篮和盆壶。孩子们在四处乱跑。木棚一侧，铁架下炭火熊熊，大片大片的烤肉正吱吱冒烟——

木桶放水了。水声如乐，水泻似花。男人们脱下肮脏的衣服，赤裸着身躯，从木桶下依次而过，接受上苍的恩赐；女人们闭起眼高举双手，赞颂的歌声似水荡漾——

突然，枪声大作，众马嘶鸣，花巾蒙面的骑士们从矿场的四面八方冲来。他们一个个体型彪悍，大声呼哨，扬鞭策马，在尘土中横冲直撞，手里的枪冒出一团团青烟。

人群乱成了一片，惊叫声、哭喊声——

"停！过！"

导演大卫从监视器前抬起了眼睛。他接过助手殷勤递过来的冰冻饮料，擦了擦汗津津的额头。才1月份，这鬼地方就这么热。大卫心里暗暗骂了一句。

导演大卫的心情很不好。自从制片商决定投资拍摄这部反映1865年美国内战结束后不久美国人开始拥向西部寻找财富的电影后，他就一直觉得很别扭。今年五十七岁的大卫在好莱坞电影界中算是个人物。他尤其擅长拍摄反映荒蛮之地的野性和命运男女之间离奇爱情的故事，这使大卫一直受到观众的热捧。

但是这部电影却让他头疼了好久。好莱坞电影圈现在越来越年轻化了，投资商几乎换成了一批乳臭未干、趾高气扬的年轻人。这些号称"精英"的毛头孩子，对电影的内涵不屑一顾，但对怪异离奇的情节却热衷不已。和他们讨论剧本，简直就像和一群外星人谈论性爱一般荒唐。但是大卫也明白，这是一个由资本决定一切的时代，什么智慧都不如金钱来得权威。他不得不承认的现实是，随着年龄增长，对自己感兴趣的投资商越来越少。头发已经稀疏的大卫深深地叹了口气，心怀怨恨地接下了这部电影。

大卫摆手让摄影师从机位上撤了下来。拍这种场面戏，好莱坞一向是不计成本的，光各个角度的机位就设了十二台，还不算拉钢缆的移动拍摄，以及在半空中的无人机航拍。身后的一群年轻人大声说笑了起来。大卫厌恶地闭上了眼睛，独自在太阳伞下折叠椅上养神。这帮年轻人是网络公司的技术人员。投资商别出心裁，在电影拍摄时就展开了大规模的造势宣传。不仅有拍摄现场的卫星连线网络直播，还搞什么猜情节有奖大赛。电影故事里的情节可以根据网上观众对角色喜爱的程度而投票改变，在电影公演的那一天公布猜奖结果，最终获奖者能获十万美金大奖。这搞得网络上的观众如痴如醉，点击率几乎瘫痪了网站的伺服器。

胡闹！这还是艺术吗？导演大卫已经懒得和他们去争辩。当然，他也知道，情节是不会改变的，这只是造势的噱头。但他也真佩服这帮年轻人办事的厚颜无耻和不计手段。不过，造势的效果还真是好。

大卫看见一辆土黄色的面包车从破旧的大门口开了进来。看矿场的两个保安迎了上去。这几天，这两个保安态度恶劣，对他一直不理不睬。大导演当然不会与他们计较。让大卫惊讶的是车上居然下来了几个中国人。他们是制片方安排的新演员？这也太离谱了，19世纪白人还没有完全进入西部，哪里会出现中国人？难道又是什么新穿越？

"乱来！"大卫导演把手里已经温热的饮料纸杯扔到尘土里，他真想立马起身走人。副导演看他脸色不对，知趣地朝中国人跑去。

朝着面包车迎面走来的两个保安，一个是抽着雪茄满脸横肉的大胡子，另一个是怀抱吉他，一脸精干的中年人，他们都是墨西哥人。

"孩子们，你们来早了。"大胡子对车上的人招了招手，"家庭作业都完成了吧？来来，过来吃烤肉，要不要喝点酒？"

望着周围的一切，车上下来的人全都迷糊了。这是怎么回事？

"拍电影的，一群疯子，不用理他们。"大胡子往地上吐了口唾沫。他也很窝火，老板生意做得好好的，怎么会横出来这么档子荒唐事，把矿场借出去当拍摄地了。老板难道还缺这一点钱啊？其中的内情他当然不清楚，老板新结交的一个女朋友，在电影中出演一个角色，现在发生的一切就是她在床上死缠硬磨的结果。

邱永邦谨慎地走向他们："你们是——"

"别说话！"大胡子不耐烦地打断了他，他又扫视了一遍下车的人，皱起眉头，"不是说四个人吗？怎么这么多，还有小孩？都是中国人？"

"只有我们五个人过去。"邱永邦指了一下洪银河和简妮。

"那也不对，你们应该不会不懂规矩吧？"大胡子与中年人交换了一下眼神。

"价钱好说，快走吧。"邱永邦着急地催促道。

副导演从远处跑了过来："导演问他们是谁啊？是来拍戏的吗？快点，网络正在直播呢。"

"什么网络直播？"大胡子横了他一眼。

"卫星连线。现在全球有成千上万的人正看着你们呢，快点过去。"副导演催促着。

跟在后面的布莱德翻了一下眼皮。他观察得很清楚：在矿场的各个角落都有摄像机的隐蔽镜头。导演座后不远处，还停放着有碟形装置的卫星转播车。网络直播？这出乎预料，但听上去倒是一个不错的结局。布莱德暗自思忖着。

"一边去，谁和一起你们疯疯癫癫的。人家是大财主，是来买矿的。"

大胡子一抬胳膊，把喋喋不休的副导演拨到一旁。他打了个响指，装了一大盘烤肉，又抓了瓶烈酒，钉着铁掌的皮靴橐橐作响，带头走进了平台后的坑口。

（二）

贝尔206警用直升机的翼型螺旋桨把空气抽打得啪啪作响，它正缓缓降落在土桑城警局"空中警察支援中队"三层建筑物楼顶的停机平台上。

身穿草绿色连体通勤服的直升机驾驶员拉克斯伸手关掉了油门，他低着头跳下驾驶舱，对门洞里跑出来的蓝衣地勤保障人员做个加满油的手势。地勤人员掀开地上的铁盖，将油管接到直升机侧面的输油口上，75号高性能航空燃油就源源不断地灌到了直升机的油箱中。他身后，观察员哈迪也下了机，匆匆整理着手中的报表板，准备去指挥室交差。

今天是他们在暴风雪过后第一次执行空中巡查任务。拉克斯看了看天空稀疏的云彩，是个适合飞行的好日子，他估计今天起码要三次起落。

"姑娘，一会儿见，好好享受你的啤酒。"他对心爱的贝尔206直升机说，它蓝白条纹相间的漂亮流线造型此时显得特别乖巧。

直升机开始用于警察执法最早起源于20世纪40年代的美国。1947年，纽约警察局开始使用直升机从事治安巡逻任务。到80年代，随着直升机技术的发展和警务活动的需要，警用直升机得到了迅速发展。现在，全美国警察拥有两千多架警用直升机，相当于每百万人口有七架直升机。在这个西南部的城市，就配备了八架警用直升机和二十名飞行员，每天要执行七至十五小时的空中巡逻任务。

警用直升机可以垂直起降，留空悬停，超低空飞行，不依赖机场跑道、地面道路及交通情况的限制，具有机动性强、使用灵活的特点。警察的巡逻车在最佳条件下，有效观察范围只能达到二百三十平方米，而一架警用直升机可达四点六万平方米；一辆警车通过十公里长的街道，大约要八到十六分钟时间，而警用直升机一般只需要一分钟左右。有人评估过，一架警用直升机的作用相当于二十多辆警车和一百多名警察。

拉克斯没有想到，下一次任务来得会这么快。他原本打算回到休息室喝杯咖啡，给一位熟悉的车行经纪人打个电话，请他把自己前几天看中的那辆橙色JEEP SUV多保留一天，然后再去值班室领取任务。还没有走到楼梯，值班员就扭着胖胖的屁股迎了上来，她一边跑一边挥舞着手里的任务单：

"CodeF！CodeF！"

CodeF是他们内部的代码，是紧急状态中使用的。飞行员们私底下开玩笑说，一旦出现这个代码，就说明现场情况一定是"Fuck"了。今天一上班，拉克斯就接受过一次这种命令，让他去高速公路搜寻一辆白色的大巴车。难道找到了？发生枪战了？要去现场做紧急处置？受过良好训练的拉克斯没有犹豫。

"方位？任务？"当贝尔206警用直升机再一次升上湛蓝的天空后，拉克斯才有空问边上的观察员哈迪。

哈迪反复查看着手里的任务单，声音有些迟疑："四区和十一区。"

四区和十一区？那是贴在边境线上的两个相邻的区域，都是荒无人烟的沙漠和戈壁，直升机很少去那一带巡逻。这又是发生了什么状况？

"搜寻一辆土黄色的Toyota面包车。"哈迪回答了他的疑问。

靠，乱套了，开着费用昂贵的直升机满世界找车！拉克斯暗暗骂了一句。贝尔206警用直升机倾斜着身子，转了个大弯，像一支悬浮在空中的黑色十字架，朝边境线急急飞去。

坑口开在岩石山中间的岩洞中。

岩洞中央是并排的升降机间，两条小铁轨延伸到门前。两台升降机分为一号车厢和二号车厢，它们被上面开口的粗大铁笼罩着。打开前面的铁栅门，车厢里面也有固定的轨道，与外面的轨道相连，沉重的小矿车可以一直推进车厢中。操作室就在一侧，按动开关，车厢就会在分隔的竖井中上上下下，连接着地下深处的坑道。

待人们全都进入右面的一号车厢后，大胡子按了下电钮。升降机轰轰响着，车厢朝黑魆魆的井底降下。为安全起见，升降机分别在地面和井底设置了两套操作控制系统。

车厢里暗淡的灯光划过了竖井四壁，岩石斑驳不清地向上移去，好像周围都在逃离，而人却在小小的空间中被挤压着，这种感觉令人窒息。

竖井一共连接着三层深度不一的坑道面。最深的一层在地下三百八十米，早已废弃，积满了污水。年代深久的积水散发着古怪难闻的气味，顺着竖井弥漫上来，好像恶疾病人口臭难掩的嘴，大家禁不住捂住了鼻子。

下降三四分钟后，咣当一声，一号车厢停在了竖井的第一层坑道口。大胡子待大家出来后，在挂在一侧岩壁上的操作板上按了"停止"键，把车厢停在坑道口。边上，二号车厢也停在这一层，铁栅门开着，里面有辆小矿车，车里堆放着杂乱的木架。二号车厢门外，还停着一辆已经装满矿石的矿车。看来当时停工时很匆忙。

　　走进弯曲的坑道几十米，空气变得混浊难闻。坑道壁坑坑洼洼的，到处是挖掘的痕迹。中途还有几个分岔口，都已经被封死了。其中有一个虽还敞着，但口上的支架已经歪歪斜斜，中间用一根绳子拦着，上面写着："危险！有塌陷！"倒是整个主坑道全部是用粗大的松木桩和铁架支撑着，显得十分坚固。沿途的电线像死蛇一般松软地垂荡在岩壁边，上面隔不远就挂着一盏灯。灯光虽然不甚明亮，但周围的一切也看得清晰。

　　来到一个尚未完工的工作面前，大胡子停下了脚步。中年人则坐在人们身后的木架上，铮铮几声，随意拨响了吉他。他的位置正好堵住了通往升降机的出路。

　　工作面空间不小，三百多平方英尺。一些损坏的风镐和锤铲胡乱地扔在高低不平的地上。一台半自动的气压式挖掘机还卡在岩石中，好像一个泄了气的人镶嵌在纹状清晰的结晶里进不得退不得。

　　"吃吗？"大胡子端着盘子，嘴里塞得满满的。

　　"这东西吃多了对身体不好。"布莱德咕哝道。

　　"笑话，一个中国人告诉一个墨西哥人吃烤肉不好。"大胡子呵呵地笑了，他又灌了一大口酒，心满意足地点着头，"我爱死特基拉了（Tequila，龙舌兰酒）。好吧，烤肉不吃了，酒也不喝了。但是你们的家庭作业要重新布置一下。"

　　"你怎么说吧？"阿里斯托放下怀里的达莱妮，他打量着四周歪斜的木桩和渗着湿气的岩壁，来到这样一个环境，他有些紧张，他知道泡在这一行的人都不是什么善茬，"安排我们的联系人和你老大可是朋友。"

大胡子点起一根雪茄，狡黠地眯着眼睛："老大对我说，只认买路钱。"

阿里斯托明白大胡子是动了歪念头了。这类蛇头通常手里掌握着外人不知的秘密通道，经常以此为要挟，漫天开价。许多人与他们打交道，也是逼不得已，他们之间没有信誉好谈，都只是互为利用的买卖关系。

"说个价吧？"墨西哥已近在咫尺，哪扇门一开，走过去就是另一个天地。邱永邦不愿再和这些人纠缠，早一分钟跨过就意味着早一分钟品尝自由和幸福。

"你们有八个人，一人一个整数。另外，中国女人和小孩加倍，我算算，一共是一大块。"今天这批货不简单，一定要开个好价码。大胡子的手翻了两翻，比画了一下。中年人的吉他铮的一声，俩人对视了一眼，呵呵笑了。

"多少？十万美金？你他妈想钱想疯了！"阿里斯托闻声瞪起眼睛。

"随便，要不你们抬起屁股回家，再去做做家庭作业？"

大胡子笑嘻嘻的没有生气。他心意已定，嘴前的这块肥肉千载难遇，不愁吃不下。他相信老板这次一定会好好奖励自己，说不定让他带着女人去海滨度假。大胡子想起了昨天晚上在酒吧遇见的那个皮肤黝黑、丰乳肥臀的危地马拉风骚女孩，她的笑声如风铃般清脆。

"他们不算。"阿里斯托指了下李晓宇、布莱德和小佳年。

"我的数学老师对我说，见人就算。"大胡子根本不理他的茬。

阿里斯托气得咬牙切齿。一直听说边境上盛行黑吃黑，今天还真遇上了。他慢慢向大胡子挪了一步。大胡子反手就从腰里掏出一把大型号的手枪：

"小朋友，别犯傻啊，这里可不是你能玩的地方。"

后面的中年人也放下了吉他，默不作声靠上前来，一只手掩在背后。

"行行，就这样说定了。"事到如今，好汉不吃眼前亏，邱永邦知道只要能到墨西哥，十万美金就是不足挂齿的区区之数了，他急忙蹲下，把斜挎在肩上的包放到地上打开，"看看吧，这里只多不少。现在能走了吧？"

看到地上满满一包的美金，大胡子咧嘴笑了："小朋友真乖！"

他看了一下手表，朝大家翻了翻眼："不着急，离打铃上课还有十五分钟，你们还可以玩耍一会儿。可别到处乱跑啊，这地方对小孩子很危险的。"

贝尔206直升机是美国贝尔公司在OH－4A轻型观察直升机的基础上发展的轻型多用途直升机。该机于1966年1月首次试飞，可用于载人、运货、救援、测绘等多种任务。它使用四百轴马力的艾利逊250—C20涡轮轴发动机，航程六百二十四公里，最大平飞速度二百二十五公里/小时，有地效悬停升限三千八百七十米。用户都称它为最安全可靠的直升机。

拉克斯和哈迪驾驶着直升机从东面飞来的时候，他们已经搜寻完了四区，再往前飞二十英里，十一区也到头了，后面的区域就属科考里尔市警局管辖了。二十英里在空中是很短的距离，驾驶员拉克斯已经看到标志着十一区尽头的那条蜈蚣般横卧在地表上的深沟。他右侧机身，准备将直升机掉头。

机身下，美墨边境线上高耸的围墙像一根白色的带子，笔直地延伸到两端的天际线，把原本浑然一体的大地犁成了两半。当然，高墙两边的人们也被犁出了不同的生活。

"那里是弗朗西斯老矿场。"观察员哈迪说，他的头微微前倾，从哈迪这边望过去，弗朗西斯老矿场灰白色的形状像贴在哈迪脑门上的一块丑陋膏药。

　　直升机悬挂在矿场上空，离地约一百五十米高，按三十度的倾斜角围着矿场打转，这是警用直升机标准的观察模式。与一般人猜想的不同，警用直升机除了机组人员随身配备的手枪外，并没有装备武器。那种脚蹬着陆架，手持狙击枪的形象是特战队的。警用直升机通常不会参与地面作战，它主要的任务是观察与引导，同时协调各部门之间的配合。必要时，它也可以用震耳欲聋的轰鸣声、尖厉的高音喇叭和强力聚光灯来震慑罪犯。

　　下面的人应该被震慑到了，拉克斯看到他们如蝼蚁般聚集在飞扬的尘土中朝上看着。弗朗西斯老矿场已经关闭有段日子了，怎么会有这么多人，这么多车？拉克斯心里直犯嘀咕。

　　哈迪也用望远镜仔细地观察着那些人和车，他突然叫了起来："找到了，土黄色Toyota面包车！在井架后面！"

　　"拍照，传回去确认。"不用拉克斯吩咐，哈迪手中照相机的快门声已经咔嚓咔嚓地响成一片。

　　"这底下在干什么？乱哄哄的？"拉克斯调整了一下机身，让哈迪有更好的拍摄角度，他预感到今天的任务不会很快结束。

　　哈迪一边忙着用机上的电脑传送刚刚拍好的照片，一边犹豫地回答：

　　"看上去——好像在拍电影吧——"

（三）

李晓宇在挖掘机旁坐着，好像在闭目养神，其实正准备实施一个没有把握的方案。

下到坑道之后，李晓宇就明白属于自己的机会越来越少了。他们就好像一群在旷野中被死亡追逐的马群，东突西撞，寻找一切可以逃生的路。但是仿佛有一只无形的手笼罩着四周，路越来越窄，越来越陡峭，最后他们来到了孤悬的深崖边，没有了退路。

接下去会有几种可能呢？

一种是如邱永邦和墨西哥人所愿，他们都进入了墨西哥，为拿到钱，展开另一个罪恶的故事；一种是邱永邦和墨西哥人只带洪银河过去，把其他的人留给蛇头团伙，让他们自行处置，这会更加不堪和险恶；还有就是最坏的结局，有用的留下，无用的灭口，让冤死的灵魂在这无人知晓的地穴中伴随着阴风惨雾日夜号哭。

或许自己作为邱永邦的"同伴"可以侥幸脱身，但容忍了眼前的血腥，也就意味着自己一辈子将被噩梦纠缠。李晓宇断然扔去了这个念头。

当然，还有布莱德——

想着，李晓宇不禁焦躁了，他挪动一下身子，后腰上硬邦邦地硌得生痛，那里插着他从罗格兰医生家取走的左轮手枪。虽然李晓宇当的是海军，对枪械摸得并不多，但枪都大同小异，左轮手枪的构造还更简单些。李晓宇在路上偷偷把弄了几次，也差不多掌握了。

硬拼是最坏的选择，但很多时候到了最后，也容不得你有其他的想法，只留下最简单的选择，剩下的就是勇气和决心了。李晓宇明白这几乎没有胜算，邱永邦那里有三个人，现在又多出两个偷渡蛇头，枪声响起时，必定有人倒下，第一个倒下的恐怕就是自己。但有些事偏偏是这样，明知不可为但必须为之，因为你已经无从选择，或者说，你已经做出了选择。

他把手慢慢向后缩，准备在屠杀来临时可以更方便拔枪。无意间，他的手碰到了地上的风镐，觉得微微一麻。

有漏电！李晓宇心头一闪。

电是最干净、最便于传输和使用的能源。当过机电兵的李晓宇对电的了解十分充分。电可以给人们生活带来便利，也可以带来危险，甚至可以当作致命的武器。在部队时，有条野狗晚上常去炊事班的厨房偷吃，小伙子们就在门上横拉了一根赤裸的铜线，通上电，第二天，全艇的兄弟们都好好打了顿牙祭。人体的电阻很低，只有一千欧姆，在潮湿的环境中，就可能降到四百欧姆左右。美国工业用电一般是二百二十七伏/四百八十伏，而人体承受电击的能力很差，通电超过三十六伏，就有触电死亡的危险。电还有个不会更改的特性：永远想钻入地中，而且是按照最短途径行走。你可以把电想象成水，只要可能，水总是冲开最近的沟渠往下流。当人体触电后，这就是接触大地最短的通道。

李晓宇仔细看了下风镐的连线。这是支陈旧的电动式气压风镐，不知为什么停工时没有按规定拔出电源。接口处的绝缘橡皮有些脱落，所以有了少许漏电。为什么不利用一下？他想。徒手剥离带电的电线有很大的危险，但曾经一直与电打交道的李晓宇知道该怎么处理。

当电线搭上体积较大的挖掘机时，溅出了几粒小火星和轻微的噼啪声，其他人都没有注意到，李晓宇清楚，现在这一片已经通电，形成一道小小的"电网"，接下来，就看如何利用了，至少，他比对手们多了一件"秘密武器"。

他想起学电时看过的一段材料。人们都知道爱迪生发明了电灯，照亮了人类的生活，却不知道曾经有科学家对电还进行过更加具有启迪意义的实验。1950年，芝加哥大学化学家史丹利–米勒（StanleyMiller）和哈罗德–尤里（HaroldUrey）在实验室做了一套耐人寻味的实验。他们模拟数十亿前的地球原生状态，原始的大气和海水充满氢氧、阿摩尼亚和甲烷，他们以火花模拟闪电。几天后，他们发现了振奋人心的结果：试管里出现了微量的氨基酸——这是构成生命的基本物质。实验证明：地球生命的起源很可能是闪电的功劳。

李晓宇暗暗祈祷着：亿万年前的电光一闪，创造了生命；今天能不能再电光一闪，让自己拯救生命。

爱迪生还说过："我没有失败，只是发现一万条走不通的路。"这句话今天对李晓宇很合适，不久后，他就发现他现在的努力是一条走不通的路。

真是人生如梦啊，走着走着，最后竟然走到了墓穴的尽头。

洪银河的手指摸到了贴身内衣的暗袋。暗袋缝制在左手胳肢窝下，轻易发现不了，有两根长别针扣死。里面有一张叠得小小的布条，上面用不化水的油墨笔写着几排数字和字母。

这是他最后的秘密。那几排数字和字母是他银行的账户和密码，其中有些账户对佩佩也从来没有透露过。他并不担心佩佩，光她名下私人账户里的钱就足够她花销一辈子了。

洪银河也在设想接下去会发生的结局。他知道，劫匪们只是通过手机的信息了解到一些账户的情况，但这只是冰山一角，真正的数额只有自己心里清楚。

痛苦的是，自己把女儿也带进了墓穴中。劫匪们会利用她来要挟逼迫自己。金钱现在对他没有意义，他知道，就是匪徒们没有掏出他全部的秘密，他也无法逃避女儿幽深的目光。

所谓死后被世人所指，留下千古骂名，洪银河对这些倒没有看得多重。他是个唯物主义者，生命只不过是一具皮囊。古代巫师称量死尸后得出的一个结论，因为人死后会比死前轻二十八克，所以人的灵魂有二十八克重。即使这个说法属实，这二十八克的无形之物飘飘荡荡也不知道会去向何方，无法权衡再三。对于心灰意冷的洪银河来说，只要让自己走时留有最后的尊严，现在死就是一种解脱。问题是，他的死不能解救女儿，他正拖着女儿一起走向地狱。

洪银河万念俱灰，他想好了，只要女儿能安全离去，他可以把劫匪们知道的钱都交出来，然后自己一死了之。但是，他要把劫匪们不知道的钱留给女儿，他相信，女儿会把这些被诅咒过的财富安置到干净的阳光下。

他解开了别针，针尖扎破了手指，布条上也沾上了他的一滴血。

当把布条塞到女儿柔软的手里时，洪银河感到她的手指有些发凉，他一时舍不得松开。

导演大卫掀起太阳帽，扬脸望了望空中盘旋的直升机，它像只烦人的大马蜂，已经在头顶嗡嗡了十几分钟，还丝毫没有要离去的模样。

难道今天拍摄没有到警察局备案？大卫不禁怀念起不久前退休的老搭档，他在剧组里也是担任副导演，但样样事情都不会让自己操心。哪像现在这位，只知道讨好投资方，本职工作却松垮得像散了架，拿起这件掉下那件。

"忘了申请拍摄许可了吧？"大卫问。

"没有啊，我昨天还与警察局短信确认过。"副导演一脸无辜与纳闷儿。

"今天进度完成不了，你自己去和制片方解释。"

副导演着急了，他抓起手机匆匆拨打警局联系人的号码。为了拍摄顺利，他还特意开车给警局送去十几件印有剧组标志的T恤衫和长舌太阳帽，这帮家伙当时嘻嘻哈哈的挺开心，一甩手这办的是什么事啊？

警察的声音出现了，但不是手机话筒里，而是直升机的高音喇叭。自天而降的声音震耳欲聋，命令的口吻中带着威严和恫吓：

"这里是土桑空中警察，下面的人听好了：原地停留，不得离开。再重复一遍：原地停留，不得离开！"

（四）

大胡子看了下手表，点着雪茄站起身："打铃了，走吧。"

他扭头往外走去，离开了工作面。顺着坑道走到挂有"危险！有塌陷！"牌子的岔口前，他掀开牌子，弯腰往里瞅了眼，一侧身："请。"

岔道的支架歪歪斜斜，看上去很不安全。里面的坑道也很狭窄，要猫着腰才能行走。大胡子呵呵一乐，带头钻了进去。

走进岔道的时候，李晓宇不无惋惜地看了看身后的工作面，他刚才的努力白费了。

走了不远，四周都成了石壁，昏暗的灯光在上面画着诡异的影子，再往前走，坑道越来越狭窄，灯光也打不到死寂的深处，好像进入了吃人野兽的深喉。

"不想活命的就往前走，那里是塌陷区。"大胡子停下脚步。他一抬脚，踢开身后一块伪装成岩石的木板，一个一人多高的洞口从岩壁后的阴影下映现出来，"芝麻开门了！十分钟后，你们就站上墨西哥的土地了。我可说明白，两面的门从现在起只开三十分钟。"

天啊！这一路艰辛困苦，终于功成名就，邱永邦和墨西哥人不由悲喜交加。他们提起精神，紧束了衣衫。阿里斯托抱起达莱妮，邱永邦推着洪银河和简妮，一起朝洞口走去。

布莱德默默凑上前去，他知道游戏最后的时刻到了，伟大的"守护神"该现身了。

然而，一件令所有人都意想不到的事情发生了。

一个声音说道："该结束了！"

大胡子惊讶地转过头，一把枪顶在了自己的脑勺上，手枪的背后是中年人不动声色的脸。

"霍塞，你？"大胡子怔住了。

"我是警察。"那个叫霍塞的中年人点点头，他灰色的眼睛比冰还冷。

四十一岁的霍塞是一名美国边境警察，他奉命做秘密卧底已经超过五年了。

五年前，凭着警局的周密计划和自己土生土长墨西哥血统的便利，霍塞只身来到墨西哥。

他先从墨西哥遥远的南部城市Chiapas混入了当地的黑帮，随后寻机一步一步北上，回到了美墨边境线。借助他的精明和几次故意的"放水"行动，霍塞在边境的黑道中闯出了名声，逐步接近了核心层。霍塞接到的命令是，彻底调查和摸清这一带的偷渡和贩毒组织，在适当时一网打尽。

霍塞原本计划再把网撒大些，最后一劳永逸打掉这个由原矿主和手下人构成的犯罪集团。但是最近的局势明显恶化，由于经济衰退，加上墨西哥大毒枭的被捕和死去，原来的互相制约失去了平衡，黑帮们需要另一轮恐怖手段来建立新的架构。于是，各路帮派纷纷出头，吞灭异己，抢夺地盘，边境线上一时间腥风血雨大盛。无辜平民的尸首横卧在民居草丛间，路边的高架桥上不时可以见到悬挂着饱经残害的尸体，那是向对手的炫耀和警告。更为甚者，犯罪团伙对执法者的攻击也达到了前所未有的猖狂。前几天，霍塞目睹大胡子带人血洗了一位墨西哥当地警察的家，这位正直的警察在错误的时候向罪恶宣战，代价是自己的妻儿都无情地葬身在住所的熊熊火海中。霍塞明白，是到了终止这个异军突起的强悍黑帮的时候了，昨天，他向上级发出了紧急信息。

还没有接到上级的回复，又赶上了今天在眼前发生的事。此事非同小可，让经验老到的霍塞也大吃一惊。这次安排被偷渡的不是一般的墨西哥人，而是一批看上去是人质的中国人。关键是，偷渡的方向不是进入美国，反而是去墨西哥。霍塞知道，这种反常的现象正说明这绝不是一起普通的偷渡案，这里面不仅涉及国际关系，而且一定蕴藏天大的秘密。霍塞决定不等后援，自己直接动手。在下矿井之前，他再一次用手机给警局发出紧急行动代码，并标明有三个劫匪，五个中国人质，他相信，特警队应该在半个小时之内就可以赶到，只要制伏住大胡子这个悍匪，其他的人应该容易对付。他也相信，这些中国人质在关键时候也一定能助自己一臂之力。

正是因为霍塞的这份最后报告，让警察在结案时产生了困惑；也正是他粗心的信任，最终遭遇了灭顶之灾。

霍塞举着枪，警惕地盯着大胡子。他对中国人示意："你们过来！到我身后去。你，留下别动。"他用枪点着邱永邦，刚才的交谈，霍塞已经看出来邱永邦也是罪犯之一。他同时也看出，剩下的五个人质中，只有那个穿皮夹克的年轻人是在美国出生长大的，他应该对美国警察有所了解和帮助。霍塞示意布莱德紧靠在自己身边，好在需要时搭把手。

大胡子胸口剧烈起伏，他与霍塞搭档了三年，没有想到平日里干活利索、行事果断的霍塞竟然是名可恶的条子。就在不久前，他还向老板建议，让霍塞单独负责一块新开辟的区域。大胡子瞪着霍塞，仿佛狼在旷野里遇到了天敌，目光要把他生吞活剥："霍塞，你玩得好！"

"你认命吧！难道还要我向你宣读米兰达权利？"霍塞冷冷地说。

米兰达权利（Miranda Rights），也称米兰达警告（Miranda Warning），是指美国警察（包括检察官）根据美国联邦最高法院在1966年米兰达诉亚利桑那州案一案的判例中最终确立的米兰达规则。在逮捕或讯问刑事案件嫌疑人之前，必须对其明白无误地告知其有权援引宪法第五修正案，即刑事案件嫌疑犯有"不被强迫自证其罪的特权"，而行使沉默权和要求得到律师协助的权利。在美国影视作品中，大家经常可以看到。其标志性内容为："你有权保持沉默，但你所说的一切都将成为呈堂证供。你有权请一个律师，如果你付不起律师费，我们能免费指派一名律师给你。清楚了吗？"

"去你妈的！"

霍塞威胁的话语让大胡子更加怒不可遏。你和我玩这一套！他急怒交加，吐掉含在嘴里的雪茄，大吼一声，朝霍塞扑来。霍塞的枪毫不迟疑地响了，霍塞早就想亲手除掉这个无恶不作的家伙，把他交给程序繁杂的法庭，最后的结果是什么，霍塞还不放心呢。大胡子被打得连连后退，一头栽在地上。他凶狠的目光临死都仍然恨恨地盯着可恶的卧底警察。

这时，中国人已经站到了霍塞的身后。霍塞松了口气，他的枪口转向邱永邦、阿里斯托和达莱妮。阿里斯托向前刚一迈步，霍塞的枪又响了，这次击中了他的肚子。

"最后警告！"

霍塞厉声喝道。非常时期必须使用非常手段，霍塞毫不手软，连眼皮都不会眨一下。

邱永邦闭上了眼睛。他千算万虑，没有想到最后栽在了这里。他明白，美国警察动起枪来不会有一丝客气，哪里致命往哪里打，这是他们受训时的严格要求：当不确定对方是什么状态的时候，按最高方式处理。

这下，邱永邦彻底绝望了。

时钟走向九点四十四分三十九秒。

（五）

弗朗西斯矿场　09时44分

天气好像有些变化。直升机驾驶员拉克斯想。

他摆动着手里像咬缺大饼似的方向舵，让直升机在空中继续保持搜寻的姿态。刚才仪表上显示的是210度三级下侧风，现在四周一切都仿佛静止了，空气停止了流动，似乎变得稠厚和粘连。底下的弗朗西斯老矿场也好像凝固了，像锅里一只没有煎熟的鸡蛋，正隐隐蒸起一团笼罩不动的淡紫色雾气。

"气压很低，要下雨？"拉克斯问。这话他自己都不相信，亚利桑那州属沙漠气候，每年降水量稀少，现在阳光灿烂的怎么会下雨。但空气中确实有一种强烈的暴雨前的压抑气息，说话的声音都似乎传递得缓慢，而且大地的色泽也在奇怪地变化。拉克斯觉得可能是直升机长时间在一个地方盘旋而给自己眼睛造成的错觉。

"是够闷的。"

观察员哈迪简短地回答了他一句，继续用望远镜监视着下面。刚才指挥部传来的命令出乎寻常地严厉：动用一切手段，保证弗朗西斯老矿场所有人员留在原地。

我们又没有武器，有人真要跑，难道要我们用直升机撞他不成？听到这个命令，拉克斯和哈迪都有些不以为然，但是他们也知道，下面一定发生了大案。这时，哈迪看到东面的天际边显出了三个黑点，它们像鼓着短翅的黑蜂，一下子就掠到了这片空域上。

"嘿，狠小子们出动了！"哈迪叫道。

拉克斯也看清楚了，飞来的直升机不是属于空中警察巡逻中队的，而是特警的武装直升机。正如在电影中看到的一样，直升机的两翼舱旁坐满了彪悍的大汉，他们浑身装甲，头戴面罩，手持自动武器。一时间，直升机螺旋桨搅动空气的声音大作，震撼着这片干枯炎热的土地。

特警直升机上的喇叭更加粗暴蛮横：

"下面的人听着，放下手中的一切物品，举起双手，到空地上集中。再重复一遍，举起双手，不得有任何举动！"

特警的直升机肚子里吐出了两根长长的绳索，扭动着往地面探去。特警们准备武装绳降了。拉克斯和哈迪知道有大事发生，他们把自己的直升机提升了高度，让出了低空的空域。拉克斯和哈迪不知道的是，他们视力不及之处，在临时指挥部负责人的厉声呵斥中，大批的军警在沙漠中扬起漫天风尘，正驱车朝这里集聚而来。

这时，拉克斯和哈迪突然感到眼中晕眩，胸腔仿佛被不明物体紧紧地挤压，而下面的大地剧烈地起伏扭曲，如锅中煮开的水般沸腾不定，一种从未听见过的尖啸声从变色的天地间陡然发出，撕裂着人的五脏六腑——

"怎么回事？"拉克斯大叫道。他失去了平衡感，天地仿佛翻滚着旋转，全都一片混沌。

"我的上帝啊！天啊！地震！"

美国西部时间九点四十四分三十九秒，太平洋西岸地层皱褶处的巨大岩块终于支撑不住地球的应力和挤压，在顷刻间坍塌。大地震降临了。

地震可以说是地球上最凶恶的敌人。

科教书上对地震所引起的灾害列举了长长的清单：房屋倒塌，桥梁断落，水坝开裂，道路变形，地面裂缝、塌陷，甚至会引发海啸、山崩、滑坡等。在有些大地震中，还有地光烧伤人畜的现象。地震还有次生灾害。有时，次生灾害所造成的伤亡和损失，比直接灾害还大。主要有火灾、水灾、毒气泄漏、瘟疫——1932年日本关东大地震，直接因地震倒塌的房屋仅一万幢，而地震时失火却烧毁了七十万幢。

这次地震释放的能量相当于引爆两千八百颗在广岛投下的原子弹，它震撼了全球。全世界的地震站仪表的指针都在激烈摆动。它在美国西海岸的地下撕开了一条长约二百八十公里、宽约八十公里的巨大裂缝。由于它的震动，地球的自转加快了零点一五微秒。地震沿途所经过的区域，数千间房屋倒塌，数百人死亡，财产损失达数百亿美金。

美国又一次陷入大灾害中。

大地震发生前，导演大卫正准备拍摄下一个镜头：

人慌马乱之际，主人公在坑道口出现，马蹄下救出的美丽少女是他未来的爱人。他的马背上应该有美国的第十八面国旗。当时内华达州刚刚并入，旗上只有三十六颗星，代表了美国的三十六个州，而十三条间纹则代表美国建国时的十三块殖民地。旗帜的红色象征勇气，白色象征真理，蓝色则象征正义。不管怎么说，爱国主义情结的影片在美国一直是很有市场的，大卫准备把这一段好好渲染一下。

演员已经就位。这个场面要运用到一些爆炸的效果，烟火装置也装好了，安全线隐藏在镜头看不见的地方。现在只等导演的开机命令。

特警直升机飞临上空的时候，大卫抬起头，他边看边想，嘀，这气势才是像拍大片的场面。

怎么回事？当大卫从导演椅上摔落下来的时候，他非常恼火。这还没有开拍，烟火装置怎么就提前爆炸了？他有一丝恐惧，要是上面直升机上的特警误会了，他们手中的家伙可真会毫不客气地倾泻下水泼般的弹雨。

"地震！地震！"

大卫跌跌撞撞站起身来，四周已经乱套。演员们和工作人员有的抱头乱窜，有的在原地发呆。马儿都惊了，仰头嘶鸣着，拖着长长的缰绳在矿场中四散奔跑。他这时才醒悟过来，他扶正了眼镜，一片高高扬起的尘土中，眼前周围的一切都已经变了模样。

木棚塌了个角，高高的木桶水塔也倾斜了，水正倾泻而出。矿区中的木柱如扭曲的手指伸张向天空。积着绿水的尾矿坑被波浪般平移的地面如同手指擦灰般抹平，不见踪影，只有一片隐约可见的湿气在怪异的暗红色的空气中升腾。

"导演！导演！"副导演连滚带爬地过来，他的头上蒙着块不知从哪里来的花围巾，"导演，电话！"

"谁的？"

"制片人的。投资商都在现场观看，镜头太难得了，要你千万别断了网络直播！"

"胡闹！"导演大卫一屁股又跌倒在泥土中。

"摄像，摄像，快连线！"副导演连吼带叫。

（六）

坑道的黑暗中，突然响起了《出埃及记》的旋律。乐曲激扬有力，充满使命感。

伟大的先知们引导着无知的人们走向辉煌。这是使命，也是归宿。不同的命运总是在峭壁上不期而遇，等待众神裁决。这世界需要有人来冲洗，哪怕沾染得一身污垢，哪怕牺牲者哀号遍地——

灯光又闪闪烁烁地亮了，有几盏灯熄灭了，但大多数还能工作。坑道经常遇到塌陷事故，修建得很牢固。地震过后，地面上一切变了模样，出人意料的是，地下坑道的损坏并不大。

惊魂未定的人们从呛鼻的尘土中抬起眼来，音乐声在此时响起显得诡异而恐怖，而他们面前出现了一幅更令他们惊悚的画面：

一张"守护神"的铜面具在暗淡的灯光下闪着幽幽的光。它鹰面蛇发，表情威严，凛然不可侵犯。面具的前面，卧底警察霍塞已经瘫倒在地，他的脖子上紧紧勒着一根黑色的伞兵绳。霍塞到死都没有搞明白，身边这个原本希望能助把手的穿皮夹克男人怎么会对自己突然暴起发难。

布莱德放下了正在播放音乐的手机，看着脚下横倒一地的人们，他心满意足。

不错，这就是他苦苦追求的游戏结局。历经千辛万苦，在重重艰险中随机而变，展现智慧和勇敢。时间是人类的错觉，真实是存在的误区，梦境只是生死的停留，现在终于到了清洗大地的时候。雷霆万钧的最后一击是在龌龊的人们自以为胜利的一刻发出，伟大的"守护神"脱去被罪恶污染的外衣，周身金光闪闪，无比灿烂，无限辉煌。

很好，一切进行得无可挑剔。

布莱德已经想好了，待把坑道里的人都送去他们应该去的归宿后，自己将带着劫匪们卑贱恶臭的尸体，坐着缓缓上升的升降机，像神一般出现在坑口。那里不是正在拍电影吗？不是有网络直播吗？想想，丧心病狂的抢劫匪徒，惨遭蹂躏的人质，单枪匹马的英雄——

是的，人们只相信谎言，相信英雄。那就让全世界的人都看看，一位无畏的英雄是如何战胜了邪恶的魔鬼，浑身浴血地从地狱中冉冉升起。

这太完美了！阴暗的坑道里，布莱德禁不住为自己大声喝彩，他仰面哈哈大笑。

在洞口打开的一刹那，李晓宇的手握紧了腰后的左轮手枪，他觉得自己的手心瞬间渗满了冷汗，冰凉坚硬的枪柄也在微微发颤。

就是现在吗？李晓宇还有些迟疑。现在肯定不是最好的时机，如果墨西哥人让他们都过去，说不定还可以再等等。如果他们想要杀人灭口，那只有拼死一搏了。

接下去事情的发展则让李晓宇眼花缭乱。

卧底警察亮明了身份，大胡子被击毙，所有的困惑和痛苦在顷刻间云消雾散，噩梦离去得如此简单，如此不经意，就好像在早上醒来，睁眼一看，满屋都已明亮，缠绕的梦魇在随意的阳光中变得遥远而微不足道，只想好好伸个懒腰。

狂喜在心头还没有驻留多久，地震又改变了一切。在天摇地动的那一刻，李晓宇隐约看到布莱德的手在卧底警察的脖子上晃了一个圈。再睁眼时，又回到了纠缠不休的梦魇中。

布莱德的笑声撞击着岩壁，而一阵更加疯狂的笑声盖过了他，那笑声带着抽泣和狂喜，好像降灵会上的忠实信徒终于等待到了神灵的现身。

那是邱永邦在笑。

通道的洞口坍塌了，裂隙间，一片金光闪烁。

谁都没有想到，古老传说中的金矿就在这场无法预测的大地震中突然袒露了真容。几百年来，一代又一代的人们苦苦寻找它，多少人在咫尺之间与它擦肩而过，多少人为证实它的存在而丢失了性命，以至于金矿成了迷信预言中的恶毒咒语。而现在，它出现得如此简单和直接。大地的造化和人的命运真是神秘莫测。

邱永邦扑上前去，上上下下抚摸着冰凉的矿壁，简直不敢相信自己的眼睛。

"是金子！天啊，是金子！"

他跪倒，用面颊贴着，用嘴吻着，用舌头品尝着。一座金矿就在自己的手指下，这种恩惠已经超越了财富的意义，上天的赠予如此慷慨和轻易，让凡人无法承受，他甚至辨别不出这一切是真实还是梦境，命运瞬间的巨大变换使邱永邦幸福得晕头转向。

他回过头，望着众人连哭带笑地语不成句："这不是做梦，不是！"

他随后向布莱德问了一句，这个问题也是所有人都想知道的，李晓宇收起了迈出的脚步：

"你到底是谁？"

铜面具威严而神圣，浸透着岁月的斑驳与积淀。它起源于中世纪的欧洲，预兆着恐惧、复仇、再生与不朽。这就是他的神，他全部生活的原因和意义，唯有通过它的死亡之眼才能窥见真理的真实。

"我是谁？"

布莱德慢慢脱掉鹰面蛇发的铜面具，从身上的包里拿出一只小木盒，跳囊鼠标本在灯光下如同活着一般，闪烁的灯光下，他的目光纯洁而诡异：

"我说我是收集动物标本的，你信吗？我也可以说，我只是迪斯尼的小兔子，这有意义吗？所以说，我就是我。"德国制的西格绍尔226手枪出现在布莱德的手中，新上的枪油味十分好闻，"但我没有说假话，我替上帝收集垃圾，我用祭奠回报给予。这些你们不懂。我只想说，你们这几天过得很糟，上了一辆旅游车，在错误的时间遇到了错误的人，然后错误验证了罪恶，你们就来到神的脚下。值得祝贺的是，你们干净了，成为神的选择，永远不用逃避恐惧黑暗的追逐了。"

"你都干了些什么？"简妮颤抖地问，她现在明白李晓宇的话，布莱德才是真正的危险。

布莱德又发出一阵笑声，在幽深的坑道里，笑声带有深沉的回声。

我干了什么？好吧，在祭奠神灵之前，都需要祷告，听听我这个摆渡人在船头前为你们所做的祷告词吧。

布莱德开始讲述自己所承担的伟大使命，他话语简略，但内容翔实。

他从容浑厚的男声像炙热的陨石穿越了他所有的时空，那里有浓重的黑雾，有水边腐臭的水草，有悬荡在枝丫上杂碎的内脏。他要替蜷伏在自己脚下的牺牲品们赎罪，也要替世上所有的肮脏灵魂来告求神的慷慨接纳和无私宽恕。

（七）

多美啊。

导演大卫着迷地看着特警们从直升机上跃出，顺着绳索快速地向地面滑下，就好像黑色的露珠在蛛丝上滚落，平滑而不留痕迹。

很多人以为特种部队是靠戴上厚厚的皮手套，紧握只有十毫米粗的细绳去垂降，那是弄错了。特种部队的垂降都使用专业器材。垂降专用器材主要有保险带垂降用主锁（用于连接保险带和缓降器），最常用八字缓降器、动力绳。当八字环和绳索配合，右手抓住绳子下端，用拉绳、松绳控制下滑速度，绳子和八字环的摩擦力增大，只要很小的力量，便能轻松控制身体的下滑速度，而且可以迫使身体停止下降。当然，这需要有一定程度的训练，一般人是难以做到的。

大卫有些遗憾，他现在拍的不是一部当代的反恐片，否则他一定会用特技镜头好好表现一下。不过没有关系，这种美是一种残酷的美。历史上，人类自懂得拿起石块木棍起，就已经将这种残酷的美展示得淋漓尽致。从手撕口咬到刀劈斧砍，再到现代的火器喷射、核分子裂变、生化武器，在这个小小的星球上，或许在整个宇宙中，也只有"人"这种生物会将对同类的残杀发挥到极致。可以预想到的是，它还会继续引导人类走下去，并成为人类对未知世界的开拓先锋，多么具有讽刺意味啊，一面是杀戮与灭绝，一面是希望与梦想。人啊！大卫忍不住摇头叹息。

特警高音喇叭又开始了粗暴的催促。矿区里四散的人群在地震的惊恐中渐渐平稳下来，他们开始向警方指定的区域集中。不少人受了伤，更多的人蓬头垢面，衣衫散乱，像一群失魂落魄的逃难者。大卫注意到，副导演在人群里面跑来跑去，显得特别忙碌。

"你乱跑什么？通知剧组，特别事故，今天停拍了。"大卫招手把副导演叫了过来。

"不行。"副导演出乎意料的强硬。投资人和制片方看出导演大卫不太听招呼，就直接联系副导演，吩咐他把该做的事担当起来，副导演心里有了底气，"人可以集中，但机器不能停。我已经通知他们把摄像机都开着。"

"这怎么拍？"大卫强忍住火气。

"真实记录，这是制片人的指示。"副导演回头还来了一句，"也是我基本的职业要求。"

导演大卫听了这话，差点没背过气去。

"他疯了！"简妮毛骨悚然地喊道，她现在终于明白了，"他是个疯子！"

布莱德的祷告词时间不长，但大家都听懂了他的话。这里面竟然隐藏如此之大的秘密，如此之深的邪恶，超出了人们思维的承受空间。有一阵子，坑道里鸦雀无声。

简妮听说过不少这样的案例，但她一直不太相信。一个人怎么会在现实中将自己分裂成不同的人格？怎么会将杀戮化成生活的唯一？而现在，这些常人觉得根本无法理喻的事，就赤裸裸地展示在自己面前。

眼前的这个人生活在他臆想的疯狂世界中，他看到的世界和常人眼中完全不一样。他经历了严重的生活创伤，以致于在情感上出现了空洞，可怕的是他的理性也就此断裂了。于是他便开始用幻想填补空洞，而裂隙愈来愈大，理智的框架终于塌陷。更可怕的是，这样的人在生活中与常人无异，吃喝拉撒、言行举止甚至比正常人更有条理。但一旦进入他的幻想国度中，疯狂和欲念便打开了宣泄的闸门，将遇到的无辜者冲刷得尸横遍野。他不仅终结了自己，也终结了他人。他完全就是个疯子。

疯子？布莱德想，对，他们踢开我时也这样说：丧失自信心，人格缺陷，心理障碍。

布莱德嘴唇噏动着，他不知道，他的意念正漫不经心地吐露着：你们知道吗？他们给了我一张支票，就把我甩到了这浑浑噩噩的世间。那些血，那些垂死的惨叫，十一年的生命，呵呵，换来的就是一张支票。他笑了。也许吧，也许是我疯了，也许是这世界疯了。所有的人都是小偷，是强盗，是肮脏的虫族。它们虚假的笑容下隐藏着卑劣下贱的念头，它们一次次从我身体中肆无忌惮地穿过，粗暴地碰撞着我，盗取着我，侮辱着我，还想重塑我。

"你有病，应该去看病！"

布莱德赞许地点点头，是的，这世上所有人都是病人。小到咳嗽打喷嚏，大到癌症，听说过有种渐冻人吗？活着活着就不会动弹了，多好玩啊。明白了吧，人生处处是障碍，生活只不过是一个投影，关键是你想看到什么。布莱德还想表白得更清楚些，他指指倒在地上的墨西哥人："我告诉你，我和他们不同。他们杀人是为了钱。我为我自己，为我的尊严，为公道。对于这个龌龊的世界，我只是个清洁工。我刚刚说过，这是我的使命。很不幸的是，这也是你们不可逃避的宿命。"

"你会受到制裁的，你是与人类为敌。"洪银河也忍不住开口了。

"听过一句波西米亚谚语吗？一个没有敌人的人是没有价值的。我从来就不相信什么报应。制裁？谁来制裁我？这个国家很大，我可以自由地生活。明天，所有人都知道，是我阻止了罪恶，我就是英雄，享受所有的辉煌！但这些对我不重要，我将一遍又一遍重复这个游戏，成为清洗这个罪恶世界的唯一'守护神'！"

小佳年扑进简妮的怀中："姐姐，他为什么要这么坏啊？"

这不是坏不坏的问题，简妮用力搂紧了小佳年，她感到一阵阵的心疼，孩子这么小，就见到了人生中最丑恶的一面。孩子，我告诉你魔鬼是什么？他的字典里没有善恶，他的心里一片漆黑，只有疯狂在指引着他。他想要达到的就是好的，阻止他的都是坏的，逻辑就这么简单。可悲的是，魔鬼从来不承认自己是魔鬼。

布莱德哈哈大笑："说得好！小朋友，我告诉你吧，魔鬼和天使其实就是一个人。"

兴奋的热流温暖地漫过布莱德的全身，能这样进行对话让他身心舒坦，精神抖擞。过去，他觉得没有人能在智力上与自己平起平坐。居然，这几个中国人还能明白他的感受，虽然他们的遣字用词还不够准确，但也难能可贵了。布莱德甚至有些惋惜，如果还有时间的话，他愿意坐下来，煮上壶浓郁的咖啡，和这些被罪恶和污浊蒙遮住双眼的人再好好聊聊，说不定，和他们搞一次夕阳下的水边烧烤也不错。

布莱德有些遗憾地举起枪，对准了邱永邦："好了，大家现在知道我是谁了吧？恭喜你，你是第一个去见神的人。"

"别杀我！"邱永邦歇斯底里地叫着，天堂和地狱真的只是一步之差，我拼死拼活，最后怎么死在一个疯子的枪下？老天爷啊，你既然给了我无限的财富，却为什么偏偏又要收去我的性命？这太不公平了！邱永邦无法接受这个现实。"不要啊。"他痛哭流涕，"为什么不一起过好日子啊！"

布莱德漫不经心地听着，金钱对他来说没有任何意义。未等邱永邦的话说完，枪响了。

布莱德的射击是严格按照特种兵的训练指导，每次击发两颗子弹，一颗打胸，一颗打头。

第一声枪响之后，邱永邦靠着金光闪烁的岩壁，慢慢地滑向地面。

王八蛋，这疯子真动手了！邱永邦！

李晓宇拔出了捏得滚烫的左轮手枪，只是瞬间之差，他还在回味布莱德的话，布莱德的枪声就已经响了。他现在终于明白了，为什么对劫匪的一再反抗都会落空。说实在的，邱永邦他们的计划并不高明，后面的匆匆行事更是漏洞百出。要不是布莱德暗中做鬼，邱永邦他们不是被警察抓住，就是败于人质的反抗，早就已经身陷囹圄了。

但李晓宇现在顾不上细想，让他震惊的是，他在兽医家外面车里查看布莱德的手枪时，自己明明记得已经把手枪里的子弹都卸空了啊？

第二声枪响没有传出，只听到空机挂仓的咔嗒声，布莱德疑惑地望着手里的枪。李晓宇暗暗咒骂自己，他懊恼万分，在卸子弹时，他卸下了弹匣里的子弹，却忘了枪膛里还压着一粒。这种悲剧在玩枪的人群中经常发生，意外走火一多半就是遗忘在枪膛中的子弹惹的祸，而现在，这颗子弹送进了邱永邦的胸膛。

李晓宇举枪对准了布莱德。

布莱德望着李晓宇，就像看一个外星人，他歪了下头："是你干的？不错啊。"

他向前迈了一步。李晓宇毫不迟疑地扣下了扳机。

枪声比想象的要震耳得多。上一次开枪还是在部队的最后一年，老班长带着大家来到野地，每人五发子弹，用五六式半自动步枪，一百米卧姿。李晓宇打得不错，中了四十六环。老班长奖励他，让他用自己配备的冲锋枪又打了三发。记忆中枪声在旷野里回荡得很远，但远远没有现在左轮手枪在坑道中来得震耳欲聋。李晓宇后退了一步，他看见布莱德的脸上出现了难以置信的惊愕表情。随后，布莱德身子一歪，倒在了矿石上，血从他捂在胸前的指缝间淙淙流出。

干掉他了？李晓宇愣了片刻，第一次看到活人在自己的枪下跌倒，正常人都会不由自主地分神和错愕。他平息了一下呼吸，想上前确认一下，但他的脚被地上的邱永邦紧紧拽住了。

"救——救我！"邱永邦呻吟着，嘴里冒着血泡。

李晓宇把枪搁在脚边，抱起了奄奄一息的邱永邦。望着他丑陋但又熟悉的脸，李晓宇一阵心酸。

"救救我。"邱永邦的声音几乎连自己都听不到。

他觉得肺腑之间被浇进了灼烫的油，每一口呼吸都像游泳时呛水一般的难受，难以忍受的刺痛和窒息包围着他全身，所有神经的剧痛都化成一根尖利的长针，狠狠地扎进他的脑中。

疼痛让邱永邦张大了嘴，也让他暂时清醒。四壁垂直冰凉，他见到了细小闪烁的光点，这是他此生见过的最美丽的景色。

邱永邦的手摸到了地上的左轮手枪，不能让这景色离自己而去，它只属于我，绝不允许被任何人夺走！谁都别想！邱永邦战战瑟瑟抓起了枪。

"它们是我的，都是我的！滚，都给我滚！"

美丽的光点如欢快的小河，在岩壁上曼舞着，蜿蜒流向洞穴的深处，那里，金矿脉才刚刚露出端倪。邱永邦晃动手里的枪阻止着人们，他挣扎着向狭小的坑道深处爬去，闪亮的小河就是他梦想的天梯，天梯上的灿烂只属于他一个人。他的意识模糊，但情绪格外高涨。他喘息着，爬着，手指滑过金色的河水，身后拖着长长的血迹，邱永邦心里无比幸福。

"危险！里面有陷洞！"简妮尖声叫道。

不，不给你们，都是我的。你们一个个没安好心，谁都别想阻拦我。邱永邦的身躯爬行得更快了，他消失在狭窄坑道的黑暗中。片刻，有坍塌的声音，人体一路坠落，被地下张开的黑嘴吞噬。人们似乎听到了邱永邦在滚落时还发出的隐约笑声。

如同古老预言所描述的一样，第一个发现金矿的人，注定要死于非命。

你傻啊！生命只有一次，干吗要让欲望为难自己，残害自己，更别说葬送了性命。李晓宇闭上了眼，他知道自己的眼角湿润了。

这时，他听到简妮更加尖厉的叫声。

回头望去，布莱德像只黑色的大鸟无声无息地扑了过来，他手里挥舞一根粗大的木桩。

黑暗立刻如潮水般舔上了李晓宇的意识。

（八）

"油料不够了，向指挥室请求返航吧。"

直升机驾驶员拉克斯看了一下油量表，有机玻璃罩里显示的刻度已经降到了最后二格，这仅仅够回程的用量。

朝下望去，绳索垂降的特警队员们已经全部落地，他们三人一组，分成三五个小队，四处散开，就好像黑色的牧羊犬一般，将混乱的人群驱赶到一起。其中有两支小队包围了那辆土黄色的面包车，特警们蹲下身，在废墟中隐蔽着自己，有两个人交叉掩护着，猫着腰，举着枪，朝车子一步一步谨慎地走去。

"指挥室问，我们的油量还能坚持多久？"哈迪在隆隆的发动机声中大声问。

"最多二十分钟。"拉克斯皱了下眉头，他不明白指挥室为什么问这种无知的问题。

"指挥室命令我们配合特警，继续在这里巡视。实在不行，就原地降落，他们会派车送油过来。"哈迪的声音急匆匆的，看得出他耳机里指挥室的人也是这样的口吻。

好吧。拉克斯明白，任务就是任务，没有什么可以讨价还价的，只是这任务确实不寻常。他开始在一片狼藉的土地上寻找降落的备用点。

又有两架直升机呼啸着来到。在与拉克斯的直升机交错的瞬间，拉克斯看到副驾驶座上坐着一位脸色阴沉的人，连头盔都没有戴。他还不知道，他看见的正是这次行动的总指挥，临时指挥中心的那位负责人。

现在，这片狭小的空域已经聚集了六架警方的直升机，强大有力的螺旋桨将这里的空气搅得乱流一片，轰鸣声响得让人抓狂。拉克斯小心地驾驶着方向舵，他与其他直升机保持着三十米的空高差，还要注意不能与前面的直升机相隔得太近。

这是一个危险的密度，拉克斯全神贯注，头盔下渗出了一层细细的密汗。

又一阵余震，坑道里摇晃不已。

地上的阿里斯托从昏迷中醒来，他听不懂这些中国人在说什么，但此刻他心里只有一个念头，杀了他们，带达莱妮回家。

肚子上的伤口正在抽尽他全身的力气。他实在不甘心死在这些可恶的中国人手里。在他的记忆中，只有他去大大咧咧地招惹这些黄脸人，怎么可能让他们来压倒自己？阿里斯托奋力从地上跃起，扑向布莱德。抱住布莱德时，他觉得自己像抱住了一块坚硬的石头。接着他听到两声短促的枪声在自己胸前炸响。阿里斯托不甘地滑向地面，他最后的念头是这个中国人好结实啊，他最后的目光是投向自己心爱的女人。

　　布莱德还没有来得及将卧底警察的手枪从阿里斯托的胸前挪开，脑后一阵风声，背后就扑上个人。紧接着，脖子上一阵剧痛。重伤的达莱妮被枪声惊醒，睁开的第一眼看到的就是阿里斯托死不瞑目的眼睛。达莱妮疯狂了，她不知从哪里来的力气，女魔般扑向布莱德，一张口，从布莱德的脖子上撕咬下了一块肉。

　　布莱德没用多大劲就将达莱妮摔倒在地上，看着达莱妮在地上抽搐，布莱德知道这个女人已经不行了，不值得再多费一颗子弹，他捂着脖子恨恨地踢了她一脚。

　　达莱妮紧掐的手渐渐松开，她用尽全力朝自己的男人爬去，鲜血从她的口中大股地冒出，她终于爬到了阿里斯托的身边，将自己血污的额头贴上了阿里斯托渐渐冷却的脸。

　　星星正滑过黑甜浓稠的夜幕——

　　又一颗，又一颗，它们拖曳闪烁不定的尾翼，微弱但又顽强，竭力冲破着沉甸甸的黑幕，化为一块块时暗时明的光斑。黑暗是有重量的，它罩在四周，挤压得让人窒息，他本能地挣扎，而自己的手脚却消失了。

　　猛地，李晓宇醒来了。

　　他发现自己躺在早先离开的工作面里，简妮在身边正用衣襟擦拭着自己的脸。头剧痛，好像有人正在用锯子慢条斯理地锯开自己的脑袋，视线还有些模糊，李晓宇又闭上眼：坑道、枪击、地震、金矿、邱永邦的坠落——刚才发生的情景这才慢慢在记忆中清晰起来。

　　布莱德正蹲在地上，用大胡子留下的龙舌兰酒清洗着伤口，李晓宇匆忙的一枪并没有击中布莱德的要害，只是在他的左臂上端的软组织上对穿了一个洞，虽然模样吓人，疼痛难忍，但实际没有什么危险。倒是达莱妮的那一口撕咬，让布莱德失血不少。强烈的酒精刺激得布莱德紧皱起眉，从牙缝里发出咝咝的声响。

这个过程拖得有些长了，布莱德恼火地想，自己还受了伤，刚才差点没翻船，要是李晓宇没有被瘸子拖住，而是再上前给自己补上一枪，那么，船头上威风凛凛的摆渡人就会先变成阴河水底含恨不已的冤死鬼了。

看到李晓宇醒来，他提枪站了起来。现在，是了结一切的时候了。

李晓宇的心沉到了百丈冰窟的最底层。他已经在心里默默算过，布莱德手里拿的是卧底警察霍塞的枪。这把枪配备的是十五发弹匣，而刚刚发射了五发。没有机会了，李晓宇绝望地想，一路挣扎，一路努力，现在死神站立到了眼前，他甚至可以闻到从死神宽大的黑袍下面透出的阵阵恶臭。

"好吧，现在就剩下你们四个人。姑娘们肯定是到最后。两个先生，先送谁走呀？"布莱德打量着李晓宇和洪银河，"我想，应该是你吧？现在才是表现的时候，给我看看你的勇敢。"他的枪停在了李晓宇头顶的上方。

简妮和小佳年抱成一团，紧紧地闭上了眼睛，她们已没有勇气再多看一眼。李晓宇也向布莱德投去了绝望的一瞥，他现在连站起来的力量都没有。布莱德的身影像巨大的翅膀在坑道上投下长长的剪影，他挡在面前，身后是坑洼不平的岩壁，还有，镶嵌在岩壁中的挖掘机，而且——挖掘机上已经通电。李晓宇的眼亮了，不到最后一刻，绝不放弃，为自己，也为所有的无辜者。

"等等，让我喘口气。"李晓宇低声说。他低下头，不让布莱德发现自己脸上的异样，同时，他也需要时间聚集一下精力。

"呵呵，这倒是好玩。可以，让你再享受一下最后的空气。"布莱德觉得挺有趣。

片刻，李晓宇长叹一声："命啊！"

"说对了，是命，人都逃脱不了的。"

"我想抽口烟。"李晓宇突然恳求到。

"好啊。"布莱德从大胡子身上找出烟，塞到李晓宇嘴中。

"能不能再喝口酒？"李晓宇含着雪茄，吸了几口，在烟雾中含糊不清地嘀咕着。

"有点意思，我开始喜欢你了。"布莱德笑了。

在他审讯和杀人的漫长生涯中，布莱德见过不少人面临死亡前的状态，多数人由于恐惧而意识不清，思维停歇，嘴中喃喃自语，与其说是不甘，还不如说是麻木，等待着最后的结果。这是人的心理应急系统对自己的最后保护，标志着他们的灵魂已经认输了，肉体也就放弃了抵抗。面前这个男人有点不一样，临死前还要把眼前的一切再匆匆享受一下，真是个贪婪鬼啊。布莱德觉得很有趣。这是一道从未吃过的菜，虽然不太有胃口咀嚼，但品尝一下也未尝不可。

李晓宇仰头从瓶子里喝了一大口，他闭上眼睛，示意布莱德点烟。布莱德一边心想，你还有什么好显摆的？一边伸出手帮他点着了打火机。突然，他面前耀起一片火光。

龙舌兰酒（Tequila），是世界著名的八大烈酒之一，墨西哥特产，被称为墨西哥的灵魂。它以龙舌兰（agave）为原料，酒精含量近百分之六十，见火就着。宴席上，常常有人把它倒在小盘子里，点火为乐。

李晓宇一张嘴，满口的酒朝布莱德迎面喷去，刹那间形成一片酒雾。随后，他把酒瓶砸碎在布莱德和通电的挖掘机之间的地上。酒就是水的一种，它们都是导电的最优媒介。

他曾看过一部好莱坞电影中，龙舌兰酒洒翻在桌子上，有人点烟时，火随着沾湿的手指延伸到台上，结果引起一场不可遏制的熊熊大火。现在这样做管用吗？李晓宇没有把握。但是，任何机会都要试一试，哪怕引不起火，也要让强烈的酒精刺痛布莱德的眼睛。

刚开始，布莱德还没有明白李晓宇的举动是什么意思。是临死前的绝望表现吗？他有些奇怪地看了看地上的酒液，酒液间好像有蓝色的精灵在流动。布莱德穿的是野地靴，除了保温防滑外，皮靴底还有着一层厚厚的绝缘物。

脚下没有发生什么，但布莱德觉得脸上有点不对劲。他用手擦拭了下脸上喷溅到的酒液，却好像擦不干净，有一层黏液依附在自己的手上和脸上。他又抹了一把。这时，他感到黏液的外层似乎有层淡淡的蓝雾。

从最初龙舌兰酒点燃的火焰颜色几乎看不清晰，到像流动的水包裹住了布莱德上半身，突然，一声隐约的爆裂声从蓝雾中响起，火焰升腾出无数的赤焰蛇信，欢快地跳跃着舔着他的头和脖子，疼痛立即扎进了他的意识中。

妈的，上当了！布莱德一下子明白自己还是低估李晓宇了，这个男人从头至尾就压根儿没有准备过放弃。布莱德顾不得懊恼，他眼睛望出去，遍布面部的火层使周围的景色都在颤动跳跃。他吸了一口气，细蛇般的火焰立即像游水流进了他的喉口。布莱德既惊又怒，他吼叫着双手乱扑，用力蹬开了李晓宇。

李晓宇翻身跃起，他发出尖厉的啸声朝布莱德扑去，他要抱住布莱德一起燃烧，一起滚向那通电的岩壁。他相信，已经做好准备的自己，在危急中一定会比布莱德更具优势。

火光摇曳中，有个身影比他快了一步。

进入坑道以后，洪银河一直没有吭气。而现在，谁也没有想到他突然挡住了李晓宇，一把抱住布莱德。

"带她们走，拜托了！"他扭头对李晓宇大叫。

两人滚倒在坑道的碎石中间，跳动的火焰在两人间时隐时现。李晓宇痛心地看到，他们离通电的区域越滚越远，而布莱德的枪声已经响起。

"快跑！"洪银河用尽力气，"快！"

列车开来了，我也选择跳下。父亲暗想。女儿，原谅我！我早已是了无生趣的行尸走肉，你们昂头挺胸走吧。让我有尊严地去死。男人一辈子总有一些属于自己的东西，就让最后的尊严属于我，我就是进入地狱中，也能在无尽的煎熬中享受片刻安宁。

子弹在洪银河燃烧的后背炸开了一朵朵赤焰，他的手抓着布莱德死也不放。李晓宇知道刻不容缓，现在已经不可能再靠近开枪的布莱德了，只有趁他还没有摆脱洪银河前尽快离去。洪银河用命换来的时机稍纵即逝，李晓宇一咬牙，拉起简妮和小佳年朝坑道外跑去。

"爸爸！"

简妮失声痛哭。这是她二十多年来第一次用"爸爸"叫自己的生父。这个在普通人家再寻常不过的称谓，在她从心头到口中却整整走了二十多年。简妮紧紧捏着洪银河留给她的布条，她已经谅解了父亲。无论他曾经有多少罪恶、卑劣和不堪，但他用死来寻求慰藉和亲人的怜悯，至少，他在生命的最后时刻完成了对自己的救赎。

洪银河慢慢往地上倒去，一瞬间，以往的一切如一部拍摄好的电影胶片般在眼前快速播放：儿时的艰辛困苦，年轻时的求进发奋，官场的凶险周旋，成功的踌躇得意，生命的短缺负罪，还有被迫逃离时的苦闷无奈——现在胶片终于放完了，空转的放映机嘎嘎作响，四周涌上了轻曼的黑雾，洪银河如释重负。

"不是风幡不是心，迢迢一路绝追寻。白云本自无遗迹，飞落断崖深更深。"洪银河断了气息。咽气前，他想起了这首禅诗。

"跑？往哪里跑？"

听着远处坑道里跑远的零乱脚步声，布莱德用衣服扑打着身上的火，酒的燃烧率不如汽油，他很快就扑灭了。倒是洪银河缠得很紧，他一个一个掰开洪银河紧紧拽住自己的手指时费了些力气。他心想，这老头儿临死前还真是有劲。

他推开洪银河的尸体，翻身站了起来。火舌已经将布莱德的眉毛和头发舔得残缺不全，头脸的皮肤上顷刻间泛起鼓胀破裂的水泡。布莱德焦肿的面容变了形，显得狰狞可怖。他整理了一下自己的衣服，一手举枪，一手握着阿里斯托的手指刀，大步朝缆车追去。

身上的火灭了，但布莱德心头的火却熊熊燃起。他知道，就算李晓宇他们上了升降机，车厢上升也要三四分钟，而坑道里通往升降机的这段路最多只要走两分钟。何况，车厢上下的开关就在坑道里。

"神的羔羊们，祈祷吧。"

这是"守护神"最后的章节，尽管疼痛难忍，但布莱德还是觉得身心一片清透。

（九）

武装特警粗鲁地把人群聚集在空地上，开始一个个搜身检查。

工作人员和演员们都挤成一堆，他们身上年代殊异的服装混杂在一起，好像一部搭错台的荒诞剧。工作人员都挺老实，但生性活泼的演员们却满不在乎，他们不顾警察的严厉喝斥，一些女演员还故意扭动着肥硕的屁股和高耸的胸脯，和搜查的特警们开起了玩笑。四处跑散的马匹也收拢到了院子的一角，马儿们喷着响鼻在原地打转，依旧惊魂未定。

导演大卫刚才看了一下，除了几套固定在水塔上的摄像器材损坏外，其余的还都能够正常工作。连线卫星的设备也运作正常，即时镜头的数据正源源不断地对外传输着。

今天只能到此了。导演大卫想，他知道那些隐藏的镜头还在工作，但这已经和自己没有关系了。看着周围的一切，他觉得很荒唐，大卫开始考虑自己是不是到了该退出这个让人爱又招人恨的电影圈的时间了。

"根据刚刚的统计，网上访问者增加了近一倍。"

副导演悄声朝边上的人说，他刚刚给制片人又打了电话。一个特警看见了，过来劈手夺去了他的手机，还威胁地点了点他的鼻子以示警告。但副导演心里还是挺高兴的，制片人对他刚才的工作很满意，他觉得下一部片子很可能就是自己来执导。

矿区的西北角，有两架直升机正在缓缓降落。一架上下来的是临时指挥中心负责人，他正避开地上卷起的碎石和尘土，匆匆朝这里走来。他准备马上设定现场指挥小组，位置就在平台上。另一架直升机上下来的是土桑空中警察中队的拉克斯和哈迪，他们驾驶的直升机已经耗完了最后的油料。降落的时候，他们的直升机螺旋桨差点刮到另一架从头顶飞掠而过的特警直升机的挂架，对方驾驶员回望着他们恶狠狠地咒骂着，两人生生惊出一身冷汗。

望着尘土中走来的几个人，大卫突然想到了在早些时候见过的那群考察买矿的中国人，刚才，他们都乘升降机下到了井下。

对啊，中国人怎么样了？他抬头向坑口望去。

快到坑道口的升降机前，李晓宇停住了脚步。身后的坑道中正传来布莱德的脚步声。

他用力关上二号车厢的铁栅门，取下操作板，按下了上升的绿色按钮。车厢吱吱嘎嘎地上升了。李晓宇回过头来，身子挡在门前，看着坑道不远处的黑影渐行渐近。

车厢在竖井中上升，布莱德飞跑过来，他一刀捅进挡在升降机门前的李晓宇胸上，随后伸手来抢操作板。李晓宇的身子往地下滑去，但他仍抱着操作板不松手。布莱德又狠狠扎了一刀，用力扭动着刀柄，李晓宇抽搐了一下，手渐渐松开了。布莱德隔着李晓宇的身体抓住操作板，按下了控制车厢下降的红色按钮。

竖井中的车厢在上面不远处哐当一声停住了。升降机的齿轮转换着吃住另一块齿轮，车厢开始嘎嘎作响地往这一层坑道降了回来。

重伤的李晓宇听到车厢越来越近，他猛地翻身，抱住准备开铁栅门的布莱德，用力把他拖倒在地。他的手撕扯着布莱德受伤的脖子和脸。两人翻滚打斗中，下降的车厢隆隆经过了这一层的坑道口，继续向深处降去。在车厢经过的那一瞬间，布莱德透过铁栅门，依稀看到了车厢中的矿车上女人趴着的身影。

李晓宇倒在地上，他拽住操作板，用尽全力一拉，操作板的电线溅出一片火星，从墙上拽断了下来。黑黑的竖井中，失控的车厢加快了速度继续往下滑落。

此时，布莱德对这个坚毅的中国男人产生了一丝敬意。躺在地上的中国人一动不动，眼睛直直地瞪着自己，而他渗血的嘴角仿佛绽开了一丝笑容。布莱德知道，虽然除去了他，但一路上与这个貌不惊人的中国男人的较量中，自己没有占得多少上风。布莱德生平第一次有了点惊恐的感觉。

钢缆还在继续下降，听得到升降机的车厢一路碰撞着铁架和岩壁往地下深处而去。布莱德不清楚下面的情况，但久经训练的他不会心存侥幸。布莱德推开李晓宇的尸体，打开铁栅门。他来到停在外面轨道上装满矿石的铁矿车后，背顶住矿车，脚蹬住铁轨，猛然发力，铁矿车动了，慢慢向竖井滑去。到升降机门口时，布莱德使了最后一把劲，铁矿车失去了平衡，撞到钢缆上，一个倾斜，沉重的铁矿车朝井洞坠落了下去。

一连串巨大怪异的响声顺着深不可测的竖井传来，好像魔鬼的喉咙中发出的咆哮。铁矿车一路撞塌了支架，在岩壁上划着长长的火花。又是一声巨响，它以万钧之力撞上了正在下降的车厢，钢缆承受不起这突如其来的猛烈力量，绷断了。车厢和矿车一路翻滚，往地下深处三百多米急速坠落。

听到竖井深处传来的坠落声，布莱德吐了口气。没有看到女孩子们临死前的面容，布莱德有些遗憾。不过，眼前的竖井就是通向地狱的捷道，让她们永远享受烈火和深渊吧。失血和疼痛让布莱德有点晕眩，但他很喜欢这种似梦似幻的感觉。

为了上天堂，人们就必须首先经过地狱，这是生命延续的自然秩序，也是神的谆谆诰谕。他终于完成了使命，他要重返人间。大地上尸横遍野，胜利的号角响彻云霄，世人们欢呼雀跃，被祭奠的牺牲品丰厚无比，罪犯将接受诅咒，而伟大的英雄微笑着冉冉升起——

现在，游戏结束。

歇息了一会儿，布莱德回到坑道里，把阿里斯托和达莱妮的尸体搬上了一辆空置的矿车。可惜邱永邦自己掉进了陷洞，否则他们罪恶的身躯会一起向世人展示。

布莱德把小矿车推进一号升降机车厢里。

最后的表演开始了！他深深吸了一口气，按动了升降机上升的按钮。

（十）

一个小小的镜头，无论它再精致，也不过是一片人工的玻璃。然而，通过它，却能连接全世界文明地区的观众。这一点，让导演大卫还是心怀惊讶和赞叹的。

网络视频直播，是应用流媒体技术在网络上进行直播。这在今天已经是件简单易行的事宜。只要具有采集源和带宽，以及视音频采集工具、编码工具服务器、支持用户随时点播录播功能等，网上观众就能获得即时的流媒体数据，通过网页浏览器直接观看直播视频内容。入门级的仅仅需要一台智能手机、摄像头或者DV之类的简单设备即可，专业级的则需要三台以上的高清摄像机、矩阵切换器等专业设备。在线并发数最大可达到数百上千万。

制片公司们出于对日益萧条的电影市场的担忧，对电影的硬件部分花了大本钱投资，如IMAX、RealID、XPand、杜比3D电影；IMAX、巨幕电影（Huge Screen）；杜比全景声（Dolby Atmos）；48帧拍摄；4K电影等等，以求让观众的感官享受实现全新的突破。同时，他们对电影市场的运作也开始新的尝试。

这次网络直播就是"互动性"电影模式的实践。制片公司在电影开拍前就大肆宣传，他们不但充分满足观众的好奇心，对部分有震撼效果的拍摄现场进行网络直播，更设有现金大奖，电影的情节可以根据网上观众的投票改变。最终胜者不仅会获得十万美金的奖金，还会在将来正式播放的电影中看到自己的选择实现。

这使网上的观众产生了强烈的参与心理，如痴如醉跟随着片子的每一步进程，仿佛自己在主导着一个梦幻的诞生。对于商业运作而言，也大大拓宽了资金的渠道，大批相关的产品商纷纷前来投标，希望自己的产品能够成为网上观众的最爱。

为谨慎起见，制片人还搞过几次网上民意调查。会不会因为知晓太多情节而失去了对影片的好奇心，对票房产生不利的影响？调查的结论令他们非常满意。

网民们对自己参与的作品具有更高的热忱，他们特别急切地想看看，有自己的心血渗透在内，再加上专业的后期特技处理和音乐、声响效果，这部作品将会呈现什么样的辉煌。

他听到身后的副导演正得意地悄悄向大家透露：据制片公司的最新统计，目前全世界在线观看这次直播的人数已超出三十万之多。

弗朗西斯矿场地面　11时40分

大地震后的太阳是怪异的，它变得赤红透亮，而空气如同实物般厚重地托举着它。

风掠过，空气颤抖，太阳也跟着颤抖。四野寂静无声，仿佛能听到阳光穿透空间的撕裂声响。

正当导演大卫想到那批中国人的时候，坑口传来升降机笨拙迟缓的声响。

一号升降机口打开了，走出一个赤裸着上身、浑身浴血的男人。

他面目焦肿，须发全无，遍身沾满污血和泥垢。男人一出来，就跪倒在尘土中，仰天长啸，朝着赤红的太阳高高举起了双臂。沉甸甸的阳光投射在他身上，反射出赤红晶莹的光泽，他此时如同雕像般令人震撼。

随后，男人从升降机拖出小矿车。缓缓滚动的矿车中有一男一女两个墨西哥人的尸体，尸首交错重叠着，耷拉在车厢外的手脚正滴着血。

矿场中的所有人都惊呆了，怔怔地看着这不可思议的一幕。这不像是电影中的情节啊。各个机位的摄像机也转了过来，对准了男人。

特警们迅速围上前去，他们粗重的呼吸掀动着脸上的面罩，他们有力的手指钩上了冲锋枪坚硬的扳机。

很好！就是要这个效果。

布莱德环视着众人，在一片寂静中，他听到摄像机轻柔的运转声。布莱德知道，现在有成千上万的人正关注着自己。他很满意。

布莱德把矿车拉到了平台中央，他嘶哑的嗓门响彻矿场，也传递到全世界：

"他们是劫匪！"布莱德指着矿车中的尸体，愤怒不可遏制，"他们一路上杀人！刚才进去的人全被他们杀了！"他摇晃了一下，似乎要跌倒，但很快又挺直了腰，声音中带着铮铮的金属声，"我不能让他们得逞！"

人们从四面八方拥向了这个男人。现在，他们终于明白警方为什么要如此大动干戈。他们的心中受到剧烈的震荡。刚才，还看见这群中国人好端端从面前走过，而现在突然全死了，死在劫匪手下，只剩下这个全身是血的男人站在这里。

"不要停机，千万不要停机！"

大卫这时也急切地吩咐着身边的工作人员。他突然明白了，这是一个千载难逢的机会。自己为什么在拍这部电影后心头一直忐忑，就是因为电影故事里有过去，也展望了未来，但缺失了现实的观照。现在完满了，他要完整地把这一刻记录下来。若是能将过去和现在分脉络有机地结合在一起，导演大卫相信，自己的新作品将大获成功。

副导演冲了过来："制片人说了，只管拍！"

临时指挥中心的负责人也挥手制止了准备扑上去的特警。他脑子乱了，几天的煎熬和焦虑，他需要时间梳理一下眼下混乱的头绪，找出合理的解释。

"罪犯死了，但他们也要接受正义的审判！"

布莱德继续说着，他挥动着双手，像老式西部片中正直坚毅的赏金猎人，历经千辛万苦，终于在茫茫荒野中把万恶不赦的匪徒击毙，将他们腐臭的尸体驮在马背上，回到小镇里，接受淳朴百姓的欢呼。

"我的上帝啊！他太帅了！"一位女演员紧拽着衣襟，激动得几乎透不上气来。

人们终于不顾警察的阻拦，朝这个衣衫褴褛的男人拥去，他们情不自禁地鼓起了掌。网上，许多人已经毅然投票，将这个赤裸上身，面目焦肿的男人作为这部电影的主要形象。

丧心病狂的匪徒，惨遭蹂躏的人质，单枪匹马的英雄——是的，人们只相信谎言，相信英雄。现在全世界的人都看到了，一位英雄战胜了恶魔，浑身浴血地从地狱中杀出。布莱德冷冷地看着下面的人，心中充满喜悦，也充满鄙视。

他来到水桶下，用力拉动绳索将皮管拉下，清冽凉爽的水冲了下来，笼罩了他的全身，他任凭水流的冲刷，他在地震后的阳光下晶莹剔透，灼灼闪光。

水声似乐，水流如瀑，水珠飞花，那是大地奏起的凯旋乐章，那是天空绽开的庆典礼花，那是天堂溅出的灵泉之液。好好冲洗一下这个不堪的世界吧，让天地圣洁无比——

倾泻的水流中，布莱德将血污的手举到额旁，他向全世界的人敬了个军礼。

结　局

（一）

　　两周后，劫后余生的中国人在中国驻洛杉矶领事馆、美国政府和洛杉矶警局官员的陪同下，登上了中国东方航空公司的空中客车A340-600飞机返国。这是一架由欧洲空中客车公司制造的四发动机远程双过道宽体客机。他们全部被升级坐到了商务舱。

　　善后事宜由中国驻洛杉矶领事馆出面安排，委托给当地一家著名的律师事务所向法院提出诉讼。按照美国法律规定，刑事诉讼必须由政府提出起诉。所以诉讼的重点在民事部分。

　　初步商讨的结论，民事诉讼的对象是美国政府及相关旅行社，他们对来美的外国游客人身财产的安全没有尽到相应的责任，必须承担相应的经济赔偿责任。

　　领事馆的官员小心翼翼地提醒，此次诉讼将会旷日持久，结果难以预测。

　　这起发生在美国西部旅游区的抢劫杀人案最终淹没在寒流和大地震灾害铺天盖地的信息中，并没有得到主流媒体的特别关注。

　　中美最高首脑即将再次会面，国际敏感的话题会被小心翼翼地提及，数额惊人的贸易订单急切地等待签署，有关方面也不想人们过多关注这个涉及两国关系的不幸事件。这起案情起先只是在地方报纸版面上见过几次。

后来，网络上疯狂转载的视频引起了越来越多人们的注意，每一个人物、每一个细节都成了众人街头巷尾、茶余饭后交谈的热点。在今天，虚拟的网络世界更能左右大众的真实生活，没几天，这起事件又一次唤醒了普通美国人心中蕴藏已久的英雄情结。

（二）

过了两天，布莱德回到了自己的家。

他的伤还没有完全好，每天还须换药，但警方的询问、媒体无休止的采访和电视上频频出现的镜头，让布莱德产生了厌倦。他不喜欢自己的一举一动都在陌生人的眼光下，这让他浑身不自在。

清晨，没有经过医生同意，布莱德独自一人走出了医院。

又是一个下午，他走进了离家不远的一家小餐厅，这个家族企业的小店以做墨西哥卷饼而闻名，馅饼里的作料都是附近农场生产的，要求所有的店都开在离农场不超过五十英里的范围里，以便保证每一份食材的新鲜。

布莱德坐在靠窗的小桌前，随意点了一份套餐。对于食品，他一直认为只是供身体所需的燃料，至于口味，他从来没有在意过。

服务员一眼就辨认出了他，不禁露出欣喜的神态。这些天来，电视里反反复复说的都是这件事，布莱德在当地几乎家喻户晓。服务员没有想到仰慕中的英雄会来到自己面前，他和经理马上商量好了，这顿饭无论如何要由店里来请客。

还不到吃饭的时间，偌大的店堂很空落，为晚餐准备的刀叉盘碟已经放置妥当，洁净的淡褐色桌布上闪着幽亮的光泽。墨西哥特色的音乐在空气中回荡着涟漪，轻柔而又跳跃。布莱德把椅子转了个向，面对着街道，他啜了口服务员殷勤送来的咖啡，用小银勺轻轻敲打着只有鸡蛋大小的细瓷杯沿。

街上的行人匆匆从他面前走过，不知从何方来，也不知到何方去，只是在这短短的一瞬间与他的人生碰撞了一下。布莱德看着他们，如同看着一个个标本。布莱德喜欢标本的原因之一就在于此，与活生生的人不同，标本一经完成，就会永远忠于它的创造者赋予的形态。对他而言，所有人都是类同的，生活形形色色，可以诱骗他人，但不会动摇他的信念。人没有权利自我辩解，所以他也毫无愧疚。

一道阳光从对面楼房间隙中透过来，分割着他棱角坚毅的脸容，布莱德微微合上了眼。"守护神计划"圆满地完成了。下一次会在哪里呢？布莱德并不着急，他知道，这是他毕生的使命。他在等待着那闪电般的战栗再一次划过自己干渴的心田。

他的眼皮蓦地跳动了一下。不知什么时候，小店的音乐变了，一个沧桑的男声吟唱着一首民谣，声音平缓悠长，没有乐器，背景的和音如戈壁掠过的风沙，每一次节奏的敲击都伴随着粗粝的摩擦声和厚重感。歌声唱的是童年的记忆，也是一生内心的烙印。

"妈妈，帐篷里有狼。

它们朝我走来，身上有味，脸色苍白。

妈妈，它们不友好——"

他记得这首曲子，他猛地睁开眼，正看到简妮和小佳年坐到自己对面。女孩们目光幽深，互相抱着胳膊，在餐厅淡幽色背景的衬托下，洁净得如同一幅色泽淡雅柔美的油画。一时，布莱德觉得自己看到了另一个世界出现的精灵。

他想站起身，但他的全身已经被身后四五个强壮的特警紧紧按住了，一点也动弹不得。

布莱德到死也没有明白，已经坠入地火中的女孩们怎么又会出现在自己面前。若非真实，便是虚幻，没有什么模棱两可的东西。布莱德陷入了迷惑与狂乱之中，他仰直了脖子，发出惊恐而怪异的叫声。

简妮目光清澈，深潭般的眼睛静静地注视着面前徒劳挣扎的男人。

是的，帐篷里有狼。简妮想。它就居住在每一个人的内心，与生俱来。它藏在阴暗的角落里，龇着牙，流着贪婪的口水，目光炯炯地窥伺着你每一次的呼吸和心跳，与你一起欢乐和痛苦。如果放纵了它，任它在四处走动，它就会占据你的心灵，吞噬你的良知，它的气息就是你的生命。它的归宿就是你的世界。

如果你的人生出现了黑暗和扭曲，那不是上帝的笔误，而是你自己的肆意涂改。每个人的生活都会有缺憾，因为世界不会按自己的意愿建造和存在。但是现实却提供了无数可供蘸取的颜料，每一幅草稿都是命运的写实，而你的心灵就是那支扭转乾坤的笔。

每一个善良都有过去，每一个邪恶都有未来。生命是件极偶然的事，我们只是无意经过。简妮不由感慨万千。但是，无论有意无意，却都留下了一幅色彩斑斓的图画。

那么，该如何描绘？自己下笔吧。

"李晓宇。"她在心里轻轻呼唤着另一个男人的名字。可能的话，简妮愿意用自己的生命来换回这个男人的生命。死亡可以击败脆弱的肉体，但意志却在一次次锤炼中淬火成永恒。生命可以各自远行，但精神却在每个山口不期而遇，一再重逢。她知道，这个沉默少语的男人将是自己一生的痛，一生灵性的伴侣。

幽暗的坑道口，二号升降机前发生的惊心动魄的一幕又一次出现在她的眼前：

快到坑道口的升降机前了，李晓宇一下站住了。

身后传来布莱德的吼声，李晓宇反而冷静下来。不行，这样跑不出去。车厢的操作系统坑道旁就有一套，即使他们进去了，在上升的半途车厢也会被再次降下来。

李晓宇打量了一下四周，这里的照明灯破碎了，坑道显得很暗。控制升降机车厢的操作板拖着长长的电线挂在铁栅门的一侧。对面岩壁后，有一个凹进去的洞，洞被前面横七竖八的粗大木桩遮掩，不注意是看不出来的。

"快，进去！"李晓宇把小佳年推进洞中。简妮有些迟疑，这能藏多久啊？

"别磨蹭了，快！"李晓宇用力推着简妮。要制造错觉，让那个杀人狂魔不存他想。他一把拽下简妮醒目的外套，扔到二号车厢里铁矿车杂乱的木架上，昏暗的光线下，仿佛一个人无力地趴在矿车中。

"你也来！"简妮钻进了洞中。

李晓宇摇了摇头，他关上二号车厢的铁栅门，取下操作板，按下了上升的绿色按钮。车厢吱吱嘎嘎地上升了。李晓宇回过头来，身子挡在门前，看着坑道不远处的黑影渐行渐近。

简妮惊恐地捂住嘴，她现在明白李晓宇要干什么了，泪水不可抑制地流出。

李晓宇望了她一眼，慢慢地点点头。是的，必须有人出来面对，能逃一个是一个，要保住孩子！李晓宇已经做出了自己的选择。

布莱德飞奔过来，一刀捅进挡在门前的李晓宇胸口上。李晓宇死命地抱着操作板不松手，布莱德扭动着刀柄，他伸手按到了操作板上控制车厢下降的红色按钮。

竖井中的车厢嘎嘎作响地降下。

打斗中，车厢轰隆隆经过了一层的坑道口，继续向下降去。车厢在经过的瞬间，布莱德透过铁栅门，依稀看到了车厢中的矿车上有女人趴着。

李晓宇拽住操作板，用劲全力一拉，往地上倒去。不给你核实的机会！操作板的电线溅出一片火星，从墙上拽断了。黑黑的竖井下，失控的车厢加快了速度继续往下降去——

狼崽子，你别想随心所欲！

李晓宇渗血的嘴角绽开了最后一丝笑容。

当简妮和小佳年被警察从矿井中救出后，她们在医院里沉沉地昏迷了好几天。

清醒后，她们开始向焦急的警察讲述事件的真相，女孩们的记忆仿佛被苦难的大手粗暴地搓揉了，她们互相提示，断断续续。

警察被她们的讲述惊呆了，不敢相信这个故事的真实性，他们开始悄悄调查，秘密取证。不久，真相终于慢慢浮出了幽暗的水底。

小佳年无意拍摄的照片对布莱德的定罪起了相当大的作用：

拉斯维加斯街头，布莱德紧紧跟踪着被杀害的警察西格；

印第安人的礼品店外，广告牌下的人影正是布莱德，他在路中拉起一根铁丝；

大峡谷的车上，布莱德把利诺森警察的手电筒塞进包里，警察刚刚被踢下了悬崖；

鹿水山谷山道上，布莱德故意挡住了张峰的视线，他身后，松开手脚的劫匪举起了枪；

"精灵堡"游乐场停车场，布莱德发动着大巴车，一直在等候劫匪们的到来……

美国联邦警察冲进了布莱德的家，屋里，《出埃及记》的旋律依旧激扬鼓荡，四周整洁如熨，一尘不染。镜框中，布莱德目光纯洁，正直坚毅，手捧金色的大奖杯，穿着一身整洁熨帖的蓝色特种伞兵制服。威武的鹰面蛇发面具端放在书架中，下面压着一张手写的中文纸条。警察们找来了翻译，才弄清纸条上的内容：

"凡人皆是魔。"

亚利桑那州北部看管严密的特殊精神病中心，一间密不透风的单独囚室深藏在重重围墙和铁锁后。法律对布莱德实施了完全的警察监管权。无论自愿与不自愿，他都将终身被关在这里，不得与任何人接触，一直到死。

布莱德半身瘫痪，丧失了思维，在理智的时空隐去之后，意识的爆裂如礼花般飞溅，夺目的灿烂瞬间转至无尽暗淡。一切都放慢了，他欲望无羁，命运沉重，"守护神"在幽暗的水底看着他，眼神哀戚。星辰在黑暗的永恒中酝酿滋长，放逐所有的负担。庇护与逃避，隐匿与驱策，指引与幻灭——他的目光最后一次转向天空，闪烁星光的夜幕如晶莹的挂毯正在往无尽的深处退去，一只夜鸟站在血红河流的岸边，发出了惊天动地的啼叫——

人的意识和动物的本能在他身上完全混淆了。他在小小的囚室里的地上翻滚着、挪动着，白天黑夜，发着凄厉的叫声，但不会有人听到或者理睬。贴着橡胶防护层的墙上，涂满了谁也看不懂的画。

和过去一样，布莱德从来没有完整地画完过一幅。

（三）

达莱妮也活了下来。

她被法院判处的九项一级谋杀罪名成立。

美国现在有十二个州完全废除死刑，三十八个州保留死刑。如果在没有死刑的州，达莱妮将会被判处二十个以上的终身监禁，刑期可能长达数百年，并终身不得保释。但亚利桑那州是保留死刑的。

其实，对美国死囚来说，被法院宣判死刑，在烦琐上诉程序的"帮助"下，死囚可能要等几十年才能被处决。目前，共有六百八十五人等待被执行药物注射或电椅死刑。

但是达莱妮过得并不好，她的一只眼睛已经瞎了，原本娇美的面部变得狰狞丑陋，性情也古怪暴躁。在与其他犯人多次冲突受伤后，达莱妮的身体已彻底垮了。狱方担心发生意外，将她单独囚禁。无论以后达莱妮用什么形式了却残生，她都永远不能逃离死神的魔掌。

在仅有一条斜缝透气的囚室中，达莱妮从不说话。夕阳西落的时候，温暖的光线会通过缝隙滑进她狭小的空间。这时，偶尔便能听到她的歌声，歌词只有一句：

"如果你想要我，满足我——"

中国政府对洪银河的案子暂时没有对外宣布，但背后的调查却在紧锣密鼓地展开。

几个月后，洪银河所在的官场出现了大地震，近百名不同位置的官员纷纷落马，而这场整肃风暴才刚刚掀开序幕——

中国警察始终没有查出在二十多年前出国的叫"邱永邦"的人来自何方，久远年代流程上的缺失对相关部门提出了新的管理课题。

（四）

李晓宇的信一周后到达了他原来居住的城市。

年迈的父亲母亲哆嗦着嘴唇，无声地读了一遍又一遍。随后，父亲拉着母亲的手巍巍颤颤地走出了家门，他们要去找一家店，把儿子的来信嵌在镜框中，与儿子的照片一起挂到他们老两口的床边。这样，远行的儿子就回家了，从此微笑着一直陪伴在爸爸妈妈的身旁。

门前小巷中，高大的银杏树浓密的枝叶在夜风中飒飒作响，他们听到了儿子的声音。

"你熄或不熄，灯就在那里。"

万里之外，墨西哥中部的山区。

年迈的老母亲，抬起被柴草熏得流泪的眼睛，再一次望向山间那尘土飞扬的小道。六年前，她的亲人们就是沿着这条小道去远方寻梦的，一去没有复返。

圈养的鸡在土院里咯咯叫着，牛羊的咀嚼声消化了无声的时光。

每年，老母亲都会细心地储藏好新鲜的玉米面和干辣椒，腌制了珍贵的牛羊肉，等待着亲人们回家好好享用。

（五）

简妮来到了机场，她是特意来送小佳年的。

简妮不久就要去美国东部一家著名大学的心理学系任教，她决心以此为自己的终身职业，来探索人复杂的内心和社会的缺失。

简妮书房里，那张宽大得与她纤细身体不相称的咖啡色书桌上放着一个橡木做的镜框，条纹粗大而厚重，里面精心镶嵌着的不是照片，而是一张皱巴巴的布条，上面有几排奇怪的数字和字母，布条一角上，有深重的暗红色，仿佛一束挣扎开放的枯花。在镜框边，围裹着一根色泽已经陈旧的珍珠项链，好像在呵护着已经凋谢的花朵。那是她生命的起源和解释，虽然不尽如人意，但毕竟真实存在，刻骨铭心。

十多年后，简妮撰写的系列心理学文章被汇集成书，成为当代心理学的重要文集之一。她后来的学生中就有成人的小佳年。

简妮和文文约定好，只要回国，她们一定会去那座烟雨蒙蒙的江南小城，来到树影婆娑的老银杏树下探望李晓宇的父母，并为老人颐养天年。文文脖子上戴着绿松石和珊瑚串绕的檀绿色壁球花银项链，她这辈子都不会让它离开自己的身边。

还有老班长，他穿戴好军装，捧着姑娘们捎给他的记忆和思念，他要好好守护着。他站在舱舷边，战舰劈风斩浪，大海辽阔无垠，老班长庄严地行了个军礼：

天上地下，路程颠簸坎坷，兄弟要留神走好，可别磕碰疼了。

联合国教科文组织的慈善基金会在不久后收到了一座金矿的资产捐赠。

这座刚被发现的金矿由一名匿名者重金购下，指定为该组织的永久性资产。金矿每年开采而产生的丰厚利润，全部用于全世界的慈善事业。

随捐赠资产而来的还有一张简单的留言卡，匿名者用加粗的字体在白纸上只留下一句话：

即使上帝错了，我们也不能将错就错。

2014年春夏，写于洛杉矶库卡曼卡牧场家中

后记　时间是上帝开给人类的最后一张处方

不记得在什么时候，什么地方，看到这样一句话："时间是上帝开给人类的最后一张处方。"当时就很喜欢，也就移植在记忆中了。

这句话是什么意思？是指人类的无可救药？还是终结苦难的自我解脱？途径和目的都令人生疑，而且试图解释时，会发现摇摇欲坠的答案本身并没有任何引力可循的方向。

但是，做个题目不错。

写作也是一件无可救药的事情。

同样的问题抛回给了自己，如同站在兴奋和拥挤的人群中，高举双手，期望高高在上的公主彩球会落到自己手中一样。希望和梦想一经点燃，自我熄灭可就是件吃力不讨好的事情了，而且肯定会难以遂愿。

上世纪80年代，我们还是一群迎风奔跑，让头发四散飘扬的文艺小伙儿。虽孱弱寡能，但憨态可掬，愣劲十足。刚刚吹进的现代主义大风让我们手舞足蹈，欣喜若狂。卡夫卡、马尔克斯、艾略特、卡尔维诺、博尔赫斯、杜拉斯……众多大师耀眼夺目，神圣不可仰视。他们启迪了我们的心智，用几滴文字的水珠穿过时空的针眼，就让世界变幻，人性无常，从此不再闪烁相同的色彩。

哦，小说还可以这样写，文字还可以这样折叠。

于是，我们痴迷于语言的褶皱，文字的变形，意念的曲折，试图还原冥想的本性。

结果，支离破碎。

的确，文学本身需要对自己的审美做出贡献。我相信，观点在这里是能够互相交汇的。

但是具体而言，当中国现代主义文学尚未真正在一片百花齐放的争鸣中实现蜕变时，大海却突然退潮了，或者说被急促推进的社会推到沙滩上，如快被风干的鱼，一个个瞠目结舌，奄奄一息。

还没有来得及欣赏奇幻，梦便碎了，只留下记忆中曾有过的绚丽。

多少年后，如同标题一般，岁月给了我一张处方。

忽然发现，当我们决意要把自己的思考化为作品，期盼作品能被生态百样的人群读到，并传递我们强烈的对生命的欲望和诉求时，就要讲究被接受的最基本的方式和原则——至少人们要有兴趣读下去。

也就是说，当我们整装立正，在理念上认同对艺术原本的追求，对重重叠叠的思辨和逆向演化致以最珍贵的举手礼时，首先要明白一个前提，作品是给人看的。

这是作品的真相。否则，那为什么要用"小说"这样一个需要情节、人物、结构等等恶俗要素的载体呢？以虚假的平行、或者说虚假的背离关系来实现艺术的目的，我感到本身就存在先天的致命缺陷。

意图靠近魔法，出现一种高深莫测的意向，让人因为无法理解而自我怀疑，引发敬畏，这当然需要思绪的敏捷和文字的修炼。

但是，文章便会陷入虚妄。

而虚妄则是一只在温水中的自我催眠、自我陶醉、最后自我窒息的青蛙。

于是，"人不见风，鱼不见水，鬼不见土，神不见物。"

这讲的其实就是一种状态。对于状态，我们在理性上可以痛苦，但也应该享受；可以批判，但不能否认；可以超越，但不能袖手旁观或者逃之夭夭。

为了明白而修正，我们都会豁然，也大概都会同意自己不是属于为强辩而强辩，善于矫情，并且矜才使气的一小类人。

就是神仙也要打个盹儿，遭个劫，成为常人，何况我们原本就是常人。

这答案异常晦涩，甚至迷茫，不如不言，言之恐又成妄言了。

这也算是我世俗的严肃了。

既然是创作谈，还是回归上帝：

如果上帝笔误了，或者在某一特定的时刻和地点按错了他神圣的指纹，那么，我们也不能误读，误看，胡乱去解释。套用《解码游戏》的最后一句话："即使上帝错了，我们也不能将错就错。"

当然，一定会有人说，上帝怎么会出错？

这又是另当别论的事了。

图书在版编目 (CIP) 数据

解码游戏 / 孙康青著. — 北京：北京十月文艺出
版社，2018.4
ISBN 978-7-5302-1779-5

Ⅰ.①解… Ⅱ.①孙… Ⅲ.①长篇小说—中国—当代
Ⅳ.①I247.5

中国版本图书馆 CIP 数据核字 (2017) 第 321746 号

解码游戏
JIEMA YOUXI
孙康青 著

出　　版	北京出版集团公司
	北京十月文艺出版社
地　　址	北京北三环中路 6 号
邮　　编	100120
网　　址	www.bph.com.cn
发　　行	新经典发行有限公司
	电话（010）68423599
经　　销	新华书店
印　　刷	三河市宏图印务有限公司
版　　次	2018 年 4 月第 1 版
	2019 年 5 月第 2 次印刷
开　　本	880 毫米 × 1230 毫米 1/32
印　　张	11.5
字　　数	266 千字
书　　号	ISBN 978-7-5302-1779-5
定　　价	42.00 元

质量监督电话 010-58572393
如有印装质量问题，由本社负责调换。